NÃO SOMOS COMO ELES

Christine Pride
e Jo Piazza

NÃO SOMOS COMO ELES

Tradução: Karine Ribeiro

Diretor-presidente: Jorge Yunes
Gerente editorial: Claudio Varela
Editora: Ivânia Valim
Assistentes editoriais: Isadora Theodoro Rodrigues e Fernando Gregório
Suporte editorial: Nádila Sousa
Gerente de marketing: Renata Bueno
Analistas de marketing: Anna Nery, Daniel Moraes e Mariana Iazzetti
Direitos autorais: Leila Andrade
Coordenadora comercial: Vivian Pessoa

We Are Not Like Them
Copyright © 2021 by Christine Pride and Jo Piazza
© 2024 Companhia Editora Nacional

Todos os direitos reservados. Nenhuma parte desta obra pode ser reproduzida ou transmitida por qualquer forma ou meio eletrônico, inclusive fotocópia, gravação ou sistema de armazenagem e recuperação de informação sem o prévio e expresso consentimento da editora.

1ª edição — São Paulo

Preparação de texto: Gabriela Araujo
Revisão: Dandara Morena, Tatiana Custódio
Projeto gráfico de capa: Marcus Pallas e Karina Pamplona
Diagramação: Valquíria Chagas e Karina Pamplona

DADOS INTERNACIONAIS DE CATALOGAÇÃO NA PUBLICAÇÃO (CIP) DE ACORDO COM ISBD

P947n   Pride, Christine
    Não somos como eles / Christine Pride, Jo Piazza ; tradução de: Karine Ribeiro. - São Paulo : Editora Nacional, 2024.
    320 p. ; 16cm x 23cm.

    ISBN: 978-65-5881-193-0

    1. Literatura americana. 2. Ficção. I. Piazza, Jo. II. Ribeiro, Karine. III. Título.

2023-3738   CDD 813
                                      CDU 821.111(73)-3

Elaborado por Vagner Rodolfo da Silva - CRB-8/9410

Índice para catálogo sistemático:
1. Literatura americana : Ficção 813
2. Literatura americana : Ficção 821.111(73)-3

Rua Gomes de Carvalho, 1306 – 11º andar – Vila Olímpia
São Paulo – SP – 04547-005 – Brasil – Tel.: (11) 2799-7799
editoranacional.com.br – atendimento@grupoibep.com.br

Para nossos amigos

O único segredo da amizade, acredito eu, é encontrar pessoas melhores que você, não mais inteligentes, não mais bacanas, mas sim mais bondosas, mais generosas e mais piedosas, e tentar dar ouvidos a elas quando dizem algo sobre você, não importa o quanto seja ruim, ou bom, e confiar nelas, o que é a coisa mais difícil. Mas também a melhor.

— Uma vida pequena, Hanya Yanagihara

Talvez ela e eu tenhamos falhado uma com a outra ao nos conceder a liberdade mútua de sermos nós mesmas, e talvez essa tenha sido a inevitável consequência da amizade verdadeira.

— Trouble, Kate Christensen

Prólogo

Quando as balas o atingem, primeiro no braço e depois na barriga, não causam a sensação que ele sempre imaginou que causariam. Porque, é lógico, como um garoto negro sendo criado neste bairro, ele imaginou. Ele pensou que a sensação seria quente e afiada, como o corte de uma faca; em vez disso, seu corpo inteiro fica frio, como se alguém tivesse enchido suas entranhas com gelo.

O sangue também é uma surpresa, não a grande quantidade (ele imaginava uma poça crescendo ao redor do corpo), e, sim, a pouca quantidade: um fiozinho morno e viscoso pingando por baixo da jaqueta onde ele caiu no chão.

Ele escuta passos pesados e vozes se aproximando, duas delas. Uma está chamando uma ambulância. Estão falando alto e rápido, não com ele, mas um com o outro.

— Confere a identidade dele.
— Não, não toca nele.
— Porra!

E então:
— Cadê a arma? Pega a arma!

Um deles repete isso várias vezes.

Não tem arma. O garoto quer explicar, mas as palavras não saem.

Ele estava usando fones (Meek Mill bem alto nos ouvidos) quando pensou ter ouvido gritos, sentiu os passos acelerados pelo beco. Ele se virou e, por instinto, pôs a mão no bolso para desligar a música. Isso foi estupidez. Ele sabia no que poderia dar. "Nada de movimentos bruscos. Não seja uma ameaça. Faça o que eles dizem." A mãe falava isso no ouvido do garoto desde que ele tinha começado a andar. Porém, ele não teve a menor chance; a mente se movia muito mais devagar que as balas.

Uma imagem lhe ocorre: seu rosto no noticiário. Ele sabe exatamente qual foto a mãe vai escolher: a foto da escola do ano passado, nono ano. Ela ficou feliz por ele enfim ter sorrido na foto; ele costumava manter a boca fechada para esconder os dentes separados, embora semana passada tivesse ouvido Maya dizer, na fila da cafeteria atrás dele, que aquilo era "fofo". Ele imagina Riley Wilson, a bonitinha do Canal 5, com os lábios vermelhos brilhantes, a voz suave como chocolate derretido: "Justin Dwyer, de catorze anos, foi baleado esta noite por policiais da Filadélfia...".

Justin olha para o celular caído no chão ao lado, a tela estilhaçada com rachaduras tipo teias. Por meio segundo, é tomado pelo pânico; a mãe tinha deixado nítido, quando ele perdera o último celular, que não compraria outro. Então, na mesma velocidade, ele se dá conta: isso não importa. Na mochila que carregava antes há uma camisa polo novinha, uma que ele comprou com a mesada, dez dólares por semana se tirasse nota boa, fizesse as compras de mercado e preparasse o jantar nas noites em que a mãe trabalhava dois turnos. Teme não conseguir usar a camisa. O corpo do garoto vibra de nervosismo como quando o tempo de uma prova está acabando. Há tantas coisas que talvez ele não consiga mais fazer: dirigir, ver o mar, transar. Enquanto escuta as sirenes ficando mais altas, começa a tremer de maneira descontrolada.

Ele tenta evitar pensar na mãe. Ele sabe qual é o som do choro dela, porque o ouviu quando seu pai morreu, quatro anos atrás. Ele não conseguirá consolá-la como fizera na época, acariciando suas costas, dizendo "está tudo bem, está tudo bem", embora não estivesse, embora ele estivesse aterrorizado porque a partir dali precisaria ser o homem da casa.

— Está tudo bem. Está tudo bem — sussurra as palavras para si mesmo porque não há outra pessoa para sussurrar.

Os policiais estão por perto, as botas arranhadas na altura dos olhos do garoto; as vozes deles flutuam para longe, misturadas com as sirenes estridentes e os murmúrios dos rádios. Um deles se ajoelha ao lado de Justin.

— Aguenta firme, garoto. Você vai ficar bem. Por favor, aguenta.

Ele quer falar o nome a eles. Se souberem seu nome, ele não estará mais tão sozinho. Mais forte que a dor, e até o medo, é a sensação de que nunca esteve tão sozinho na vida.

Uma única estrela está visível no céu nublado lá no alto, como a lâmpada no aquário no quarto dele. É algo no que focar, algo a que se ater até que o que quer que venha a acontecer... aconteça.

Capítulo um

Riley

"Não se pode confiar nos brancos." Do nada surge a voz de minha avó em minha cabeça, o sotaque do Alabama ainda grosso como mel apesar de quase uma vida inteira morando na Filadélfia. Juro que até consigo sentir o hálito quente dela na orelha. Vem acontecendo cada vez mais nos últimos tempos, desde que Gigi desmaiou há duas semanas em sua poltrona La-Z-Boy de veludo cotelê desbotado, na qual ela religiosamente assistia ao reality show *Juiz Mathis* toda tarde. Ela pode estar no Hospital Mercy fazendo diálise o dia inteiro, com um prognóstico que os médicos chamam de "complicado", mas também está na minha orelha com o conselho pragmático e os ditos favoritos se apresentando em ordem aleatória: "Sempre tenha um dinheirinho na carteira. Não beije um homem que tem dedos delicados. Nunca tome mais que dois copos daquelas bebidas alcoólicas marrons". Às vezes ela é um pouco mais direta, como quando passei no hospital hoje de manhã e ela soltou: "Menina, essa saia está um pouco curta, não está, não?".

Olho para baixo, para minha saia, que provavelmente é um tanto curta demais para o trabalho. Puxo a bainha e então afasto isso da mente enquanto passo pelas portas duplas da emissora, tão alegre quanto uma criança matando aula. Lá em cima, todo mundo ainda está no meio da transmissão das seis da tarde. Pela primeira vez em semanas, consegui organizar tudo de forma que não tenho uma matéria rodando nem uma gravação ao vivo, então posso sair em uma hora decente e enfim encontrar com Jen. Porém, estou vinte minutos atrasada. Saco o celular para mandar mensagem dizendo que estou a caminho e vejo que ela foi mais rápida que eu.

Você está abusando do tempo dos pretos. Vem logo!

Muito engraçado, Jen... muito engraçado. Reviro os olhos, achando graça. Por que expliquei para ela o conceito do tempo diferente de pessoas pretas[1]?

Espero perto do semáforo de pedestre, à sombra de um outdoor enorme com a equipe de âncoras da KYX *Notícias de Agora*. Enquanto olho para o rosto de Candace Dyson, do tamanho de um pequeno planeta, o brilho do sorriso cheio de dentes refletindo a luz do sol, o pensamento de sempre me ocorre: um dia. Candace foi a primeira âncora negra nas noites semanais na KYX. Ela foi meu ídolo desde que eu era criança e, cinco meses atrás, no meu primeiro dia de trabalho, falei isso a ela:

— Eu amava te assistir quando era pequena. Eu me fantasiei de você por dois Dias das Bruxas seguidos — confessei.

Em vez de ela ficar lisonjeada, lançou-me um olhar tão gelado que ainda não consegui me livrar do frio, apesar das repetidas tentativas que fiz para cair nas graças da mulher. Talvez Candace conseguisse sentir o quanto eu queria o cargo dela. Talvez me visse como uma ameaça. Talvez eu fosse uma.

Quando a luz enfim se acende, corro pela rua, com gotas de suor escorrendo pela nuca e a umidade abafada fazendo meu cabelo ficar cada vez mais cheio de frizz. Está fazendo vinte e um graus, o que é simplesmente errado, considerando que é dezembro. Parece que estou de novo em Birmingham, o que me faz estremecer apesar do calor.

Passo às pressas pela entrada e trombo com uma multidão na farra do happy hour: um mar de vestidos justinhos JCrew com cores chamativas e camisas sociais azuis. Só sugeri este lugar porque é perto da emissora, mas mal passo pela porta antes que a multidão, a decoração fajuta de casa de fazenda, os garçons com suspensórios xadrez, tudo se combine para irradiar uma imediata pretensão irritante.

Não muito tempo atrás, essa rua só tinha lojas de bebidas e lugares para descontar cheque, o tipo de quarteirão em que uma mulher sabia que não devia andar depois de escurecer. É assim por toda a cidade agora:

---

[1] N. da E.: CP Time ou CPT (*colored people's time*) é uma expressão popular na cultura negra estadunidense e refere-se a pessoas negras que chegam atrasadas em seus compromissos. Surgiu com uma conotação pejorativa, associada a um comportamento irresponsável ou preguiçoso, mas, atualmente, foi ressignificada, sendo mais comumente utilizada em comentários leves, com humor ou em piadas entre amigos.

a gentrificação se infiltrando em cada esquina, tão implacável quanto a água penetrando rachaduras, a areia e a sujeira substituídas por lofts elegantes e cervejarias artesanais. Mal reconheço minha cidade natal.

Sinto a mesma coisa quando vejo Jen sentada no bar. Tenho que olhar várias vezes para reconhecer minha amiga mais antiga. Ela cortou o cabelo comprido, as pontas agora na altura do queixo. Eu a conheço há três décadas e nunca a tinha visto com cabelo curto. Ela parece uma desconhecida. Meio sem querer, edito a cena para ter uma visão mais familiar: o cabelo loiro escuro comprido de Jen, descendo pelas costas, com o cheiro do xampu de lavanda da Herbal Essences que ela usa religiosamente desde o ensino fundamental. Não nos temos visto tanto quanto prometemos que faríamos quando eu me mudasse de volta para a cidade, e é minha culpa, o novo emprego vem me consumindo, mas, ao vê-la agora, sou tomada por uma onda de amor. *Jenny*.

Paro para observá-la por um momento, um hábito de quando éramos bem pequenas. Na época, pensei que, se eu a observasse o suficiente, poderia me treinar para ser mais como ela: leve, extrovertida, destemida. Mas isso nunca aconteceu... Parece que há coisas que não mudam.

Jen se inclina para o homem sentado ao lado dela, sussurra alguma coisa para ele, dá um tapinha de brincadeira na coxa do cara e, então, ri tão alto que outras pessoas se viram para olhar. Ele está hipnotizado, aproveitando a atenção como um lagarto gordo tomando sol em uma pedra. Isso é o que Jen faz: atrai a pessoa e a faz acreditar que há algo interessante e único nessa pessoa, mesmo que seja alguém bem comum e sem graça, e assim arranca informações pessoais que o tal alguém nem sequer sabe por que está compartilhando. Ela provavelmente já sabe se o homem se dá bem com a mãe, qual foi a última vez que chorou e o que ele gosta de fazer na vida além de frequentar pubs gastronômicos pretensiosos durante o happy hour. Aquela simpatia agressiva é o dom dela e também o motivo de Jen sempre ter sido quem chegava chegando nas festas, ou no primeiro dia de aula, ou na primeira competição de atletismo; e eu ia atrás, contando com ela para ser nossa emissária, para fazer amigos para nós duas. Era fácil para Jen que, ao contrário de mim, se encaixa em qualquer lugar, com qualquer pessoa.

E, embora ela não tenha uma beleza clássica (uma vez ela brincou dizendo que era tipo uma "gostosa a nível ralé que mora em trailer... a Gwyneth Paltrow de um pobretão"), homens sempre sentem atração por ela.

Como esse cara que está se inclinando um tanto perto demais, apesar da aliança de Jen, que consigo ver daqui. Isso sem falar da aliança dele.

    Dou alguns passos na direção dela, mas estaco no lugar quando Jen se vira só um pouquinho. Ali, debaixo da bata preta que usa, a barriga redonda. Como o cabelo, isso me assusta, embora não devesse ser o caso. Da última vez que a vi, quando saímos para um brunch logo antes do Dia das Bruxas, a gravidez ainda não estava aparente. Ver a barriga dela agora, quase tão grande quanto as bolas de futebol que colocávamos sob a camisa quando éramos pequenas para *fingir* que estávamos grávidas, torna tudo bem real. Essa gravidez poderia nem sequer ter acontecido sem minha ajuda, mas ainda estou me acostumando com a ideia de Jen ter um bebê.

    Como se pressentisse minha presença, Jen se vira completamente e grita:

— Leroya Wilson, venha para cá logo!

    Levo um susto ao ouvir meu nome de nascença, que parei de usar anos atrás e, por um segundo, me pergunto por que ela o está gritando em um bar lotado. Então, vejo a expressão no rosto dela e percebo que Jen está usando meu nome como um elogio, um sinal da nossa conexão. "Eu já te conhecia na época." É engraçado porque eu sequer consigo lembrar exatamente como escolhi meu nome novo, mas lembro como fui enfática quanto à decisão de mudá-lo. Foi depois de uma viagem de campo à emissora de tv no oitavo ano. Ficar na central de controle, observando a energia e a ação das notícias ao vivo, ver Candace sentada na mesa de âncoras com o cabelo afro redondo e o batom coral da Fashion Fair, deu à luz a um sonho.

    Eu me inclinei e sussurrei para Jen naquele momento:

— Eu vou ser ela, Jenny. Vou ser a próxima Candace Dyson.

    Nas semanas seguintes, todo dia depois da escola eu ficava me olhando no espelho do banheiro, com o aparelho visível na boca, usando o blazer xadrez que minha mãe tinha comprado para mim para a atividade extracurricular de julgamento simulado e praticando meu bordão de despedida:

— Aqui é Leroya Wilson, para o *Notícias das 5*.

    Só que nunca pareceu muito certo. Era raro demais ver alguém na tv que se parecesse comigo, e aqueles que estavam lá certamente não tinham um nome como Leroya. Foi assim que me tornei Riley.

    Quando consigo abrir caminho pela multidão e chegar ao balcão, Jenny está de pé, esperando para me cumprimentar.

— Que isso, gata! — exclamo.

— Estou enorme, né?

Jen arqueia as costas e usa a mão para exagerar o tamanho da barriga.

— Bem, eu estava falando do seu cabelo!

— Ah, é! Surpresa! Cortei semana passada. Queria algo mais curto e mais fácil, mas não um corte de mãe. — Ela leva as mãos da barriga ao que sobrou do cabelo. — Não parece um corte de mãe, parece?

— Não, nem um pouco — minto. — Ficou bem chique. Vem cá.

Puxo Jen para um abraço e fico um pouco sem jeito com a sensação estranha da barriga dura dela tocando a minha. Quando encosto o rosto em seu cabelo, a fragrância familiar de lavanda é tão forte que sinto o gosto. A nostalgia é como um cobertor quentinho. Graças a Deus não cancelei. Pensei sim nisso mais de uma vez ao longo do dia, mas estando aqui no abraço de Jen e numa nuvem de lembranças, o estresse sobre Gigi, o trabalho, a minha lista infinita de tarefas, a exaustão... tudo se esvai e resta apenas Jenny, exatamente do que eu precisava. Já fico mais relaxada sabendo que pelas próximas horas não tenho que me esforçar para impressionar ninguém. De vez em quando, é preciso só estar perto de alguém que nos amou antes que completássemos a transição para a vida adulta. É como encontrar o suéter favorito no fundo do armário, aquele que se esqueceu de por que parou de usar e, ao reencontrá-lo, passar a usá-lo como pijama toda noite.

A pressão da barriga de Jen na minha me lembra de uma coisa que preciso fazer: retornar a ligação de Cookie. Tenho que ser a coanfitriã do chá de bebê de Jen com a sogra dela, um brunch no Ano-Novo, e Cookie me deixou três mensagens esta semana. Só que, toda vez que pego o celular para ligar de volta, encontro um motivo para procrastinar. Em grande parte, porque Cookie (uma mulher que considera *scrapbooks* como a solução para tudo, faz referência constante a quadros que ela criou no Pinterest e chama Chip e Joanna Gaines, do programa *Do velho ao novo*, pelos primeiros nomes) fica dizendo coisas como "é o ano do bebê!", como se "ano do bebê" fosse algo comum de se dizer. A última mensagem de voz dela foi um agonizante monólogo de dois minutos sobre qual cor de balões deveríamos comprar, considerando que Jenny "se recusa" a saber o gênero da criança.

— Egoísta ela não querer saber, não é? — perguntou Cookie no chilique gravado.

Bem, talvez seja egoísta da sua parte exigir saber, Cookie. É o que quero responder, mas lógico que não farei isso. Minha língua pode acabar caindo considerando todas as vezes que vou ter que mordê-la quando estiver com Cookie. Acho que esse é o preço que terei que pagar, porque Jenny merece um chá de bebê divertido, e, se fosse o contrário, tenho certeza de que Jen estaria ao telefone com minha mãe toda noite, tentando convencê-la de que ponche de rum servido em mamadeiras seria *hilário!*

Se tem uma coisa que Jen ama é festas, mas ela sempre se esforça ao máximo para ser atenciosa, o que faz a pessoa se sentir adorada, quando não a faz se sentir totalmente desmerecedora.

Por exemplo: no dia em que me mudei de Birmingham para cá no último verão, ansiosa e exausta depois de dirigir por treze horas direto, lá estava Jen saindo da cafeteria ao lado do meu prédio novo, onde ela estivera me esperando chegar por sabe-se lá quanto tempo. Ela segurava não um, mas dois presentes para a casa nova: uma planta doméstica cheia de espinhos e uma moldura com uma foto de nós duas quando crianças.

— Não dá para matar uma suculenta — insistiu ela, abraçando-me apertado antes de passar a planta para mim.

Eu matei *sim* a planta em tempo recorde, mas a foto ainda está em cima de minha lareira. É uma das minhas favoritas, tirada quando tínhamos seis ou sete anos. Tínhamos passado a tarde correndo pela fonte da Praça Logan com cem outras crianças morrendo de calor, e a câmera nos capturou deitadas no cimento molhado, lado a lado em biquínis cor-de--rosa com bolinhas idênticos, segurando uma a mão da outra.

Enquanto esperávamos que o zelador retornasse com minhas novas chaves, sentamo-nos na calçada, em meio ao calor que deixava a pele grudenta. Jenny ergueu a mão para secar meu rosto.

— Você está aqui — disse ela.

Eu nem tinha percebido que estava chorando. Eu estava só tão... feliz, ou talvez estivesse era aliviada. Depois de tudo o que acontecera no último ano, meu recomeço era real. Sentadas lá juntas no concreto quente, foi um daqueles raros momentos em que, por um momento breve e glorioso, as peças da vida se encaixavam. Eu estava em casa.

Agora, no bar, Jenny gesticula em direção aos dois banquinhos à esquerda dela.

— Aqui, vem se sentar.

Ela tira a jaqueta jeans que tinha colocado em cima do banco, inconsciente de que o homem ao lado está irritado por ter perdido a atenção dela. Ela já o esqueceu.

— Guardei três lugares. Um para você e dois para o meu bundão.

— Seu *sonho* ter um bundão — brinco. — Você está linda, radiante.

— Você também, mas você sempre está impecável, então não me surpreende. Sua franja está crescendo. Que bom. — Ela estende a mão para tocar meu cabelo. Jenny é a única mulher branca no mundo que faria isso e eu permitiria que saísse impune. Ou a que me convenceria a cortar uma franja. — Sabe, eu achava você bem esquisita por ficar irritada quando as pessoas queriam tocar seu cabelo, mas, agora que tenho isto — ela coloca as mãos na lateral da barriga —, entendo. É como se eu fosse a lâmpada do Aladdin. Ninguém pergunta. Só esfregam.

Não é nadinha a mesma coisa, mas deixo para lá.

Passo os dedos pela franja, que parece ainda mais bagunçada em contraste com o corte Chanel certinho de Jen, do qual estou começando a gostar.

— Então, por que mesmo que você me convenceu a fazer isso? Cortar a franja dois dias antes de começar um emprego novinho?

— Eu sei. Foi mal. Achamos que você ficaria a cara da Kerry Washington na segunda temporada de *Scandal*.

— É, mas ficou mais parecido com a Kim Fields em *The Facts of Live*. Só preciso dos patins.

— Isso vai curar todos os males, Tootie.

Jenny desliza para mim um dos copos que transpiram no balcão. Ela nem precisa dizer que é vodca tônica.

— É por isso que eu te amo.

Um bom gole envia o líquido gelado para meu estômago, relembrando-me que, de novo, passei o dia inteiro sem arranjar tempo para comer.

— Estou com inveja. — Jenny ergue o copo dela. — Refrigerante para mim.

— Ah, qual é, vamos tomar uma taça de vinho — imploro, porque não é tão divertido beber sozinha.

Agora que estou aqui, tudo o que quero é ficar bêbada com minha amiga mais antiga.

Jenny olha para baixo e abraça a barriga, de maneira protetora. Sinto como se eu fosse uma intrusa invadindo a privacidade de alguém.

— Não quero arriscar, Rye.

Eu não devia ter sugerido o vinho. Não depois de todos aqueles anos de tentativas, então os abortos, todos aqueles ciclos de fertilização in vitro. Jen balança a cabeça.

— Eu simplesmente não posso.

— Eu entendo.

É verdade, entendo, mas a inversão de papéis é irônica, considerando que todos esses anos a missão de Jen vem sendo fazer eu me soltar, "viver um pouco".

Dou outro gole, toda cheia de floreios.

— Então vou ter que beber por nós duas.

— Estou tão feliz que você está aqui. Deus, senti tanto a sua falta!

Jen segura minhas mãos assim que coloco a bebida no balcão.

Não sei por que de repente fico inibida diante da afeição efusiva dela... e culpada também.

— Desculpe por estar tão sumida. O trabalho tem arrancado meu couro.

Mesmo com um corretivo "milagroso" de primeira linha, consigo ver os círculos escuros e linhas profundas ao redor dos meus olhos no longo espelho acima do bar, o que me faz parecer estar perto dos quarenta, não dos trinta. E olha que falam sempre da "santa melanina", né? É evidente que os dias de doze horas, as seis a dez matérias que estou produzindo por semana e as gravações ao vivo quase toda noite estão cobrando o preço. É o trabalho de três pessoas, mas já estou acostumada agora. "Você tem que trabalhar o dobro para chegar à metade do caminho deles, menina." Era um mantra que a maioria das crianças negras conhecia bem demais, tão onipresente quanto o hidratante em nossos joelhos ressecados.

— Relaxa, eu entendo. E você está arrasando. Amei sua matéria de ontem à noite sobre como a cidade precisa investir mais dinheiro no programa de almoço escolar no oeste da Filadélfia. Eu não fazia ideia de que tantas crianças ficavam sem almoçar por não terem condições de pagar.

— Ah, você viu?

Levei semanas para convencer meu chefe, Scotty, o diretor das notícias, a me deixar fazer aquela reportagem, então, quando os e-mails positivos começaram a chegar, foi conveniente ele ter se esquecido de que dissera: "Não sei se alguém vai se importar com isso, Wilson".

— Tá brincando? Óbvio que vi. Sempre assisto às suas transmissões, Rye! Você é o único motivo de eu assistir à porcaria do noticiário local. E em breve você será âncora!

Jen ergue o refrigerante dela e bate tão forte no meu copo que fico preocupada de ter rachado o vidro.

— Vamos ver.

Brindo mais ou menos, com medo de agourar a coisa de alguma forma. *Não conte com o ovo na barriga da galinha.* Jen foi a primeira e única pessoa a quem contei quando ouvi dizer que talvez Candace se aposentasse em breve. Sempre pensei que Candace fosse do tipo que sairia do estúdio carregada em um caixão, mas, quando Scotty me levou para almoçar no mês passado, confirmou os rumores de que ela pode "em breve sair para explorar outras oportunidades" e que ele provavelmente procurará por alguém "de dentro" para substituí-la. Ficou nítido pela forma como ele disse que ela, uma mulher que tinha acabado de passar dos sessenta, estava sendo empurrada porta afora depois de mais de duas décadas na emissora. Eu devia ter ficado indignada com isso, mas estava focada demais no que poderia significar para mim: uma chance na mesa como âncora. Como estou na emissora só há alguns meses, é um tiro no escuro, mas, desde que Scotty sinalizou a ideia como possibilidade, é um prêmio reluzente a que estou almejando, gulosa como uma criancinha estendendo as mãos grudentas para um doce. Só que, quanto mais Jen age como se fosse uma coisa certa, mais ansiosa fico com o fato de que talvez não aconteça.

— Confia, vai rolar — continua Jen. — Eu sei que vai. Âncora aos quarenta! Não é? Você sempre disse que esse era o objetivo. Você vai conseguir o emprego, e sua franja vai aparecer bem alto naquele outdoor. Você será famosa, e então vou poder contar para todo mundo que você costumava praticar beijo de língua em uma fronha com o rosto de Taye Diggs. — Ela olha para baixo e acaricia a barriga com as duas mãos de novo. — Está tudo dando certo para nós, Rye. Tudo.

— Deus, lembra quantos jogos MASH costumávamos jogar? Sinto que de alguma forma eu acabava sempre morando em uma cabana com Cole Bryant da turma de álgebra.

— AI MEU DEUS, você ia amar viver em uma cabana com Cole. Você amava as gavetas sujas dele!

É engraçado pensar quantas horas (infinitas) Jen e eu dedicamos a imaginar nossas vidas futuras: onde moraríamos, o que faríamos, quem amaríamos, quantos filhos teríamos. Tudo o que queríamos era que nossas vidas se apressassem e acontecessem logo. E agora aqui estamos. Essa era para ser a parte do "felizes para sempre"; o que não entendíamos era que a vida adulta seria uma série incansável de começos: novas cidades, novos empregos, novos relacionamentos, novos bebês, novas preocupações. Deve ser por isso que não consigo me livrar da sensação de estar sempre aguardando a próxima mudança.

— Um brinde a nós, todas crescidas. — Dessa vez, bato o copo no de Jen com entusiasmo. Minha cabeça gira por tomar a bebida muito rápido, e minha barriga ronca. — Preciso muito pedir algo para comer.

— Eu também, estamos morrendo de fome.

Levo um segundo para entender o que Jen quer dizer com "estamos". O cardápio é uma longa tira de pergaminho presa a um pedaço de couro e impressa com a data do dia no topo, tipo um jornal. Cada prato tem uma "história de origem" digna de piada. Bife tártaro do condado de Bucks, burrata fresca de uma fazenda de Haverford descrita como "direto do celeiro" e mel obtido das colmeias no telhado do restaurante. Está a anos-luz do Ki-Suco, da pizza Stouffer's e do macarrão com queijo industrializado que comíamos quando mais jovens.

— É tudo caro pra caramba — comenta Jenny, analisando o cardápio como se fosse um problema a resolver.

É verdade, os preços do "menu degustação" são tão absurdos quanto as descrições. Eu devia ter escolhido um lugar mais barato, considerando que Jenny e Kevin estão apertados de grana. Contudo, o assunto do dinheiro é algo que tento evitar com ela para que Jen não seja lembrada do motivo de a questão pairar entre nós: o empréstimo que sei que ela nunca conseguirá pagar. Não tive escolha, porém. Tive que dar o dinheiro a ela. Quando voltei à cidade no ano passado para as festas de fim de ano, e Jen passou na casa dos meus pais como sempre na véspera de Natal, ela estava no auge do desespero. Fazia mais de seis semanas desde que o ciclo final de fertilização in vitro, sua terceira tentativa, não funcionara.

— O que posso fazer? — perguntei enquanto passávamos uma garrafa de vinho tinto quente uma para a outra, e então me perguntei o que eu diria se Jen quisesse que eu gerasse o bebê dela em algum tipo de cenário do filme da vez no canal Lifetime.

— Nada.

Jen se deitou na minha antiga cama. Eu me estiquei ao lado dela, abracei seu corpo ossudo e afundei o rosto em seu cabelo. O cheiro indicava que não havia sido lavado há dias, nem um pingo de lavanda.

— Vocês podem tentar de novo, não é?

— Não. Não podemos — respondeu Jen, suspirando.

— Vocês podem. Vocês *vão* — insisti. — O que precisam para tentar de novo?

Houve um longo silêncio antes que ela falasse:

— Dinheiro. A gente já deve, tipo, uns trinta mil.

— Trinta mil — repeti, absorvendo o número inacreditável.

Era mais que meu salário anual em meu primeiro emprego depois da faculdade, trabalhando como uma repórter irrelevante em Joplin, Missouri. E era uma quantidade absurda de dinheiro para gastar em algo que não parecia estar funcionando nem um pouquinho. Eles ainda não tinham um bebê. Contudo, decidi não julgar. Além disso, eu nunca tinha visto Jen daquela forma. Era doloroso testemunhar alguém amado fazer algo de modo tão desesperado, e observar como cada novo aborto ia alterando sua essência... a tornava mais frágil e amarga. Gigi disse que era como se o próprio espírito de Jen estivesse murchando, como um fruto esquecido. Só havia uma coisa a fazer.

— De quanto precisam? — questionei, preparando-me para a resposta.

Jen não respondeu de imediato, o que me fez pensar que talvez ela dissesse não, e talvez fosse isso o que eu queria. Por fim, ela disse, em uma voz baixinha que eu nunca a vira usar:

— Talvez cinco mil? Isso poderia nos ajudar... se não for dinheiro demais.

De novo, tentei não reagir ao número e apenas fiz um cheque para ela, de uma vez só abrindo mão de mais da metade das economias que eu juntara com muito esforço. A forma que ela não conseguia parar de falar "obrigada, obrigada" enquanto me abraçava e não me soltava fez tudo valer a pena. Assim como o grito dela (tão alto que tive que afastar o celular da orelha) quando me ligou para dizer que o ciclo seguinte de fiv funcionara. Mesmo assim, às vezes o dinheiro parece uma pedrinha no sapato; a pessoa não vai parar de andar, mas sabe que está ali. Nós duas olhamos para a barriga dela agora e em silêncio chegamos à mesma conclusão: qualquer desconforto entre nós é um pequeno preço a se pagar.

— Não esquenta. Posso pagar o jantar. Pode ser que façamos uma reportagem aqui — minto outra vez para que nós duas nos sintamos melhor. — Peça o que quiser. É por minha conta... por conta da emissora.

É visível que Jenny fica aliviada enquanto volta a atenção ao cardápio.

— Bem, nesse caso, vamos pedir tudo. Estamos chiques. Progredimos muito desde os enlatados do Chef Boyardee, né?

O barman enfim se afasta de um grupo de loiras que mal parecem ter idade para beber e nos dá um pouco de atenção. Quando ele me olha uma segunda vez, sei que está me reconhecendo. Fico envergonhada por gostar tanto disso, por como nunca me canso da atenção. Abro um sorriso tímido para ele, mas ele está todo sério, perguntando de forma brusca: "O que vão querer?", e ainda assim fala apenas com Jen, como se ela fosse pagar a conta. Peço cem dólares de porçõezinhas superfaturadas só para endossar uma posição, embora eu não faça ideia de que posição seja essa. O barman se afasta antes que eu sequer solte o cardápio.

— Vamos nos esbaldar! Até o bebê chegar, Kevin está pegando todos os turnos que pode e fazendo hora extra trabalhando nos jogos dos Eagles aos domingos, então venho passando muito tempo comendo cereal sozinha no sofá e maratonando *Do velho ao novo*.

— A vida glamourosa de esposa de policial.

Jen morde o lábio inferior, um hábito nervoso de uma vida inteira que a deixou com uma cicatrizinha branca.

— Quem me dera. Tem sido difícil. As festas de fim de ano são um período de merda para policiais. O Dia de Ação de Graças e o Natal deviam ser, tipo, a época mais feliz do ano para a maioria das pessoas, mas há muito mais ligações, mais ocorrências de violência doméstica, e muito mais suicídios. Kevin teve que ir atender um, semana passada: no dia seguinte ao Dia de Ação de Graças o cara se enforcou no quintal, no balanço da filha. Que horror, né? Ele deixou um bilhete colado no balanço, dizendo que não podia lutar contra os demônios. Kevin ficou perturbado por dias. Ele não diz nada, mas eu percebo. É demais para os policiais... serem os assistentes sociais, os terapeutas... Enfim, chega disso. Caramba, que conversa deprê. Como está a Gigi?

Desde que Jen a conheceu, ela chama minha avó pelo mesmo apelido que meu irmão, Shaun, e eu usamos, aquele que dei a Gigi quando estava aprendendo a falar e não conseguia dizer "vovó". É óbvio que Gigi ama isso, considerando que Jen é praticamente neta dela também. Eu a provoco dizendo que ela ama Jen mais do que a mim, e vice-versa. Desde o primeiro dia em que Jenny foi à creche que Gigi tinha na nossa casa, aquela que ela fundou quando veio morar conosco depois que o vovô morreu e ela se aposentou de seus trinta anos na empresa Bell Atlantic, ela desenvolveu uma afeição especial por Jenny, chamando-a de "meu foguetinho".

Sempre provoco Gigi com isso:

— Mas podemos confiar nela, mesmo ela sendo branca e tal?

E Gigi responde com a maior sinceridade:

— Ah, querida, você sabe que Jenny é diferente. Ela não é como os outros.

O que era engraçado demais porque não consigo contar quantas vezes as pessoas disseram isso sobre mim.

— Ouvi minha mãe falando com o pastor Price sobre precisar pensar em tomar as "providências" para a Gigi e fiquei com tanta raiva. Tipo, minha mãe estava agindo como se ela já tivesse morrido.

Jen coloca a mão no meu braço.

— Gigi é guerreira, Rye. Ela ainda tem muita vida dentro dela.

— Não sei... A diálise não está funcionando mais, e não há muito mais que os médicos possam fazer. — Faço uma pausa, com medo de parecer que estou descompensada, mas então continuo mesmo assim: — Gigi tem me assombrado. Ouço a voz dela por toda a parte, Jenny, e sinto que estou perdendo a sanidade.

— Ela está te lembrando que garotas direitas usam meia-calça?

Jenny contorce o rosto e ri, tão alto que as pessoas tornam a olhar para ela.

É óbvio que Jen está falando da época em que Gigi insistiu para que ela pegasse emprestado uma meia-calça sua para usar na igreja em um domingo de manhã depois de dormir lá em casa, embora as Hanes Her Way de minha avó fossem marrons demais para as pernas pálidas de Jenny.

— Não é engraçado! — contraponho. — Talvez eu esteja ficando tantã das ideias.

— Sai dessa. Você não perdeu a sanidade, só está preocupada com sua avó. Você a ama, e tem muita coisa acontecendo. — Jenny esfrega o nó de tensão entre minhas escápulas. — Eu devia ir vê-la.

— É, ela ia amar. Ela esteve perguntando de você, e eu contei que ia te ver hoje. Ela vai querer tocar sua barriga e te contar sobre o futuro do bebê. Com quem ele vai se casar, quando será eleito presidente...

— Sabe, por causa da Gigi, eu cresci achando que todas as pessoas negras eram videntes.

— Não é ser vidente. É o arrepio.

Gigi sempre alegou que as mulheres na família Wilson tinham um toque do "arrepio", um pressentimento de futuro.

Estou prestes a relembrar Jen da época em que tentamos convencer

Gigi a nos deixar cobrar dos nossos colegas de escola pelas leituras videntes dela, quando vejo que o momento passou. Jen está olhando para o nada, com as sobrancelhas franzidas.

— Não seria bom se pudéssemos mesmo ver o futuro, Rye? Eu só quero saber que tudo vai ficar bem. Ele, ela... vai ficar bem, não vai?

Quando crianças, Jenny e eu sempre fazíamos desejos juntas: para que nossas paixonites nos notassem, por moletons da Juicy que nossos pais não podiam bancar, por seios. Ela estendia um cílio caído que tinha coletado com a ponta do dedo e me pedia para soprar e ficava irritada quando eu não contava meus desejos, aqueles que me deixavam muito envergonhada ou aqueles que eu mais queria que se realizassem; eu não queria arriscar estragar as chances de sucesso.

Pego a mão de Jen para tranquilizar a nós duas.

— São os hormônios? Um segundo atrás nós estávamos brindando a todos os nossos sonhos se tornando realidade. É lógico que o bebê está bem. O Passarinho está saudável e feliz e não vê a hora de zoar a mamãe dele comigo.

Quando Jenny começou a chamar o bebê de Passarinho, igual ao mascote do Philadelphia Eagles, soou como a coisa mais brega que eu já tinha ouvido, mas com o tempo concluí que é meio fofo. Até encontrei uns macacõezinhos lindinhos no Etsy, com estampa de passarinhos, e comprei vinte deles, planejando pendurá-los no chá de bebê. Também comprei uma camisa para ela com a estampa de "Mamãe Pássaro". Então, fiz *algo* pelo chá de bebê, mesmo que tenha sido sem a aprovação de Cookie, o que suspeito de que não vai ser muito bem aceito.

— Só estou nervosa, sabe? Quanto mais perto fica... — Jen para de falar e olha para a barriga outra vez. — Mais assustador fica. Tem tantas coisas que podem dar errado, entende?

Sei exatamente do que ela está falando: aquele medo mordaz de que tudo pelo que lutou possa desaparecer em um segundo, que pode se esforçar pra caramba, fazer tudo certo, e no fim nada adiantar. Sei muito bem.

— Vai ficar tudo bem, Jenny. Melhor que bem. Estou tão, tão feliz por você.

Verdade, é uma felicidade complicada. Quero amar essa nova fase da vida de Jenny, mas houve tempos em que me entreguei a uma linha de pensamentos estúpida, mesquinha e egoísta: o que tudo isso significa para mim? Como isso muda nossa dinâmica? Mas neste momento nada disso importa. Tudo dá espaço a uma alegria pura e profunda de que Jen está prestes a conseguir o que sempre quis, a versão dela da carreira como âncora.

Abraço minha amiga com força e espero que o conforto físico seja mais efetivo que as palavras. Quando Jen se afasta para me olhar, ela está tão perto que posso contar a constelação de sardas em seu nariz. Ainda não digo nada. Em vez disso, toco no meio de minha sobrancelha esquerda com o dedo indicador, e funciona... a lembrança afasta a preocupação do rosto de Jen.

Quanto tínhamos doze anos, decidi fazer as sobrancelhas peludas pela primeira vez. Eu queria que elas passassem a formar um arco poderoso como o da Posh Spice, mas fiquei entusiasmada demais e tirei muito, então tirei mais um pouco até que metade da minha sobrancelha esquerda tivesse sumido. Ninguém conseguia me tirar do quarto, nem Gigi, nem minha mãe. Enfim, tinha aberto a porta para Jen, que de pronto caiu no chão rindo, o que me fez chorar ainda mais alto. Então, enquanto eu estava ali balbuciando, Jenny entrou no banheiro, pegou uma gilete Bic rosa e raspou metade da sobrancelha esquerda também. Nas raras ocasiões em que fico irritada com ela, é disso que me lembro para me acalmar, do dia em que Jenny raspou metade da sobrancelha por mim.

— Você tem razão, tem razão. Tenho certeza de que tudo vai ficar bem. E adivinha? Tenho uma novidade. — Jen fica toda animada, seu humor sombrio sumindo tão rápido quanto apareceu. — Eu dei o aviso prévio oficialmente na segunda-feira!

— *Ah, sério?* — Sou pega desprevenida, e é difícil manter a voz neutra.

Não é como se Jen amasse ser recepcionista para um dentista na Main Line, mas, dada a situação financeira deles, eu não achava que se demitir era uma opção.

— O que foi? — pergunta Jen, evidentemente tendo esperado uma reação mais alegre.

— Nada. Só estou surpresa. Acho que eu não te imaginava como mãe e dona de casa.

— Não vai ser para sempre. A rotina do Kevin é absurda. Muda o tempo todo. Ele trabalha por quatro dias, e então por quatro noites, isso quando não pega hora extra. Um de nós precisa da flexibilidade. É melhor que eu fique em casa. Ele está prestes a virar sargento, e com a promoção vem mais dinheiro. E vou me dedicar cem por cento a criar este serzinho, fazer torrada toda manhã e lancheiras saudáveis todo dia, como Lou.

Há uma pausa antes que nos acabemos de rir de como isso está longe da verdade. A única coisa em que a mãe de Jen, Louise, já foi boa é em contar piadas indecentes, fazer martínis e lançar olhares tortos. A ideia dela de comida caseira é a seção de congelados do supermercado.

Em um timing perfeito, nossa comida chega, e voltamos a atenção aos aperitivos que estão de acordo com a descrição de "degustação". Os bifinhos criados na fazenda não são maiores que uma moeda de cinquenta centavos. Jenny joga dois na boca como se fossem pipoca, e gotinhas errantes de mostarda pingam em sua barriga. Molho a pontinha do guardanapo no copo d'água e me inclino para limpar a mancha. Há um motivo para eu ter parado de emprestar roupas para ela.

— Nossa. Eu estava morrendo de fome — diz Jenny, pegando uma tâmara enrolada em bacon. — Escuta. Outra novidade. Kevin tem um cara para te apresentar.

Jen gosta de dar a impressão de que Kevin é bem mais interessado na minha vida do que é na realidade; suspeito de que ela sempre teve a ideia romântica de que seríamos os Três Mosqueteiros ou algo assim. Contudo, não posso dizer que Kevin e eu nos demos bem de cara quando nos conhecemos muitos anos atrás, apesar de Jen ter garantido que eu ia *amá-lo*. A primeira impressão que tive quando o vi foi: *esse aí?* Era difícil distingui-lo de todos os outros caras brancos e idênticos usando xadrez no pub irlandês na rua Walnut em que nos encontramos, em uma de minhas raras visitas à cidade em que cresci. Kevin não era o que eu esperava, considerando todas as pessoas que vieram antes dele: o tatuador, o jogador profissional de pôquer, o cara que morava em um barco meio bambo e cultivava maconha hidropônica. A noite até foi agradável, e pude ver o quanto Kevin adorava Jenny, mas ele evidentemente não sentia que tinha que se esforçar para conseguir meu aval, embora eu fosse *a* melhor amiga. Mais tarde, eu o ouvi falar para Jenny:

— É, ela é legal, vocês só são tão... diferentes.

O que era justo, e eu sentia a mesma coisa sobre ele. Kevin (simples, básico, comum, que usava calça de sarja) não era o que eu sempre imaginara para minha amiga.

Ele não é suficiente para você, foi meu primeiro pensamento quando Jen anunciou que eles estavam noivos um ano depois. E em seguida: *por favor, não se contente com pouco*. Contudo, engoli as dúvidas com um grito alegre e a promessa de me lançar nos afazeres como dama de honra de imediato. Não faço ideia do que Kevin acha de mim além de como sou "diferente", mas não acredito nem por um segundo que ele esteja orquestrando qualquer encontro. É Jen que, como toda mulher casada com uma amiga desimpedida, tem a missão resoluta de encontrar *alguém* para mim.

— Ah, é?

Posso adivinhar o motivo de Kevin achar que esse cara e eu combinaríamos tanto.

Jen morde um bolinho de siri com vontade e fala enquanto mastiga:

— O nome dele é Kayvon Freeman.

E aí está: um preto ótimo e respeitável.

— Ele acabou de entrar como detetive no Vigésimo Segundo Distrito com Kevin, se mudou de Delaware para cá... Acho que ele queria trabalhar em uma cidade maior ou algo assim.

Um policial? Nem ferrando que eu sairia com um policial. Só que obviamente não posso dizer isso a Jen.

— E ele é gato. E alto, e sabemos que isso é obrigatório! Kevin disse que vocês dois se dariam bem. Devíamos sair juntos! Quer dizer, Kevin/Kayvon. É perfeito demais.

— Eu tenho zero tempo para namorar agora, Jen. — É minha resposta de sempre, dita por reflexo como defesa ou justificativa. — Estou tão ocupada. Preciso...

Jenny me interrompe, erguendo a mão.

— Riley, o momento é esse. Qual foi a última vez que você transou? Sua vagina deve estar com teia de aranha.

De brincadeira, ela finge que vai levantar minha saia, mas seu tom está tomado de preocupação.

— Estou focada em outras coisas. E ainda tenho tempo para conhecer alguém.

Embora às vezes não pareça que seja o caso. Em algumas noites, acordo às três da manhã com a sensação inquietante de que o tempo está voando, que estou ficando para trás e nunca vou conseguir pegar o ritmo. Sei o que Jen vai dizer antes que ela abra a boca, porque é uma bronca que dou a mim mesma uma vez por semana.

— Qual é, Rye. Você não pode ficar solteira para sempre. É hora de seguir em frente. Voltar à ativa. Você tem que...

Eu quem agora ergo a mão para interrompê-la antes que ela chegue à parte em que diz que todos os "bons partidos" logo estarão comprometidos.

Mesmo que talvez ela esteja certa. Com o incentivo de Jen, fui a dois encontros desde que voltei para a Filadélfia, com pessoas que ela escolheu para mim no Tinder. Um cara não parou de falar de si mesmo e, quando apontei isso, ele disse que "estava só tentando me ajudar a conhecê-lo". E o outro disse que eu devia me achar "importante" quando contei sobre meu trabalho e apenas olhou para a conta quando chegou, esperando que eu a pagasse. Eu tinha pouca esperança de que na terceira vez daria certo.

— Não consigo nem conceber a ideia de voltar à ativa, Jenny... Começar do zero com alguém novo, deixar alguém me ver pelada pela primeira vez...

— Então você vai fazer voto de celibato? Nem pensar. Passa minha bolsa para cá para eu pegar o celular. Vou te mostrar uma foto dele. Você vai querer fazer esse encontro acontecer amanhã mesmo. — Jen pega a bolsa, mas de repente se estremece toda. — Puta merda.

— Tudo bem?

— Tudo, tudo, acontece o tempo todo — responde ela, dispensando minha preocupação.

— Tem certeza?

— Foi só um chute. Bem nas minhas costelas. Quer sentir?

Sem esperar minha resposta, ela pega minha mão e a coloca à esquerda de seu umbigo. Há uma série de soquinhos, rápidos e insistentes. Luto contra a vontade de tirar a mão da caixinha alienígena na barriga de minha amiga.

Jen enfim encontra o celular e o saca da bolsa, triunfante.

— *Ugh*. Kevin mandou um monte de mensagem. — O dedo atarracado dela se livra das notificações e abre o álbum de fotos. — Aqui, encontrei. Kayvon. Gato, né?

Jenny mostra a tela.

Kayvon é atraente, com a careca polida e um toque de barba por fazer. Na foto, ele está vestido com o uniforme azul e dá um sorriso malicioso, como se estivesse aprontando. Eu o vejo abrindo esse sorriso para mim do outro lado da mesa em um restaurante pouco iluminado e, então, o vejo algemando adolescentes e os jogando no chão. Espanto ambas as imagens da mente, dando um gole na bebida.

— Tá, verdade. Ele é bonito. Então talvez... Quem sabe.

Fico torcendo para Jen deixar isso para lá, embora eu saiba que não vai acontecer.

— Não, nada de talvez. Vai rolar. Faz, tipo, um ano desde o lance com Corey.

Na verdade, faz cinquenta e seis semanas, para ser exata. Ouvir o nome dele em voz alta faz meu estômago se revirar. Eu já devia ter superado. Fico para morrer por ainda ter essa reação só de ouvir o nome, ou por encontrar uma das meias dele enfiada nos fundos da gaveta, como aconteceu na semana anterior e ameaçou estragar minha tarde inteira, até que saí na varanda, joguei o objeto no ar e o vi flutuar e cair no capô de um caminhão de entrega.

Prendo a respiração e espero que Jen me pergunte outra vez o que aconteceu entre nós dois. Ela nunca fica satisfeita com minhas respostas vagas, mas parece entender a expressão de pânico no meu rosto e muda de assunto. Corey é uma onça que não cutucamos.

— Vamos pedir sobremesa — sugere Jen, e deixamos o assunto se dissipar como fumaça depois dos fogos de artifício.

— Tá bom, mas você vai ter que atrair a atenção do barman, ele nem olha para mim. Faz cara de grávida, faminta e triste.

— Deixa comigo. — Enquanto Jenny faz um beicinho e dá uma piscadela para o barman, o celular dela vibra e "maridão" aparece na tela. — Sério? Eu saio uma noite e ele não consegue parar de mandar mensagem.

Ela revira os olhos, mas sei que ama que Kevin faça isso, que ele precise tanto dela.

— Ah, responda a mensagem dele. Você está grávida. Ele provavelmente está preocupado contigo.

Ela toca a tela para abrir a mensagem.

— Ou está entediado. Ele sempre manda mensagem quando está patrulhando e fica entediado. Falei para ele começar a jogar um daqueles jogos em que você mata pássaros...

Em quase trinta anos, já vi quase toda expressão que Jenny pode fazer. Conheço o rosto dela como conheço o meu, mas a expressão que ela está fazendo agora, enquanto lê a mensagem de Kevin, é uma que nunca vi. Seguro o braço dela.

— O que foi? O Kevin está bem?

Jen não responde, focada demais em abrir o aplicativo da Uber.

— Tenho que ir.

— O quê? O que aconteceu?

— Tenho que ir.

Ela está em movimento, pegando a bolsa, o casaco, derrubando a bolsa, segurando-a por uma alça. Um tubo de hidratante labial cai e rola pelo chão.

— Espera. Jen. Fala o que houve.

— Algo aconteceu... com Kevin.

São essas quatro palavras que vão me assombrar, a forma que ela formulou a frase: "Algo aconteceu. Com Kevin".

— Meu Uber está chegando — diz Jen. — Olha, desculpe. Só preciso descobrir o que está acontecendo. Te ligo amanhã, está bem?

Ela já está de pé, abotoando o casaco, então se aproxima para me abraçar depressa.

Estou preocupada, mas também um pouco irritada por estar sendo excluída da coisa toda de maneira inexplicável.

— Tudo bem, então. — Minha voz provavelmente soa mal-humorada, mas ela nem está ouvindo.

Minha amiga já está quase na porta.

Quando o barman aparece, peço outra bebida, que é bem mais forte que a primeira, praticamente uma dose. Talvez ele tenha visto Jen sair correndo, ou talvez pense que fui largada pela namorada branca, bonita e grávida, o que me faz rir um pouco. O líquido queima o fundo da garganta quando viro o copo e então saco o celular, calculando que faz pelo menos uma hora desde que o conferi pela última vez, um recorde hoje em dia.

A adrenalina faz minha pele se arrepiar quando vejo que perdi três mensagens de Scotty.

Precisamos de você hoje.

Onde você está?

Vem pra cá, agora.

Ele também enviou dois e-mails. Ao abri-los, meu corpo inteiro começa a vibrar, o arrepio. Um adolescente negro baleado por um policial da Filadélfia, em estado grave. Ligo os pontos, nauseada. Sei exatamente por que Jenny teve que sair correndo.

Capítulo dois

Jen

Nos meus sonhos, nunca vejo acontecer: nunca vejo Kevin levar um tiro, nunca vejo meu marido esparramado no chão, sangrando. Os pesadelos sempre começam no necrotério, uma cena saída de *Lei & Ordem*, uma sala congelante com paredes de cor verde-vômito. Ele está deitado na mesa de metal quando chego. Não importa o quanto eu tente, nunca consigo tocar nele. Meus braços estão colados na lateral do corpo, e posso apenas observar seu corpo morto. Eu vinha tendo esse sonho uma vez por semana desde que ele começou na academia de polícia.

A verdade é que eu nunca quis ser esposa de policial. Quando conheci Kevin, o emprego dele era vender anúncios de internet; algo bom, seguro, estável, chato. Pensando agora, eu devia ter desconfiado. A forma que Kevin me contou, com tanto orgulho, no nosso primeiro encontro, de como vinha de uma linhagem longa de policiais. Até o irmão mais novo de Kevin, Matt, havia entrado para a polícia não fazia muito tempo. Contudo, no segundo seguinte, Kevin insistiu que gostava do emprego na empresa Comcast, que se saísse de lá seria para virar empreendedor, talvez desenvolver um aplicativo ou algo assim, o tipo de merda grandiosa e dúbia que tudo bem você dizer aos vinte anos, quando tem olhos azuis brilhantes e uma cabeleira de cachos macios que eu queria ficar acariciando.

Naquela época, eu também queria ser alguém mais importante, fosse lá o que isso significasse. Meu principal objetivo era largar o trabalho de garçonete o quanto antes. Estava tão cansada de trabalhar na Fat Tuesday, preparando margaritas aguadas para fãs de esporte bêbados que apertavam minha bunda. Eu queria fazer uma graduação ou começar algum tipo de negócio, ou talvez conseguir a carteirinha de corretora imobiliária para poder negociar casas. Os detalhes não importavam muito. Meu único objetivo na vida podia ser resumido com bastante simplicidade: seja lá o que fizer, não se transforme na Lou. E lá estava Kevin, o Kevin que vendia anúncios, que tinha o próprio apartamento com fotos emolduradas nas paredes e um sofá de verdade (não um futon manchado), um bom salário, plano de saúde, e tudo em que consegui pensar foi: *é isso. É isso que eu quero.* Sempre tive a sensação de que a vida que eu queria estava por aí, e eu estava só esperando que chegasse, como um ônibus. Ou esperando que alguém como Kevin chegasse. Um ano depois, nós nos casamos, e a vida estava estável e segura e talvez até um pouco sem graça, bem como eu queria.

"Segura e sem graça" foi por água abaixo um ano depois do casamento quando Kevin se virou para mim do nada e disse:

— Quero ser policial, Jen. Vou entrar na academia de polícia. Não quero chegar ao fim da vida, recordar do passado e dizer que a melhor coisa que fiz foi convencer uns caras a se inscreverem na Xfinity.

O pai dele tinha acabado de se aposentar da polícia depois de ter um infarto grave, e meu marido novinho em folha estava, de repente, prestes a continuar o legado dele. Ser policial se tornou o "sonho" de Kevin, e, quando ele disse aquilo, usou aquela palavra, o que eu poderia dizer ou fazer? Eu não ficaria no caminho do sonho do meu marido.

E, agora, aqui estamos nesse pesadelo. Pelo que sei, Kevin só usou a arma uma vez. E agora isso. Não que eu saiba de quaisquer detalhes ainda, além da mensagem de Kevin: "Atirei em alguém". Só que não há nada a fazer agora exceto esperar. Saí do bar correndo e vim para casa muito rápido, deixando Riley toda preocupada e talvez até com raiva de mim, mas Kevin ainda não voltou. Ele provavelmente está sendo interrogado em alguma sala escura na delegacia.

Ando de um lado a outro na cozinha, esperando que o micro-ondas apite, enquanto pensamentos aterrorizados ficam rodando minha mente como meias em uma secadora. Licença administrativa. Investigações. Ações judiciais. Inferno.

Quando pego a caneca de água quente, minhas mãos estão tremendo tanto que gotículas fumegantes respingam em meus pés descalços, faisquinhas ardentes. Dou um grito e nossa cadela, Fred, também. Acaricio o pelo encaracolado atrás da orelha dela para acalmá-la. Então volto à caneca, girando o saquinho do chá, desejando liberar todos os ingredientes "calmantes" mágicos prometidos na embalagem. Não deu nem tempo de as ervas infundirem, mas tomo um gole mesmo assim, e o líquido escalda a ponta da minha língua, fazendo-a ficar dormente. Ah, se a mesma coisa pudesse acontecer com minha mente. Levo o chá para a sala de estar e estou me recostando no sofá quando Fred torna a latir. Dessa vez é um som feliz, aquele que ela faz quando Kevin gira a chave na fechadura. A porta bate, e a voz do meu marido ecoa pelo hall de entrada. Acho que ele está falando comigo até que percebo que ele está no celular com o irmão.

— Eu não sei, Matt. Temos só que esperar. Ele está vivo; eles o levaram para o Hospital Jefferson. Ninguém me conta nada. Espero... Não sei se ele vai sobreviver. Vou me encontrar com o representante sindical de manhã. Te ligo depois, beleza? Acabei de chegar em casa, preciso desligar.

Ele deixa o celular cair no carpete enquanto se joga ao meu lado no sofá desgastado.

— Meu Deus, Jenny.

A cabeça dele cai pesada no meu ombro. Sinto cheiro de suor e algo almiscarado, o cheiro azedo da adrenalina ainda na pele dele. Kevin está usando roupas comuns. Cadê o uniforme dele? Imagino uma pilha ensanguentada.

Seguro o queixo de meu marido e inclino seu rosto em direção ao meu.

— Amor, me conte o que aconteceu. Comece do começo.

Ele vira o rosto para o outro lado, em silêncio. Isso não é novo. Ele se fecha quando é algo sobre o trabalho, principalmente quando é coisa ruim. Seguro a mão dele, que treme e está gelada.

— Kevin, preciso saber o que aconteceu.

— Foi tudo tão rápido, Canarinho. Cameron atirou, então eu atirei.

— Espera, quem é Cameron?

— Travis Cameron. Ele é novo. Fui colocado com ele hoje de manhã pela primeira vez.

Sei que Kevin e eu estamos pensando a mesma coisa: nós dois sentimos falta de Ramirez. Kevin sente falta de seu parceiro de cinco anos porque eles se tornaram melhores amigos, próximos como irmãos, e cuidavam um do outro sempre. Eu sinto falta de Ramirez porque ele era a única pessoa em quem eu confiava que manteria Kevin seguro por aí. Foi um choque para nós dois quando Ramirez anunciou que ele e a esposa,

Felicia, mudariam-se para a cidade natal dela, perto de Topeka, para cuidar da sogra dele, que estava lutando contra um câncer. Nos meses que se passaram desde a partida de Ramirez, é perceptível que Kevin tem estado rabugento quando chega do trabalho, cheio de reclamações que não tinha com o antigo parceiro. Ramirez liga para Kevin durante o dia para reclamar da nova unidade em que está "nesta cidade no meio do nada em que nenhuma coisa nunca acontece". Aposto que Felicia ama que nenhuma coisa nunca aconteça. Nós nos encontrávamos com frequência para jantar e conversávamos sobre estarmos preocupadas com nossos maridos (com a segurança deles, com a saúde mental), enquanto eles debatiam as histórias de grande sucesso e lembranças do trabalho nas ruas ao longo dos anos, sem parar.

Kevin inspira fundo, como se estivesse se incentivando a continuar, e então começa a falar tão rápido que mal consigo acompanhar:

— Recebemos um chamado de assalto à mão armada, um cara atirou no atendente da loja de conveniência quando não conseguiu abrir o caixa. Tiro à queima-roupa no peito. Pela descrição, era esse tal de Rick, que tinha assaltado uma mercearia semana passada. Cameron e eu fomos os primeiros a chegar ao local e o vimos correndo pela rua. Começamos a perseguição no carro. Quando ele parou na avenida Ridge, descemos e corremos atrás dele. Cameron é rápido pra caramba (ele até competiu na Universidade Kutztown), então estava alguns metros à frente, entrando em um beco. Eu o ouvi gritar "polícia, pare!", e aí cheguei bem atrás dele quando ele gritou "ARMA!" e atirou. Parei e atirei também, e o cara caiu.

Kevin para de falar de repente e fica olhando para a lareira vazia do outro lado da sala, como se estivesse vendo a cena se desenrolar em uma tela invisível.

— Foi tão rápido. Não tive tempo para pensar. Eu devia ter... CARALHO.

Ele está enfiando as unhas na minha coxa com tanta força que fica marcado.

Sequer sinto a dor porque só consigo focar em uma coisa: meu marido está vivo. Toda essa conversa sobre assalto à mão armada, perseguições e tiros, e Kevin ainda está aqui, bem ao meu lado.

Eu me acostumei com muita coisa em oito anos como esposa de policial (os turnos imprevisíveis, os estojos de munição na lavanderia, a ausência em aniversários e em feriados), mas nunca vou me acostumar com o medo constante e implacável. Todo dia em que Kevin veste o uniforme e sai pela porta é um dia em que me pergunto se ele volta para casa. O fato de ele trabalhar em um dos distritos mais perigosos da Filadélfia não ajuda, nem o fato de seu colete à prova de balas ter vencido há dois anos. Ele tem que sair e encarar homens armados com apenas um colete vencido servindo de barreira entre seu coração e uma bala. Ele não sabe ainda, mas estou economizando para comprar um novo no Natal, o melhor do mercado. Dei um sinal no meio do ano passado, e o último pagamento será em algumas semanas. Fico dizendo a mim mesma que quando ele tiver o colete, vou parar de ter pesadelos.

Toco nele com ambas as mãos, desesperada pela confirmação de seu corpo, sua respiração, sua presença aqui diante de mim. *Você está vivo.* Essa verdade me deixa tão aliviada que fico até fraca.

— Ele era um cara ruim. Você fez a coisa certa. Ele está no hospital? Ouvi você contar para o Matt. Ele vai se recuperar?

Kevin se levanta tão rápido que quase me derruba do sofá. Ele caminha de um lado a outro sem responder, uma expressão feroz e aterrorizada no rosto, como um guepardo esquelético que vi uma vez em uma gaiola lotada em um péssimo parque de vida selvagem nas Montanhas Poconos. É o que Kevin está parecendo: um animal engaiolado. Em nove anos de casamento, nunca o vi assim.

— É, ele está vivo, mas...

— Mas o quê?

Quero ir até ele, mas estou enraizada no sofá, paralisada de terror, assim como em meus pesadelos.

Kevin responde olhando para a parede em vez de olhar para mim:

— Não era nosso suspeito... não era Rick. Ele nem sequer combinava com a descrição. Rick era alto, de um metro e noventa e usava um casaco escuro. Cameron não deveria ter... — A voz dele falha. — Deus, Jen, a situação é ruim.

Ruim quanto? Uma pergunta se forma, mas não consigo fazer a boca formular as palavras; algo na expressão do meu marido me impede. *O cara ao menos estava armado?* Isso dá margem a outras perguntas que estou com medo demais para perguntar. *O cara era negro? Você atirou em um cara negro desarmado? Isso vai estar nos jornais?* Lá no fundo, já sei a resposta. Também sei o que vai significar para Kevin, para nós. Talvez seja por isso que não pergunto. Talvez seja por isso que meu coração não para de martelar.

— Preciso dormir, Jen — diz Kevin quando enfim me olha. — Eu fico vendo o cara. — A voz dele falha. — Fico vendo ele ali no chão. Não quero mais ficar vendo ele hoje.

Não digo mais nada. Pego a mão de Kevin, levo-o escada acima e dou a ele dois comprimidos de Tylenol. Ele se deita na cama, e me enfio sob a coberta ao lado dele, ouvindo sua respiração se desacelerar. Ele está quase dormindo quando resolvo que preciso perguntar; a necessidade de saber ao certo é um peso no meu peito.

Virando-me de lado para encará-lo, aproximo-me o suficiente para meus lábios roçarem sua nuca e falo suavemente em sua pele almiscarada:

— Não tinha arma, tinha? O cara não estava armado?

Kevin nega com a cabeça minimamente, mas é suficiente.

Não falamos mais. Fico respirando próximo à nuca dele, sincronizando minha respiração a de meu marido até ele começar a roncar, dando pequenos espasmos, e então me coloco de costas, um movimento que demanda uma quantidade de esforço surpreendente hoje em dia, e observo os números azuis elétricos no aparelho da TV a cabo avançarem minuto a minuto.

— Kevin é um bom policial — sussurro em voz alta, tentando me acalmar.

Eu me lembro das menções honrosas dele. Duas delas até agora: uma medalha de valor e uma de bravura. E aquela vez em que ele foi chamado para prender uma mulher por furtar no Walmart. Na audiência, ela teve dificuldades para explicar, considerando o inglês macarrônico e os soluços de choro, ao juiz que estava roubando comida por estar desesperada para alimentar os filhos. Quando a mulher foi solta após receber uma sentença de contravenção, Kevin comprou uma despensa inteira de mantimentos e, sem dizer nada, deixou na porta da casa dela.

As pessoas nos bairros em que ele patrulha a pé sabem o nome dele. Kevin leva petiscos para os cães deles, pelo amor de Deus. E por falar em cães. Não se pode esquecer da Fred, fedida e de dentes tortos, que Kevin resgatou da Philly Salvage no inverno passado, onde a deixavam trancada com cadeado em uma cerca de arame no frio congelante. Toco nela agora, como sempre encolhida entre nossos pés, e lembro a mim mesma: *meu marido é um bom homem.*

Contudo, não estou ficando mais calma; em vez disso, estou suada e com a pele grudando nos lençóis. Eu os afasto do corpo e vou para a cozinha.

Talvez mais chá ajude. Quando desço a escada, vejo o celular, esquecido na mesa da cozinha. A tela está cheia de chamadas perdidas de horas atrás... todas de Riley. Sem pensar, ligo de volta. No quarto toque, não acho que ela vai atender, mas então lá está ela, na linha, soando cansada:

— Você está bem?

Ela sabe.

— Você sabe, não é?

— É, eu... vim para a emissora.

É óbvio que ela está lá. Ela sempre está lá.

— Scotty me chamou. A pessoa baleada hoje... Kevin estava... envolvido.

Riley está medindo as palavras, como se estivesse encontrando uma por vez e aos poucos as juntando.

Não sei muito o que está acontecendo, mas sei o suficiente para também ser cuidadosa com as palavras. Mesmo assim, não consigo evitar.

— Estou com medo, Rye.

— Você sabe... o que aconteceu?

Lá de cima, ouço Kevin tossir. Ou pode ser um soluço. Eu deveria estar com ele.

— Preciso ir. Vou te ligar amanhã.

— Tudo bem. Te amo, Pônei.

Já estou com o dedo no botão de desligar quando Riley diz isso, o apelido de quando éramos crianças, um que ela não usa há anos. Pônei para mim, por conta do longo rabo de cavalo loiro que eu usava todos os dias no ensino fundamental; o único penteado que Lou conseguia fazer, não importando o quanto eu pedisse por tranças embutidas. E Pompom para Riley, por conta dos característicos pompons afro que ela usou no alto da cabeça do primeiro ao quinto ano. A mãe de Riley também não tinha lá essa criatividade toda.

Te amo, Pônei.

Te amo, Pompom.

Te amo, Pônei.

Te amo, Pompom.

O final de um milhão de despedidas até o dia em que simplesmente paramos.

— Te amo, Pompom — digo agora.

Isso me tranquiliza mais que qualquer chá bobo, e tento me agarrar a esse conforto enquanto volto escada acima e me deito na cama com meu marido.

* * *

Linhas de luz brilham através das persianas que cobrem a janela do nosso quarto e formam listras iluminadas em nossa colcha azul-marinho. Cubro os olhos com o braço para protegê-los da luz e toco no espaço ao meu lado. Ainda está quente, mas Kevin não está ali. É quando ouço o vômito alto vindo do banheiro. Fred pula da cama, as unhas arranhando o azulejo, como se estivesse indo ao resgate de Kevin. Meu próprio estômago se revira em solidariedade, e engulo um reflexo de vômito.

Preciso ligar para o trabalho, antes que alguém chegue lá agora de manhã. É absurdo pensar que eu pudesse ter alguma atenção para confirmar que os raios X de Steven Frye estão cobertos pelo seguro ou ligar para Maureen Wyatt para lembrá-la da limpeza dentária. Enquanto a ligação chama, debato em desespero o que diabos dizer. Dou a desculpa da gripe ou finjo umas tosses patéticas? Quando a secretária eletrônica atende, decido por um rápido:

— Tive uma questão aqui, volto na segunda-feira.

Quando desligo, Kevin está voltando do banheiro, o rosto da cor de concreto molhado. Meu celular vibra na mesa de cabeceira, o brilho da tela em meio ao quarto mal iluminado. Não faço menção de atender.

— Deve ser a Riley. Vou ligar para ela quando você sair. — Não conto a ele que falei com ela na noite passada. Não é mentir, é só não dizer. — Ela ficou preocupada depois que saí correndo do restaurante.

— O que você falou para ela quando foi embora? — questiona Kevin, o tom brusco me pegando de surpresa.

— Nada, Kev.

— Você não pode falar disso com ela.

— Como assim? Por que não?

— Jen, qual é. Ela é da imprensa. Nossos nomes nem foram divulgados ainda. O departamento vai lidar com a imprensa e tudo. Até lá...

— Mas Riley não é "da imprensa", Kevin. Ela é minha melhor amiga. Ela foi minha primeira amiga. E a palavra "melhor" ainda parece verdade, mesmo que tenhamos vivido em cidades diferentes por mais tempo do que vivemos na mesma. Pelos últimos dezesseis anos, desde que Riley foi para a faculdade, houve momentos em que ela sequer pareceu real, mais como uma personagem principal de um filme favorito que sempre passa na TV. Eu me acostumei com a distância (fazíamos chamadas de vídeo, trocávamos mensagens e nos víamos algumas vezes por ano), mas agora ela mora ali do outro lado da cidade. Dói um pouco que não nos vemos tanto quanto eu esperava. Uma coisa é se sentir distante de sua melhor amiga quando moram em estados diferentes, outra é quando moram a quilômetros de distância. Mas só faz alguns meses que ela voltou, temos tempo para nos reaproximar. Além disso, ela sempre, sempre me apoiou quando importava. Como quando fui demitida do Fat Tuesday por me recusar a dormir com meu chefe casado e Riley mandou um e-mail de duas páginas em espaço simples exigindo que ele me pagasse uma indenização. Da primeira vez que sofri um aborto, ela voou até aqui e me abraçou no chão de linóleo frio do banheiro enquanto eu chorava até o amanhecer. E, óbvio, o dinheiro para a FIV, para nosso bebê milagroso que está se virando em minha barriga neste exato momento.

Kevin se senta na cama com tudo; as molas do colchão vagabundo gemem.

— Olha, Jen, eu sei, tá? Mas o representante sindical, o capitão, todo mundo deixou evidente que não podemos falar com ninguém agora até que eles decidam a história que vamos contar. Foi o que disseram. Eles precisam descobrir a melhor maneira de "apresentar" isso ao público. Não sei ao todo o que significa, mas você sabe como essas coisas se espalham. Não podemos arriscar. Precisamos ver o que acontece hoje depois das minhas reuniões. É minha vida, Jenny. Prometa.

Nossa vida, quero gritar. *Nossa vida, Kevin*. Só que meu marido, meu doce marido, parece tão assustado e abalado que mordo a língua e prometo. Satisfeito, Kevin se move pelo quarto, vestindo-se, batendo gavetas, arrancando roupas dos cabideiros, o tempo todo falando comigo (e consigo mesmo) sobre o que vai acontecer hoje, as reuniões com o representante sindical e com os oficiais do PET. Tenho dificuldade em lembrar o que isso é... O departamento do Policial Envolvido em Tiroteio, acho, mais um dos muitos acrônimos do mundo policial que se precisa lembrar. Ser um policial, ou a esposa de um policial, é como viver no próprio país, uma nação paralela aos Estados Unidos, uma com a própria língua, as próprias regras, os próprios segredos.

Kevin pega coisas na gaveta (a carteira e as chaves, e as deixa cair duas vezes) e então se aproxima da cama.

— Vou te ligar mais tarde, está bem?

Os lábios dele tocam minha testa por um instante muito breve.

Seguro o braço dele e o faço parar e olhar para mim.

— Eu te amo, Kev.

É diferente dos leves "te amos" que geralmente uso para me despedir, e posso ver nos olhos dele que ele sabe. Eu o observo sair pela porta do quarto, ouço seus passos escada abaixo, e então a porta da frente bater.

Eu deveria me levantar e comer alguma coisa, não por mim, mas pelo Passarinho, embora eu esteja sem fome. Eu me forço a sair da cama e sigo para a cozinha para fazer torrada e mais do chá nojento.

Embora eu queime o pão, sento-me à mesa e me forço a engolir. Migalhas pretas caem no livro de exercícios da prova de corretor de imóveis que farei em algumas semanas. Não contei a ninguém além de Kevin que vou fazer, porque, se eu não passar, não preciso de ninguém lamentando por mim. Eu deveria tentar estudar, adiantar a montanha de roupas para lavar ou cortar as unhas irregulares do pé, mas parece que não consigo me mexer. Por outro lado, a alternativa (ficar sentada aqui o dia inteiro, esperando e ouvindo enquanto o silêncio da casa fica cada vez mais alto) também é insuportável. Grito o mais alto que posso só para preencher o vazio, para ter algo a fazer.

— *Porraaaaaaaaaaaaaa!*

Isso ajuda... um pouco, mesmo que a sra. Jackowski, nossa vizinha do lado, ouça e se pergunte se perdi a cabeça.

Quero ligar para Riley de novo, mas lembro da promessa. Em vez disso, vou à geladeira e pego minha foto favorita de nós duas, presa à porta por um imã em forma de sanduíche. Ampliei e emoldurei a foto para Riley, para o apartamento novo e chique dela. Nunca emoldurei a minha. Na imagem, usamos uns biquininhos fofos. Eu tinha feito um barulho de peido no ouvido sensível de Riley segundos antes de a sra. Wilson tirar a foto, e foi assim que a câmera capturou Riley (geralmente tão séria) rindo alto, o sorriso aberto o suficiente para revelar duas janelinhas entre os dentes inferiores. Esta sempre foi a melhor coisa: fazer Riley rir.

É engraçado para mim como nossa amizade, tão óbvia para nós, sempre foi confusa para outras pessoas. Elas veem uma mulher negra alta e elegante e uma loira baixa e magrela e pensam: *essas duas?* Se não fosse pelo desespero de Lou em se livrar de mim, nós provavelmente nem teríamos feito amizade. Posso dar créditos a um panfleto em uma lavanderia por um dos relacionamentos mais importantes da minha vida. Lou, que mal tinha vinte e dois anos na época, trabalhava como bartender no bar McGlinty, no centro da cidade, durante o turno do almoço e happy hour, e na bilheteria do teatro Trocadero à noite, quando a velhinha que morava no andar de cima e geralmente cuidava de mim bateu as botas. Era assim que Lou sempre descrevia, toda amarga: "Aí ela foi e bateu as botas", como se a sra. Landis tivesse feito de propósito para ferrar com ela, mas ferrou, uma vez que Lou não tinha mais com quem me deixar. Não era como se pudesse me levar para a casa do meu pai. Nunca conheci o cara que engravidou minha mãe no terceiro ano do ensino médio.

— Você foi concebida sem pecado. Sou praticamente a Virgem Maria — dizia Lou sempre que eu perguntava por ele, certa de que era explicação suficiente.

O que não era, óbvio. Eu tinha o direito de saber quem era meu pai. Não importava quantas vezes eu exigisse uma resposta, ela nunca cedia: "Eu fiz você sozinha, ponto". Fim da conversa. Por fim, desisti. A possessividade teimosa dela fazia com que eu me sentisse amada, de uma maneira perturbada, e eliminava minha fúria.

Eu não teria me surpreendido se Lou tivesse me deixado sozinha com alguns cereais secos e uma porta bem trancada, mas, alguns dias depois que a sra. Landis morreu, ela se deparou com o anúncio da creche de Gigi, Vivenda do Sol, um lugar especializado em pegar os desgarrados, as crianças cujos pais trabalhavam em horários estranhos ou até tarde da noite.

— Foi incrível quando aparecemos na casa dos Wilson e vi todas aquelas criancinhas negras — disse Lou para mim, anos depois. — Você era como um floco de neve em uma mina de carvão! Pensei que vocês fossem formar um grupinho de rap.

Não me lembro de perceber ser a única criança branca na creche da Gigi, pelo menos não logo de cara; eu estava focada demais em Riley, embora na época ela se chamasse Leroya e eu achasse que o nome soava chique, como um perfume. Ela estava sentada à mesa da cozinha, mordendo o lábio, concentrada enquanto praticava escrever o nome. O cabelo estava preso em tranças embutidas intrincadas que eu queria muito tocar. Quando toquei, Riley deu um tapa em minha mão, e eu soube que tinha feito algo errado, embora não soubesse o quê. Tentei de tudo para convencê-la a brincar comigo naquele dia. Ela ficou me ignorando até que as crianças começaram a competir em corridas de revezamento no quintal e, do nada, Riley se aproximou e me desafiou. Ela podia ter pernas mais longas, mas eu sabia que era mais rápida. Disparei pelo quintal, forçando as pernas magrelas ao máximo da velocidade. Então, no último segundo, desacelerei e Riley ganhou, mas não gostou daquilo. Ela me acusou de deixá-la vencer. Só fiz isso porque queria que ela gostasse de mim. Discutimos, de rostos vermelhos, mãozinhas fechadas em punho, até que Gigi marchou pelo quintal, ligou a mangueira de água gelada e nos deu um banho. "Isso vai evitar que fiquem de briguinha." Caímos no chão, ensopadas, em choque, e então nos entreolhamos e começamos a rir. Foi quando soubemos que seríamos amigas. Mesmo com a relação começando mal, nós nos tornamos inseparáveis, as irmãs que sempre quiséramos ter.

Só frequentei a Vivenda do Sol por alguns anos, até que Lou decidiu que eu já era grandinha e podia ficar sozinha em casa depois da escola à noite.

— Foi o que eu fiz — disse ela. — E veja só no que me tornei.

Então ela riu, e ri também, porque era sempre melhor estar por dentro da piada. Só que a essa altura eu já tinha reivindicado com firmeza os Wilson como minha família adotiva e Riley como minha melhor amiga. Os Wilson pareciam a família ideal, com os jantares noturnos juntos em uma mesa de jantar de verdade, calendários na geladeira com consultas no dentista e jogos de futebol, e uma mãe que lia contos de fadas para eles na hora de dormir em vez de a pessoa ler a revista *Rolling Stone* sozinha na banheira. Por mais jovem que eu fosse, entendi que eles foram uma das melhores coisas que aconteceram em minha vida. Falei isso para Lou com o passar dos anos. Como naquela vez no ensino médio, em que ela acusou a sra. Wilson de ser muito nariz em pé. Tive uma onda de raiva primitiva, tipo "como você ousa ofender minha família?", o que foi confuso, considerando quem estava fazendo a ofensa. Eu tinha gritado com ela:

— Se não fosse pelos Wilson, eu provavelmente seria uma stripper ou uma viciada.

Lou ficou inabalável.

— Ainda dá tempo, chuchu.

Lou deveria ter ficado tão grata aos Wilson quanto eu, considerando que sempre tinha um lugar para me deixar quando dava as escapadas, indo a shows com um grupo em Nova York ou Atlantic City, ou quando precisava de um "tempinho de adulto" com um cara novo.

Como no verão antes do quinto ano, quando ela desapareceu por mais de duas semanas para seguir o namorado músico, Blazer, para o Summerfest em Milwaukee. Foi o maior período em que fiquei longe dela, e meus sentimentos quando ela bateu à porta dos Wilson para me buscar foram os mais confusos. Com o bronzeado, o cabelo longo queimado de sol e a nova tatuagem de uma sereia descendo pela extensão do braço, Lou estava mais rebelde e linda que nunca. O auge da beleza dela era quando retornava depois de passar um tempo longe de mim.

Juntei as coisas e subi no banco de trás do Ford Escape de Blazer, com uma dor de barriga já começando a se formar. Blazer olhou para fora da janela, para a sra. Wilson e Riley no alpendre dando tchau, e se virou para Lou com uma cara de nojo.

— Não acredito que você deixa sua filha ficar com essas neguinhas.

Riley e a mãe dela continuaram a sorrir e acenar da porta, sem saber o que acontecia, e isso tornou tudo ainda pior.

Blazer deu uma piscadela para mim no retrovisor interno, a boca aberta só o suficiente para que eu visse a carne rosada de sua língua. Eu queria cuspir em seu cabelo ensebado, dizer algo para fazê-lo pisar no freio e me jogar na rua. *Um vagabundo típico da ralé branca.*

Lou só deu um sorrisinho.

— Por que você raspa as bolas, Blazer? Você me faz uma pergunta estúpida, eu te faço uma pergunta estúpida. Cuida da sua vida. São pessoas boas.

Eu me afundei no banco de vinil estourado, queimando de vergonha por não ter me manifestado. Foi a primeira, mas não seria a última vez que alguém usaria aquela palavra ou faria uma piada ou comentário horrível ao longo dos anos enquanto eu não dizia nada, sempre sentindo aquela vergonha, sabendo que eu estava traindo Riley com meu silêncio.

O choque do celular vibrando na mesa me faz dar um pulo, e derrubo a caneca no chão, que acaba se espatifando toda.

É cedo demais para Kevin estar ligando com notícias. Sei quem é sem olhar... e prometi que não falaria com ela, então deixo cair na caixa postal. Quando pego o celular para ouvir, vejo que no fim das contas não era Riley, e não sei se estou aliviada ou decepcionada.

A voz do outro lado é minha cunhada, Annie, falando rápido num sussurro:

— Oi, Jen, sou eu. Matt me contou. Estou pensando em vocês e rezando por todos. Me ligue. Conte o que está acontecendo. Vou trabalhar na madrugada, mas ligue a hora que quiser.

A essa altura, Annie provavelmente sabe mais que eu sobre o que acontece a partir de agora. Mesmo com o trabalho instável dela como enfermeira na emergência, ela arranja tempo para se envolver em todos os grupos ODL. Outro acrônimo (ODL, para Oficial da Lei), EODL, quando se trata das esposas. Um grupo íntimo que organiza comitês voluntários, círculos de oração e se junta para tomar margaritas e reclamar das escalas ilógicas dos maridos em uma terça à noite. São um grupo, um tipo de irmandade. Não sei por que me mantive longe delas... Talvez pela grande pressão para fazer parte do grupo. Contudo, agora eu queria não ter feito isso, porque tenho certeza de que há alguém no grupo do Facebook das EODL com quem eu poderia falar para conseguir informações e apoio. Não estou pronta ainda, porém. Em vez disso, mando mensagem para Kevin: "O que está acontecendo?".

Sei que ele não vai responder tão cedo (ele me avisou que essas reuniões podem levar horas), mas isso não me impede de ficar olhando para a tela, desejando que se acenda, até que não aguente mais um segundo. Eu deveria evitar ver as notícias, mas vou para a sala mesmo assim e ligo no Canal 5 por lealdade, meio que esperando ver o rosto da Riley, embora ela não esteja no ar de manhã. Se não fosse por Riley, eu não assistiria às notícias, ponto. Nenhuma das esposas dos policiais assiste. É impossível ouvir as notícias dos crimes quando seu homem está lá nas ruas.

Gayle King aparece na tela, anunciando que o programa *This Morning* da CBS volta já. Depois do comercial, eles fazem uma pausa na programação para mostrar as notícias locais. A colega alegre de Riley, Quinn Taylor, aparece na tela, com a aparência todinha da rainha de concurso de beleza do Texas que Riley me contou que ela foi.

Leva um segundo para que o que ela está dizendo faça sentido, como se meu cérebro estivesse atrasado.

— Justin Dwyer, de catorze anos, permanece em estado grave no Hospital Jefferson depois de ser baleado pela polícia na tarde de ontem.

Catorze? Estou caindo por um alçapão, os dedos segurando forte o braço do sofá, a única coisa que me mantém presa à sala. *É só uma criança.* Kevin não tinha mencionado nenhuma vez que havia atirado em uma *criança.*

O rosto de um garoto negro preenche a tela. Ele está bem aqui na sala de estar: bonito, com um espaço entre os dentes da frente que o faz parecer mais jovem do que é, olhos castanho-claros que me lembram um pouco os do irmão de Riley, Shaun.

A tela corta para uma gravação de uma mulher (a mãe) cobrindo a cabeça com um lenço xadrez, escondendo o rosto enquanto vai em direção ao hospital. Quando ela chega às portas duplas de vidro, para de repente e deixa o lenço cair antes de olhar diretamente para a câmera, o rosto o próprio retrato da desolação.

— É meu bebê lá dentro. Por favor, orem por ele.

O bebê dela. Toco a própria barriga volumosa.

Levo um momento para perceber que estou chorando. Não sou de chorar. Lou sempre disse que lágrimas são como animais de estimação e homens, inúteis e carentes, e fazia questão de me ignorar sempre que eu chorava. Aos seis anos, aprendi a não me dar ao trabalho de fazer isso.

Não morra, menino. Por favor, não morra.

A voz de Quinn inunda a sala de novo:

— Fontes próximas ao departamento de polícia confirmaram as identidades dos policiais envolvidos como Kevin Murphy e Travis Cameron.

Não. Não. Não. Vejo a sala girando. *Todo mundo sabe.*

Quando a campainha toca, é como se estivesse bem distante, como a voz na TV.

Por favor, que seja ela. Por favor, que seja ela.

Estou tonta enquanto cambaleio até a porta da frente. Tem que ser Riley, a pessoa de que mais preciso agora. O celular na minha mão vibra enquanto a campainha torna a tocar.

— Estou indo, estou indo — grito, limpando o catarro do rosto com as costas da mão e a secando na calça de moletom.

Uma luz branca ofusca minha vista quando abro a porta e cambaleio para trás; um monte de perguntas me atacando:

— O que seu marido disse depois de balear o garoto?

— Ele viu uma arma com o garoto?

— Seu marido será indiciado?

Um homem branco de uns cinquenta anos, com um penteado complicado que tenta esconder a calvície, irrompe da multidão de repórteres para subir os degraus do alpendre e enfiar um microfone na minha cara.

Dou um tapa no microfone e tento voltar para dentro. Um cinegrafista já pôs o pé na porta.

— Estou grávida, porra!

Envolvo a cintura com os dois braços, então empurro forte com o ombro o cara que está prendendo a porta. A adrenalina corre por minhas veias. Preciso me acalmar. Isso é ruim para o Passarinho.

— Seu marido está?

— Pode comentar sobre o adolescente baleado?

— Seu marido já teve problemas trabalhando com a comunidade negra?

Um garoto negro esguio abre caminho. Ele está vestindo uma camiseta da Universidade Temple e um broche do Vidas Negras Importam. O objeto é pequeno, mas noto quando ele empurra o iPhone na minha cara.

— Você é racista?

Então ele faz questão de repetir a pergunta:

— Você é racista?

Se eu sou racista? Você é um adolescente que escreve para um jornal acadêmico, não sabe nada de nada e vem até minha casa me perguntar um absurdo desses?

Penso em Riley, em todas as noites que passei na casa dos Wilson ajudando o sr. Wilson a organizar as varas de pescar e em fazer massagem nos pés de Gigi quando os calos dela estavam "atacados".

— Vai se foder. — Eu me arrependo no instante que digo isso, mas não posso parar agora. — Você não sabe de nada! Minha melhor amiga e madrinha do meu futuro filho é negra. Como você se atreve, babaca!

Enfim consigo bater a porta e vou deslizando para baixo até me esparramar no chão. Fred lambe o suor que ficou frio nos meus braços.

Lembro que o celular vibrou pouco antes de eu atender a porta. Uma mensagem. De Kevin.

Me encontra no nosso lugar de sempre depois do trabalho. A coisa está feia.

Estou no auge do nervosismo, como cordas de violão tensionadas demais, e é difícil fazer os dedos colaborarem. Enfim digito três palavras:

Te encontro lá.

* * *

Com os repórteres praticamente formando uma barricada em nossa rua, tenho que sair escondida pela porta do pátio dos fundos e atravessar o quintal da sra. Jackowski, onde piso em um monte de cocô petrificado enquanto sigo para encontrar um Uber a três ruas de distância. Inspiro o ar por uma fresta na janela para escapar do cheiro da mistura nociva de aromatizador de morango e maconha úmida dentro do carro. O vento frio no meu rosto não ajuda em nada a amenizar nem a náusea nem a tensão. Estou uma pilha de nervos quando o cara me deixa na pista Kelly Drive.

Eu vou me arrastando até "nosso lugar de sempre": um pequeno jardim de azaleias espremido entre as casas de bonecas vitorianas da Boathouse Row e as imponentes colunas terracotas do Museu de Arte. No verão, flores rosa-choque brotam de todos os arbustos como confete. Hoje os galhos estão vazios, cinzentos e retorcidos como as mãos de uma idosa. Um bando de gansos canadenses entediados que esqueceram de que era hora de migrar estão bicando uns resquícios de lixo na beira do rio.

Kevin escolheu aqui para que pudéssemos ficar sozinhos, e, por certo, o local está vazio; a temperatura caiu para quatro graus hoje de manhã e está garoando. Enquanto caminho pela beirada do rio, sinto as lembranças felizes que tivemos aqui me provocando. Como quando Kevin ficou de joelhos para me pedir em casamento.

— Acho que o certo era você ficar em um joelho só — falei, rindo.

— Estou implorando — respondeu ele, sorrindo que nem bobo.

Kevin não percebeu que houve uma fração de segundo em que hesitei, titubeei antes de estender a mão. O pedido não foi uma surpresa completa, mas o pânico repentino que veio com ele, sim, foi. Aquele era o momento em que tudo na minha vida mudaria, e foi mais aterrorizante do que pensei que seria, a permanência, o "para sempre", todas as outras portas se fechando. Eu não estava acostumada a conseguir o que queria, e, quando enfim aconteceu essa coisa monumental, eu não sabia o que sentir, nada além de um medo confuso. Nunca contei a ninguém sobre aquele momento, nem mesmo à Riley. E quando me lembro de como ficamos noivos ou quando conto a história de novo, ignoro a parte em que não respondi de imediato. Na verdade, nunca respondi nada. Apenas estendi a mão para Kevin colocar o delicado anel de diamante e presumi que ele fosse pensar que eu estava tremendo de animação e não de terror. Hesito de novo agora, por um motivo diferente desta vez, quando vejo o corpo grande de Kevin curvado no banco.

Eu me preparei no caminho até aqui, imaginando o que dizer. *Uma criança, Kevin. Você matou uma criança. Você atirou em uma criança. Ele era um menino, uma criança.*

Mas quando vejo seu rosto, pálido e inexpressivo, não posso dizer nenhuma dessas coisas. Não posso desabar, não posso atacá-lo. Minha única escolha é ser forte.

— Me conte tudo — digo enquanto me sento ao lado dele.

De maneira previsível, ele não responde de imediato. Espero com a maior paciência possível, acariciando as costas dele devagar para cima e para baixo.

— Cameron e eu estamos de licença administrativa enquanto eles investigam.

— Certo.

Não estou surpresa. Tem que ter uma investigação, mas o que mais? Eu me preparo.

— O representante sindical me disse que isso vai ficar feio, Jen. Como se fossem nos colocar para servir de exemplo. Ele disse que vão me apoiar, blá, blá, blá, mas ele só "queria que eu me preparasse". E que temos que estar dispostos a "lutar pra caramba". Porra, Jen. Não é culpa minha. É culpa do Cameron! Ele não devia ter atirado. Quer dizer, o garoto não tinha nada a ver com a descrição! E ele só... só atirou nele. E ficou dizendo: "O tiro foi certeiro, o tiro foi certeiro, não foi, Kevin?".

Ele se encolhe no banco rígido.

Depois de alguns minutos, começa a falar de novo e dessa vez segura minha mão, mas ainda não me olha: encara a corrente rápida de água.

— Eles disseram para preparar você também... Tudo vai começar em breve: os protestos, a imprensa nos cercando...

Não tenho coragem de contar sobre os repórteres que bateram à nossa porta. Tudo já começou.

— Eles vão até enviar representantes da imprensa para falar com a gente. Não acredito que isso está acontecendo.

Quando Kevin torna a falar, a voz dele mal passa de um sussurro:

— Sou um monstro, Jenny? Você acha que eu sou um monstro?

— Kevin, olhe para mim.

Quando se vira para mim, enfim, Kevin está com o rosto tão atormentado que invoco cada parcela da minha convicção e falo com nitidez e devagar, para que ele saiba que cada palavra é verdadeira.

— Kevin Murphy, você não é um monstro. Parece que tudo isso foi um erro terrível, mas você não é um monstro. Vou estar aqui com você o tempo todo, e vamos dar um jeito. Você está me ouvindo? Tudo vai ficar bem.

Estou falando tanto para ele quanto para mim, mas não tenho certeza se algum de nós acredita nisso.

Capítulo três

Riley

Se há um som mais mágico que o do coral da igreja Ebenezer IME (Igreja Metodista Episcopal Africana), nunca ouvi. Eles estão começando com um pot-pourri exuberante de gospel, funk e alguns refrões ao estilo da Broadway que parecem mais um show de estádio que um culto na igreja. Um mar de vestes douradas balança como bandeiras em um vento vigoroso enquanto as notas do órgão ricocheteiam nos vitrais e me atravessam. O coro incita todos a ficarem de pé, e eu me levanto, com o corpo relaxado, ansiosa para me deixar levar pelo ritmo revigorante. O lugar está lotado hoje, com cerca de trezentas pessoas preenchendo o espaço cavernoso; a energia é palpável. Há acenos e balançar de corpos, gritos e murmúrios espontâneos. Não se precisa de convite para abraçar alguém ao lado, cair no choro ou cantar tão alto e com tanto orgulho quanto a própria Mahalia Jackson.

Já faz um tempo desde que vim à igreja, mas o júbilo é como uma memória muscular. Por um momento feliz, não me sinto estressada nem inibida, sinto-me *regozijada*. Um dos raros momentos em que entendo o que significa quando as pessoas dizem que estão cheias do Espírito. O santuário desta igreja é o mais próximo que já estive de sentir Deus. Quando eu era criança, minhas entranhas se retorciam tanto que sentia como se estivesse sufocando, e esses bancos reluzentes em uma manhã de domingo eram uma espécie de fuga, um escape de pensar em provas, notas e nas crianças que me chamavam de "Oreo" e diziam que eu falava que nem branco quando usava as palavras do vocabulário do vestibular que minha mãe me ensinava desde o jardim de infância. Preciso disso agora: de um casulo do mundo exterior, mesmo que apenas por uma hora. Uma pausa antes de ter que voltar ao trabalho e cobrir a matéria da qual agora sou a repórter principal, aquela sobre como o marido da minha amiga atirou em um garoto negro desarmado.

Quando cheguei à emissora na quinta-feira à noite, depois de tomar dois expressos para neutralizar a vodca, Scotty já estava reunido com uma equipe no escritório, a mesa repleta de embalagens do Burger King, o cheiro de gordura e a expectativa de uma grande matéria preenchendo o ar. Assim que entrei, ele passou a focar em mim.

— Quero você como a principal cuidando disso, Riley.

Devo ter feito uma cara estranha, porque a pergunta seguinte foi:

— Isso é um problema?

Não, óbvio que não. De todos os repórteres setoristas, o resto deles branco ou de ascendência asiática, eu sabia exatamente por que essa era "minha matéria". E eu a aceitaria, certeza; eu tinha que aceitar e queria... Seria algo grande, talvez a nível nacional.

— Não, Scotty, problema nenhum.

Minha primeira ligação foi para um sargento do Vigésimo Quinto Distrito, um contato que venho cultivando desde que comecei na KYX.

Ele enfim me ligou de volta depois da meia-noite e confirmou o que o arrepio já havia me contado.

— Você não ouviu esses nomes de mim, mas todos os terão pela manhã. Kevin Murphy e Travis Cameron.

Quando Jenny ligou alguns minutos depois, fiquei paralisada. Finalmente, antes que o último toque a enviasse para a caixa postal, corri para uma sala de conferências, batendo a porta. Eu não sabia o que deveria dizer, mas precisava saber que ela estava bem.

Conversamos apenas por dois segundos, mas, ontem à noite, enquanto fazia uma transmissão ao vivo em frente ao Vigésimo Segundo Distrito (o distrito de Kevin), fiquei imaginando-a assistindo, sua reação, ela mordendo o lábio sem parar, enquanto eu falava para a câmera:

— Se Justin Dwyer não acordar do coma, os policiais envolvidos, Kevin Murphy e Travis Cameron, aqui do Vigésimo Segundo Distrito, podem ser indiciados por assassinato.

Jenny estava ligando outra vez quando cheguei ao carro para ir para casa depois da transmissão. Óbvio que ela estivera assistindo. Ela disse que sempre assiste às minhas transmissões. Daquela vez, não consegui atender. Ela saberia se eu a deixasse cair direto na caixa postal, então olhei para o celular enquanto ele tocava e tocava, depois esperei por uma mensagem que nunca veio. Passei o resto da noite andando de um lado a outro pelo apartamento.

Então, quando minha mãe ligou ontem à noite, como tem feito todos os sábados desde que voltei para a cidade, para perguntar se eu enfim iria à igreja, dei a ela uma resposta que surpreendeu a nós duas:

— Sim, eu vou.

Eu precisava da igreja. Eu precisava de alguma coisa.

Minha mãe pega minha mão; sua pele está quente e frágil.

— Estou tão feliz que meu bebê está aqui.

Nem sempre é fácil assim agradar minha mãe, e a sensação me deixa feliz. Shaun, porém, nem tanto. Eu me inclino para perto do meu irmão, que está atrás de minha mãe, enquanto ela se movimenta ao som da música. Shaun está de pé, parado e amuado, como se estivesse determinado a não deixar a música envolvê-lo.

— Estou surpresa de ver você aqui.

Ele dá de ombros.

— Não estaria por vontade própria, mas você sabe, "regras da casa".

Shaun sempre está resistindo ao mantra rígido de minha mãe: "Na minha casa, você me obedece"; ele odeia ser um homem de vinte e sete anos morando na casa dos pais, odeia tudo que deu errado em sua vida e o levou até o momento atual.

Estamos sussurrando, mas é lógico que ela escuta. Minha mãe sempre escuta, e tem a última palavra.

— Não aja como se Deus fosse uma punição, garoto. Deus é um presente, e é exatamente por isso que você está aqui: para se lembrar disso.

Ela começa a bater palmas e cantar ainda mais alto, como se pudesse canalizar o Espírito na direção de Shaun.

Enquanto o coral vai encerrando a canção, todo mundo está corado e pronto para o pastor Price, que se ergue diante do púlpito de madeira de cerejeira. A imponente imagem de Jesus Cristo se assoma atrás dele, mas nem o próprio Jesus é páreo para o pastor Price. Ele está exultante e divino nas vestes de um roxo vivo, a pele negra retinta brilhando em contraste com o tecido fino, os contornos de sua mandíbula forte tensionados enquanto ele se prepara para proferir a Santa Palavra ao rebanho.

— É uma linda manhã para louvar o Senhor, não é? — O barítono do pastor retumba até o alto das vigas.

Ele não envelheceu nada desde que eu era criança, embora deva ter cerca de setenta anos. Ele lidera a igreja há mais de quarenta anos, e ao longo do tempo se tornou o verdadeiro líder de todas as igrejas negras na Filadélfia.

Meu pai às vezes reclama que o pastor gosta um pouco demais dos holofotes. Minha mãe contrapõe que, mesmo fora da igreja, ele está fazendo a obra de Deus, e o que importa se isso significa que ele não se incomoda com uma multidão ou uma câmera. Ele conquistou o reconhecimento como um defensor dos direitos civis e ainda tem a cicatriz no braço por ter sido espancado com um bastão durante a campanha *Freedom Summer*. Então ela nos lembra que ele é "amigo" de Obama. Não sei se isso procede, mas é verdade que Obama visitou a igreja em um domingo quando estava fazendo campanha em 2012. É lógico que as pessoas aqui ainda mencionam isso sempre que podem, Gigi sendo a que fala mais alto. Ao que parece, o futuro presidente da época elogiou o chapéu dela. Quando ela dissera que ele deveria comprar um igual para Michelle, Obama tinha piscado e respondido que não sabia se ficaria tão bem na esposa quanto nela. Ou assim reza a lenda.

Enquanto o pastor chama a multidão para receber o Espírito Santo, meu celular vibra no bolso.

— Não se atreva — murmura minha mãe, mal movendo os lábios pintados de malva.

De repente, tenho sete anos de novo e estou prestes a ganhar um tapa na coxa por não prestar atenção à palavra de Deus. Na época, quando ela me repreendia, eu afundava o rosto bem na axila dela para esconder a vergonha, mas também para ficar o mais perto possível. Luto contra a vontade de fazer isso agora, lembrar-me de como é.

Eu me permito checar o celular bem rapidinho. Jenny. De novo. Queria que ela tivesse deixado uma mensagem de voz. Preciso saber o que ela vai dizer primeiro, para desvendar como me sinto. Principalmente depois que ela gritou na TV que a melhor amiga é negra. Em certo nível, é um clichê tão patético ("Eu, racista? Alguns dos meus melhores amigos são negros"), mas, em um nível mais profundo, aquilo me afetou. Lá estava eu me preocupando se a estava traindo ao cobrir essa matéria, e então Jen usa nossa amizade e minha "negritude" como um escudo, uma defesa. Isso me relembrou algo que ela dissera anos atrás e que eu tinha decidido deixar para lá, uma vez que estávamos nos divertindo tanto e eu não queria causar atrito. Eu estava de volta à cidade, nas férias de inverno da Universidade Northwestern, e ela e eu resolvemos ir a várias boates na avenida Delaware na mesma noite. Estávamos muito animadas por estarmos juntas outra vez após nosso primeiro e mais longo tempo separadas desde que tínhamos cinco anos. Eu queria que Jen percebesse que eu estava diferente; três meses na faculdade e já me sentia mais sofisticada e crescida. Contudo, também estava com medo de que ela não notasse, e isso significaria que eu era a mesma Riley de sempre, no fim das contas. Jen, porém, estava muito ocupada tagarelando sobre duas novas amigas que tinha feito, colegas garçonetes no Fat Tuesday. Ela falou sobre as garotas com a empolgação esbaforida de alguém com uma nova paixão.

— Elas acham tão legal que minha melhor amiga seja negra. — Jenny revirou os olhos ao dizer isso, mas ainda ficou nítido que era algum tipo estranho de distintivo de honra para ela, como se eu fosse um acessório da moda... Caso contrário, por que sequer mencionar isso?

No meu primeiro semestre fora, eu tinha conhecido uma boa quantidade de garotas brancas que estavam ansiosas demais para me reivindicar como delas, que estavam orgulhosas de si mesmas por irem à faculdade e conseguirem a própria amiga negra, tendo todas aquelas experiências do primeiro ano: fazer uma tatuagem, ficar com um veterano, conhecer gente "diferente da gente".

Eu estava pensando nisso ao ligar para Gaby na noite passada. De modo irônico, ela e eu tínhamos virado melhores amigas na faculdade de imediato, criando um vínculo em um momento mútuo de "quem aguenta essas brancas?" na primeira semana no campus. Estivéramos em uma fila infinita de tão longa na livraria quando Gaby me olhara e abrira um sorrisinho, em referência à garota à nossa frente que reclamava alto no celular com a mãe que ela devia ter podido levar o carro para o campus, que a colega de quarto não tinha gostado dos edredons combinando que ela escolhera e que queria "fazer as coisas do jeito dela". A primeira coisa que a Gaby disse para mim, inclinando-se para sussurrar, foi:

— Ai, ai, cara, essas garotas brancas com as lágrimas, bundas negativas e papais ricos.

Não interessava que Gaby viesse de uma das famílias mais ricas da Jamaica. Ela me contou isso de maneira categórica dentro de cinco minutos, sem nem um pingo de humildade.

— Ah, é, sou rica pra caramba, mas não importa, sabe, todo mundo aqui vai pensar que sou uma pobre garotinha que veio da ilha.

Era o que pensavam mesmo. Enquanto avançávamos um centímetro na fila, ela começou um monólogo entusiasmado sobre como não engordaria nos Estados Unidos como todos os turistas que ela via saindo de navios de cruzeiro em Montego Bay. Ficou óbvio logo de cara que a garota tinha muito a dizer a respeito de tudo, e ela me avisara, com orgulho, que era "o tipo de pessoa que mandava a real".

Nossa experiência na faculdade inteira se resume a quatro anos dela falando para mim sobre mim, reconhecendo em mim algum potencial não explorado para ser mais legal do que eu era. Apareci na Northwestern como uma garota negra tímida e nerd da Filadélfia que nunca tinha transado, usava umas calças cáqui horríveis (presas no tornozelo!) e conhecia só um artista de reggae: Bob Marley, e Gaby tomou para si a missão de mudar tudo isso. (As calças cáqui foram a primeira coisa a desaparecer, seguidas pela minha virgindade.) Eu não me importava de ser o projeto de Gaby. Na verdade, adorei isso; eu estava muito feliz por ter outra pessoa responsável por me transformar na versão adulta de mim mesma. Então colei nela, ali à primeira vista, e ela se tornou (e ainda é) minha âncora, a pessoa com quem posso contar para me dizer como me sinto mesmo quando não tenho certeza. Isso é exatamente o que eu esperava que ela fizesse quando liguei para ela ontem à noite. Ela xingou e murmurou em patoá enquanto eu contava cada detalhe.

— Então o marido de Jen meteu bala no garoto? Lá vamos nós com essa merda de novo. O que ela tem a dizer sobre isso?

Ela fez um som com a boca de maneira dramática quando contei que não tinha falado com Jen ainda e mencionei o comentário que Jen fizera para os repórteres.

— Como é que é? Não! "Minha melhor amiga é negra"? Todo mundo sabe que não se pode falar essa merda. É, tipo, regra básica. Você tem que dar um chamado nela sobre essa porra, Riley. Como é que ela não sabe que não pode dizer uma merda dessa?

Boa pergunta. Só que não dei chamado nenhum em Jen, assim como não fiz em todos esses anos. Eu não tinha a coragem... Só pensar em abrir essa porta era demais para mim. Apenas fico aliviada que Jen não mencionou meu nome diante da câmera. Se Scotty soubesse que sou amiga de uma das esposas dos policiais envolvidos, ele provavelmente me tiraria da matéria. Por uma fração de segundo pensei em contar para ele, mas eu não podia arriscar... Tinha muita coisa em jogo.

Eu devia saber que não conseguiria escapar de Jen e da questão do tiro enquanto estava na igreja, porque é lógico que o pastor Price começa o culto falando disso:

— Nossos corações estão pesados hoje. Um de nossos jovens irmãos está lutando pela vida no Hospital Jefferson. — Cada sílaba vibra de emoção, conjurando uma seriedade que permeia o ar, tão grossa quanto o cheiro de White Diamonds, o perfume de que todas as senhorinhas gostam. — O que ficou muito nítido para mim é que vidas negras não importam. Não importavam em 1719, nem 1819, nem 1919, e não importam agora no ano de nosso Senhor de 2019. Vidas negras não importam quando um garotinho está caído sangrando na rua por não fazer nada além de voltar para casa depois da escola. O que fazemos? O que podemos fazer? Qual é o propósito desta igreja, desta congregação, de nossa comunidade, diante desse massacre?

Ele deixa as palavras serem absorvidas. Os fiéis respondem com murmúrios urgentes:

— Diga-nos o que fazer. O que fazemos? O que Senhor quer que façamos?

Ele responde à própria pergunta:

— Não podemos ficar em silêncio. Vamos falar. Não vamos parar de falar. Vamos marchar. Não vamos parar de marchar. Não mais deixaremos nossos bebês serem atacados nas ruas. Exigiremos justiça. Para cada garoto e garota injustamente assassinado. Michael Brown, Eric Garner, Tamir Rice, Freddie Gray...

Ele conta cada nome com um dedo nodoso, uma lista que é muito longa e assustadora de tão familiar, pelo menos para algumas pessoas. Eu me pergunto quem guarda esses nomes na memória, como um lembrete e um aviso. Jen guarda? Ela sabe todos esses nomes? Ela os carrega consigo como eu faço?

— Faremos nossas vozes serem ouvidas. Exigimos que nos tratem com dignidade. Espero que todos vocês se juntem a nós e a nossos irmãos e irmãs por toda a cidade em uma Marcha por Justiça em homenagem a Justin. No próximo sábado, ali pela rua Broad. E enquanto isso, vamos rezar por aquele garotinho, não vamos? Vamos rezar do fundo do coração para que ele se recupere. Agora, precisamos de alguma inspiração hoje, não precisamos, igreja? Precisamos de um lembrete de que Deus nos chama para transformar nossa fé em ação, pois Ele certamente o faz. Abram em Tiago 2:14 e vamos ler.

Pego a bíblia diante de mim, a capa de couro vinho desgastada ao ponto de ficar macia como pano, e, obediente, abro no versículo solicitado, mas minha mente não está aqui. Já estou pensando em como vou cobrir a marcha que o pastor mencionou e como contatar Tamara Dwyer. Scotty deixou as ordens nítidas:

— Vá atrás da mãe, Riley. Precisamos da sra. Dwyer.

Até agora, Tamara só deu uma entrevista, na frente do hospital na sexta de manhã:

— É meu bebê lá dentro. Por favor, orem por ele.

Quando o pastor nos chama para abaixar as cabeças na oração final, obedeço por reflexo, fazendo os movimentos em respeito. Mal oro hoje em dia; parece egoísta e insincero, dado meu relacionamento complicado com Deus e o fato de que só estive na igreja algumas vezes nos últimos dez anos. Da última vez que orei, foi sem querer, quando estava me acabando de chorar, patética e sem esperança, no chão do banheiro no outono passado em Birmingham. Eu não tinha o direito de pedir muito a Deus na época, mas, no meu desespero, pedi mesmo assim. Fico surpresa quando me pego fazendo isso de novo agora, fazendo pedidos sinceros e fervorosos, para Gigi e então para Justin. *Por favor, não deixe que ele morra. Outro, não.*

O coro começa uma performance estimulante da música "My World Needs You", de Kirk Franklin, indicando o final do culto.

— Bem, esse foi um sermão abençoado — declara minha mãe enquanto nos juntamos à longa fila para cumprimentar o pastor.

Lá vamos nós. Coloco um sorriso no rosto, sabendo que, apesar da tragédia pairando no ar, minha mãe quer me exibir em minha rara aparição na igreja, a Riley perfeita, com as notas perfeitas, o comportamento perfeito, e o diploma e a carreira perfeitos. Pensar nisso é exaustivo, mas me preparo para o espetáculo, endireitando um pouco a postura, lembrando de nunca responder "é", sempre "sim", e de me certificar de olhar todos nos olhos e perguntar pela família deles. Em outras palavras, vou deixar minha mãe orgulhosa como sempre faço. Vou defender a imagem cuidadosamente conservada de minha mãe de que somos uma família exemplar, basicamente os Huxtables, a família da *sitcom The Cosby Show*, só que com muito menos dinheiro, ainda que a ironia dos Huxtables como o epítome do sucesso dos negros não me passe despercebida. Olho para trás e vejo que Shaun também transformou a carranca em um sorriso educado enquanto seguimos a mamãe pelo corredor.

Ela não anda, e sim desliza, com o chapéu inclinado só um pouco sobre o penteado modelado com bobes, a coluna tão reta que ela fica parecendo ao menos sete centímetros mais alta do que seu um metro e meio, um pavão pomposo consciente de um salão cheio de espectadores. Com certeza ela já tem uma lista de conquistas e novidades passando pela mente como uma fita de teleimpressor. Normalmente, ela estaria de braços dados com meu pai, sussurrando fofocas baixinho, mas ele foi chamado de manhã para resolver um problema de encanamento no campus da Universidade Penn, onde trabalhou por vinte anos como faxineiro (ou "engenheiro de limpeza da Ivy League", como minha mãe chama), então ela renuncia à fofoca em prol de ficar apontando para mim e exclamando em voz alta "olhe minha filhinha aqui hoje" para qualquer um que faça contato visual com ela. "Você sabe que ela está na TV, não sabe? No noticiário do Canal 5. Toda noite."

Não apareço todas as noites, mas não me dou ao trabalho de corrigi-la. Meu papel aqui é seguir em obediência e sorrir sem parar. Estico a mão para ajeitar o cabelo, que alisei com chapinha até ficar baixinho hoje de manhã, preparando-me para a igreja e para passar no teste de minha mãe. Tenho a breve lembrança de estar me arrumando para a igreja quando pequena e minha mãe alisar meu cabelo com um antigo pente de metal quente que ela esquentava na boca do fogão e que, de modo inevitável, queimava minhas orelhas, não importando o quanto eu ficasse parada.

Quando chegamos ao vestíbulo, a voz do pastor Price parte a multidão ao nosso redor:

— Ora, ora, ora, quero fazer uma oração poderosa para a filha pródiga que retornou! Vejam se não é Leroya Wilson bem aqui na minha igreja. Isso é que é milagre!

Dessa vez, não fico surpresa ao ouvir "Leroya" e lanço um olhar de culpa para minha mãe, lembrando de como meus pais ficaram chateados quando anunciei (de maneira enfática) que mudaria de nome, a mágoa em seus rostos. Contudo, minha mãe é toda sorrisos agora, radiante enquanto olha para o pastor como se estivesse exibindo um prêmio.

Aceitando o abraço do pastor, sinto-me como uma garotinha, como Leroya de novo. Fico feliz por ele estar me provocando como sempre fazia na época, como quando eu o pressionava com perguntas sobre por que Jesus parecia tão branco nos livros de histórias.

— As pessoas precisam se ver em Jesus, Leroya — explicou ele. — Quando você olha para ele, talvez devesse ver uma garotinha negra muito inteligente.

Ele dá um passo para trás, colocando as mãos nos meus braços com gentileza e me dando uma boa olhada.

— Você está toda crescida, hein, e mais linda do que nunca. Igualzinha à sua mãe aqui.

Aí está mais uma coisa sobre o pastor Price: ele sempre foi de flertar.

— Você está fazendo um bom trabalho, o trabalho de Deus, no noticiário. Te assisto o tempo todo. Não é, Sandra?

— Assiste, assiste.

Minha mãe sorri tanto que o rosto talvez acabe rachando. Shaun parece entediado, diminuído. Já se foram os dias em que nossos pais ficavam bem aqui neste saguão se gabando do talento dele para o futebol, seus gols que conquistavam a vitória, sua bolsa de estudos para a Universidade Temple, seu grande futuro. Meu irmãozinho costumava ter uma presença enorme. Isso foi antes. Agora ele mal ocupa espaço.

O pastor Price se inclina e baixa a voz:

— Então, que bagunça isso com a Jenny.

Na infância, Jenny costumava ir à igreja conosco. Sempre tive uma estranha sensação de orgulho de que Jenny podia estar ali, como um de nós, tão confortável em ser a única pessoa branca na multidão. Era irônico, considerando que eu tinha prática em ser "a única" em inúmeros lugares e situações, incluindo ir parar em uma das escolas mais brancas da Filadélfia, mas aquilo nunca foi tão fácil para mim; na verdade, em algumas noites eu caía na cama esgotada pelo esforço que a coisa toda exigia.

Antes que eu consiga determinar como responder ao comentário do pastor, ele prossegue:

— Vamos continuar a conversa pela semana. Deus te enviou para nós, Leroya, e bem a tempo. Precisamos de sua voz, de seu poder, de sua influência. Eles vão dar cobertura a eles mesmos. É o que sempre fazem. Desta vez, não vamos deixar que se safem. Precisamos que você conte a nossa história. Ligue para meu escritório amanhã, combinado?

O tom dele de conchavo não parece certo. Sou jornalista, não ativista. Por outro lado, talvez eu precise da ajuda e dos contatos dele para conseguir me aproximar da mãe de Justin, e sei bem que não devo analisar as nuances da coisa de qualquer forma, então apenas sorrio.

O pastor Price segura as mãos de minha mãe.

— Estou orando por sua mãe, orando muito, e o grupo feminino de oração vai ao hospital para vê-la hoje à tarde. A irmã Marla é uma mulher forte.

Assentimos em concordância e gratidão, e minha mãe dá uma atualização detalhada demais sobre o estado de Gigi. Enquanto isso, vejo Shaun se afastar para o outro lado do salão, onde discretamente coloca uma nota de vinte dólares na caixa de dízimo. Fico com o coração apertado. Sei muito bem que ele não tem vinte contos sobrando. Dei a ele cem dólares na semana passada para que pudesse pagar a conta de celular.

— Como ele está? — O pastor Price segue meu olhar, evidentemente preocupado. — Ele está bem com o trabalho da mudança?

Depois de um ano lutando para encontrar alguém que o contratasse, Shaun enfim conseguiu um emprego com uma empresa de mudanças local, graças ao pastor Price, que conhece o dono.

Minha mãe endireita a postura um pouquinho.

— Ele está bem, está bem.

Ela é rápida em lembrar a todos disso e, em seguida, passar ao próximo assunto. Ela faz isso sempre que alguém ousa mencionar o que aconteceu com Shaun. É um "assunto de família", semelhante a um documento da NSA carimbado como "Confidencial". Porém, também nunca conversamos sobre isso um com o outro. Não falamos sobre por que Shaun mora na casa dos nossos pais, ou a dívida esmagadora, ou o medo e o ressentimento que se apegam como uma sombra a toda a nossa família.

— Nos vemos semana que vem, pastor — diz minha mãe.

Posso ver que ela está feliz por estarmos escapando do assunto.

Somos atingidos por um frio intenso ao sairmos; a temperatura caiu desde mais cedo, então agora dezembro parece dezembro, frio e cinzento como deve ser. É reconfortante quando as coisas são como devem ser, e por isso não me importo quando minhas orelhas ficam dormentes quase que de imediato. Minha mãe se apressa para a reunião das mulheres auxiliares no anexo ao lado, enquanto Shaun e eu, compelidos pelos bons modos, somos forçados a permanecer na vasta escadaria de pedra, cheia de pessoas que não vemos há anos, cobrindo-me de elogios.

— Olha só você, que linda. Você se saiu tão bem. A sra. Sandra está tão orgulhosa.

— Eu te assisto o tempo todo.

— Você é a melhor coisa na TV.

É uma sensação opressiva que eles gostem tanto de mim assim.

Shaun se remexe inquieto ao meu lado enquanto a sra. Nettle, cujo cheiro de naftalina quase me faz desmaiar, está proferindo um monólogo sobre como preciso fazer uma matéria sobre o negócio novo do neto dela, uma barbearia móvel que ele montou em um veículo recreativo reformado.

Ela evidentemente sabia que não deveria falar comigo com minha mãe por perto, muito menos pedir um favor, uma vez que a sra. Nettle é a inimiga declarada de minha mãe depois que travou nossa participação na Jack and Jill[2] quando Shaun e eu éramos crianças. A sra. Nettle, que descende de uma das primeiras famílias negras a se acomodar na Main Line, o subúrbio da Filadélfia, e dos membros originais de quando a organização foi fundada em 1938, tinha controle sobre quem era digno de ser admitido no comitê local na época. Quando minha mãe ficou sabendo que a sra. Nettle disse que ela e meu pai não eram "profissionais o suficiente", a resposta do meu pai foi: "Quem se importa, e de qualquer forma, por que você quer andar com aquele povo metido?". Contudo, o orgulho de minha mãe seguiu ferido.

— Posso roubá-la de você, sra. Nettle? Vou levar minha irmã para almoçar.

Meu irmão apoia o braço magrinho ao redor de meus ombros. Shaun age com tanta educação que me faz ponderar se a mamãe está observando, ouvindo.

— Para tudo tem uma primeira vez! — provoco, fingindo surpresa.

Então me inclino e sussurro um agradecimento por ter sido resgatada.

— Não, sério, quero te levar para almoçar. Vamos ao Peixe Frito do Monty. Pelos velhos tempos.

Faz pelo menos dez anos que não vou ao Monty, embora costumasse ser nosso lugar típico de domingo, todos os Wilson engomados, arrumados

---

[2] N. da T.: *Jack and Jill of America* é uma organização sem fins lucrativos criada por mães negras estadunidenses. O objetivo era fornecer um espaço social e cultural em que as crianças pudessem se desenvolver.

e sentados em um sofá *booth* depois da igreja e antes de ir para o restaurante comunitário da rua Broad para servir o almoço de domingo dos veteranos de guerra em situação de rua. De repente, não existe nenhum outro lugar ao qual preferisse ir. O conforto do peixe cavala empanado no fubá e os pratos fundos de macarrão com queijo nos chama.

— Vamos.

Quando estamos acomodados à mesa amarelada de fórmica, com os pratos cheios depois de nos servir no bufê, os dedos engordurados por tirar espinhas dos peixes, observo Shaun, buscando um sinal de que ele está bem. De todas as preocupações que tenho em um ciclo infinito (a saúde de Gigi, a condição financeira dos meus pais, o fim da democracia), meu irmão caçula é a maior delas. Ele sempre vai ser meu caçulinha. Shaun chegou dois dias depois do meu aniversário de sete anos, e eu soube que ele era meu presente: um boneco que ganhara vida. Eu o levava por toda a parte. Usei a mesada para comprar os primeiros Lincoln Logs e conjuntos de LEGO para ele e, quando ele decidiu no primeiro ano da faculdade que queria fazer arquitetura e desenhar arranha-céus, fiquei muito orgulhosa de ter inspirado esse sonho.

Shaun vai ficar bem, menina. Ele vai ficar bem, a voz de Gigi sussurra em meu ouvido.

Shaun está ensopando o prato com molho picante, distraído.

— Ouviu isso?

— Ouvi o quê? A música? É, essa é demais.

Shaun começa a estalar os dedos e balançar a cabeça ao som de "Return of the Mack", que explode de um alto-falante parafusado no canto do restaurante.

— Sério, amo essa música, cara. Os anos noventa! Isso que era época boa.

— Rodney King? O. J. Simpson? Não foi a melhor década para nós. Também teve o corte de cabelo de Arsenio Hall. Não precisamos retomar esses tempos.

— Ah, cara, me diz qual época *foi* boa para gente preta. Estou falando da música, mana. Biggie. Tupac. Wu-Tang. Além disso, meu corte de cabelo era estilo. E por que você está de gracinha quando fica usando essa franja da Tootie aí?

Jogo um pedaço de broa de milho nele.

— Como foi a mudança de Landry ontem?

— Foi tudo bem, se oito horas de trabalho árduo carregando caixas por cinco lances de escadas é sua praia. A mulher nos supervisionou como uma águia, como se fôssemos fugir com a caixa de vinte quilos da preciosa porcelana dela. O que me mata é que você aparece para trabalhar de luvas e moletom e as pessoas te tratam como um estúpido. Juro que ela estava falando comigo bem devagar como se eu só tivesse dois neurônios. Eu queria responder, tipo: *quer ver minhas notas no vestibular, bis-ca-te?* Mas enfim, é um salário, pô. E com nossos pais brigando por conta de dinheiro o tempo todo...

— Papai ainda a está perturbando para vender a casa?

Shaun fecha a cara, e me arrependo de forçar o assunto.

— É. Ela ainda está em negação — adiciona ele.

Lógico que está, minha mãe é assim. Como ela pode encarar a perda da nossa *casa*, a casa que tem estado na nossa família por três gerações? O bisavô Dash a comprou em 1941 com oito mil dólares, em dinheiro vivo, que levou ao banco em uma bolsa marrom e entregou ao banqueiro, que indagou a ele:

— Olha esse preto com uma bolsa cheia de dinheiro. Onde você arrumou tudo isso?

— "Já contei que eu entregava o jornal *Philadelphia Tribune* de porta em porta quando tinha cinco anos?" — Faço minha melhor imitação de Gigi, tentando amenizar o clima.

Shaun capta a piada e faz a própria imitação:

— "Fui a mulher das notícias antes de você, Leroya."

Gigi nos contou essa história mil vezes. De como ela ganhou dinheiro suficiente quando criança para contribuir com cem dólares para custear a compra da casa. Ela brincava dizendo que a porta da frente era toda dela.

Ficamos rindo por um minuto antes de lembrar que Gigi está no hospital, e voltamos a ser tomados pelas preocupações.

— Enfim, é culpa minha se eles perderem a casa. Se não tivessem tido que me ajudar...

Shaun dá uma mordida agressiva em uma coxa de galinha, descontando o estresse na comida.

Ouvir a dor e a culpa na voz dele me deixa de coração apertado.

— Não é culpa sua, Shaun. Sempre foi uma questão de tempo até eles precisarem vender.

Esqueçamos das contas de Shaun; os impostos sobre a propriedade estavam aumentando a beça com as pessoas brancas que fugiram para o subúrbio cinquenta anos atrás querendo voltar para a cidade. Mesmo ajudando o máximo que posso, os salários modestos deles (com meu pai sendo faxineiro e minha mãe, gerente da casa de repouso), e todo o dinheiro que pegaram emprestado por causa da hipoteca, ainda é uma causa perdida, o sofrimento iminente sendo inevitável.

Fica óbvio o fardo nos ombros de Shaun, como se estivesse carregando uma mochila de tijolos. Toda vez que pergunto como ele está *de verdade*, ele responde a mesma coisa:

— É a vida.

Porém, fica nítido que a coisa tem o afetado muito. Eu me apresso para mudar de assunto:

— Você e Staci se encontraram ontem à noite?

Staci, com "i", e Shaun têm um relacionamento ioiô desde o ensino médio. Dou crédito a ela por ter continuado com ele quando Shaun teve que sair da faculdade, mas é só isso.

— Nem, terminamos... de novo.

Ele começa a prestar bastante atenção ao ato de passar manteiga em cada centímetro de um biscoito.

— Ah, poxa, que pena.

Não vou conseguir nenhum Oscar com aquela tentativa falha de ser empática.

— Ah, qual é, você nunca gostou dela. Você acha que ela é uma branca avoada que não é boa o suficiente para seu caçulinha.

Eu nunca tinha ouvido tanta verdade em uma só frase. Staci sempre me deu nos nervos com os tops minúsculos de crochê e a insistência em falar sem parar da dieta vegana. Contudo, a questão não é tanto sobre Staci, e sim o fato de que Shaun namora quase exclusivamente mulheres brancas, ele as prefere desde pequeno. Quando ele tinha cinco anos, contou-me da primeira paixão: uma garota chamada Hannah, uma loira franzina da turma do jardim de infância.

— Por que você não gosta das meninas negras da turma? — perguntei a ele.

— As brancas são mais bonitas — respondeu ele, como se fosse um fato da vida, ou senso comum, uma conclusão óbvia com a qual todo mundo concordava.

Aos doze anos, isso me atingiu. Já era difícil o suficiente usar aparelho e ter aquela mancha teimosa de acne na testa, mas, ainda por cima, o cabelo crespo e a pele retinta? Como eu poderia contrapor Shaun quando tudo ao meu redor, incluindo o espelho, sussurrava que ele estava certo? Levaram muitos anos e muito trabalho duro antes que eu pudesse entender e argumentar com confiança sobre a influência do patriarcado, dos falsos padrões de beleza e de como séculos de história tóxica condicionaram os homens negros a verem as mulheres brancas como o prêmio final, todos sendo argumentos que usei com Shaun ao longo dos anos, mas nunca aquele que mais me feria: se as mulheres negras não são boas o suficiente para meu irmão, então o que isso diz sobre mim?

— Você tem que ficar longe dessas brancas, ouviu? — repetiu Gigi várias vezes para Shaun enquanto crescíamos.

Shaun sendo Shaun, ele sempre tentou transformar isso em piada, mas Gigi nunca riu.

— É sério. Tome cuidado — insistia ela.

— Bem, talvez você possa encontrar uma garota negra legal — digo para ele agora, com o olhar equilibrando o tom sarcástico. — Que tal?

— Você está falando que nem a vovó. E você me mata com seus sermõezinhos sobre encontrar uma garota negra legal. Tipo, dá-lhe hipocrisia. Como se você nunca tivesse palmitado. — Ele dá um risinho. — E o que aconteceu com aquele cara? Todo mundo achou que você fosse se casar com ele.

Duas menções a Corey em quatro dias é demais.

— Não vou falar disso.

Shaun não faz ideia do papel que teve no fim do meu relacionamento com Corey, e nunca contarei a ele. Minha mãe não é a única que evita lavar roupa suja.

— Tá, tá. Já falou com a Jen?

— Não. Tenho que ligar para ela de volta. Não sei o que dizer.

— Tipo, é absurdo que nós conhecemos esse cara de verdade. Os outros policiais que fazem essa merda terrível o tempo todo são desconhecidos, mas conheço Kevin.

Kevin. Ele é Kevin, não o policial Murphy. E o conhecemos mesmo. Na verdade, sei de detalhes íntimos sobre ele, alguns que o deixariam horrorizado se descobrisse que sei. Como o fato de ele fazer um som tipo o do Abominável Homem das Neves quando goza, que só consegue fazer cocô se tirar a calça por completo, que sua contagem baixa de esperma é o motivo de eles não conseguirem engravidar e que ele deu um soco na parede do quarto quando descobriu. Kevin e eu podemos não ser íntimos, mas ainda existe intimidade por proximidade.

— Não sei como é que você vai falar com ele de novo, Rye. Quer dizer, ele matou um garoto. Um garoto negro. Como se supera isso?

— Justin não morreu. Ele está em coma.

— Aquele garoto não vai acordar. Desculpe, mas não vai. Podemos marchar e orar e marchar de novo, mas não vai fazer diferença. Além disso, ele não estava armado. Imagine cometer um erro assim em qualquer outro trabalho. Imagine que você trabalha no McDonald's e serve a alguém batatas fritas que, por acidente, cobriu com veneno de rato em vez de sal, e aquela pessoa morre bem na sua frente. Ninguém vai falar que não foi assassinato. Mas nesse caso... Os policiais matam alguém e os chefes falam: "Ops, aconteceu de novo". Toda vez. — Ele realça a opinião ao gesticular com um osso de galinha.

A voz de Shaun está alta, mas a de Mark Morrison nos alto-falantes também, assim como o bebê chorando na mesa ao lado, e ninguém parece estar ouvindo. Mesmo assim, minha cabeça se vira como a de uma coruja para ver quem pode ter escutado. Minha mãe sempre chamou nossa atenção por falar alto demais em público.

Começo a dizer "shhh", mas então me lembro de todas as promessas que fiz para nunca me transformar na minha mãe, e me contenho. Mordo a língua mesmo quando meu irmão começa a falar mais alto, mais irritado.

— Se atiram em um garoto negro e esse garoto negro não estava armado, então esse policial tem que ir preso. Dane-se a pessoa. Ela falhou no papel de policial. Você lembra quando fui demitido da Kinko's no ensino médio por colocar a tinta errada na impressora. Tá, a impressora quebrou, mas ninguém morreu. Juro que alguns desses caras decidem ser policiais só para estourar umas cabeças (cabeças de gente preta e marrom) e ficar em posições de poder. Quer dizer, talvez o Kevin não seja necessariamente assim, mas muitos deles são. Você ouve falar das mensagens deles dizendo "neguinho" isso e aquilo e deixando laços de corda nos vestiários e sei lá o quê, e as pessoas ainda se perguntam por que suspeitamos da polícia? Eles precisam de um teste antirracismo para qualquer pessoa que se juntar à polícia, cara. Tipo, se vamos descobrir no seu Facebook que você está postando piadas sobre gente preta ser macaca, ou nos descrevendo como "selvagens", ou "bando de animal imundo", não seja policial.

— Você está certo. Tudo o que disse está certo. É uma situação ferrada.

— Tipo, podia ter sido eu.

Ficamos os dois em silêncio por um momento. Chegamos perto da ferida, perto demais.

— Você tem que entrevistar a mãe do Justin. Tamara Dwyer — afirma Shaun. — Ela precisa contar a história dela. Precisamos manter as mães do movimento sob os holofotes. As mães são o que impactam as pessoas. Ele matou o *filho* de alguém.

O fogo militante de Shaun sempre me serve de foco.

— Exatamente, preciso ir até ela. Preciso falar com Tamara.

— Posso colocar vocês em contato.

— Sério?

Estou aliviada em ouvir que talvez eu não precise envolver o pastor Price para conseguir aquilo.

— Pode apostar, meu mano Derek mora no Strawberry Mansion. Ele conhece a família dela. Costumava sair com a prima de Justin, Deja. O pai dela, Wes, é um dos irmãos de Tamara. Ela tem vários irmãos.

Justin foi baleado a apenas alguns quarteirões daquele bairro.

— Você pode pedir por mim?

É por isso que amo estar de volta à área da minha cidade natal, uma rede de recursos que posso acessar com facilidade.

— Sim, pode deixar, mana. Ela não vai falar com esse povo branco mesmo. Quinn Taylor? Nem ferrando que a PatyPórter vai conseguir a entrevista. É contigo. Agora preciso ir pegar mais macarrão.

Shaun tem a mesma opinião sobre Quinn que eu, desde que contei a ele o que ela disse no Halloween:

— Vocês deviam todos vir para a minha casa em Society Hill — anunciou ela à equipe de notícias. — Toda a nossa rua fica decorada, recebemos crianças de toda a cidade. Até as da periferia, os pais as levam. É fofo.

Shaun se levanta para a segunda rodada do bufê. Ele é um homem adulto, mas come como um adolescente em um estirão de crescimento. Também parece um, com o porte de um adolescente desengonçado, um cachorrinho que ainda não desenvolveu as patas e orelhas. É por isso que as garotas sempre sentiram atração por Shaun: ele parece alguém a ser salvo. Gigi sempre diz que ele tem coração mole, e é verdade.

Alguém se aproxima por trás de mim, e pego a bolsa, supondo que seja a garçonete chegando para um refil dos nossos chás gelados. Quero pagar pela refeição enquanto Shaun está no bufê.

— Oi.

Não é a garçonete.

Eu me viro e estou cara a cara com Jenny, que, de novo por uma desconcertante fração de segundo, parece uma completa desconhecida. Ela está vestindo um moletom extragrande do time de beisebol Phillies comemorando a vitória na World Series. Por cima usa um casaco bufante que não cabe bem em sua cintura. O brilho dela foi substituído por manchas escarlates.

— Domingo é dia de igreja e Monty — afirma ela, abrindo um sorriso hesitante.

Uma estranheza esquisita pesa o ar entre nós.

— Eu não venho aqui há séculos.

Jen fica com o rosto corado. A vermelhidão em seus olhos me faz pensar que ela esteve chorando, só que Jen nunca chora.

— Shaun postou no Facebook que ia trazer a irmã ao Monty. Eu precisava te ver. Você não me atendeu.

Não sei explicar por que meu coração está acelerado. Inspiro fundo, mas, antes que eu possa responder, Shaun volta e, ao ver Jen, quase deixa cair a fatia de torta de maçã.

— Ah... Oi, Jenny.

— Oi, Shaun.

Ela dá alguns passos hesitantes para abraçá-lo e Shaun deixa, embora esteja tenso, um contraste ao seu abraço de urso usual.

Fica nítido que meu irmão não sabe o que dizer ou fazer quando se afastam. Estende a mão como se fosse tocar a barriga dela, então muda de ideia.

— Você está enorme. Vai ter trigêmeos ou algo assim?

Ninguém sequer tenta rir, não que tenha sido de fato engraçado, ou sequer tenha tido tal propósito. Em vez disso, há uma pausa em que todos nós nos entreolhamos como atores que esqueceram das falas.

Shaun rompe o momento ao fazer o que eu queria poder fazer: ir embora.

— Vou deixar vocês aí e tal. Vou chamar um Uber, mana. — Shaun se inclina e beija o topo da minha cabeça como se fosse um pai mandando a filha para a escola, e então acena com a cabeça para Jen. Ele está a alguns metros da mesa quando se vira e completa: — Kevin fez merda, Jenny. — Ele diz isso alto o suficiente para que algumas cabeças se virem na nossa direção.

E então sai.

Jenny se encolhe de maneira visível com as palavras de Shaun, e eu também. Só que o que mais ele deveria dizer ou fazer agora? Flertar com Jenny como normalmente faz ou fazer alguma piada sobre o corte de cabelo dela? Ela parece que vai repreender Shaun, mas se contém, em vez disso se vira para mim, desamparada. Quero tocá-la, mas minha mão não se mexe.

— Podemos conversar, por favor? — Jenny não está pedindo, está implorando.

E mesmo com a tempestade de emoções passando por mim agora, sobre o que Kevin fez ou as coisas que ela pode ter a dizer ou não, só há uma resposta à pergunta dela. Faço sinal para que Jen se sente.

Capítulo quatro

Jen

As palavras de Shaun são como um soco no estômago. É preciso toda a força de vontade para não me virar e sair correndo pela porta. Vir aqui foi um erro, vejo agora, mas não posso ir embora. Não posso fazer nada além de me sentar à mesa diante de Riley, que me encara como se eu fosse uma desconhecida. Ela está esperando que eu diga algo, o rosto tão inexpressivo quanto uma tela em branco. Não faço ideia do que dizer. *Sinto muito?* Só que pelo que exatamente sinto muito, e por que estou me desculpando com Riley?

Por fim, quase como se estivesse com pena de mim, ela pergunta:
— Como você está?

Eu não sabia o que esperar; ela não tinha me ligado no fim de semana, mas a preocupação dela é uma misericórdia tamanha que sinto um pouquinho de esperança.

— Estou bem, acho. Mas... não importa como me sinto. — Soo como uma mártir, mas há coisas mais importantes que quero explicar. Coloco as palmas das mãos suadas na mesa, pronta para começar o discurso que ensaiei mil vezes até chegar aqui. — Escuta, Rye, Kevin pensou que estivesse atrás de um cara que tinha acabado de atirar em alguém. Ele pensou que o cara estivesse armado. Ele estava temendo pela própria vida.

Paro antes de dizer que foi culpa de Cameron, embora eu esteja convencida disso por completo. *Ele* atirou primeiro, então Kevin teve que abrir fogo. *Cameron* não tinha experiência; *ele* tomou a má decisão. Se Kevin estivesse com Ramirez, isso nunca teria acontecido. Talvez eu esteja sendo defensiva demais, mas é só porque quero (preciso) que Riley saiba disso.

Procuro na expressão dela por qualquer traço de compreensão, tentando avaliar a probabilidade de ela dizer o que eu preciso desesperadamente que ela diga: "Estou aqui para te apoiar". Há um brilho duro nos olhos dela; passa em um piscar de olhos, mas é suficiente para saber que eu provavelmente não ouvirei essas palavras.

— Isso tudo é tão terrível, Rye — prossigo. — O que vai acontecer com ele?

— Os médicos dizem que vão operar amanhã e tentar desalojar a última bala para estancar o sangramento.

Minhas bochechas queimam de vergonha. Finjo que era do garoto que eu estava falando.

— Sim, ele vai ficar bem — digo com convicção ou, na verdade, desespero.

Não consigo tirar a imagem do garoto da cabeça, não consigo parar de pensar na mãe dele, sentada ao lado do leito no hospital, esperando que ele abra os olhos. Não vi nem toquei em meu bebê, mas já sei que eu morreria por ele ou ela.

— É o que esperamos — confirma Riley. — Com certeza tem muita gente orando por ele.

Ela me olha enquanto diz isso, me olha de verdade... e deslizo as mãos para a frente na mesa engordurada, perto o bastante para que ela as segure. Ela não segura.

Não há maneira graciosa para mudar de assunto, para voltar a falar de Kevin e eu, mas não tenho escolha. É o motivo pelo qual vim aqui.

— Então, você viu que liguei ontem de noite?

— Vi. Você não deixou mensagem.

— Desde quando tenho que deixar mensagem para você me ligar de volta?

Riley não responde. De repente é como se eu estivesse em uma entrevista de emprego ou no escritório do diretor da escola: uma coisa formal e furtiva. Estou à mercê do julgamento dela, e isso me faz sentir como se eu estivesse tentando correr sobre o gelo.

— Bem, eu queria te pedir pessoalmente. Por um favor. — Fecho as mãos em punho, criando coragem. — Eu estava me perguntando... Você sabe como a imprensa pode ser. Sem ofensa. — Eu estava tentando fazer uma piada, ao menos pensei que estava, mas não soa assim. Rápido, continuo: — Eu estava pensando que talvez você pudesse fazer um artigo sobre Kevin, falando do lado dele, sabe? Vi que você está cobrindo a matéria. Você podia falar com ele e ele contar aos espectadores o que realmente aconteceu?

Kevin e eu elaboramos o plano durante o fim de semana, ou melhor, eu elaborei. Ele ainda desconfiava de Riley como "imprensa" e achava que não havia como o departamento deixá-lo falar publicamente, mas eu o convenci de que talvez ela pudesse realmente nos ajudar. Valia a tentativa. Contudo, Riley torce a boca como se tivesse bebido algo azedo.

Ela nega com a cabeça antes mesmo de responder:

— Não posso... não posso entrevistar Kevin. Não seria... certo. O que quero dizer é que eu não poderia ser objetiva, e é meu trabalho. Objetividade profissional.

As palavras que ela murmura são só barulho; é o tom que machuca, tão distante, tão robótico. Ela está usando a máscara da Riley... É assim que chamo quando ela bloqueia as emoções desse jeito. Ela é especialista nisso. Depois que Corey a largou, ou seja lá o que aconteceu entre eles no ano passado, ela agiu como se estivesse bem. Sempre as mesmas respostas toda vez que eu perguntava: "Estou bem", "não era para ser", "nossa relação não era assim tão séria". A máscara. Porém, sei a verdade. Corey era bom para Riley. Ele a deixava bem menos reprimida. Ela o amava de uma maneira que nunca a vi amar ninguém e, por mais que ela ache que engana as pessoas, nunca me enganou.

— É só... Eu entendo. Não quero que você faça algo com o qual não está confortável, Riley, mas a coisa já está começando, todo mundo dizendo coisas terríveis sobre Kevin. Precisamos que o lado dele da história seja divulgado. Foi um erro, um erro terrível. Ajudaria se as pessoas entendessem que ele não é um cara mau, porque ele não é. Tipo, você sabe disso.

Contudo, pela forma como Riley me olha, parece que ela não sabe. Parece que tenho que considerar a possibilidade de ela pensar que meu marido é um policial ruim ou, pior, um racista. Com certeza ela não pensaria isso, pensaria? Estou me dando conta de que Riley espera que eu tenha vergonha do meu marido. E isso, mais do que qualquer outra coisa, começa a me irritar.

— Bem, então deixe eu perguntar: você faria a entrevista se Kevin tivesse baleado um garoto branco?

— Jen... Eu não... Não é só...

Já vi Riley engolir o que diria e se esconder atrás do silêncio, mas nunca a vi perder as palavras. Por que eu tinha que mencionar raça? É algo que nunca importou entre nós.

Finalmente ela me olha.

— Eu não sei, talvez, Jen. Talvez. — Parece que admitir isso a afeta. — E, bem, geralmente não são os garotos brancos sendo acidentalmente baleados pela polícia, são? — Dessa vez, não há gagueira: as palavras saem da boca dela cortantes como faca.

— Olha, eu não quero transformar isso em uma conversa sobre quais vidas importam. Nem é sobre raça, Riley. É sobre Kevin.

— Como é que você pode sequer pensar que isso não é sobre...

Eu a interrompo. Odeio para onde esta conversa está indo. A raiva que está fervendo nas entrelinhas desde que me sentei está se transformando em uma chama furiosa. É a única razão pela qual digo o que digo a seguir:

— Você nunca gostou do Kevin. Esse é o real motivo de você não fazer a entrevista. Admita.

Nem sei se acredito nisso. É mais uma ideia que estou testando no momento, e a acusação, estar na defensiva é bom. Ou talvez seja verdade *sim*. Talvez Riley tenha tolerado Kevin todos esses anos, mas nunca tenha gostado dele, e é por isso que não vai nos ajudar. Terei que ficar na dúvida, porque saio pela porta antes que ela sequer possa abrir a boca.

* * *

Desde pequena, adoro espaços apertados e claustrofóbicos. Eu me aninhava no armário de Lou, envolta nos aromas familiares de couro sintético e fumaça de cigarro; de alguma forma, fazia com que eu me sentisse mais segura. Agora, este lavabo do tamanho de um armário na casa da minha sogra é o mais próximo que posso chegar de me esconder. Sei bem que não devo me esconder no armário de Cookie.

Estou sentada na tampa da privada, repetindo mentalmente a conversa no Monty, tentando dar sentido às coisas. Faz cinco dias inteiros desde que Riley e eu nos falamos. É o maior tempo que passamos sem nos falar ou enviar mensagens ou e-mails, pelo que me lembro. Inspiro fundo. Isso é tudo que faço hoje em dia: exercícios de respiração profunda. Há uma cesta de pot-pourri com aroma de canela em cima da caixa de descarga, e quase posso sentir o gosto da coisa enquanto respiro. Fico olhando para o papel de parede floral descascando à frente e luto contra o desejo de segurar a pontinha e arrancar tudo. Seria tão satisfatório fazer isso, destruir essa coisinha.

A voz de Cookie ecoa pelo corredor. Não consigo distinguir o que ela está dizendo, apenas a cadência estridente, a trilha sonora da minha vida desde que Kevin e eu viemos morar com os pais dele na sexta-feira passada, na noite após o ocorrido do tiro. Esperamos que os repórteres e manifestantes não nos sigam até aqui no Condado de Bucks. Porém, de vez em quando, espio pelas cortinas da sala, esperando encontrar uma van da imprensa. Provavelmente é só questão de tempo. Eles ainda estão acampados em frente à nossa casa, vinte e quatro horas por dia, esperando alguém chegar ou emergir para que possam se aglomerar como moscas avançando em uma carcaça. Sei disso porque a sra. Jackowski, da casa ao lado, manda mensagens com atualizações.

— Aonde a Jenny foi? Ela está bem? Ela tem que manter a compostura. — A voz de Cookie preenche o banheiro agora, alta e nítida, como se essa fosse a intenção dela, e sei bem que é o caso, porra.

Cookie ficou repetindo essa ladainha na última semana: que estou aérea, que não estou fazendo o suficiente para ajudar Kevin. É tão óbvio que Cookie está projetando a própria impotência em mim, mas isso não faz com que seja mais fácil não gritar com ela: *Que diabos devo fazer? Diga e vou fazer!*

Fico oscilando em desespero entre a adrenalina desvairada (*como podemos consertar isso, o que eu faço?*) e o autoisolamento, o fingir que tudo isso está acontecendo com outra pessoa, até não conseguir mais fingir. Como agora.

Jogo água fria no rosto e respiro fundo de novo.

— Vamos, Passarinho, a gente consegue — sussurro para minha barriga antes de me forçar a abrir a porta.

Vejo Kevin e Frank exatamente como estiveram pela última hora: pai e filho sentados em uma banqueta embutida no canto da cozinha, que basicamente virou uma sala de crise.

— Aí está você!

Cookie tira os olhos do aipo que está cortando enquanto me sento ao lado de Kevin no banco estofado. Apoio a cabeça em seu ombro, ele se inclina para descansar a cabeça em cima da minha. Nós nos encaixamos como peças de um quebra-cabeça. A coxa dele roça minha perna, e me mexo para nos manter perto. Costumávamos nos tocar o tempo todo quando estávamos namorando e recém-casados, nossas várias partes do corpo se encontrando como se fossem magnetizadas. Contudo, em algum momento ao longo do tempo (talvez quando começamos a marcar no calendário do Google os dias para transar), paramos de procurar um o toque do outro. Agora, pego-me procurando Kevin sempre que estou perto dele, um aperto de mão, uma massagem no ombro, qualquer coisa para dizer "estou aqui". Não importa o que Cookie pense, estou aqui mesmo. Estou tentando.

Fred me vê através das portas do pátio e solta um choramingo lamentável. Ela também não está feliz, exilada aqui na casa de Cookie e Frank, principalmente porque Cookie a mantém trancada no quintal.

— Julia Sanchez estará aqui a qualquer momento, sabem.

O tom acusatório de Cookie me faz segurar a mesa com tanta força que os nós das minhas mãos perdem a cor. É óbvio que a consultora de mídia enviada pelo sindicato estará aqui a qualquer momento. Cookie nos lembrou disso umas cem vezes, o que é bem hilário porque ela sequer sabia o que era uma consultoria de mídia até dois dias atrás, e agora acha que essa mulher pode, em um passe de mágica, fazer o mundo parar de odiar o filho dela.

— Nós sabemos... — respondo.

— Você fica dizendo isso o tempo todo. — Kevin termina minha frase, outro hábito que tínhamos no início do casamento e perdemos com o tempo.

Minha sogra seca as mãos em um pano de prato, com vigor. Cookie, de alguma forma, está sempre secando a mão em um pano de prato. Ela tem uma coleção enorme deles.

Agora, ela agita um que é xadrez no ar.

— Alguém podia me ajudar aqui.

Ela me olha diretamente, o que é desnecessário. Nós duas sabemos que ela não vai convocar Kevin nem o pai dele, Frank, para o trabalho na cozinha. Aprendi as regras havia muito tempo. Quando Cookie diz "vou começar o jantar" significa que "nós" vamos começar o jantar e, por "nós", ela quer dizer que é para todas as mulheres na casa se prontificarem a começar a picar alguma coisa.

Não é como se eu fosse uma grande feminista ou algo assim antes de me casar com Kevin. Pelo menos, não era até que comecei a vir jantar na casa dos Murphy e me vi fatiando ovos cozidos nos padrões exigentes de Cookie enquanto os homens (Kevin, Matt e Frank) assistiam aos Eagles jogando na sala de estar rebaixada, embora eu seja a maior fã dos Eagles nesta casa inteira, inferno. Até chamo nosso bebê de Passarinho, pelo amor de Deus! Eu estava no estádio Linc em 2005 quando Chad Lewis marcou aquele *touchdown* de duas jardas contra os Falcons, o que os fez seguirem para o campeonato da NFC. Contudo, nunca consegui me sentar e curtir um jogo aqui. Kevin aparecia de vez em quando para relatar o placar enquanto me lançava um olhar de compaixão que dizia: "Minha mãe é assim mesmo". O que é fácil falar quando se fica enchendo a cara de Cheetos na frente da televisão.

Eu me arrasto até o balcão, e Cookie empurra um saco plástico cheio de aipo e uma faca para mim.

— Pedaços de sete centímetros — ordena ela, como um cirurgião epicurista.

Junto com Julia, Matt e Annie estão vindo para cá. Cookie exigiu que contemos todos a mesma história; da parte dela, ela vai garantir que estejamos bem alimentados enquanto fazemos isso.

— Você acha que deveríamos ter convidado Brice para vir também? — pergunta Cookie antes de responder à própria pergunta. Ela é conhecida por ter conversas animadas consigo mesma, e tudo bem por mim. Prefiro picar em silêncio. — Não, não. Imagino que tenhamos conseguido o que precisávamos na ligação de ontem. Sei que precisamos só aguentar firme.

Brice Hughes é o advogado que os pais de Kevin contrataram para representá-lo. Kevin insistiu que o advogado sindical era suficiente, mas Cookie não quis saber.

— Você precisa de um advogado *de verdade* — declarara ela.

Brice é filho de uma mulher que Cookie conhece do grupo com o qual joga bridge e foi "muito bem recomendado". Não faço ideia se essas avaliações estelares são de alguém além da própria mãe de Brice. Ele pareceu aceitável em nossa ligação inicial, embora parecesse estar pronunciando palavras de um dicionário jurídico para nos impressionar. Não quero pensar no dinheiro que Frank e Cookie estão gastando com isso. Quando Brice informou os valores (trezentos dólares por hora e um adiantamento de dez mil), Cookie pareceu que tinha mordido a língua. Viver da pensão de Frank como policial não deixa espaço para muitos gastos extras, como um fundo para a defesa legal, mas não importa. Cookie vai vender até as últimas posses para ajudar o filho. Apesar de todas as falhas, amo isso em Cookie.

Durante a ligação, todos nós ficamos em volta do iPhone rachado de Kevin na mesa da cozinha, enquanto Brice explicava que o garoto, Justin, é a verdadeira chave para tudo, e que estamos esperando que ele recupere a consciência e conte sua versão dos fatos.

— Como provavelmente sabem, eles o transferiram para o Hospital Infantil da Filadélfia, talvez para que ele possa receber melhores cuidados..., mas também por conta da imagem que passa, para lembrar a todos que ele é apenas uma criança. E você sabe, lógico, que, se ele morrer, a história é outra. A promotora, Sabrina Cowell, não sei se você a conhece, mas ela é durona, com sede de poder. A pauta dela inteira é a reforma da polícia, então... É possível que ela tente conseguir umas acusações sérias. Agressão com arma letal, homicídio culposo ou até homicídio doloso.

Homicídio. Cookie se engasgou de maneira audível, abanando-se com um pano de prato. A palavra se instaurou na sala como se fosse ficar ali para sempre.

— Meu filho não é um assassino — bradou ela, com gotículas de cuspe voando da boca e caindo na mesa.

— Bem, temos que torcer para o garoto sobreviver. Vai ajudar muito — afirmou Brice, o tom chocante de tão objetivo, de modo que quis entrar no telefone e apertar o pescoço dele.

Um garoto pode morrer.

— De qualquer forma, tudo aqui vai depender de duas palavras. — Ele fez uma pausa, e o imaginei erguendo dois dedos grossos. — Ameaça. Plausível. Para que Kevin e Cameron sejam condenados por qualquer crime, a promotora terá que provar que eles não acreditavam que havia uma ameaça plausível à vida deles. Você pensou que o garoto tinha sacado uma arma, certo? Você temeu pela sua vida? — Da forma que Brice fez a pergunta, só havia uma resposta.

Contudo, Kevin não respondeu.

Não ousei me virar para olhar para Kevin, mas senti a mão dele cair pesada em minha coxa sob a mesa da cozinha. Apertei seus dedos, incentivando-o a falar.

— Segui meu treinamento. — A voz dele era robótica.

— Tenho que dizer: parece que você está se esquivando, Kev. Não vai funcionar com a promotora nem com o júri. Precisamos de convicção.

Kevin tentou de novo, como se estivesse ensaiando falas:

— Estávamos em perseguição rápida de um criminoso perigoso que sabíamos estar armado e que já tinha baleado alguém. Aconteceu tudo muito depressa. Cameron gritou "arma!" e atirou, e naquela fração de segundo lembrei do meu treinamento e atirei para proteger a mim e ao meu parceiro.

— Exatamente, exatamente. Era uma situação perigosa... *letal*. E aconteceu tudo muito depressa. Tudo isso leva a um medo plausível por sua vida. E tem outra coisa... parece que Cameron foi o instigador. Foi ele que supostamente viu a arma. Então tecnicamente foi Cameron que atirou no cara errado. Quer dizer, você não tinha escolha além de dar cobertura a ele, tinha? Você teve que fazer isso, conforme seu treinamento, mas era responsabilidade de Cameron identificar o cara certo e avaliar de maneira adequada se havia uma arma. É, é, isso pode funcionar... — Era como se nem estivéssemos ali e Brice estivesse trabalhando na defesa dentro da própria cabeça. — E Cameron é jovem, inexperiente?

— Ele basicamente acabou de sair da academia, mas não sei se isso...

— Na minha opinião, essa é nossa estratégia — continuou Brice. — Cameron é o cara mau aqui; ele é novo, acabou de chegar. Tomou uma decisão ruim. Parece que você não o conhecia tão bem, mas você já o ouviu dizer alguma coisa contra negros? Talvez ele tenha algum preconceito. Algum rumor no distrito sobre ele ser uma maçã podre? Algo assim?

— Não sei. Não conversamos muito.

Kevin balançou a cabeça; ele evidentemente não gostava de como Brice estava abordando aquilo tudo.

— Tudo bem, tudo bem, podemos nos aprofundar nisso, mas, seja lá qual for o caso, isso pode funcionar. Cameron culpado, você inocente. Só que você teria que testemunhar.

O pai de Kevin estivera em silêncio até aquele momento, então todos nos assustamos quando ele ergueu a voz:

— De jeito nenhum!

O derrame deixara metade de seu rosto e seu lado direito completamente flácidos, e às vezes sua bochecha se contrai quando ele quer dizer alguma coisa, os músculos da mandíbula se esforçando para fazer a boca cooperar com o cérebro. Kevin me conta histórias sobre as mudanças extremas de humor de Frank durante a infância dele. Em um minuto, Frank era o pai mais divertido do quarteirão, jogando bola com as crianças até o Sol se pôr, e no outro estava tirando o cinto e espancando Kevin por dar uma resposta atravessada. Porém, desde que eu o conhecera, Frank sempre me parecera dócil, como um pássaro com as asas cortadas. Só que não naquele momento: ele estava agitado, e suas palavras fluíam com a maior força e naturalidade que eu já tinha ouvido em sua fala:

— Isso não vai acontecer. Não nos viramos contra os nossos. Quando sacamos as armas, fazemos isso por um bom motivo e não devíamos ter que nos justificar por defender nossas vidas. Você não faz ideia de como é nas ruas. Passei quarenta anos na polícia. Já tomei tiro, já levei soco na cara. Um filho da puta louco tentou me atropelar depois que tentamos prendê-lo por espancar a esposa grávida. Quando você está nas ruas há tempo suficiente, lida com criminosos por tempo suficiente, tem instintos, e não consegue explicar esses instintos para ninguém. Fazemos isso para nos proteger e proteger nossos parceiros. Há uma coisa chamada lealdade na polícia, e Kevin jamais deve se voltar contra um policial. Certo, Kevin?

Meu marido olhou para mim em vez de olhar para o pai.

— Eu devia contar a verdade.

Vi cada músculo de suas costas se retesar. Tudo o que ele sempre quisera era deixar Frank orgulhoso. Foi o motivo de ele entrar para a polícia.

— Eu entendo, Frank. — Brice mudou de tom quando falou com o homem que estava pagando a conta. — Só precisamos descobrir a melhor defesa para seu filho. E sim, sim, é lógico que precisa dizer a verdade, Kev, é só que pode haver duas versões diferentes dela, sabe? — Ele fez uma pausa. — Também temos que considerar o que o vídeo vai mostrar.

Eu já estava prendendo a respiração enquanto Brice jogava tudo aquilo em cima de nós, e agora um vídeo? Aquilo tinha sido filmado? Eu não sabia se era uma coisa boa ou ruim, assim como não sabia se era sorte ou azar que nem Kevin nem Cameron estivessem com câmeras presas ao uniforme. Por causa dos limites do orçamento do departamento, eles as distribuíam em etapas, como os novos coletes, equipando uma unidade por vez. A de Kevin ainda demoraria alguns meses.

— Tem um vídeo? — perguntou Kevin, evidentemente tão surpreso quanto eu.

Era difícil dizer como ele se sentia com a possibilidade.

— Ah, sim, sim. — Brice pareceu satisfeito por ser o portador da informação, como se já estivesse fazendo por merecer os honorários absurdos. — O cara paquistanês que tem uma loja de bebidas na esquina colocou câmeras no beco depois que alguém tentou arrombar a porta dos fundos da loja. Vou consegui-lo assim que possível. Com sorte, antes que vaze. Sem uma câmera corporal, isso é importante. Se um vídeo aparecer, vai mostrar exatamente o que você descreve, certo? Nenhuma surpresa? Porque se tiver, tenho que saber antes.

— Nenhuma surpresa — confirmou Kevin, soando como um brinquedo sem pilha.

Para além disso, Brice não deu detalhes. Ele nos deu uma noção aproximada do cronograma que as coisas seguiriam, mas também disse que era impossível entender exatamente o que aconteceria a seguir e com que rapidez. Enquanto isso, nosso futuro paira no ar como uma moeda sendo atirada para o alto em câmera lenta.

A campainha toca, e é hora de outra pessoa nos dizer o que podemos e não podemos falar, fazer, esperar, torcer. Tiro um pedaço de aipo dos dentes da frente de Kevin enquanto Cookie vai até a entrada. Ficamos em silêncio diante da bandeja de legumes de mais de um quilômetro de comprimento e ouvimos a saudação dela que soa entusiasmada demais.

— Ah, olha só você. Você é tão bonita. Como uma estrela de cinema. Eu não esperava alguém tão bonita. Entre, entre.

Olho de pai para filho. Eles se parecem muito, principalmente agora que Kevin está mais velho. O mesmo queixo com covinha, olhos azuis cinzentos e cabelo grosso e encaracolado, embora o de Frank esteja todo branco agora. Eles também estão com a mesma expressão facial: encurralados e exaustos. Principalmente Frank. Julia Sanchez faz a curva para entrar na cozinha, uma mulher pequena de salto altíssimo. Ela usa um terno listrado e carrega uma bolsa de aparência cara, como se estivesse indo para uma elegante sala de reuniões corporativa e não se sentando em uma cozinha suburbana com papel de parede de galo. Cookie paira ao redor dela, fazendo apresentações, servindo refrigerantes, arrumando de novo e de novo os pratos na mesa. Como sempre, ela empurra uma cesta cheia de batatas chips na direção de Kevin. Ela está sempre empurrando lanches na direção dele como se meu marido fosse uma criança.

Julia parece um pouco sufocada com a hospitalidade agressiva enquanto se acomoda na banqueta, mas ela não consegue dizer nada além de um "desculpe, sei que você passou por muita coisa", antes que a porta da frente se abra, e por ela surja um barulhão.

— É o resto da família — explica Cookie enquanto Annie, minha Murphy favorita além de Kevin, e o filho de quatro anos de Matt, Archie, entram na sala, com o garoto fingindo atirar uma bazuca de plástico em todo mundo.

Eu me pergunto se sou a única que vê a ironia nisso. Quando vejo Julia contraindo o corpo, percebo que não.

Cookie pega o neto, com arma e tudo, e dá beijinhos em seu pescoço como uma mamãe leoa lambendo o filhote para limpá-lo. Matt vem logo atrás. Eles se alinham para cumprimentar Cookie com um beijo, e ela fica toda cheia de si com a atenção. Nada deixa Cookie mais feliz do que ter os dois filhos na cozinha dela, mesmo dadas as circunstâncias.

Julia espera com paciência enquanto as bebidas são servidas e Archie se acomoda com um lanche na frente da televisão. Quando enfim tem a atenção de todos, ela coloca as mãos na mesa e começa:

— Estou aqui para aconselhá-los. Vocês foram enfiados sob o holofote público, e tenho certeza de que a atenção é intensa para todos. Tenho certeza de que tem sido... desafiador.

— Tem sido um inferno completo — contrapõe Cookie, torcendo as mãos que têm manchas da idade.

— Posso imaginar, e temo que vá piorar antes que melhore. Vocês precisam se preparar. Sabem que a história já está ganhando atenção nacional, e a imprensa local está raivosa. Tenho certeza de que viram a matéria hoje de manhã?

— Lógico que vimos — confirma Matt em referência à matéria viral no *Inquirer* sobre como a força policial racista da Filadélfia tem que ser reconstruída do zero. — Todos aqueles babacas metidos da Ivy League com as opiniões sobre policiais e armas... Aposto que nenhum deles sequer conhece um policial.

Julia olha para Matt com cautela.

— Sei que é muita coisa para assimilar. Estou aqui como um recurso para ajudá-los a passarem por isso. A primeira coisa que precisam fazer é desativar as contas em redes sociais. Vocês não podem dar voz aos *trolls* e não querem ficar tentados a dizer algo que possa influenciar (ou prejudicar) a opinião pública. Este é o principal: nada de comentários públicos. Ponto. O melhor a fazer é esperar que as coisas se abrandem.

— Parece um sonho impossível considerar que as coisas se abrandem — respondo, quase que para mim mesma.

Julia assente para mim, com compaixão no olhar, uma compaixão que eu queria ter recebido de Riley.

— Entendo, e não é justo para nenhum de vocês, mas a imprensa e o público já decidiram que Kevin é culpado. Infelizmente, há uma grande comoção antipolícia no momento.

— Quem eles acham que vai chegar para salvá-los na próxima vez que algum viciado roubar a bolsa Prada ou alguém arrombar a BMW deles? Nem todo policial é um babaca racista, mas é isso que parece assistindo às notícias, a forma que eles distorcem as histórias com meias-verdades e manchetes sensacionalistas — comenta Matt, dando um longo gole na cerveja.

Annie concorda com a cabeça.

— Lembro de quando me casei com Matt, tinha cuidado até de dizer que ele era policial... Todas as presunções estúpidas que faziam sobre ele.

— E agora estão protestando como se *nós* fôssemos os caras ruins — brada Matt.

— Julia, temos que nos preocupar com o protesto de amanhã? O que podemos fazer a respeito? — pergunta Cookie. — Espero que chova, uma bela tempestade para que eles tenham que cancelar. É absurdo que o prefeito ache tudo bem falar com eles. Ele deveria estar do lado da segurança pública. Quer dizer, pelo amor de Deus, ele tinha que demonstrar algum apoio. Ele fica cedendo para aqueles *ativistas* — ela fala a palavra como se dissesse "assassinos de filhotinhos" — quando deveria estar ao lado das pessoas que fazem o trabalho delas.

Perdi a conta de quantas vezes Cookie fez esse discurso. Ela está sempre preocupada com o prefeito e o comissário de polícia e como ela acha que eles estão cedendo à pressão da mídia em vez de proteger os policiais e o seu filho. O prefeito emitiu uma declaração em apoio ao departamento de polícia vinte e quatro horas após ocorrido o tiro. Então, um dia depois, quando os protestos começaram, ele deu uma recuada, dizendo: "A cidade fará tudo a seu alcance para garantir que a justiça seja feita".

— É uma traição! — Cookie bate o punho na mesa. — Essas pessoas querem pintar meu filho de demônio só por fazer o próprio trabalho. Não vou aceitar isso!

— Calma, querida. — A mandíbula de Frank se contrai de maneira significativa. Quando Cookie fica agitada, o marido é o único que consegue acalmá-la. — Sabemos a verdade. Kevin teve que fazer o que fez para proteger a si e ao parceiro. — As palavras de Frank escorrem pelo canto da boca frouxa, mas não têm o resultado desejado, a julgar pela vermelhidão nas bochechas pálidas da esposa.

— Exatamente. Ele estava se protegendo. As ruas são tipo uma selva. É uma zona de guerra, não é, Frank? Sabemos. Você se lembra. — Dizer isso várias vezes parece acalmar Cookie. — Digo, eles são uns animais soltos por aí.

Por sua vez, Julia não parece incomodada com a explosão de Cookie, ou pelo menos esconde bem, provavelmente uma habilidade necessária para o trabalho que exerce.

— Entendo sua frustração, sra. Murphy. Entendo. Uma das coisas que preciso lembrá-la é que a senhora deve se sentir livre para expressar esses sentimentos bem difíceis aqui dentro de casa. Deve... e precisa. Contudo, também precisa ter muito cuidado com quem compartilha suas opiniões e a linguagem que usa para compartilhar tais opiniões. Tudo o que diz pode ser mal-interpretado, e essa é a última coisa de que Kevin precisa.

Julia deixa que a informação seja absorvida. Sei que ela não quer ter que dizer o óbvio: "Que tal não chamar as pessoas de animais?". Quando Cookie assente, ela continua:

— Temos que contar com o fato de que ambos os lados da história vão vir à tona. Quanto à marcha, tente não levar para o lado pessoal. — Julia faz questão de dizer "marcha" em vez de "protesto". — As pessoas estão marchando por conta de um problema. Não é sobre Kevin exatamente.

— Bem, com certeza parece pessoal. Eles querem mandar meu filho para a cadeia. Por fazer o trabalho dele.

— Eles vão fazer um motim, você sabe que sim. Atear fogos, quebrar janelas, socar um cavalo de polícia. Isso será bom para nós — declara Matt.

Ninguém o relembra que a única pessoa que socou um cavalo de polícia nesta cidade foi um cara branco bêbado celebrando a vitória dos Eagles.

— Ah, cala a boca, Matt, é um evento pacífico — contrapõe Annie, sempre diplomata e rápida em colocar o marido no devido lugar.

Contudo, ele está muito agitado, circulando pela cozinha. Tal mãe, tal filho.

— Primeiro, de que lado você está, Annie? Pode escrever: aquela gente está pronta para tumultuar. Eles tumultuam. É o que fazem. Esqueceu de Ferguson? Eles vão transformar a rua Broad em Ramala.

Se mais alguém disser "aquela gente", eu vou perder o controle. Além disso, aposto que Matt não consegue localizar nem Raleigh no mapa, que dirá Ramala.

Tento fazer contato visual com Kevin, mas ele fechou os olhos com força. Ele apoia a cabeça na parede enquanto Matt continua:

— Marcha por justiça meu cu. Como é que eles não conseguem ver isso? Você pediu que ele largasse a arma. Ele enfiou a mão no bolso. Antes réu que ir para o beleléu, cara. Se você tem que atirar, atira. Você fez a coisa certa, Kevs. Você tem um bebê a caminho. Seu trabalho é ficar vivo.

Tenho uma lembrança de maio do ano passado, de pé em um salão de banquetes abafado em Passyunk, no velório de um policial chamado Jamal que levou um tiro no fim de semana do Memorial Day enquanto tentava impedir três caras de invadirem um caixa eletrônico no estaleiro Navy Yard. Kevin não conhecia Jamal muito bem, mas aquilo o abalou muito; é o resultado da morte de qualquer policial em qualquer lugar. Também fiquei muito abalada e fico de novo quando Matt diz isso agora. "Seu trabalho é ficar vivo." No velório de Jamal, os oficiais estavam bem juntos em grupos, tensos e formais nos uniformes azuis de um lado do salão, enquanto do outro estavam os cônjuges, a maioria mulheres, ocupando-se de arrumar as travessas de frios, que transpiravam no bufê, e circular um envelope que ia ficando cada vez mais recheado com dinheiro, incluindo a nota de cem dólares que Kevin colocou ali e que nós não podíamos nos dar ao luxo de oferecer. Uma das esposas do EODL organizou duas semanas de entrega de refeições para a viúva, Denise, e os três filhos, e cumpri meu dever deixando uma caçarola de frango no dia designado. Contudo, deixei na porta dela. Eu não podia encará-la sabendo que estava indo para casa, para meu marido. Naquela mesma noite, comecei a pesquisar coletes à prova de balas.

— Eu só queria estar de plantão amanhã — afirma Matt. — Se Annie não estivesse trabalhando, eu me voluntariaria de bom grado para fazer hora extra e manter aqueles cabeçudos sob controle.

A área de patrulha habitual de Matt é em Rittenhouse, o bairro mais seguro da Filadélfia, os outros policiais chamam a região de Hollywood, mas ouvindo meu cunhado falar fica parecendo que ele combate o Estado Islâmico.

Enquanto o vejo espumar, um pensamento que sempre ficou pairando por perto se cristaliza, como uma lente de câmera entrando em foco: odeio meu cunhado. Ele e Kevin são próximos, então tolero as merdas dele, mas de repente depois de todos esses anos aguentando seus monólogos de macho palestrinha e birras mal-humoradas, não posso ignorar a simples verdade: Matt é mimado, imaturo, convencido. E agora que dei vazão a esse pensamento, a coisa se alastrou e não conseguirei mais negar. Eu me pergunto, não pela primeira vez, como Annie (a adorável, engraçada, inteligente) pode ser casada com esse homem. Mas eles estão juntos desde que eram jovens, e, nesse tempo, Annie largou o vício, perdeu os pais, teve um bebê e um aborto espontâneo. Matt era sua rocha, sua pessoa, mesmo que ele fosse um babaca com todos os outros.

— Vai se foder, Matt — digo baixinho.

Não é tão satisfatório quanto dizer na cara dele. É como se eu tivesse dez anos e estivesse no banco traseiro do carro de Blazer outra vez, quando aquele nojento chamou Riley e a sra. Sandra daquela palavra horrível e eu não disse nada.

Mas Annie diz:

— Às vezes você é um completo babaca, sabia, Matt?

E em segredo comemoro.

— Por favor, parem. Temos visita. — Cookie lança um olhar afiado aos dois depois de falar.

Julia acena com a mão no ar como quem diz "não se incomodem com minha presença", e meus olhos focam em seu anel de diamante gigante, uma pedra brilhante em um dedo ridículo de tão magro. Escondo as próprias mãos debaixo da mesa, tocando meu diamante minúsculo.

Cookie se inclina para Julia como se estivesse a confidenciando um segredo:

— Escuta, conhecemos uma pessoa que é repórter. Você não acha que seria bom se ela entrevistasse Kevin para que as pessoas pudessem ver que ele é uma pessoa boa? Ela é uma amiga pessoal da família... Riley Wilson.

Isso era inevitável, ainda assim, me surpreende, principalmente a forma como Cookie fala de Riley quando elas mal se encontram. Na verdade, foi bem aqui nesta mesa da cozinha que Cookie tentou me convencer a não fazer de Riley minha dama de honra. Ela se inclinou para mim enquanto folheávamos cópias grossas de revistas de casamento, o hálito doce cheirando a vinho Chardonnay.

— Tem certeza de que quer que Riley seja sua dama de honra? Você e Annie ficaram tão próximas. Isso significaria muito para ela, e ela não ficaria linda lá no altar com você? Afinal de contas, ela vai ser da família.

O jeito que ela falou foi esperto, mas eu sabia do que se tratava. Riley uma vez tentou me explicar aquela lógica fodida: nunca se dava para ter certeza do que era sobre raça e o que não era, então sempre era preciso se perguntar: "Isso foi porque eu sou negra?". Naquele momento, entendi; na mente de Cookie, as fotos de casamento com Annie sairiam melhores.

— Você é amiga da Riley Wilson? Ela é a amiga *negra*? — Julia se vira para mim, juntando as peças.

— Melhores amigas — enfatiza Cookie.

A mera menção do nome de Riley faz meu estômago se revirar, em chamas. Nunquinha que Riley fará a entrevista, mas não contei a ninguém do que aconteceu no Monty ou que não nos falamos desde então, muito menos Cookie. Eles me encaram, esperando uma resposta.

Não posso mentir ou fugir, por mais que eu queira.

— Eu realmente... não acho que Riley fará a entrevista com Kevin.

— Bem, não vejo por que não. Ela pelo menos faria a entrevista com você, Jen? — Cookie bate palmas uma vez, como se tivesse encontrado a solução mágica. — *Você* pode contar sua versão da história.

Antes que eu possa responder, Julia diz:

— Não acho que essa seja uma boa ideia, sra. Murphy. Jen não é o centro da história. Passa uma imagem ruim.

— Imagem ruim. Pffff.

— É, eu posso até imaginar os memes de lágrimas brancas que surgiriam — argumenta Annie, ganhando um olhar de reprovação de Cookie.

— Mas que diabos é um meme? — pergunta ela.

— Esquece, sogra. A questão é que Jen não é o foco. Mesmo com a conexão dela com Riley.

Dou a Annie um sorriso grato.

Matt de repente para de andar, sai e vai para a sala de estar rebaixada, ligando a TV no jogo dos Sixers, como se anunciando que a reunião acabou. Ele diz por cima da voz do narrador na televisão:

— Nada disso importa. Vai ficar tudo bem. Não precisamos de entrevista com Riley nem com nenhum daqueles urubus da imprensa. Não é como se Kevin fosse ser indiciado, cara. Essas investigações são só teatro. Policial nenhum vai preso.

Julia o interrompe:

— Isso era verdade, mas as coisas estão mudando. A opinião pública *está* contra você. Estamos aqui para te proteger, mas precisa colaborar.

— Ela faz questão de checar a hora no relógio. — Acho que cobrimos o que precisamos por enquanto. Entro em contato conforme as coisas forem progredindo. Enquanto isso, podem me ligar a qualquer hora, dia ou noite. Lembrem-se: o mais importante a fazer é ficarem quietos. Se alguém da imprensa entrar em contato com vocês, mandem a pessoa para mim. — Julia deixa um cartão de visitas na mesa, o anel brilhando sob a luz fluorescente, e então me pergunta: — Pode me levar até a porta, Jen?

Pelo menos é uma desculpa para sair da cozinha. Sigo Julia pelo corredor como um cachorro. Gostaria de poder segui-la porta afora. Poderíamos ir ver um filme ou vagar no shopping, e eu poderia fingir ter uma vida diferente por algumas horas.

Julia para na porta, coloca a mão no meu braço.

— Por favor, não fale com sua amiga Riley sobre o caso. Tenho certeza de que acha que pode confiar nela, mas nunca dá para ter certeza com as pessoas.

Ela está errada. Conheço Riley e confiaria minha vida a ela.

Apenas confirmo com a cabeça, e Julia faz uma pausa, hesitante em dizer seja lá o que vem a seguir.

— Preciso perguntar. Riley tem alguma informação pessoal sobre Kevin que possa ser usada contra você?

— Como assim?

— Ah, coisas que você a confidenciou no passado como amiga, sobre Kevin ou o trabalho dele? Algum problema em que ele tenha se enfiado...?

— Não, lógico que não.

Porém, mesmo afirmando isso, minha cabeça já fica a toda. Há alguma coisa? A verdade é que mal sei sobre o funcionamento interno do trabalho de Kevin. Ele quase sempre se contém quando começa a me contar as coisas: "Deixa para lá...", "eu não devia...", "não foi tão ruim assim". Houve uma noite em que nós dois ficamos bêbados e ele começou a contar uma história sobre dois policiais que ameaçavam pessoas de irem presas por coisas como atravessar fora da faixa de pedestres, ficar perambulando ou parar no sinal vermelho só para poder pegar dinheiro delas.

— Fez o cara dar tudo o que tinha na carteira e um saquinho de maconha que estava no porta-luvas, e então o deixou ir. Ele chamou de adicional de periculosidade. — Na manhã seguinte, Kevin ficou horrorizado por ter me contado. — Não conte a ninguém que te disse isso, tudo bem? Preciso ficar de boca fechada.

— Sou sua esposa, Kev. Você pode me contar qualquer coisa.

— Não é assim que funciona, Jenny. O que acontece no trabalho precisa ficar lá. Meu pai sempre disse isso, e nunca entendi até me tornar policial, mas agora faz sentido. Não com aquele cara roubando maconha, aquele cara era um babaca. Só que às vezes precisamos infringir algumas regras, principalmente as regras dessa nova promotora pública, para fazer o serviço. Ninguém além de um policial entende o tipo de coisa que vemos, as pessoas ferradas que tentamos ajudar todos os dias. Elas nos socam, atiram em nós, dizem que vão matar nossas famílias, e devemos apenas dar voz de prisão e um abraço nelas. Não funciona assim. Na verdade, nunca funciona assim. Acontecem umas merdas e às vezes temos que fazer algumas coisas. Se outro policial te apoia, então você precisa se convencer de que você o apoiaria, porque a alternativa é parar de confiar em todo mundo.

Falei a mim mesma várias vezes que Kevin não se comportaria como alguns daqueles policiais babacas. E, além disso, mesmo que eu contasse alguma coisa para Riley, ela nunca iria... Só que então um pedacinho minúsculo de dúvida surge. A culpa é de Julia. Preciso que essa mulher vá embora, afastar a ela e esses pensamentos absurdos. Riley pode ficar distraída e distante às vezes, mas ela nunca, nunca me trairia. Não há muitas verdades absolutas com as quais se pode contar na vida, mas essa é uma delas. Se eu não acreditar nisso, então não sei em que posso acreditar.

Kevin não está na cozinha quando volto. Annie está jogando paciência com um antigo baralho de cartas que, por algum motivo inexplicável, está sempre em cima da mesa. O ar está carregado de tensão. A sensação flutua em minha direção como o cheiro de comida estragada.

— O que está acontecendo?

— Eu estava dizendo a Cookie que, só porque geralmente os policiais se safam, isso não quer dizer que seja correto — explica Annie, adicionando cartas à fileira distribuída diante de si.

— Você está falando do seu cunhado. — Depois de falar, Cookie a encara de cara feia da pia, onde está lavando a louça.

Annie tem o aval para dizer coisas que eu nunca poderia dizer a Cookie, porque ela foi criada ali naquela rua, literalmente a seis casas de distância. Cookie a conhece desde que ela usava fraldas.

— Eu conheço a pequena Annabel Meyers desde que ela mijava na calça. — Foi como Cookie iniciou o discurso de brinde no casamento de Annie e Matt.

Naquele momento, minha cunhada se inclinou sobre a mesa e sussurrou para mim:

— É, porque ela me assustou tanto que mijei na calça.

— Não estou falando de Kevin. Estou falando no geral. Sabe, tivemos que fazer esse treinamento antipreconceito no hospital, todas as enfermeiras. Chamam de "preconceito inconsciente". Tipo uma enfermeira branca não dando atenção quando um paciente negro diz que está com dor ou julgando uma pessoa que está acima do peso. Todos nós fazemos e pensamos essas coisas no subconsciente. Tipo, percebi que sou bem mais gentil com os atendentes de loja negros porque sinto que eles provavelmente não gostam de mim, ou o fato de que os chamo de "querida" ou "garota".

— Isso é besteira. — Cookie faz um som de deboche. — Agora é sempre tudo sobre raça. Ficam chamando todo mundo de racista a torto e a direito! Estou de saco cheio disso. Às vezes as coisas só acontecem.

Eu me lembro de Annie contar sobre esse treinamento. Tínhamos bebido naquela noite, nosso encontro mensal com direito a petisco *dim sum* em que conversávamos ou, principalmente, reclamávamos de Cookie. Ela disse que eles fizeram uma atividade em que a pessoa mediando perguntou às pessoas o que vinha à mente delas quando pensavam em raça. Aparentemente, uma das enfermeiras, uma mulher branca chamada Stephanie, que costuma trabalhar nos mesmos turnos que Annie, deixou escapar: "Eu sinto que tenho sorte por não ser negra".

— Dá para imaginar? — disse Annie, horrorizada, assoprando a indignação para dentro do caldo quente.

Balancei a cabeça, demonstrando o máximo de choque possível, exceto que a verdade era que eu *podia* imaginar pensar isso. Talvez eu já tivesse tido o mesmo pensamento passando pela mente antes, depressa, como uma sombra escura. Não que eu fosse admitir isso para uma sala cheia de desconhecidos, nem para minha cunhada. Nem mesmo para mim. É horrível demais. E se Riley soubesse que eu pensava isso?

Annie abaixa as cartas e olha para Cookie.

— Só estou dizendo que: Kevin teria tido tanto medo de um garoto branco de catorze anos a ponto de ter que atirar nele?

O ar evapora como se o próprio cômodo estivesse prendendo a respiração. Como ela se atreveu a fazer essa pergunta, aquela que não posso nem fazer ao meu próprio marido? As palavras de Riley ecoam em minha mente. "Bem, geralmente não são os garotos brancos sendo acidentalmente baleados pela polícia, são?".

— Cala a porra da boca, Annie — grita Matt da sala.

— Olha a boca — grita Cookie, como se "porra" fosse a pior coisa acontecendo aqui.

— Cadê o Kevin?

Procuro na sala de estar, no assento vazio ao lado de Matt no sofá, torcendo muito que ele não tenha ouvido a conversa.

— Banheiro, acho — responde Annie.

— Por favor, não diga isso na frente dele, Annie. Por favor — imploro.

Minha cunhada assente. Ela ama Kevin como se fosse irmão dela e jamais iria querer machucá-lo.

Saio para procurar meu marido e o encontro no corredor estreito, saindo do banheiro às pressas.

— Olha isso!

A expressão normalmente tranquila dele está descrente e então se contorce em algo bem mais feio: raiva. Ele enfia o celular na minha cara.

É uma captura de tela do Twitter, um tuíte com um desenho de um corpo negro no chão e policiais brandindo metralhadoras gigantes ao redor dele. Alguém usou o Photoshop para colocar o rosto real de Kevin sobre um dos policiais. Flutuando acima de suas cabeças estão grandes letras maiúsculas: "ASSASSINOS DEVEM FICAR ATRÁS DAS GRADES".

— Julia literalmente acabou de dizer que não podemos ficar olhando essas coisas, Kevin. Você tem que tentar ignorar isso. Não ajuda com nada.

Ele bate a cabeça na parede do corredor algumas vezes. A fileira de fotos de família estremece. Cookie em seu vestido de noiva, uma réplica do vestido da princesa Diana, mas ainda maior e mais brilhante; quatro gerações da família Murphy em uniformes azuis, retratos escolares ao longo dos anos: Kevin com um corte de cabelo de cuia, Matt com um corte que parece um rabo de rato.

Kevin fala com a cara na parede:

— Sou um bom policial. Não sou babaca. Definitivamente não sou racista. Todas as coisas que fiz pelas pessoas...

— Eu sei, Kev. Eu sei.

Acaricio o cabelo dele com os dedos.

Em cinco dias, Kevin não tinha ficado emotivo desse tanto ainda. Ouvi-lo desmoronar é um alívio, melhor do que o "estou bem" que ouvi toda vez que perguntei como ele estava.

Quando estávamos namorando, eu adorava que Kevin fosse tão calado, um mistério. Foi, e ainda é, um desafio tentar desvendar o que ele está pensando ou sentindo. Ele se parece com Riley nesse sentido. Ambos exigem esforço. Concluí que eu era a única pessoa no mundo que poderia fazê-lo se abrir, e toda vez que ele revela alguma coisa (a primeira vez que encontrou um corpo durante a ronda, a noite que passou na UTIN com um bebê cuja mãe estava sob o efeito de oxi), é uma vitória. Às vezes no meio do café da manhã, ou numa corrida, ou uma vez pela porta do banheiro enquanto ele estava cagando, perguntava a ele: "No que está pensando *agora*?". Normalmente, a resposta era: "Hã, nada", mas isso virou algo típico entre nós.

Tento agora:

— No que está pensando?

Ele suspira e bate a cabeça mais uma vez.

— Eu não quero fazer isso, Jen.

Olho para ele, esperando com paciência. Costuma funcionar.

— Tudo bem, beleza, estou pensando no bebê. Estou pensando que não quero estar na cadeia quando você der à luz.

É isso que ganho por querer que ele seja sincero e se abra.

— Nunca mais diga isso.

— Você perguntou.

— Aqui, sinta-o.

Pego a mão de Kevin, levo à barriga, onde Passarinho está chutando.

— Você quer dizer ela?

Kevin sorri. Só um pouquinho, mas me atenho àquele breve curvar de lábios como uma criança apertando a pelúcia favorita.

Desde o início, Kevin estava convencido de que o bebê seria uma menina, mas eu sei que é um menino. Na outra noite sonhei com ele. Eu o puxei para meu peito, seus olhos se abrindo e olhando para mim. Eram castanho-esverdeados como os de Justin Dwyer. Acordei com uma forte onda de náusea. Fechei os olhos e rezei para que os olhos do meu bebê fossem de um castanho lamacento sem graça como os meus.

— Saberemos em breve.

O mais rápido possível. Estou tão pronta para esta gravidez acabar, embora eu saiba que seja mais fácil com o bebê dentro de mim. Não posso ter um filho no meio disso, quando tudo está um caos.

Uma onda de fadiga me atinge.

— Vou me deitar um pouco. Por que não vai assistir o jogo com Matt? Tentar relaxar um pouco se puder? E chega de Twitter.

Beijo a bochecha dele, meus lábios tocando a barba por fazer áspera. Ele não faz a barba desde o dia do tiro.

Apesar de o resto da casa estar com cheiro de uma das lojas Yankee Candle, no quarto de Kevin ainda perdura o odor de menino na puberdade. Há um antigo aquário que costumava abrigar uma cobra chamada Hoagie e, ao lado, uma caixa cheia de guias de estudo amarelas e desbotadas e uma pilha de CDs. Em cima está um estojo de plástico arranhado que chama minha atenção, "Nevermind" do Nirvana. Insiro-o no trocador de três discos no aparelho de som antigo e aperto o play, olhando para o bebê gorducho nu na capa do álbum.

Come as you are, as you were
As I want you to be[3]

Mal consigo me lembrar de escovar os dentes de manhã ou onde deixei as chaves, e mesmo assim cada palavra dessa música me vem à memória como se eu tivesse catorze anos outra vez.

O brilho desbotado das estrelas ainda coladas ao teto são como dezenas de olhos me observando enquanto me deito na colcha que cobre a cama e causa coceira. É demais: nossa vida nunca mais será a mesma. Tenho que me lembrar disso de novo e de novo. Os últimos cinco anos foram tão difíceis; todos os abortos, as dificuldades de engravidar, o medo que me consumia de nunca ser mãe. Todas as vezes eu me deitava na cama assim, olhando para o teto, pensando que a pior coisa que poderia me acontecer era não ter um bebê. Era como dirigir por um trecho de estrada que desaparece no nada. É assim que minha vida teria sido: sem filhos, sem diploma, sem grande carreira... *nada*. Naquelas longas noites escuras, eu costumava barganhar com o universo: *se me der isso, nunca mais pedirei nada*. E deu certo, engravidei. O pior já passou. Só que isso

---

[3] Venha como você é, como você foi/Como eu quero que você seja (tradução livre).

parece tão bobo agora. Óbvio que a vida pode piorar. Sempre pode piorar. Eu estava tão focada em uma coisa que não havia espaço para considerar todas as outras coisas terríveis que poderiam dar errado. Como meu marido indo para a cadeia pelo resto da vida ou os processos que vão levar à falência não só a mim como meus filhos e os filhos dos meus filhos. E aquele pobre garoto. Toda vez que me permito ficar me lamentando, volto a pensar no pobre garoto e me lembro do que meu marido fez. Será que algum dia conseguirei olhar para Kevin e não pensar naquele garoto?

Tateio a mesa de cabeceira em busca do pequeno e empoeirado controle remoto da caixa de som para colocar a música para tocar de novo. Em vez disso, toco o celular, largado desde hoje de manhã. Faz tanto tempo desde que tive a sensação ansiosa de esperar que um garoto me ligue ou me mande uma mensagem, e vivencio o mesmo choque de expectativa ansiosa agora: Riley entrou em contato? Mas quando olho, a única mensagem esperando é de Lou.

Está aguentando firme aí, pequena?

Não importa que sua mensagem seja mais apropriada para alguém em casa doente com um resfriado. Pelo menos ela está entrando em contato. É alguma coisa.

Fecho a mensagem e vou até meu aplicativo de gravidez favorito, aquele que informa o tamanho do bebê semana a semana. Com trinta semanas, nosso bebê é do tamanho de uma jicama grande. Pesquiso o que é uma jicama; essa coisa toda de referência a frutas e vegetais me conforta. Ajuda a imaginar o globo de células crescendo dentro da minha barriga. Já perdi um bebê do tamanho de um mirtilo e outro do tamanho de uma ameixa. Percorro os próximos como se estivesse olhando para meu futuro: uma abóbora-manteiga, um abacaxi, uma moranga, depois um bebê.

Adormeço sonhando com legumes.

Podem ter se passado minutos ou horas quando Kevin entra no quarto. Sua voz, sua urgência, arranca-me de um raro sono profundo.

— Jen, Jenny.

Kevin faz um som meio engasgado como se as palavras estivessem presas na garganta.

— Ele morreu, Jenny. Justin morreu.

Capítulo cinco

Riley

Os olhos de Gigi estremecem sob as pálpebras finas como papel. Fora isso, ela não se mexe. Passo um pano úmido em sua bochecha, a pele tão lisa que deveria ser a de um bebê, não a de uma mulher de oitenta e nove anos.

Fico feliz por me perder no momento, no ato de cuidar de Gigi, principalmente considerando tudo o que ela fez por mim ao longo dos anos, ensinando-me a jogar xadrez com paciência, costurando minhas fantasias de Dia das Bruxas, dando-me aulas de natação enquanto mantinha a cabeça acima da água para não estragar o penteado feito com bobes, pintando minhas unhas dos pés da cor *Berry on Top*, mesmo quando minha mãe dizia que não porque era cor de mulher vulgar.

Porém, esse paninho insignificante não é suficiente. Eu faria qualquer coisa (andar pelo fogo, doar qualquer órgão ou abrir mão de meu último dólar) se ajudasse, mas nada adianta. Ontem os médicos disseram que ela está muito fraca para continuar na diálise, que, de qualquer jeito, não estava funcionando. Basicamente, a cada dia o sangue dela a está envenenando. Eles nos deram a entender que ela só tem semanas, em vez de meses. Estamos todos desesperados torcendo por mais tempo: mais um Natal. *Apenas nos dê mais um Natal. Por favor, Deus, mais um.*

Cedinho assim, a calma pacífica reina no pequeno quarto de hospital. A TV no canto está sem som. Olho para cima e vejo meu rosto na tela. Mais uma divulgação de trinta segundos da minha entrevista ao vivo hoje à noite com Tamara Dwyer, programada para ir ao ar no início da transmissão das cinco horas. A faixa na parte inferior da tela diz: "A angústia de uma mãe". A emissora está divulgando o segmento com tudo, e cada vez que vejo o anúncio, meus nervos ficam um pouco mais à flor da pele porque ainda não tenho certeza do que vai acontecer agora. Mudo o canal para a CNN. As notícias sobre a morte de Justin estão circulando nas redes a cabo. A hashtag JustiçaporJustin entrou nos assuntos do momento do Twitter hoje de manhã.

Além dos roncos suaves de Gigi, ouço risos da sala de enfermeiros. As conversas triviais flutuam pelo corredor para preencher os quartos daqueles que observam seus entes queridos definharem. Hoje estão falando sobre um novo bebê real.

Ontem, ouvi uma das enfermeiras reclamar sobre o excesso de flores neste quarto, como se isso fosse mesmo algo com o que se incomodar. É verdade, os buquês dos amigos da igreja de Gigi estão tomando conta do lugar, cobrindo todas as superfícies disponíveis, seu cheiro doce e enjoativo forte o suficiente para grudar nas roupas, mas ninguém tem coragem de jogá-los fora. Mesmo que Gigi não se importe muito com flores.

— Elas deviam estar em algum campo, não em vasos — resmungou ela mais de uma vez.

Fecho um pouco a porta para bloquear o barulho. Com as cortinas fechadas, está escuro no quarto, um espaço liminar. Hospitais são como cassinos nesse sentido: livres das restrições do clima ou do tempo. Existe apenas o aqui e o agora. Tento me agarrar à calma, mas é difícil quando o rosto de Justin aparece na tela. A manchete diz: "Morre adolescente desarmado baleado pela polícia na Filadélfia". Observo os lábios da âncora se mexerem, o aceno triste que ela troca com o colega apresentador, um homem negro que acaba de lançar o próprio programa no canal focado em raça e política. Provavelmente estão apresentando as mesmas estatísticas sombrias que tenho pesquisado: "A Filadélfia ocupa o quinto lugar no país em homicídios de pessoas negras. Crianças negras são dez vezes mais propensas a morrer por violência armada do que crianças brancas. A polícia mata uma média de mil pessoas por ano em todo o país". E agora mais uma: Justin, um inocente de catorze anos.

Eu tinha acabado de voltar para casa do trabalho ontem à noite quando soube. Chegando com segundos de diferença entre uma e outra: uma mensagem de Scotty (*"O garoto não resistiu"*) e uma da minha fonte no hospital que estivera me enviando atualizações confidenciais. Caí no sofá, à beira das lágrimas, como se Justin fosse meu próprio irmão. Talvez porque poderia facilmente ter sido meu irmão sangrando no chão, *sim*.

Meu celular apitou com outra mensagem de Scotty menos de dez minutos depois da primeira:

> Espero que a entrevista ainda aconteça. Descubra. Faça acontecer.

Era desagradável me intrometer na vida dos Dwyer em um momento assim, mas eu precisava saber se a entrevista ainda aconteceria, por mais grosseira que a ação fosse, o que significava entrar em contato com o tio de Justin, irmão de Tamara. Wes estava agindo como o mediador entre a família e a imprensa, um papel que empurraram para ele e que evidentemente era sufocante, a julgar por seu tom ansioso sempre que falávamos da entrevista. Eu estava tentando encontrar as palavras certas para enviar uma mensagem para Wes quando meu celular tocou. Presumi que fosse Scotty, mas foi o número de Wes que apareceu, e as primeiras palavras que vi enquanto lia freneticamente foram: "*Sinto muito*". Eu já estava bolando estratégias na mente enquanto lia a mensagem inteira:

> Sinto muito. Acho que Tamara não vai conseguir fazer a entrevista. Ela quer, só está sendo demais para ela. Você entende.

Não, não, não... Era tudo que eu conseguia pensar enquanto tentava encontrar uma resposta que fosse educada e atenciosa, e não muito desesperada. Se eu pudesse encontrar Wes pessoalmente, poderia convencê-lo de como isso era importante. Lembrei de uma vez em Joplin quando convenci pais enlutados a entrarem no ar horas depois que a filha tinha sido assassinada pelo namorado. Eu tinha vinte e quatro anos na época, pouco mais velha que a filha deles, e me senti sórdida mesmo enquanto argumentava com os dois, mas eles aceitaram. E essa entrevista levou a um financiamento coletivo que arrecadou cinquenta mil dólares para instituições de caridade contra a violência doméstica no condado. Ao enviar uma mensagem para Wes, lembrei de que, por mais intrusivo que pudesse parecer, meu trabalho pode fazer a diferença.

> Eu entendo e sinto muito pela perda de vocês. Toda a equipe da KYX está pensando em vocês. Existe uma chance de nos encontrarmos amanhã de manhã para conversar? Qualquer lugar que funcione para você?

Depois de apertar enviar, fiquei verificando o celular a cada trinta segundos para ver se tinha recebido resposta. Eu disse a mim mesma que minha agitação e ansiedade eram inteiramente nobres, nada egoístas. A entrevista era *sim* importante para Tamara e para a comunidade, mesmo que também fosse algo importantíssimo para minha carreira e pudesse me ajudar a chegar mais perto do cargo de âncora.

Quando meu celular tocou uma hora depois, quase tive uma distensão muscular na afobação de alcançá-lo.

> Tudo bem. Você pode me encontrar na casa funerária, Morgan & Sons, em Girard? Eu tenho que estar lá às onze, então talvez um pouco antes... dez e meia?

Há uma abertura, uma janela, uma fresta pela qual eu poderia me espremer. Eu sabia que a razão pela qual eles concordaram com a entrevista para início de conversa foi por causa do pastor Price. A primeira vez que falei com Tamara, a voz dela estava tão suave que mal podia ouvi-la sobre as máquinas apitando e zumbindo ao fundo, as que mantinham Justin vivo... pelo menos até que não mantivessem mais. Eu podia imaginá-la, uma das mãos no celular, a outra segurando a do filho desacordado.

— Obrigada por atender minha ligação. Sou Riley Wilson, repórter do...

— Sei quem você é. Te vi na TV. E o pastor Price me ligou para falar de você. Disse que você é uma pessoa boa. É daqui da cidade?

— É, da parte nordeste da cidade. Perto de onde ficava a Lancheria do Roger.

— Ah, sim, eu amava aquele lugar. A melhor batata frita com molho de caranguejo. — Uma leveza apareceu na voz de Tamara.

— Sou a repórter principal nessa matéria, sra. Dwyer, e...

— Me chame de Tamara.

— Tudo bem, Tamara. O que está acontecendo com a senhora e sua família é... trágico. E tem minha garantia de que farei justiça. Eu quero que saiba que...

Ela me interrompeu outra vez, com gentileza:

— O pastor disse que posso confiar em você, então vou confiar, mas me deixe falar com meu irmão, Wes, primeiro.

O pastor Price obviamente não contou a ela sobre Jenny. Assim como eu, ele sabe que não deve, é lógico. Nós dois queremos que eu cubra essa matéria. Não importa o desconforto que me cobriu como uma manta quando Tamara disse as palavras "posso confiar em você."

Da mesma forma, fiquei receosa por não estar sendo totalmente sincera com Scotty. Ainda fico. Não sei por que ainda guardo a carta de demissão que eu havia escrito para meu antigo chefe no trabalho... Talvez seja um lembrete de que às vezes as orações são atendidas. Eu precisava sair de Birmingham. Era para ser minha grande chance (um mercado em que estavam os cinquenta melhores depois de anos estando entre os menores), mas, assim que cheguei à cidade, senti que tinha cometido um erro. Todas as bandeiras confederadas em casas, carros e prédios, monumentos de bronze de homens brancos vangloriosos e os íntegros passeios pelas antigas plantações coloniais. Interpretei como um mau presságio quando vi um bebê recém-nascido em um macacão com o slogan "Torne a América grande novamente" estampado. E a placa gigante pintada à mão no apartamento ao lado do meu que dizia: "SE VOCÊ NÃO GOSTA DAQUI, VÁ PARA CASA". Eu estivera na cidade havia apenas quarenta e oito horas, mas parecia um bom conselho, ainda que não tivesse sido exatamente a intenção do pintor de letreiros.

Não melhorou quando fiquei sabendo que eu era uma das duas únicas pessoas negras em toda a central de notícias, meu colega sendo um cinegrafista que estava prestes a se aposentar depois de trabalhar na emissora por quarenta anos, desde que começou como um "menino de recados" para o proprietário da afiliada.

Quando o diretor de notícias me levou para almoçar para nossa entrevista (depois que ele se encarregou de explicar o que era um *croque monsieur*), ele disse: "Precisamos de alguém como você", presumi que quisesse dizer alguém trabalhador, talentoso, engenhoso. Depois percebi que minha contratação provavelmente tinha mais a ver com o fato de que a matriz da emissora havia estabelecido uma cota de diversidade e eu me encaixava. Principalmente com a saída de Harold.

Então eu não deveria ter ficado surpresa quando o ouvi no telefone reclamando de mim. De maneira respeitosa, eu tinha insistido na importância de uma matéria, e ele fizera um comentário sobre minha "postura" e depois me chamara de "arrogante". E lá estava, o significado implícito daquilo, transparente como o painel de vidro em seu escritório, através do qual ele de vez em quando torcia a cara para mim como se estivesse bravo por eu não expressar mais gratidão por ter sido agraciada com um emprego na redação "dele". Então resolvi calar a boca e tentar exercitar a paciência e a gratidão, dar meu melhor e meter o pé assim que conseguisse construir um portfólio, mas a coisa piorou.

Fiz uma reportagem sobre uma história que pensei ser emocionante, sobre uma mulher negra local que encontrou um bebê abandonado e estava tentando adotá-lo. A mulher era negra e o bebê, branco. Eu deveria estar preparada para os comentários na internet ou simplesmente deveria ter os ignorado, geralmente o que tenho o bom senso de fazer. Sei que não devo ficar engajando com aquilo, mas naquele dia eu os li, cada um pior que o anterior, os piores que já tinha recebido.

"Uma neguinha não sabe criar uma criança branca direito."

"Seria melhor para o bebê acabar morto."

E lógico:

"Riley Wilson é uma macaca feia que não merece estar na nossa TV."

Mesmo as ofensas de sempre machucam; o ódio não precisa ser criativo para ser cortante. Eu tinha doze anos da primeira vez que fui chamada de "neguinha". Embora Ryan DiNucci, o menino do sétimo ano que deixou o bilhete no meu armário, tivesse escrito errado, o desenho do macaco que o acompanhava era bem nítido. Amassei o papel, joguei no lixo e nunca contei a ninguém. Assim como não contei sobre todos aqueles comentários, mas eles ainda me consumiram, principalmente somados a todo o desastre acontecendo no outono do ano passado, com Shaun e Corey; eu corria o risco de ser engolida pela coisa toda. Eu mal conseguia me controlar na frente dos meus colegas. Não sei o que foi pior: os comentários em si ou o fato de que, quando os mencionei, meus colegas os subestimaram por completo, revirando os olhos e oferecendo conselhos inúteis: "Apenas ignore esses babacas".

Fazia alguns anos desde minha última crise séria de depressão, tempo o suficiente para eu acreditar que talvez não fosse acontecer outra vez, mas eu estava errada. Naquela noite, eu podia senti-la chegando como o primeiro sinal de uma coceira no fundo da garganta antes de um resfriado. Minhas entranhas começaram a se retorcer em círculos bem apertados, os pensamentos obsessivos começando a rodear, sussurros que podiam se transformar em gritos. *De que adianta? Você não foi feita para este lugar. Você é uma impostora. Você nunca vai ser boa o suficiente.*

Bebi uma garrafa inteira de vinho, escrevi a carta de demissão e passei a semana seguinte criando coragem para entregá-la. Talvez se eu pudesse sair do Alabama, ir para longe da civilidade nauseante que encobria o racismo casual, de todas as lembranças de Corey e de um trabalho sem futuro, eu ficaria bem. Foi então que me peguei, de joelhos no azulejo frio e sujo, conversando com Deus, orando por um milagre. E quem diria, recebi um. Do nada, Scotty me ligou no final daquela semana. Ele era um antigo colega da faculdade Northwestern. Ele tinha mantido contato depois que nos conhecemos em um evento do departamento de jornalismo logo após a formatura. Havia dito que queria me contratar na KYX, e que enfim tinha uma vaga.

A vida não nos concede muitos milagres ou segundas chances, então prometi a mim mesma que aproveitaria ao máximo aquele que eu estava recebendo. Não é como se eu estivesse mentindo sobre minha amizade com Jenny, e, se me perguntassem diretamente, eu não negaria. Assim, a omissão parece defensável, mesmo que em camadas. A coisa toda podia explodir na minha cara, lógico, o que é aterrorizante, mas que escolha tenho? Além disso, não falo com Jen desde a semana passada e não sei quando falarei de novo.

Tento me lembrar da última vez que fiquei com raiva dela de verdade, quanto tempo ficamos sem nos falar. Uma vez, no ensino médio, ela me chamou de "santinha" e não falou comigo por uma semana depois que me recusei a dar cobertura quando ela quis ir para Nova York se encontrar com um cara que conheceu online; ou naqueles primeiros meses depois que ela se casou com Kevin, quando parecia que estávamos nos afastando. Porém, de alguma forma, sempre nos reaproximávamos, os altos e baixos por fim se equilibrando como uma gangorra. Talvez seja porque tivemos a distância em nosso favor durante todos esses anos morando em cidades diferentes; nossas trocas de mensagens e visitas uma vez por ano não permitiram muitas oportunidades para haver um drama sério além de Jen ficar irritada por eu não ligar de volta rápido o suficiente às vezes ou minha irritação por ela me interromper o tempo todo. Só que nada sério, nada como Jen gritando que odeio o marido dela, ou me pedindo um favor que poderia comprometer meu trabalho e dizendo: "Isso nem é sobre raça". *Tá de brincadeira? Sempre é sobre raça, Jen.* Isso é o que eu queria ter gritado. Ela pode ter o luxo de fingir que não é, mas eu não. Sua ingenuidade é impressionante. Ou pior, ela é realmente *tão* ignorante assim? E como nunca percebi isso? Uma vez pensei que eu nunca conseguiria conhecer outro humano tão bem quanto conhecia Jen, mas é possível que ela tivesse mudado e eu não tivesse percebido, ou talvez eu tivesse mudado. Jen *está* diferente hoje em dia. Antes ela sonhava com viajar pelo mundo, mas quando sugeri uma viagem à Índia no ano passado, ela se preocupou com ser muito perigoso. Antes ela colecionava novos amigos como selos, pessoas legais e interessantes que conhecia em festivais de música estranhos, e agora sua vida social parece girar em torno das esposas dos colegas de trabalho de Kevin. Antes ela tinha um hábito nada insignificante de furtar, e agora está casada com um policial, pelo amor de Deus. Nos dias bons, atribuo isso à idade adulta; é isso que acontece quando a pessoa sossega, ela evolui, os sonhos, crenças e desejos ficam mais conservadores. Nos dias ruins, culpo Kevin: ele mudou Jen, tornou o mundo dela menor, tornou-a menos aberta e menos curiosa. Em dias muito ruins penso: *depois de mais de vinte e cinco anos, ainda a conheço tão bem assim? E vice-versa?*

Dada essa espiral de pensamentos, é um alívio quando os olhos de Gigi, turvos com catarata, aos poucos se abrem e focam em mim, os lábios rachados se curvando em um sorriso.

— Minha menina está aqui.

— Estou aqui, Gigi. Desculpe eu não poder ter vindo mais esta semana; está tudo caótico.

— Você está aqui agora, é o que importa.

Gigi fica irritada quando alguém fica a paparicando muito, então deixo o pano que passava na bochecha dela de lado e me sento na cadeira ao lado da cama.

— Como você está, Leroya?

Minha avó nunca vai me chamar de Riley. Por um mês inteiro depois que mudei o nome, fiquei me recusando a atender quando ela me chamava pelo nome de nascença, um ato mimado de rebeldia, um protesto tão vergonhoso quanto fútil.

— Seus pais te deram o nome de Leroya (em homenagem ao meu marido incrível, devo acrescentar) e é assim que vou te chamar. Ponto final — declarou Gigi.

E era isso.

— Não vamos falar de mim, como a senhora está?

— Ah, você sabe, estes ossos velhos já viram dias melhores, mas também já vi piores. — Ela olha para cima, por cima do meu ombro, para a televisão. — Aquela marcha, aquela pelo garoto, é hoje, não é? E sua entrevista?

Nada escapa de minha avó.

— Sim, é hoje de tarde. E então vou conversar com Tamara, a mãe dele, logo depois.

Assim espero. Olho para o relógio na parede para ver quanto tempo falta antes da minha reunião com Wes.

— Como está o garoto? Jesse, certo? Como ele está? Ele não está aqui no hospital. Está no hospital infantil. Perguntei se ele estava aqui. Eu queria ir vê-lo, segurar a mão dele.

A ideia da minha avó sendo levada de cadeira de rodas pelo corredor para segurar a mão de um garoto que ela não conhece quando nem consegue sair da cama para tomar banho me acerta bem fundo.

— O nome dele é Justin e...

— O que, menina, o que aconteceu?

— Ele morreu. Ontem.

Gigi fecha os olhos e fica imóvel por um bom tempo, então uma lágrima escorre de seu olho e cai no travesseiro. Aquela única lágrima é logo seguida por outras, apressando-se para acompanhar.

Eu me aproximo do corpo frágil dela, abalada pelas emoções de minha avó.

— Eu sei, vovó. É muito triste. Ele faleceu enquanto dormia. — Tento acalmá-la. — Ele não sentiu dor.

Eu não faço ideia se isso é verdade, mas digo assim mesmo. Pelo bem de Gigi e também do meu. É no que quero acreditar, embora quem sabe como Justin se sentiu no momento. Ou quando estava deitado no concreto frio, sangrando. Ele sabia que morreria? Ele chorou, chamando pela mãe? Isso é o que fico imaginando: Justin querendo tanto a mãe, implorando por ela.

Gigi levanta a mão pontilhada de verrugas, enxuga as lágrimas que escorrem.

— Eles vão continuar nos matando, não vão?

O que posso dizer? Estou sem palavras. Talvez o que precisamos seja de um pouco de claridade. Eu me levanto e vou abrir as cortinas; uma luz dourada se infiltra por entre o tecido.

— Não, deixe fechado. Deixe estar — contrapõe ela.

Volto e me sento na beirada da cama.

— É horrível. Eu sei. É muito horrível.

Deus, será que consigo falar algo além desses clichês vazios?

— Não consigo acreditar. Não consigo acreditar que Kevin matou aquele garoto.

— Eu sei, Gigi. Também não consigo acreditar.

— Ele matou aquele bebê. — Gigi está tendo a mesma dificuldade, dizendo em voz alta, assimilando tudo, tentando entender como se sentir e o que significa. — Igual ao Jimmy — completa baixinho.

Ela acha agora que o nome de Justin é Jimmy?

— Quem é Jimmy, vovó?

— Eles o deixaram pendurado em uma árvore, cheio de furos.

Ainda não entendo, mas a imagem depressa desperta em mim um pavor gélido.

Ela puxa a mão de debaixo do lençol para pegar a minha, como se estivesse se recompondo.

— Jimmy era o filho mais velho da minha tia Mabel. Você lembra da tia Mabel, a irmã mais velha da minha mãe.

Eu me lembro vagamente. Eu me lembro dela como uma mulher impossivelmente velha que encontrei algumas vezes quando criança. Ela sempre estava mastigando caramelo e apontava para a própria bochecha enrugada para mim e dizia: "Vem cá me dar um beijinho", o que eu relutava em fazer até que minha mãe me empurrava para a frente como quem dizia "senão...".

— Jimmy era meu primo. O mais velho da Mabel. Onze anos mais velho que eu. Deus, eu o adorava. Ele amava carpintaria, e às vezes me deixava ajudá-lo na lojinha. De tarde, saíamos para pescar. Ficávamos lá por horas, embora nunca pegássemos nada. Eu ficava tão feliz só de ele me levar junto. — Ela dá um sorriso leve com a lembrança. — Jimmy tinha só dezessete ou dezoito anos, ainda um jovem bobo que não sabia de nada. Bem, ele até sabia de alguma coisa, mas era tolo demais para se conter... Ele se envolveu com uma garota branca da cidade, filha de Roger Wilcox. Peguei os dois se beijando no depósito de lenha uma vez. Ele me subornou com bala de hortelã para eu ficar de boca fechada, e fiquei, nunca contei para ninguém, mas então Roger os flagrou uma tarde, e espalharam que ele tinha estuprado a garota e levaram Jimmy para a cadeia.

Sei exatamente como essa história termina. Agora sou eu que aperto os dedos frágeis de Gigi. Afrouxo o toque antes de machucá-la.

— Eles tentaram visitá-lo naquela noite (meus pais, tia Mabel e tio Donny), mas não conseguiram. O xerife não deixou. Nossos pais foram juntar dinheiro para um advogado, um bom advogado negro que alguém conhecia em Montgomery, mas...

Ela é tomada por um acesso de tosse seca e se esforça para recuperar o fôlego. Pego um copo d'água, levo um canudo comprido à sua boca. Gigi leva mais um minuto inteiro para se recuperar, ou talvez para reunir forças antes de me contar o resto.

— Naquela noite, pegaram o Jimmy. Só o pegaram.

Ela está chorando para valer agora.

— Tudo bem, vovó.

— Não está tudo bem, não está. — As palavras dela estão envoltas em raiva. Sei que não é direcionada a mim, mas a tudo. A todas as formas em que tudo não esteve bem. — Eles o arrastaram pela cidade. Roger e os amigos dele. Fizeram coisas horríveis com ele. *Horríveis.*

Não preciso dos detalhes terríveis; ela pode poupar a nós duas. Já posso imaginá-los. Tenho uma lembrança vívida da própria infância quando encontrei um exemplar da edição de 1955 da revista *Jet* com o cadáver mutilado de Emmett Till bem ali na capa. Encontrei na gaveta da escrivaninha do meu pai, guardado como uma lembrança. Lá estava o rosto de Till, tão machucado que não dava para reconhecê-lo, a pele marcada com hematomas roxos profundos, fendas inchadas no lugar dos olhos. Não dava nem para dizer que ele era um menino, apenas alguns anos mais velho do que eu era na época; o espancamento selvagem e o afogamento o haviam deixado horrivelmente desfigurado. Eu não conseguia me afastar da foto ou do artigo. Eu o li várias vezes, como se pudesse conseguir uma resposta à pergunta que mais atormentava minha mente jovem: *por que eles nos odeiam tanto?*

Quando eu soube alguns anos depois, na aula de história do sexto ano, durante a unidade obrigatória de uma semana sobre o movimento pelos direitos civis (em fevereiro, lógico, o mês da história negra nos Estados Unidos), que os homens brancos que lincharam Emmett Till foram absolvidos, afundei-me na cadeira, descrente. Eu não podia acreditar como eu fora ingênua. Fiquei muito chocada ao saber, como se eu tivesse de alguma forma deixado passar alguma verdade básica, como se eu devesse ter imaginado.

Na semana anterior, quando estudamos o período escravocrata, nossa professora evitou olhar para mim o tempo todo (para todas as crianças negras), falando sobre os horrores em um tom de voz cantante que nunca tinha usado. A sra. Trager vinha de Nova York, de um programa de mestrado na faculdade Barnard. Ela estava finalizando a formação com uma bolsa de ensino de um ano no distrito escolar público da Filadélfia e, embora fosse muito forçada, eu gostava dela.

Enquanto ela falava, ocupei-me escrevendo no caderno ("Dred Scott", "rede secreta Underground Railroad", "Passagem do Meio"), esperando evitar os olhares desconfortáveis de meus colegas brancos, até mesmo de Jenny. Eu sabia que ela também não entenderia. Por que eu me sentia tão envergonhada e constrangida quando não tinha feito nada de errado? Compreendi algo nauseante naquele momento: não importavam minhas notas boas, os pontos extras, a oratória correta, o quanto eu fosse leal ou gentil. Nada daquilo poderia apagar o fato de que as pessoas me odiariam. Minha cabeça parecia pesada, então a deixei tombar na mesa, escondendo-me do fardo de tudo. Naquele momento, enfiada no refúgio escuro da dobra do meu cotovelo, mais do que qualquer coisa no mundo, eu queria ser fofa, branca e loira e fazer com que o mundo inteiro me achasse preciosa. Eu queria ser Jenny.

Quando Gigi começa a falar de novo, minha mandíbula está contraída, tensa.

— Meu pai foi tirar o cadáver de Jimmy da árvore, mas todo mundo disse que era muito perigoso. Era *muito* perigoso ficarmos ali. Eu me lembro dos adultos sentados ao redor da mesa. Ninguém sabia o que fazer. Todo mundo estava tão assustado... E, bem, quando você é criança e os adultos ficam com medo, essa é a pior sensação. Ninguém se importou com irmos dormir ou não, então ficamos acordados a noite toda. Pegamos o que pudemos e partimos na manhã seguinte em duas caravanas. Cedinho como agora, partimos, meu pai e meu tio dirigindo dois carros, com todos nós, os primos, e tudo o que possuíamos que poderia caber na mala traseira. Nós dirigimos até a Filadélfia sem parar. A tia Mabel passou o caminho todo chorando. É o que mais me lembro. E ninguém conseguia fazê-la parar. Ninguém sequer tentou. A tia Mabel nunca mais foi a mesma. Não dá para se recuperar disso, de perder um filho, principalmente assim. Me passa um lenço, por favor?

Pulo para pegar um pacote de Kleenex, feliz por ter algo para fazer. Eu queria não saber dessa história. É como se eu estivesse no sexto ano de novo. Quero apoiar a cabeça na mesa e esconder o rosto na curva do braço.

— Não entendo, por que a senhora nunca nos contou, Gigi?

— Para quê? Minha mãe disse que devíamos tentar esquecer. A dor era grande demais. Era mais fácil nunca mais dizer o nome dele de novo, o nome de Jimmy, bloquear a dor. Melhor trancar tudo, como um quarto onde nunca se entra. Sem contar a vergonha. Todos sentimos tanta vergonha. Não é engraçado? Nós nos sentimos mal, mas foram eles que o penduraram lá para morrer. E ele não estuprou aquela garota.

Gigi seca os olhos um pouco mais.

— Por Deus, ele amava aquela garota.

"Você tem que ficar longe dessas brancas, ouviu?". Todas aquelas vezes que Gigi disse isso para Shaun. Para ela, era uma questão de vida ou morte; alguém que ela amava morrera por amar uma mulher branca. Esse tipo de medo segue a pessoa por toda a vida. Penso em Shaun e Staci, e em todas as Stacis que vieram antes. Meu corpo é pura adrenalina, uma resposta a uma ameaça que não consigo identificar, pensando em todos os riscos os quais meu irmão e meu pai correm neste mundo, só que mais profundo que isso, até as entranhas, há um zumbido escuro, uma dor como uma sombra, o trauma ancestral que vive em mim. Enquanto isso, Roger Wilcox provavelmente tem netos andando por aí em algum lugar agora. Eu me pergunto se eles sabem o que o avô fez, ou se estão inconscientes do fato de que o doce velhinho de quem se lembram por dar notas de dois dólares no Natal ou por flertar com as funcionárias da casa de repouso era um assassino cruel.

— A senhora sabe o que aconteceu com eles? Com Roger Wilcox? Com a garota?

É provável que estejam todos mortos há tempos, e me pergunto mais uma coisa: como diabos eles viveram consigo mesmos?

Gigi apenas balança a cabeça devagar, cansada.

— Também não sabemos o que aconteceu com Jimmy. Quer dizer, onde o colocaram. Quando fomos embora, Mabel disse que nunca mais pisaria naquele estado, até morrer. Ela queria ser enterrada perto do filho, mesmo que não soubesse exatamente onde ele estava. Tio Donny também. Ele morreu antes de você nascer. Estou pensando que é onde quero estar também.

— Vovó, não é hora...

Ela me interrompe com um olhar, um que significa "nem tente negar", então não tento. Posso obedecê-la nisso.

— Também quero ser enterrada no terreno da família, com eles. Vocês vão fazer isso acontecer, ouviu? E traga as cinzas do vovô Leroy e as espalhe ao meu redor para que ele fique lá também. Só Deus sabe por que aquele homem quis ser cremado. Quero ficar no chão, do pó ao pó, como Jesus. Bem onde nasci. Às vezes, você tem que ir para casa. Prometa que vai me levar lá.

— Nós vamos. Prometo.

Meu coração está sangrando.

— E quando falar com a mãe daquele garoto hoje, diga a ela que vou cuidar dele. Vou encontrá-lo em breve. Vou cuidar do bebê dela. Eu e Jimmy. Vamos cuidar dele.

Gigi volta a se deitar como se tivesse determinado algo vital. Ou talvez o peso da história tivesse extraído algo essencial dela, como fez comigo. Nunca conheci meu primo Jimmy, nunca soube *dele* até cinco minutos atrás, e ainda assim Gigi vem carregando essa dor todos esses anos. E tia Mabel... Perder um filho dessa maneira. Quantas Mabels existiram? Quantas Tamaras?

Fico para morrer com como algumas pessoas querem tanto acreditar que o racismo está enterrado sob camadas e camadas de história; "águas passadas" dizem elas, mas não são. É como um árbitro tirando uma camada bem fina de sujeira do *home plate* do campo de beisebol: está bem ali. Com muita frequência, o trauma, o fardo dele, passa de geração a geração sem ser nomeado. Como Gigi manteve aquele segredo terrível, provavelmente para nos proteger da verdade horrível, e eu guardei meus próprios segredos, assombrada por uma vergonha semelhante.

Penso que ela cochilou, mas então Gigi abre os olhos e olha para o teto.

— Eu quero que o mundo melhore, menina. Temos que melhorar.

O paninho está gelado agora. Eu o pego assim mesmo, limpo as manchas molhadas de minhas bochechas. Gigi cochilou outra vez. Eu me inclino e beijo sua testa, lisa como seda. Eu preciso ir (tenho só cerca de vinte minutos para chegar ao ponto de encontro com Wes), mas fico ali parada ainda assim, ouvindo a respiração constante de Gigi. Quando enfim consigo me afastar e chego à porta, ouço a voz da minha avó atrás de mim:

— Diga a minha Jenny para vir me ver. Que deixemos os problemas de lado. Quero ver meu foguetinho.

Quando me viro, Gigi está em um sono profundo, mas ouvi aquilo, sei que sim.

A história de Jimmy gruda em mim como um aroma enquanto corro pela cidade para encontrar Wes. Aquilo fez algo se soltar dentro de mim, minhas emoções se agitam como flocos em um globo de neve. Preciso me recompor, focar no que tenho a dizer a Wes. Não falei com Scotty que a entrevista está em perigo. Espero que não seja preciso.

Entro no pequeno estacionamento da funerária Morgan & Sons, e lá está Wes sentado nos degraus em frente ao local, sob um toldo verde-escuro. É fácil reconhecê-lo por causa das fotos, uma versão mais velha e musculosa de Justin: pele negra clara, um punhado de sardas no nariz, o espaço entre os dentes e os olhos de um avelã impressionante que tende ao marrom ou verde, dependendo do ângulo. Ele está usando um par gigante de fones de ouvido Beats e balançando a cabeça.

Quando ergue o olhar, ele os tira e chama meu nome como se fôssemos primos havia muito perdidos e não desconhecidos.

— Riley Wilson!

Eu me sento na escada ao lado dele; o concreto é tão gélido quanto um bloco de gelo.

— Você já viu *Hamilton*? — pergunta ele.

— Não, quem dera. Queria levar minha avó para ver quando a peça veio para cá Natal passado, mas não conseguimos ingressos.

— Eu também. Fiquei na fila desde as seis da manhã, mas os cambistas compraram tudo e venderam a um preço além do que eu podia pagar. É isso que eu estava ouvindo, a trilha sonora. — Ele olha para os fones como se quisesse pegá-los e desligar o mundo outra vez. Eu não o culpo. — Não consigo parar de ouvir. Justin e eu sabíamos a letra de todas as músicas. Fazíamos uma performance e tanto de "The Room Where It Happens". Tipo, a gente arrasava! — Ele faz uma pausa, puxando na memória. — Justin colocava no TikTok ou Chatsnap ou em um desses. Ele me mostrou, só que nunca vou conseguir encontrar... Provavelmente eu não ia conseguir assistir mesmo. Doeria demais. Ele cantando, rindo. Aquele garoto amava se apresentar... Ele estava sempre fazendo rimas, escrevendo poemas...

Wes olha para baixo como se estivesse chocado pelo copo de café ao seu lado, quando o choque na verdade deve vir de onde ele está sentado e por quê.

— Olha eu falando demais, antes mesmo de te oferecer um café. — Ele me entrega um copo de papel fumegante. — Parei na loja nova na esquina. Seis dólares por um café devia vir com uma coisa para comer também, mas é só cafeína. Só que é útil. Não venho dormindo muito. Não sei o que coloca no café, então aqui...

Ele tira um punhado de pacotes individuais de leite, açúcar e adoçante do bolso. Não acredito que ele até pensou em me trazer café, muito menos todos os adicionais, mas sou grata por ter o copo quente nas mãos e a dose de cafeína. Despejo o leite e o açúcar no café.

— É o que eu coloco também — diz ele. — Leve e doce. O oposto de como gosto das mulheres, a propósito.

A risada alta dele me faz rir também; fico grata por nossa conexão fácil, mas então Wes se contém.

— Olhe para mim rindo. É engraçado como tudo pode ser tão horrível e então por uma fração de segundo você não consegue evitar, é normal e você se esquece. Lógico que aí é pior quando esse segundo passa. Faz sentido? É como quando acordei hoje de manhã e me lembrei de tudo de novo. Justin morreu. Ele morreu, mas também está por toda parte. Por toda a imprensa. Suponho que você tenha visto a última novidade? Eles querem colocar aquela foto estúpida dele com um baseado em todos os lugares. Como se isso fosse notícia. "Adolescente fuma maconha", grande manchete. Acham então que ele mereceu morrer? A ironia é que ele sequer gostava de maconha, dizia que o fazia ficar paranoico. Ele só usava para "se enturmar com a galera". Ele era um nerd total, então a ideia de que ele era algum viciado? Ou um traficante? — A risada de Wes surge de novo, mas é cortante. — Dá um tempo, até parece, Justin vendendo maconha. Quer dizer, ele é um garoto que chamou o hamster de Neil por causa de algum cientista. Mas aham, certeza, ele só pode ser de gangue, né? Porque nós todos somos. É uma merda. — Ele balança a cabeça. — Não estou dizendo que não tem coisas acontecendo com esses projetinhos de bandidos aí, mas Justin não estava metido nisso. Eu me preocupava com ele por esse motivo. Ele era mole demais às vezes. Este mundo não foi feito para quem é mole, sabe. Eu queria protegê-lo. E falhei. Simples assim. Falhei.

Ele abaixa tanto a cabeça dele que a fumaça do café embaça seus óculos.

— Você fez o melhor que pôde. Não tinha como saber que isso aconteceria.

Wes me lança um olhar.

— Qual é, mocinha. Todos nós sabíamos que isso poderia acontecer. Fui parado pela polícia umas dez vezes. Eu não era muito mais velho que Justin quando dois deles me jogaram no chão e quase arrancaram meu braço fora. Não consigo mais jogar basquete. Só que na época ninguém falava disso, ninguém fazia vídeos, mas contei tudo para Justin. Disse a ele para se calar e fazer o que eles quisessem se fosse parado, mas ele não teve chance. Eles não deram chance a ele.

— Meu pai teve a mesma conversa com meu irmão. E meu irmão... bem, ele teve os próprios problemas com a polícia. — Quase conto tudo a Wes, o inferno pelo qual Shaun passou, mas não conto. Ele não precisa ouvir meus problemas. — Como Tamara está?

É uma pergunta ridícula (como ela pode estar outra coisa além de devastada?), mas pergunto assim mesmo, com sinceridade. Devagar, como um nascer do sol, ele ergue a cabeça.

— Nada bem. Ela não conseguia parar de gritar quando a carreguei para fora do necrotério. É difícil ver minha irmã sofrer assim. Primeiro o marido, e agora o filho. Não está certo, cara. Se eu não tivesse desistido de Deus muito tempo atrás, eu desistiria agora, com certeza. Eu só queria conseguir fazê-la comer. Ela basicamente parou de comer desde que Justin foi para o hospital, perdeu quase uns sete quilos que não tinha de sobra, vai acabar definhando desse jeito.

Quero estender a mão para tocá-lo, esse homem sentado aqui como se Deus o tivesse abandonado, impotente para ajudar a irmã mais nova. Porém, mantenho as mãos cruzadas no colo. Ficar sentada aqui ao lado dele já é íntimo o suficiente.

— Eu estava no hospital com minha Gigi, minha avó... Ela está morrendo por causa de uma doença renal. Ela me disse que o primo dela foi linchado quando ela era criança. Eu não fazia ideia. — Não tenho certeza de por que deixo isso escapar.

Wes se vira para mim.

— Que droga, cara, isso é horrível. Sinto muito, Riley.

— Eu não sei por que... Eu não o conhecia, nem sabia dele, mas me abalou muito.

— Lógico que sim. Parece que nunca acaba, não é?

É mais uma afirmação do que uma pergunta, então não respondo. Em vez disso, pego a bolsa e mexo no celular. Estou arriscando ser grosseira, mas vai valer a pena. De qualquer forma, Wes está perdido em pensamentos no momento, até que ouve a voz de Justin. Abri o vídeo de rap deles. Eu o encontrei em minha pesquisa sobre Justin. Passei horas analisando as redes sociais dele na última semana, que se mostraram ser uma assustadora toca de coelho. É assim que eu já sabia sobre o hamster com o nome de Neil DeGrasse Tyson e como ele morreu no ano passado depois de escapar da gaiola e ficar preso embaixo da geladeira.

— Esse é...?

Ele pega meu celular como se o objeto oferecesse o dom da vida, o que oferece, de forma minúscula.

O reflexo do celular captura as lágrimas que se acumularam em suas pálpebras inferiores. Eu me preocupo com ter cometido um erro, mas Wes também está sorrindo. Assentindo, lembrando. Ele assiste todo o vídeo de três minutos, extasiado.

— É por isso que eu quero fazer a entrevista com Tamara — digo quando a música termina. — Para que possamos reforçar que Justin era um jovem doce e gentil que amava os animais de estimação, Hamilton e o tio favorito. As pessoas precisam ver o que ela, o que todos vocês, perderam e o que está em jogo para todos na comunidade.

— Bem, se alguém tem que fazer isso, queremos que seja você. Você é diferente de todos aqueles repórteres e produtores nos rondando. Pessoas brancas nos oferecendo quartos de hotel e viagens para Nova York como se tivéssemos ganhado na porra da loteria, dizendo que conseguem sentir nossa dor. É, Charlotte, é, Becky, aposto que vocês sabem exatamente como é. Eles não fazem ideia de como é "nossa dor" e nunca vão saber.

Reconheço a raiva na voz dele. É uma raiva que tem fervilhado em mim pelos últimos dias, uma raiva que nunca tinha sentido antes e com a qual não sei bem como lidar. Prefiro sentimentos previsíveis e lacrados. Agora, é pessoal demais, intenso demais. Como posso ser objetiva quando estou chateada assim? Preciso canalizar essas emoções, permitir que impulsionem a mim e ao meu trabalho. "Eu quero que o mundo melhore, menina." As palavras de Gigi seguem ecoando.

— Quero dar à sua irmã uma chance de falar sobre tudo isso. Quero que ela fale sobre o verdadeiro Justin, que o mundo saiba sobre o filho dela e veja, e compartilhe a dor dela.

Há uma longa pausa, e Wes fecha os olhos como se eu não estivesse aqui. Não sei o que fazer além de esperar.

— Sabe, ele faria quinze anos semana que vem. Eu tinha conseguido ingressos para irmos ver os Sixers, terceira fileira; custou uma fortuna. Ele nunca poderá ir. Ele nem sabia que ia. Era uma surpresa. Não sei o que é pior: ele não ter sabido que ia ou se tivesse sabido. Não estou falando coisa com coisa, só fico me perguntando: eu devia ter contado a ele? Ele teria ficado na expectativa de algo.

As mãos de Wes se fecham em punho no colo. Dessa vez, cubro um dos punhos com a mão, e a mão dele relaxa um pouco.

— Ele tinha sorte de ter um tio tão incrível.

— Cara, eu tentei. Tentei sempre estar presente na vida dele, ensiná-lo a como sobreviver neste mundo, entrar em cena quando o pai dele morreu.

— Você fez isso, fez isso, sim.

Aperto a mão dele. Nem me importo mais com a entrevista; neste momento, só quero que a dor de Wes se amenize.

— Você é uma boa mulher, Riley Wilson. Sinto isso. Venha hoje. Vamos fazer a entrevista. Posso convencê-la a fazer. Acho que é o certo, mas tenha cuidado com ela, está bem?

Em vez de sentir alívio e animação por conseguir salvar a entrevista, o desgaste me deixa apática. Digo a Wes quão grata estou e que o verei em algumas horas, então me levanto, deixando-o entrar para escolher um caixão.

* * *

A cada luz vermelha no caminho até Strawberry Mansion, olho no retrovisor interno, cutuco a franja, remexo-me no assento, aliso as dobras do vestido. Eu tinha considerado usar um vestido de um dourado profundo que comprei esta semana, especialmente para a entrevista. Só que quando Justin morreu, não pareceu certo. Em vez disso, quando voltei para casa depois do encontro com Wes, coloquei um vestido preto que tenho há tempos. Não costumo usar preto diante da câmera, mas pareceu certo.

As ruas arborizadas de Kelly Drive dão lugar a lojas de esquina puídas e terrenos abandonados cobertos de erva daninha e cheios de lixo quanto mais me aproximo do bairro de Tamara. Passo por várias sinagogas abandonadas, estranhas nesta parte majoritariamente negra da cidade. São vestígios de quando a área era um rico enclave judeu, antes que os brancos fossem embora e a decadência urbana surgisse. Em uma das paredes de tijolos caindo aos pedaços, está pintado um mural, um retrato de uma mãe negra segurando o bebê recém-nascido. Diminuo a velocidade para observar. A mulher foi preenchida com cores vibrantes, o bebê continua sendo um contorno tênue, como um pensamento esperando para entrar no mundo.

No próximo semáforo, confiro o celular e vejo o vídeo da marcha acontecendo pela cidade. A kyx tem uma equipe cobrindo o evento em tempo real online, e pedi para eles enviarem a filmagem que usaremos como takes complementares para a matéria de hoje à noite. Carrego os vídeos que eles enviaram, e é como se a própria tela tremesse com a energia da multidão. Temos três câmeras em vários pontos do local. Os vídeos mostram trechos de cada um deles: um close-up da frente da marcha, onde o pastor Price, com a careca brilhando à luz do sol, caminha de braços dados com vários líderes comunitários e uma mulher. Levo um momento para identificá-la: Rashanda Montgomery. A filha dela, uma pessoa com transtorno mental, foi baleada por um policial na Carolina do Norte no ano passado. Ela está vestindo um moletom que diz: "M.D.M., Mães do Movimento", com o rosto da filha abaixo.

Há uma imagem aérea da multidão atrás do pastor Price, um coletivo de pessoas: jovens, velhos, brancos, negros, serpenteando pela rua Broad, por pelo menos dez quarteirões. Suspeitei de que muita gente fosse participar; ativistas locais trabalharam a semana toda para convocar gente, colocando adesivos e panfletos por toda a cidade. E sem dúvida mais pessoas decidiram participar depois de saberem que Justin morreu na noite passada. O clima perfeito também ajuda: o ativismo é mais fácil quando o céu está sem nuvens e faz doze graus.

Procuro minha família, embora saiba que seja inútil no meio do grande número de pessoas. Shaun e eu discutimos na mesa de jantar dos nossos pais ontem à noite sobre ele estar presente hoje. Lógico, deveria ser um protesto pacífico, mas muitos eventos são pacíficos até que não sejam. Se as coisas saírem do controle, a primeira pessoa que a polícia vai perseguir é o cara negro de um metro e noventa vestindo uma camiseta com Colin Kaepernick se ajoelhando.

— Não vale o risco. Você vai preso e está ferrado — falei para ele.

— Protestar pelos direitos civis não vale o risco? — contrapôs ele. — Você está ouvindo o que diz? Não perco isso nem ferrando.

— Você não pode ir.

— Primeiro, sou um adulto. Você não pode me dizer o que fazer. Essa é a diferença entre você e eu, irmãzinha. Eles não vão me assustar. Não estou me escondendo. Serei visto e ouvido.

— Vamos todos juntos. Como família — interveio meu pai. — E sua irmã está certa, pode ser perigoso lá. Você sabe que haverá uns jovens aprontando, estragando a imagem de nós todos. Acabei me envolvendo na confusão dos protestos de 1964, com bomba de gás lacrimogêneo e tudo. Tudo o que eu queria era que fosse melhor para vocês, mas aqui estamos de novo, cinquenta anos depois e nada mudou além da música. Juro que é como se fosse uma esteira na velocidade mais alta, e estamos tentando acompanhar, indo depressa a lugar nenhum.

Depois de falar, meu pai deu uma boa mordida na torta de pêssego.

Meu celular toca agora com uma mensagem de Shaun. Ele enviou uma selfie da marcha, em frente à prefeitura com nossos pais.

Estou aliviada em ver que a multidão está mesmo pacífica, tantos rostos cheios de convicção e propósito justos. No entanto, meu cinismo dá as caras. "Nada mudou, nada além da música." Todos os cartazes e cânticos inteligentes, as pessoas que apareceram apenas para postar nas redes sociais, o que isso significa? Quantas marchas aconteceram? Quantos clamam por justiça? Quantos processos judiciais? Quantas "conversas nacionais sobre raça"? Por outro lado, talvez isso seja alguma coisa. Ninguém marchara por Jimmy, ninguém havia exigido justiça. Em vez disso, o pavor tinha expulsado nossa família da cidade, mantendo-a paralisada e calada por décadas. Então, talvez marchar, mobilizar-se, aparecer, sirva a um propósito. Diz: "Não seremos invisíveis nem teremos medo. Nós não desistiremos". E isso não é nada. Na verdade, pode ser tudo.

O trânsito está tranquilo deste lado da cidade, e chego à casa de Tamara mais cedo do que pretendia. Então, depois que estaciono na rua, faço um desvio e entro no beco, aquele atrás da loja de bebidas, pelo qual Justin passava a caminho de casa depois da escola. Espero algo mais ameaçador, mas é apenas um beco estreito e escuro. Ali há uma pilha de velas, cartões de condolências, ursinhos de pelúcia surrados e punhados de flores de loja de conveniência que servem como um memorial improvisado. Fico de pé aqui sozinha e olho para a esquerda e para a direita, imagino me virando e vendo o cano de uma arma. Abro a boca e grito... Grito por Justin e por Jimmy. De certa forma, espero ver os policiais aparecerem agora, mas a única testemunha do meu momento de desatino é um gato de rua com um rabo pequenino se esfregando na parede de tijolos. Traço o caminho que Justin não conseguiu fazer naquele dia, estreitando os olhos para ler os números na fila de casas de tijolos caindo aos pedaços. Quando vejo a bicicleta no alpendre (uma Huffy azul caída de lado perto de uma escada de concreto), sei que é a certa.

Enquanto subo a escada do alpendre dos Dwyer, meu olhar permanece na bicicleta, aquela em que Justin nunca mais vai andar. Antes que eu possa bater, Tamara abre a porta. Ela está usando um boné vermelho dos Phillies com manchas de suor seco ao longo da borda.

— Oi, eu sou Riley.

Estendo a mão, e ela dá um passo à frente para um abraço, e então trocamos de posição, ela com a mão estendida, eu dando um passo à frente, e acabamos rindo da dança estranha.

— Eu sou chegada em abraço — anuncia ela, e me puxa para um abraço que dura mais do que eu esperava.

Embora Wes tivesse me avisado, não estou preparada para sentir os ossos dela através da pele. Ela se afasta e me conduz até a sala de estar. Todas as cortinas estão fechadas, e sombras escurecem o cômodo. Levo um minuto para perceber que os sofás e as cadeiras estão cheias de pessoas. Três garotos adolescentes estão sentados no chão, assistindo a um vídeo no celular, o som desligado.

A tristeza é como um manto cobrindo a sala.

— Essa é a Riley, das notícias — apresenta Tamara. — Riley, esse é o pessoal. O bairro inteiro tem vindo ficar comigo. Menos pessoas hoje por causa da marcha.

— Eu estava agora mesmo vendo imagens da marcha. É mesmo um protesto forte para Justin.

— Eu gostaria de poder estar bem para poder ir, mas não, era demais... Estar no centro das atenções, ter todo mundo olhando para mim... Isso teria acabado comigo.

Wes se levanta de uma poltrona gigante no canto, que me lembra da que Gigi tem. Ele não hesita antes de me abraçar também.

— Riley. Quanto tempo — brinca ele.

Permito que seus braços esculpidos me envolvam, minha bochecha pressionada com firmeza no peito largo. Agora, aqui no abraço dele, nossa conexão parece mais intensa, como alguém que conheço desde sempre.

— Quer beber alguma coisa? — oferece Tamara. — Água? Uma Coca? Temos bastante comida também; as pessoas trazem o tempo inteiro. Então fique à vontade.

Já me sinto como uma intrusa; dificilmente vou pegar um prato de papel de caçarola de feijão fradinho.

— Estou bem, obrigada.

Tamara vai até a pequena cozinha, abre a porta da geladeira e a fecha novamente sem tirar nada. Ela passa as mãos de cima para baixo na calça jeans, olha em volta como se não soubesse bem o que fazer comigo agora que estou aqui. Wes, que segue a irmã de perto, coloca as mãos nos ombros dela.

— Um minuto por vez, mana. Você não precisa fazer isso agora se não estiver pronta.

— Não, não. Eu consigo.

Wes se vira para mim.

— Quer ver o quarto do Justin? Podemos fazer a entrevista lá se quiser.

Concordo com a cabeça e sigo os dois pelo corredor. Pendurada na porta fechada está uma daquelas pequenas placas personalizadas da Pensilvânia, dizendo "Justin". Tamara se prepara inspirando fundo e abre a porta. Ela dá alguns passos para dentro do quarto, sentando-se na cama, que está coberta por um edredom peludo xadrez. Ela pega um travesseiro e o segura contra o rosto.

— Fico vindo aqui e cheirando o travesseiro dele. Por quanto tempo acha que vai continuar com o cheiro dele?

— Não vamos lavar nunca.

Wes se inclina e inspira.

Observo o quarto: modelos inacabados de dinossauros empoeirados nas prateleiras; um pôster icônico e aparentemente atemporal de Tupac está pendurado acima da cama; um estojo de trombone está apoiado contra ela; e uma brochura esfarrapada de *Ratos e homens* está com a capa virada para baixo em uma mesa perto de um pequeno aquário com um peixe dourado solitário nadando em círculos preguiçosos. Meias estão espalhadas pelo chão. Já está parecendo um santuário.

Os olhos vermelhos de Tamara estão focados em observar o peixe no aquário. Ela não me olha quando fala:

— Eu não conseguiria ter sobrevivido à semana passada sem esse homem, sem meu irmão. Wes estava no hospital quando enfim deixamos Justin partir... quando eu disse a eles para desligarem os aparelhos.

— Eu não consegui ficar lá quando fizeram, quando tiraram os aparelhos dele — admite Wes.

— Eu estava sozinha lá quando meu bebê morreu, e então não consegui descobrir como ir embora. Subi naquela cama e o segurei com força até que o ar saiu do corpo dele.

Tamara estremece e se segura ao irmão como se ele fosse uma corda de salvamento, depois fixa o olhar em mim como se estivesse se lembrando que estou aqui, de pé e desconfortável à soleira da porta.

— Você tem filhos?

— Não — respondo, tentando não soar na defensiva.

Quando me perguntam isso, o que acontece o tempo todo, minha resposta sempre parece errada. Espero que não a faça pensar que não sei como é sua dor, embora provavelmente de alguma forma eu não saiba.

— Só tenho um filho. — Tamara fala como se Justin estivesse bem aqui, como se não tivesse partido, um desejo, o poder da linguagem para mantê-lo vivo. — Ele é a melhor coisa que fiz ou farei na vida.

— Eu gostaria de tê-lo conhecido. — Buscar as palavras adequadas é como tentar segurar o ar.

A campainha toca, e Tamara se sobressalta.

— Ninguém usa a campainha. É melhor eu ir ver quem é. Já volto.

Wes a segue de perto, como se não pudesse aguentar ficar longe dela.

É cedo demais para ser minha equipe, provavelmente é outro vizinho com uma caçarola. Ouço Tamara murmurando para si mesma enquanto caminha pelo corredor. Tem a cadência suave e os tons abafados de uma oração.

Sozinha no quarto de Justin, sinto-me ainda mais como uma intrusa. Fico na porta e planejo mentalmente a logística da entrevista. Posso me sentar na cadeira da escrivaninha embaixo da janela e Tamara pode se sentar na beirada da cama, com Bart, meu cinegrafista, posicionado exatamente onde estou agora. Vamos precisar pendurar algumas luzes pelo armário, mas é uma boa configuração, íntima e pessoal. Estou tão aliviada com o quão bem a encenação funciona que levo um segundo para sentir nojo de para onde foram meus pensamentos.

Hesitando, vou até a cadeira da escrivaninha para ter uma ideia de como será me sentar nela para a entrevista. Meu celular vibra. Quando o pego e vejo o nome na tela, olho por cima do ombro, preocupada que Tamara esteja logo atrás de mim, que ela possa ver o nome de Jenny. Tupac olha para mim como um daqueles retratos renascentistas, os olhos seguindo cada movimento meu.

É uma transgressão terrível ler essa mensagem, dessa pessoa, neste quarto, mas a curiosidade me ganha. Dou outra olhada por cima do ombro e abro a mensagem.

> Estou tão triste por Justin. Eu não quis dizer aquilo. Sinto que estamos brigando. Eu não quero brigar.

Estamos brigando? Não exatamente. Não estou com raiva de Jenny, ou talvez esteja, não sei. Preciso entender como me sinto antes de falar com ela, mas não posso pensar nisso agora. Preciso do nome dela fora da minha tela. Vou responder mais tarde, de outro lugar. Em qualquer outro lugar. Olho para Tupac de novo e pego o livro que está na mesa. Lembro de ler *Ratos e Homens* no nono ano também. Abro na página marcada, analiso alguns parágrafos. George e Lenny acabam de chegar à fazenda, cheios de sonhos. O destino terrível de Lenny paira na cena. Tamara me assusta quando volta de repente. Deixo cair o livro.

— Ele estava gostando desse livro. Eu avisei que era uma história triste. Ele não terminou, então nunca vai saber. Isso é bom, acho. — Tamara pega o livro de maneira possessiva e o coloca em cima da mesa de novo. — Preciso da sua ajuda com o que vestir, tudo bem?

— Lógico, pode vestir o que deixar a senhora confortável.

Ela toca a aba do boné.

— Era do Justin? — pergunto.

— Sim, o favorito dele. Posso usar na entrevista?

— Bem, talvez você possa segurá-lo no colo.

— Tudo bem, vamos, vamos olhar no meu armário.

A cômoda de Tamara está cheia de fotos emolduradas, e analiso cada uma delas. A maioria é de Justin, bem pequeno em uma camisa enorme dos Eagles, depois como um menino de oito anos em um terno branco de batismo. Wes e o Justin adolescente em um jogo dos Sixers fazendo careta para a câmera em camisetas idênticas de Iverson, talvez a última foto que tiraram juntos.

Há também muitas fotos do marido dela. Fica nítido de quem Justin puxou a covinha, exatamente a mesma, do lado esquerdo. Sei pela minha pesquisa que o pai dele era um ciclista mensageiro e foi atropelado por um carro no centro da cidade durante uma entrega. Quando me vê perto da foto, ela se aproxima.

— Esse é o Darrell, meu marido. Difícil acreditar que ele partiu há quatro anos. Costumava ser a pior coisa que já me aconteceu. Eu não poderia sequer ter imaginado algo pior, e agora estou aqui, mas é uma bênção que Dee se foi. Tenho pensado muito nisso. Ele não teria sobrevivido se perdesse o único filho. Nunca pensei que ficaria grata por ele ter morrido, mas pelo menos foi poupado disso.

Quanta tragédia uma mulher pode suportar?

Tamara se senta na cama de casal que fica tão perto da parede que a porta do armário não se abre toda.

— Fico pensando, talvez eu devesse ter estado mais em casa. Talvez isso não tivesse acontecido. Eu estava fazendo turnos extras no galpão da Amazon no condado de Bucks para juntar dinheiro. Justin e eu íamos fazer uma viagem para a Flórida. Ele nunca andou de avião, agora nunca vai andar.

Eu me aproximo dela sem jeito e então resolvo tomar a liberdade de me sentar ao seu lado na cama feita, embora pareça íntimo demais. Queria que Wes voltasse, mas posso ouvi-lo falando com alguém na sala de estar.

— É isso o que me pega, o que me paralisa quando começo a pensar em tudo o que ele queria fazer e que não terá a chance de fazer. Se ele estivesse vivo, ele teria ido até aquela marcha e feito um cartaz enorme e gritado mais alto que os amigos. Ele via o bem no mundo. Ele era só uma criança, mas sei que teria mudado as coisas se tivesse tido a chance.

— Talvez ele ainda possa — digo, tanto para Tamara quanto para mim mesma.

Tamara e eu nos ocupamos mexendo no armário dela, ambas gratas pela distração temporária de ter uma missão na qual focar. Decidimos por um vestido azul-escuro bonito que está grande demais nela, mas fica bem assim mesmo.

Cinco minutos antes da transmissão, estamos em nossos lugares no quarto de Justin, de frente uma para a outra enquanto a agitação das passagens de som e ajustes de iluminação continuam ao redor. Inibida, Tamara afofa o cabelo que, momentos atrás, estava coberto pelo boné de Justin, e agora está em seu colo. O corte *pixie* combina com seu rosto; ela se parece um pouco com Halle Berry, glamourosa sem tentar, mesmo com olhos que são piscinas escuras de tristeza.

— Estou nervosa — admite Tamara. — Com todas essas pessoas olhando, sabe?

— Vai ser tranquilo. Só vou perguntar sobre Justin. Tudo o que precisa fazer é falar sobre Justin, tudo bem?

— Isso posso fazer — diz Tamara, com a voz suave, mas determinada.

A sala de controle emite um sinal sonoro no meu fone de ouvido, informando o início da transmissão. Sinto uma onda de expectativa nervosa, como se alguém estivesse prestes a despejar um balde de água gelada em mim. Inclino o peso à frente, mexo os dedos dos pés dentro da meia-calça úmida.

A voz rouca de Candace surge em meu fone de ouvido, descrevendo os destaques da marcha. Imagino os takes complementares sendo mostrados junto, a filmagem que assisti no carro antes. Há um pequeno trecho do discurso do pastor Price, sua cadência familiar soando. A fala também tem a característica assombrosa de um elogio fúnebre. A transmissão retorna para Candace, que anuncia a entrevista exclusiva ao vivo da KYX com a mãe da vítima.

Então, ouço minha deixa da sala de controle:

— Você está ao vivo.

Tamara e eu fazemos contato visual. Faço um leve aceno de cabeça para tranquilizá-la. *Eu vejo você, estou com você.*

— Obrigada por estar aqui conosco esta noite, sra. Dwyer. Agradecemos o que está fazendo hoje, logo após a perda de Justin. Como a senhora está?

— O melhor que posso, acho. É um dia difícil. Ajuda que tantas pessoas marcharam por Justin hoje, me faz sentir bem saber que as pessoas querem justiça pelo meu filho.

— E como é a justiça para a senhora? As estatísticas e precedentes mostram que policiais raramente são processados por casos assim.

— Isso não está certo. Eles devem ser punidos, tem que ser punidos. Meu garoto não fez nada errado, nada, e foi assassinado. Algo tem que ser feito, ou isso vai acontecer de novo.

Uma vívida imagem passa pela minha mente, de um homem pendurado em uma árvore pelo pescoço, cercado por uma multidão zombeteira.

Gaguejo ao fazer a próxima pergunta:

— E... e... o que deve ser feito?

— Quero que os policiais que mataram meu filho sejam presos, pelo resto da vida. Justin não pode mais viver. Por que eles deveriam poder?

Aqueles policiais. Kevin.

— Vamos retomar o dia do tiro. Como ficou sabendo do que aconteceu com Justin?

— As crianças do bairro entraram para me contar. Elas sempre entravam sem bater. Cheguei a ele antes da ambulância, mas eles não me deixaram chegar perto dele, só que eu precisava ver meu filho, precisava tocar nele. Gritei com eles para me deixarem ficar com ele, e fui ignorada. Eles sequer me deixaram entrar na ambulância. Eu nem sabia se ele estava vivo ou morto.

O tempo da entrevista é bem cronometrado. Tenho exatamente cinco minutos e meio. Mesmo assim, faço uma pausa para deixar a audiência absorver isso: uma mãe incapaz de tocar o próprio filho. Tamara segura o boné com tanta força que a aba está dobrada no meio.

— Conte-me mais sobre seu filho. Como ele era?

— Ele era um bom garoto. Sei que as pessoas querem que ele seja um bandido viciado ou um garoto perfeito. Justin era um estudante excelente e raramente se metia em confusão, mas toda essa conversa sobre ele estar na lista de melhores alunos... Parece que querem dizer que ele era um dos "bons" quando ficam repetindo isso. A morte dele seria igualmente injusta se ele tivesse matando aula. Ah é, e se ele fumava maconha de vez em quando, então ele é um garoto ruim que mereceu morrer? Ele *não* mereceu morrer.

— Bem, conte-nos mais sobre seu filho além de ele ser um bom aluno. O que você gostaria que nossos telespectadores soubessem sobre Justin?

Tamara parece estar se perguntando como pode resumir tudo o que tem a dizer sobre o filho. Os olhos dela vagam pelo quarto, como se tentando absorver tudo o que ele *era*.

— Bem, ele nunca matava formigas, nem sequer pisava nelas. Saía do caminho para deixar as formigas atravessarem em fila pela calçada. E tirinhas de frango eram a comida preferida dele. Quando bebê, ele tinha uns pezinhos fedidos. Eu costumava colocá-los na boca e beijar seus dedinhos. A primeira palavra dele foi "pato". Ele chamava pombos de patos, e deixávamos. Como é que ele ia saber que não eram, sendo criado nesta cidade? — Tamara faz uma pausa para rir, e então fica séria de novo, como se tivesse se flagrado fazendo algo errado. Ela fala mais baixinho agora, e espero que o microfone consiga captar: — Eu precisava de mais tempo com ele ainda. Eu tinha tantas coisas a ensiná-lo, a contar para ele, e agora nunca terei a chance.

Sob as luzes, os olhos dela estão cheios de lágrimas.

Há uma pausa. Estou prestes a preenchê-la com outra pergunta quando Tamara de repente se inclina à frente e segura minha mão, apertando com tanta força que temo acabar fazendo uma careta.

— Posso orar por ele?

Fico paralisada, pega de surpresa, consciente de que estamos ao vivo na tv. Tamara começa a chorar baixinho e abaixa a cabeça; a voz dela está alta agora, uma vez que está falando bem em cima do microfone preso ao vestido.

— Deus, preciso de misericórdia no meu coração e graça na minha alma.

Ela implora a Deus por forças, e meus olhos começam a lacrimejar enquanto seguro a mão de Tamara com firmeza.

— Por favor, Deus, por favor me ajude a perdoar os homens que fizeram isso com meu filho.

Em silêncio, ecoo a oração de Tamara: *por favor, me ajude a perdoar.*

Capítulo seis

Jen

Estilhaços de vidro fazem barulho sob meus tênis. As vitrines das lojas ainda estão fechadas, os donos desesperados para escapar de mais uma noite de violência. Alguém pintou com spray "Vidas negras importam" na madeira compensada cobrindo as janelas de uma loja Sephora. O "negras" foi riscado e, antes de "Vidas", escreveram "todas as".

Parece uma zona de guerra: uma banca de jornais incendiada, fita de polícia por toda parte, caixas de correio caídas no chão. A marcha pacífica se transformou em algo bem mais horroroso depois de escurecer, e tudo por causa do meu marido. Minha cidade inteira está sofrendo e à flor da pele, um barril de pólvora que só será desarmado quando houver justiça, seja lá o que isso signifique. Gritos de "prendam eles" dos protestos ainda ecoam em meus ouvidos.

Enquanto me apresso pelos poucos quarteirões até o consultório do médico como uma fugitiva, não consigo me livrar do pensamento de que todo mundo por quem passo está me olhando, avaliando-me, julgando-me. Mesmo a curta distância indo da vaga de estacionamento até a porta me deixa exposta. Mal pus os pés fora de casa nos dez dias desde o tiro, e essa é a primeira vez desde a marcha, há três dias, e aquela entrevista, aquela entrevista dolorosa.

Vejo meu reflexo nas portas do elevador: o cabelo oleoso, o moletom desbotado sob um casaco volumoso manchado que nem consigo fechar em volta da barriga, leggings pretas desgastadas que estão frouxas na região da bunda. Estou um lixo. Minha aparência no momento é um verdadeiro ônus. Alguém poderia me ver agora mesmo, tirar uma foto e enviar para o jornal *Daily News*: "A mulher tosca do policial assassino". Essa seria a manchete, e a imagem valeria mais que mil palavras. *Obviamente, aquele policial é racista*, pensariam os leitores. *A esposa dele é o retrato da ralé branca.*

A solidão toma conta de mim quando entro na sala de espera lotada, cheia de casais. Enquanto isso, meu marido está em uma consulta com o terapeuta agora. O departamento exigiu uma sessão obrigatória após o tiro, mas deu a ele a opção de continuar se consultando com o dr. Washington de maneira voluntária.

Matt ficou enchendo o saco dele por causa disso.

— Você vai ver o Mágico — provocou ele. É assim que policiais chamam os psiquiatras: o Mágico. — Cuidado para não se perder em Oz, Dorothy.

Contudo, Kevin surpreendeu a todos nós ao aceitar a sugestão de cara. Como sempre, ele não me conta nada a respeito. Só posso torcer para que esteja se abrindo com o médico. Ele disse que tentaria chegar a tempo hoje, mas não estou esperançosa. Além disso, ninguém mais poderia vir comigo. Annie está de plantão no hospital, e eu nunca sonharia em pedir a ela para encontrar alguém para substituí-la. Cookie está cuidando de Archie porque a creche está fechada por algum motivo, e Frank é voluntário toda terça-feira de manhã no departamento dos veteranos.

A recepcionista de sempre não está. Em vez dela lá está uma jovem negra com longas tranças grossas e um colar feito de pedras gigantes. Normalmente eu elogiaria as joias, perguntaria onde comprou, contaria sobre uma garota no Etsy que vende anéis parecidos, porém não faço nada disso. Mal olho para cima quando entrego o cartão do plano de saúde e a carteira de motorista. Ela os pega sem sorrir e estreita os olhos enquanto analisa meu documento. Passo o peso de um pé ao outro enquanto espero que ela reconheça o nome, sibile para mim, que me chame de esposa de assassino. Ela apenas me devolve o cartão com um olhar amigável no rosto.

— Você não se parece mais tanto com a foto na carteira.

— Cortei o cabelo e engordei — respondo, apontando para a barriga.

— A gravidez te cai bem, o cabelo também.

A gentileza inesperada me faz querer pedir a ela para entrar na sala de exames comigo e segurar minha mão.

Encontro o assento mais isolado possível, bem no canto. Pego o celular da bolsa para não ter que fazer contato visual com mais ninguém.

Já tenho onze chamadas perdidas. Todas de números "desconhecidos" ou que não reconheço. Repórteres... ou pior. Ficou mais intenso desde a entrevista. Só nas últimas vinte e quatro horas, recebi várias mensagens de estranhos desvairados dizendo que Kevin deveria queimar no inferno pelo que fez, ou que nosso bebê deveria ser tirado de nós, e teve uma mulher que sibilou: "Talvez você entendesse se matassem seu bebê também". Depois disso, jurei nunca mais ouvir nada. Apago tudo o que não venha de um número que reconheço.

Meu dedo indicador desliza pela tela e rola para baixo para abrir o vídeo outra vez. Não sei por que faço isso... É como um acidente de carro que continuo me virando para olhar. O marcador no canto diz que a entrevista de Riley com Tamara foi vista 437.322 vezes desde que foi ao ar no sábado à noite. Provavelmente vi umas dez vezes. O rosto de Riley, do tamanho do meu polegar, está perto da tela. Observo enquanto ela assente quando Tamara Dwyer exige que os policiais que atiraram em seu filho sejam mandados para a prisão "pelo resto da vida".

Arrasto o dedo pela parte inferior da tela, avançando alguns segundos para outro close de Riley, os olhos marejados, o aperto firme na mão de Tamara. Se qualquer outro repórter fizesse isso, eu pensaria que era teatrinho para a câmera, só que é Riley, e sei que o sentimento é verdadeiro, é isso que a torna tão boa. Ela se importa de verdade. Riley parece tão magoada que quero entrar no celular e confortá-la, confortar a mãe de luto também. Então me lembro: *o homem que estão desejando prender pelo resto da vida é meu marido.*

E talvez Riley *esteja* apenas fazendo o trabalho dela, então por que sinto que fui esfaqueada pelas costas toda vez que assisto a esse vídeo? Por que parece que Riley está tomando partido?

Estamos bem, Riley me enviou ontem, dois dias inteiros depois que mandei mensagem dizendo que não queria brigar, depois que quase parei de esperar uma resposta. Óbvio que não é verdade, e é por isso que não respondi. Além disso, depois daquela entrevista, o que eu poderia dizer? *Bom trabalho defendendo a ideia de que meu marido é um monstro.*

Por mais traída que eu me sentisse assistindo àquela entrevista unilateral, ainda de alguma forma me vi defendendo Riley para os Murphy quando foi ao ar.

— Riley está apenas fazendo o trabalho dela — falei com a voz branda enquanto assistíamos ao vivo na TV enorme na sala.

O fato de eu sentir a necessidade de defender Riley só me deixou mais irritada com tudo.

A voz de Matt trovejou pela sala, sacudindo as estatuetas colecionáveis *Precious Moments* de Cookie.

— Tá de brincadeira? Essa puta preta sabe bem o que está fazendo!

— Não a chame assim! — bradei de volta.

Kevin ficou de pé, fazendo as latas vazias de cerveja na mesinha tremerem.

— Ela é uma traíra. Ela me conhece, Jen. Ela me conhece e faz isso?

Ele saiu pisando duro, passando pelas portas do pátio para a noite congelante. Matt se juntou a ele, e os dois ficaram andando de um lado a outro e revezando um cigarro eletrônico para lá e para cá por horas, bem depois que fui me deitar.

Riley conhece *mesmo* Kevin? Nem eu conheço meu marido agora. Antes de nos casarmos, quando fizemos o curso de casamento na igreja St. Matthew (por insistência de Cookie), o padre Mike, que batizara Kevin quando bebê, olhou por cima da enorme mesa de cerejeira e nos pediu para contar o desafio mais difícil que tínhamos enfrentado como casal até então. Ele estava falando bem sério, mas isso não impediu que soltássemos risadinhas nervosas. Tínhamos vinte e cinco anos na época, estávamos namorando havia apenas um ano. A vida era só sexo em lugares estranhos e mensagens sacanas.

Era difícil imaginar uma época em que Kevin não me faria feliz. Eu tinha tentado me forçar a pensar em cenários que acabariam com nossa relação e não conseguira. Kevin nunca trairia, nunca me bateria, nunca me deixaria. Ele tinha um bom emprego. Ele sustentaria nossa família. Acho que todo mundo chega ao dia do casamento acreditando nessas coisas, mas com Kevin eram fatos, não desejos. Eu estava construindo uma vida sobre o alicerce dessas verdades.

O padre Mike se despediu de nós com o que ele alegou ser seu melhor conselho:

— Tentem não deixar de amar um ao outro no mesmo dia. — Ele deu uma risada incomum. — Ou melhor, tentem não odiar um ao outro no mesmo dia.

Pareceu ridículo na época. Eu nunca poderia odiar Kevin. Só que, quando não consegui engravidar, o conselho do padre Mike ganhou um significado totalmente novo. Foi quando me tornei a pior esposa do mundo, mal-humorada, raivosa, passei um bom tempo dando respostas atravessadas e velozes. Às vezes eu culpava os hormônios; mas a verdade é que eu estava infeliz e assustada e descontei tudo em Kevin porque ele estava lá, uma esponja para absorver minha hostilidade. Ele aguentou meus rompantes como uma árvore em um furacão. Permaneceu calmo, mesmo quando entramos na maior briga do nosso casamento, na véspera de Natal anterior, quando voltei para casa com o cheque da Riley. Eu o mostrei triunfante, eufórica, pronta para ligar para a clínica assim que abrisse depois do feriado. Kevin olhou para o cheque com um verdadeiro nojo e exigiu que eu o devolvesse.

— Não quero ficar em dívida com ela — gritou ele.

Eu deveria ter imaginado que Kevin reagiria daquele jeito. Ele não é um grande fã de Riley nas melhores circunstâncias. Ele acha que esconde, mas Kevin não consegue esconder nada. Então, quando diz coisas como: "Riley acha que é a bambambã, não é?" ou "você sempre faz o que Riley diz". Na maior parte do tempo, ignoro. É só ciúme. Ele quer ser a pessoa mais importante da minha vida... e é, mas Riley está em um segundo lugar bem próximo, um cenário que não deixa nenhum deles feliz.

E não havia como eu recusar o dinheiro. Deixei isso bem nítido gritando a plenos pulmões. Odeio o que falei a ele antes de sair do quarto:

— Talvez devêssemos nos divorciar e eu ter o bebê sozinha. Não sou eu que tenho a porra do problema.

Só posso culpar o rompante no fato de que meu desejo por uma criança era tão desesperado e feroz que me consumia. Isso me mudou; era como estar possuída. A velha Jen, aquela que estava sentada no escritório do padre Mike com os olhos arregalados e apaixonados, nunca teria dito aquelas palavras.

Durante toda a vida houve uma vozinha dentro de mim, lembrando-me de não querer muito. No passado eu reclamava com Lou sobre ser injusto eu não ter pai, roupas novas ou uma mãe que participasse dos eventos da escola.

— A vida não é justa. Acostume-se com isso — bradava ela para mim.

E aceitei isso, só que um bebê (um bebê saudável) parecia uma coisa razoável de se desejar. Eu não poderia invocar um pai ou uma nova mãe, mas poderia, com certeza, de alguma forma, fazer um bebê. Quanto mais parecia que Kevin estava resignado a que isso não acontecesse, mais determinada eu ficava. Mesmo que o dinheiro de Riley não fosse suficiente e eu tivesse que fazer outro cartão de crédito para compensar a diferença. Mesmo que pegar o dinheiro dela me fizesse sentir envergonhada, exposta. Mesmo que eu não quisesse que Riley pensasse que Kevin tinha falhado comigo de alguma forma. A única coisa que importava era que isso me dava mais uma chance... e aquele ciclo, ô Ave Maria, funcionara, graças a Deus. Contudo, uma parte de mim sempre se perguntará: *e se não tivesse funcionado? Se não tivéssemos engravidado, nosso casamento teria sobrevivido? Eu teria sobrevivido?*

Kevin ficou ao meu lado enquanto eu estava sofrendo e merece minha paciência agora durante o pior momento da vida *dele*, embora não seja fácil, principalmente quando ele está mal-humorado, retraído e bebendo demais. Há momentos em que quero dizer a ele a mesma coisa que Cookie me disse: "Você tem que manter a compostura". Noite passada, uma matéria do *Inquirer* o deixou fora de prumo. Tamara dera um depoimento ao jornal, convidando diretamente a ele e a Travis a irem ao funeral de Justin no sábado seguinte. "Quero que eles vejam o que fizeram", declarara Tamara.

— Eu sei o que fiz! — gritou Kevin. — Eles acham que eu não sei?

Então ele começou a confabular sobre o que o convite poderia significar ("Ela teve a intenção de fazer disso uma manobra publicitária?"), e depois ficou remoendo se deveria ir ou não, o que era uma ideia terrível. Em seguida, ficou se lamentando por completo. ("Estou tão cansado disso. Queria que tivesse sido eu a levar o tiro. Queria que tivesse sido eu.").

Olho outra vez para a tela do celular; o vídeo está pausado e o rosto de Riley está congelado no lugar. *Como você pôde?*, penso. E então: *cadê você? Eu preciso de você*. Lanço a última frase na forma de um desejo no ar antes de guardar o celular na bolsa. Espio ao redor da sala de espera. Por tantos anos odiei estar perto de mulheres grávidas, pessoas com filhos. A inveja me despedaçava. Agora, anseio pela proximidade com elas, mesmo que não tenha vontade de interagir. *Olhem para mim. Agora faço parte do clube.*

Porém, ainda estou com medo. Começo a imaginar todas as possibilidades terríveis; cenários detalhados de maneira excruciante se desenrolam em minha mente sem parar. Eu me imagino deitada no papel áspero esticado na mesa de exame, dobrando os joelhos, a enfermeira com um sorrisão no rosto espalhando a gosma gelada em minha barriga e balançando aquela varinha que parece um brinquedo sexual.

O sorriso da enfermeira então virando uma linha reta, depois ainda mais em uma carranca preocupada. Ela se ocupa guardando o equipamento, pede que eu espere enquanto vai buscar a médica. Quando a médica entra, ela pega a varinha, esfrega em minha pele e depois me olha por cima da minha barriga grande.

— Não há batimentos cardíacos. O bebê morreu.

Eu me afasto da espiral escura de pensamentos e olho para o casal de mãos dadas no canto oposto. A mulher está usando um maxivestido de lã elegante da loja cara de produtos para a maternidade que me bombardeia com anúncios no Instagram. O marido dela está com os mocassins mais brilhantes que já vi, sem dúvida indo para o trabalho em algum grande escritório de advocacia depois daqui, mas, mesmo com o trabalho exigente, ele nunca perde um compromisso com a esposa. Começo a imaginar suas vidas perfeitas quando sou surpreendida por uma voz familiar ecoando na sala de espera.

— Olha só todas essas barrigonas!

Sério?

Lá está Lou dando um gole altíssimo de um enorme copo Wawa de plástico, usando uma calça jeans preta desbotada e um moletom preto fino dos Eagles, embora esteja frio demais lá fora. Nos pés, calça o Dr. Martens desgastado que ela tem desde antes de eu nascer. Quando eu tinha doze anos, implorei por um par igual ao dela, e Lou os comprou para mim no Natal daquele ano. Não percebi que eram réplicas até que a costura amarela começou a sair das solas depois de apenas algumas semanas.

— Está fazendo o que aqui, Lou? — Nem uma única vez pensei em pedir a ela para vir comigo à consulta. Quando passei pela lista de possibilidades, minha própria mãe nem me veio à mente. — Como você sabia que eu vinha ao médico hoje?

Lou se senta e coloca o braço ao redor dos meus ombros em um estranho tipo de meio abraço, e sou sufocada por uma nuvem de cheiros rançosos: café, cigarro, perfume de ontem. O familiar *eau* de Lou faz parecer que estou no chão do armário *walk-in* dela.

— Kevin ligou e me contou da consulta.

Levo apenas um segundo para desvendar por que Kevin não mencionou... Ele estava me poupando caso ela não aparecesse.

— Tive plantão hoje cedo, então ficou fácil para eu dar um pulo aqui.

Lógico, contanto que fosse conveniente, Lou poderia aparecer. Ela está aqui há aproximadamente dois minutos e minha mandíbula já está doendo por causa da tensão.

— Você trabalhou no bar hoje de manhã? São dez e meia.

— O bar está fechado faz um mês. Te falei isso. Incêndio. Eles vão precisar reconstruir o primeiro andar todo. Dizem que foi a gordura que causou o fogo, mas você sabe que pode ser um daqueles golpes que judeu gosta de dar...

— Quê?

— Sabe, quando as pessoas ateiam fogo em algo para conseguir o dinheiro do seguro.

Olho ao redor para garantir que ninguém mais ouviu.

— Isso é ofensivo, Lou, e os donos do bar nem são judeus. São irlandeses.

Lou dá de ombros.

— É assim que o povo fala. Espero que eles reabram. Muitos dos bares da velha guarda estão sendo vendidos para os novos lugares hipsters. Lugares que nem abrem às sete da manhã... Caramba, eles não abrem até as sete da noite. Às vezes as pessoas precisam de uma bebida quando acordam, sabe? Enfim, estou desempregada até que eles terminem de consertar as coisas, então estou fazendo Uber! Eu não te disse? É ótimo. Você conhece tantas pessoas interessantes. Tipo, acabei de levar um casal para o aeroporto. Indianos. Da Índia, os das bolinhas na testa, não os das penas. — Ela aponta para a testa com o dedo indicador. — Eles tiveram um casamento arranjado e estão juntos há trinta anos. Talvez eu devesse tentar um negócio desses. Ele trabalha no negócio de diamantes e rubis, ela administra um orfanato. Eu disse a ela que minha filha estava grávida, mas quer mais bebês. Peguei o e-mail dela para você. Talvez você possa ir lá e pegar um bebê marrom.

— Não entendo por que eles te contaram tudo isso.

— Qual é, eu sou bartender há trinta anos. As pessoas me contam as coisas.

Ela cutuca minha barriga com a ponta do dedo indicador.

— Ai!

Afasto-me dela de maneira dramática, embora não tenha doído.

— Você está ficando grande.

— Obrigada.

Encaro minha mãe, analisando o rosto que virou uma película de rugas. Ela tem pouco mais que cinquenta anos, mas o cigarro e os dias na praia lambuzada de óleo de bebê custaram caro.

Ela começa a balançar a própria barriga.

— É difícil perder peso. Mais difícil do que parece. Ganhei nove quilos quando engravidei de você e ainda estou tentando perder.

Como sempre na presença de Lou, fico morta de vergonha. Dou uma olhada ao redor e fico grata por ninguém parecer estar ouvindo. O casal de ouro se foi; eles devem ter sido chamados. Graças a Deus não estão assistindo a esse espetáculo.

— Só estou dizendo para você tomar cuidado. Você não quer que Kev saia por aí e encontre algo mais desse tipo aqui, quer?

Lou pega uma revista *People*, apontando para a Kim Kardashian de biquíni na capa. Lou ama qualquer coisa sobre as Kardashians.

A enfermeira, Rita, não podia ter me chamado em melhor hora. Lou nos segue até a sala de exame como uma criança acompanhando a mãe em um passeio de compras.

— Ahh, olha esses nenenzinhos — diz Lou, olhando para as fotos de recém-nascidos presas com pregadores a varais que ladeiam todo o corredor. — Jesus, todos esses bebês parecem mestiços. Não tem nenhum bebê branco. Ah, ali está um. — Ela aponta para um bebê gorducho chamado Maddy, usando um laço rosa brilhante na cabeça careca para indicar que é menina. — É verdade o que dizem, acho, todos teremos uma só cor um dia. Muitas crianças mestiças. Vai ser bom. Tipo, se você e Riley acabassem sendo sapatonas, vocês podiam arrumar uma dessas crianças mestiças e se pareceria com vocês duas.

Lou me dá uma cotovelada e ri alto.

Rita faz uma careta, mas Lou nem se toca.

Depois de aferir minha pressão rapidinho, Rita nos deixa na sala de exame para esperarmos pela médica. Começo a vestir a camisola que provoca coceira, estranhamente inibida por minha mãe me ver nua. Ela se senta na cadeira de plástico no canto.

— Falando de Riley, tem conversado com ela? — pergunta minha mãe enquanto me esforço para fechar a camisola.

— Um pouco.

— Você viu a entrevista?

— O que você acha, Lou?

— Aquela pobre mulher, a mãe. Mas Riley estava tão bonita. Aquela pele, juro. Eu mataria alguém por aquela pele, você não? Você devia pedir umas dicas a ela.

Lou toca as próprias bochechas pálidas.

É disso que vamos falar? Isso é o que é importante? Dicas de beleza?

— Bem, por mais que Riley estivesse linda com a pele impecável, você entendeu que aquela entrevista não foi boa para nós, não entendeu, Lou? Você não está entendendo o problema. — Estou praticamente gritando; a paciente na sala ao lado provavelmente me ouve através das paredes finas.

— Mas Riley estava fazendo o trabalho dela. Ela está na TV. Ela faz o que precisa fazer, como a Kim e a Khloe.

— Sério? A Riley não é atriz, e nem as Kardashians.

— Ah, elas são, sim. Aquelas garotas deviam ganhar um Oscar pelo que fazem. E Riley tem que fazer o que faz com aquele trabalho chique dela, porque do contrário não vão pagar um monte de dinheiro.

— Ela é minha melhor amiga. Devia estar zelando por mim.

— Olha, eu amo a Riley, mas vocês não passaram muito tempo juntas nos últimos quinze anos. Vocês são pessoas diferentes agora. Gente rica não pensa em pessoas como a gente do mesmo jeito.

— A Riley não é rica! Além disso, Lou, talvez você devesse focar em mim, na sua *filha*. Que tal perguntar como eu estou?

Enfim Lou faz cara de quem tomou bronca.

— Já te perguntei isso.

— Perguntou nada.

— Bem. Como você está?

— Estou bem. Eu só queria que Kevin pudesse estar aqui hoje.

Em vez de você. E é óbvio que não estou bem, mas nunca confidenciei nada para minha mãe e não vou começar agora.

— E cadê ele?

— Está em... em reuniões.

Não me estendo no assunto. Não tem por que eu me dar ao trabalho de dar detalhes a Lou, e posso imaginar a reação dela se eu contasse que ele está em uma consulta com um "médico da cabeça", como ela os chama. Na cabeça de Lou, a única coisa mais ridícula e inútil que terapia é cigarro eletrônico.

— Bem, você precisa de um bom advogado, com certeza. Arruma um daqueles caras dos outdoors da rodovia noventa e cinco. Eu queria ter dinheiro para te dar.

Lou ergue a sobrancelha fina. Ela sempre as arrancou até fazer um arco fino que parece ter sido desenhado por um cartunista satânico.

— Está tudo bem. Cookie e Frank estão pagando.

Esse comentário com certeza dói, e sinto uma pontada de satisfação. Desde que Kevin e eu nos casamos, Lou tem uma estranha competição com Cookie, que acontece em alfinetadas passivo-agressivas. Lou não gosta de jogar para perder, mesmo que ela não tenha tentado ser boa no jogo.

— Bem, então tá, ótimo. Essa bagunça vai ser resolvida, tenho certeza.

Há uma pausa na conversa, e nós ficamos ali sentadas ouvindo o relógio tiquetaquear. Que tipo de pessoa não tem nada a dizer à própria mãe? A decepção toma conta de mim. Minha mãe devia estar toda animada, despejando conselhos e tagarelando sobre planos. Quando contei a ela que estava grávida na primavera passada, tudo o que ela disse foi: "Bem, vamos ver se vinga dessa vez, filhota. Talvez não seja seu destino".

— Esses médicos demoram pouco, hein?

Lou pega o prontuário que Rita deixou na bancada.

— Não acho que você deva olhar isso — comento.

Não faço ideia se é regra, mas parece uma.

— Bem, não vejo por que não. São os seus prontuários. Você tem o direito de saber o que dizem, não é? Então, vamos ver aqui... — Ela afasta o papel do rosto como se estivesse com dificuldade para ler. — Garoto Murphy. Ele é fofo.

Lou segura um ultrassom e continua a falar, sem se dar conta. Tudo o que ouço é meu batimento cardíaco acelerado.

Um garoto.

Um garoto.

Um garoto.

— Jesus Cristo, Lou!

— Ah, merda. — Lou percebe o que fez e tem a decência de parecer envergonhada. — Eu não...

— Você não lembrou que queríamos que o gênero do bebê fosse surpresa?

Uma raiva pura e absoluta surge em minhas entranhas e sobe até a cabeça com tanta pressão que é capaz de explodir. De todas as merdas que Lou fez, essa pode ser a pior. Óbvio que ela arruinaria o que deveria ser um dos melhores momentos da minha vida, uma das únicas coisas felizes que tenho agora.

— Desculpe, eu nem estava pensando...

Não consigo ouvir nem mais uma palavra. Ergo a mão para impedir que ela continue falando e me deito na mesa de exame para assimilar a notícia. *Terei um menino.*

Riley e eu de início tínhamos considerado o nome Jackson para um menino, Jack como apelido. Para uma garota, Adeline, Addy como apelido. Só que Kevin tinha apenas um nome em mente para um menino: *Chase*. De repente, neste momento, não consigo imaginar meu bebê sendo chamado de outra forma.

Saber que é um menino, que é Chase, torna isso real de uma maneira nova e aterrorizante, e todas as piores hipóteses me ocorrem de novo. Felizmente, há uma batida forte na porta nesse momento, e a dra. Wu entra, com um ar de eficiência acolhedora e propósito ativo.

— Oi — cumprimenta ela, hesitante.

Fica nítido que sente a tensão. Ela lança um olhar para Lou, incerta do relacionamento dela comigo.

— Oi, dra. Wu. Essa é minha mãe, Louise. Kevin teve uma reunião.

Duvido que a dra. Wu não saiba o que está acontecendo com Kevin, mas o rosto dela não entrega nada. Ela estende a mão para Lou e a parabeniza.

— Avó de primeira viagem?

— Sim. Graças a Deus! Um netinho!

Confusa, a dra. Wu me olha. Ela sabe que era para ser surpresa.

— Minha mãe viu o prontuário. Ela acabou estragando tudo sem querer.

— Estragando tudo? Ora, você ainda vai ter um bebê. — Lou soa como uma adolescente na defensiva. — E assim você pode planejar. Surpresas são superestimadas. Você foi uma surpresa, e eu chorei por três dias inteirinhos.

A dra. Wu solta uma risada amistosa e então direciona todo o foco e atenção em mim como se eu fosse a única coisa que importasse para ela. É por isso que amo minha médica: ela olha nos olhos, fala com a pessoa como se tivesse todo o tempo do mundo, como se não houvesse outras quarenta mulheres na sala de espera.

— Como está se sentindo? — pergunta ela.

Como se eu quisesse assassinar a mulher que me deu à luz, mas não é isso o que digo; o que digo é:

— Vou ter um menino.

Como se estivesse dando a notícia para a dra. Wu.

— É, parece que esse mistério acabou. Você vai, sim. — Ela soa feliz por mim de verdade. — Então vamos conferir tudo e ver como ele está aí dentro.

Ela pega o aparelho de aferir a pressão.

— Rita já checou isso.

— Eu sei. Só quero conferir de novo.

Observo a Dra. Wu enquanto ela marca os números, a braçadeira do meu braço apertando cada vez mais. Juro que a vejo franzindo a testa quando a remove devagar e saca a fita métrica do jaleco. Ela abre a camisola fina para expor minha barriga cheia de veias, coloca a ponta da fita bem embaixo dos meus seios e a enrola para baixo e em toda a barriga para medir o crescimento do útero, o crescimento do bebê. Antes de engravidar, pensei que faria um ultrassom em cada consulta, que estaria constantemente espiando dentro do meu útero, vendo o bebê balançar e acenar, mas acontece com pouca frequência. Eu me pergunto se haveria mais desses exames se eu tivesse um plano de saúde melhor. Não adianta nem perguntar.

— Vamos conferir as batidas do coração.

Ela está *sim* franzindo a testa. Agora tenho certeza. A dra. Wu não está animada como de costume. Paro de imaginar o pior e começo a rezar pelo melhor. *Por favor, que ele esteja bem. Por favor, que ele esteja bem. Por favor, que ele esteja bem.* Fecho os olhos com força enquanto a doutora esfrega o gel na minha barriga.

— Está muito gelado?

A dra. Wu interpreta errado o fato de eu me encolher.

— Não, tudo bem.

Não vai ter batimento. É isso. O bebê está morto. Meu bebê está morto, e isso é exatamente o que merecemos. Vingança. Carma. Justiça.

Sinto muito. Sinto muito. Sinto muito.

A sala está silenciosa, exceto pelo meu próprio batimento cardíaco retumbando; o barulho do escritório ocupado do lado de fora da porta desaparece.

Olho para Lou em busca de um porto seguro. Minha mãe está digitando no celular, inconsciente dos sinais de que algo está errado.

E lá está: aquele som reconfortante, *tum-tum, tum-tum, tum-tum,* o som de um cavalo de corrida galopando pela linha de chegada.

O coração do Passarinho, do Chase, está forte como sempre. Tento me concentrar no ritmo constante, prestar atenção ao momento.

Ele está vivo.

A dra. Wu parece confusa, e percebo que falei isso em voz alta. "Ele está vivo."

— É lógico que sim. Ele está se desenvolvendo bem.

A dra. Wu já me acompanhava quando todos os abortos aconteceram, então entende minha sede pelas garantias e a satisfaz com paciência. Eu talvez até a considerasse uma amiga se fosse possível ter esse tipo de relacionamento com a profissional que tem um conhecimento tão íntimo do funcionamento interno de nossa vagina.

A médica se aproxima com o banquinho; nossos joelhos estão quase se tocando.

— Como está se sentindo, Jen? Como está se sentindo de verdade? — A voz dela está cheia de preocupação.

— Estou cansada.

— Está dormindo?

— Não muito.

— E você tem estado mais estressada que o normal.

Mais uma constatação que uma pergunta.

— É.

— Vou ser sincera, mas não quero que você entre em pânico.

— Acabamos de ouvir o coração dele. — Minha pele parece estar sendo pinicada por mil agulhas pequenas. — É... Ele está forte.

Chase está forte.

A dra. Wu segura minha mão.

— Sim, ele está. Estou mais preocupada com você, Jenny. Sua pressão está alta, seus pés e dedos estão inchados. Você percebeu?

Confirmo com a cabeça.

— E sabe o que significa?

Sei. Pesquisei todo sintoma de gravidez possível para descobrir o que é bom, o que é ruim, o que é insignificante. Estou consciente de todas as enfermidades e desastres.

— Estou com pré-eclâmpsia.

— Não sabemos disso ainda, mas estou preocupada. Estou preocupada o suficiente para querer conferir mais algumas coisas. Pode ser que tenhamos que te colocar de repouso pelo resto da gravidez. Quando mães apresentam essa complicação, os bebês podem vir mais cedo, e não queremos isso. Queremos que ele tenha pelo menos trinta e seis semanas, então vamos mantê-lo quietinho aí dentro até lá. Está bem?

— É estresse? É causado por estresse?

Até fazer as perguntas faz meu coração voltar a bater acelerado. É um ciclo vicioso, estresse sobre estresse.

— Não exatamente. Às vezes é genético, às vezes só acontece, mas o estresse pode ser um fator, pode aumentar a pressão sanguínea e às vezes exacerbar outros problemas. — A dra. Wu se afasta e começa a mexer nos armários lustrosos. — Vou te dar uma injeção de esteroides que ajudará os pulmões do bebê a se desenvolverem mais rápido. Só para garantir.

Há uma mancha marrom de infiltração no teto. Eu me concentro nela, tentando determinar se parece mais uma palmeira ou um abacaxizeiro enquanto a dra. Wu enfia a agulha na parte carnuda superior do meu braço. Ainda estou irritada com minha mãe, mas também gostaria que ela chegasse mais perto da mesa e acariciasse minha testa do jeito que Gigi fazia quando eu estava doente. Só que Lou não é de tocar, nunca foi, pelo menos não em mim. A dra. Wu deve conseguir sentir minha necessidade de conforto humano, porque, depois de aplicar a injeção, passa a mão de leve pelo meu cabelo, afastando-o do meu rosto.

— Vamos continuar acompanhando de perto, está bem? Vou te mandar para a radiologia para fazer um ultrassom. Eles devem conseguir te encaixar em uma hora. A sua mãe vai ficar com você?

Nós duas olhamos para Lou, a pele clara dela mais pálida do que o normal agora que foi chamada à ação.

— Posso ficar.

A dra. Wu assente em aprovação.

— Vou te deixar se vestir. Rita vai vir com o pedido do ultrassom, e aí você pode descer.

Quando a doutora abre a porta, vejo a linda mulher da sala de espera saindo do banheiro com a camisola fina, o rímel que escorreu marcando o rosto dela. Quando nossos olhares se encontram, tenho a sensação de que ela me vê como a sortuda do dia.

Lou me entrega minhas roupas.

— Não é justo. Todo esse estresse enquanto você está grávida.

— É, bem, não é isso que você sempre me disse, Lou? Que a vida não é justa?

Lou não responde enquanto me visto. Porém, é verdade, nada disso é justo. Fiz tudo certo. Li todos os livros, fiz todos os estúpidos exercícios respiratórios, tomei todas as vitaminas. Eu me esforcei tanto para isso, queria tanto. Cheguei até aqui e não posso deixar que tirem isso de mim. Em minha mente, uma apresentação de slides acontece: abóbora-manteiga, abacaxi, moranga... então um bebê.

— Olha, é a Riley.

Quase perco o equilíbrio e tropeço em uma das pernas da calça jeans.

— Do que você está falando?

— Seu celular vibrou. Aqui.

Lou o enfia na minha cara, sem se importar com o fato de que não devia estar futricando meu celular.

Lá está, bem na tela: Riley. A última pessoa de quem espero ouvir notícias. Termino de me vestir antes de mexer no celular com as mãos suadas.

Ei, está na minha agenda que sua consulta é hoje.

Espero que esteja tudo bem.

— O quê? O que ela disse? — pergunta Lou.

— Nada. Vamos.

A mensagem de Riley e o fato de que ela tem todos os meus compromissos na agenda são uma surpresa. Uma boa. Óbvio, Riley teria vindo comigo hoje se... se tudo fosse diferente. Então por que estou irritada? *"Espero que esteja tudo bem?" Bem, não está. Meus níveis de estresse estão muito altos, e isso pode machucar meu bebê, e você está do lado das pessoas que querem prender o pai dele para sempre.*

— Você está bem?

Lou está se apressando para acompanhar o ritmo enquanto praticamente corro para o elevador.

— Não, Lou, não estou bem. Você ouviu o que a médica disse? Eu posso ter pré-eclâmpsia. É perigoso, sabe? — retruco com irritação, e minha voz ecoa pelo corredor.

A outra mulher esperando pelo elevador me olha como se eu tivesse perdido a cabeça. Eu sei que deveria estar envergonhada, mas não estou, e não me sinto mal quando Lou dá um passo covarde para trás como se fosse um cachorro que acabei de chutar.

— O que é isso? — pergunto, vendo algo na mão de Lou. Minha mãe segura uma imagem de ultrassom. — Que droga é essa? Você roubou isso do prontuário?

Lou sorri.

— O quê? Eu queria. Você não ia me dar uma mesmo. É o meu neto.

Ela olha para a foto com tamanha adoração que sou tomada por uma esperança passageira. É possível, há uma chance de Lou ser uma avó melhor do que foi mãe? Fico com raiva de mim mesma por sequer me permitir sentir essa esperança.

— Me dá.

Estendo a mão, e Lou entrega a foto. Traço o dedo pela sombra escura. Agora sei o que devo procurar, consigo enxergar o pintinho dele.

Chase.
Chase.
Chase.

Um mantra e uma oração.

Capítulo sete

Riley

Tem um garoto naquele caixão.

Mesmo com a foto de Justin ampliada em um cavalete atrás do caixão, é quase impossível acreditar que há uma criança ali dentro, um pequeno corpo preso em uma caixa de madeira que logo será enterrada sob camadas e camadas de terra.

A cada pessoa que falava, tentei assimilar isso. Olho para os olhos de Justin na foto. Essa imagem é menos encenada do que o retrato oficial da escola que Tamara deu à mídia, aquele em que ele parece estar tentando ser adulto e sério e não sorrir. Na foto de hoje, o cabelo dele está mais comprido, um corte disfarçado se transformando em um *black power*. Ele parece vulnerável, feliz, com um adorável sorriso bobo aberto o suficiente para mostrar o espaço do tamanho de um canudo entre os dois dentes da frente. Como o caixão, não suporto olhar para a foto por muito tempo, ou para a sala cheia de rostos tristes. A única outra escolha é olhar para meu colo. De acordo com o cronograma, o próximo a falar, agora subindo no pódio, é o último. É um menino, um pouco mais novo que Justin. Eu o lembro de vê-lo na sala de Tamara. Ele sobe os poucos degraus para a plataforma elevada, aproxima-se do pódio que fica em frente ao caixão. Com a voz trêmula, ele se apresenta como Malik, um dos primos de Justin.

— Ele tem muitos primos, mas eu sou o favorito. — Ele dá uma risadinha nervosa com a piada obviamente planejada, e há risinhos espalhados pelo salão, centenas de pessoas de luto gratas por terem um momento de leveza ao qual se agarrar. — Não sei o que dizer... Então vou ler um poema que Justin escreveu para a aula de inglês.

Ele alisa um pedaço de papel no pódio com uma das mãos, depois com a outra. Ele fica pelo menos dois centímetros mais alto quando inspira. Sua voz vacila outra vez quando ele começa a ler:

O que você vê ao me ver?
Já decidiu quem posso ser?
Você poderia me conhecer se tentasse
E tudo o que levo aqui dentro se mostrasse
Também sou feito de sangue, osso e músculo.
Como pode dizer que perto de você sou minúsculo?
Tenho tantos sonhos, mesmo nesta idade.
Não me prenda numa cela, me conceda liberdade.
E veja o que posso fazer.

Mordo a ponta da língua quando a voz de Malik falha na última frase, escrita por um garoto reivindicando o futuro com orgulho, um futuro que lhe roubaram de maneira tão cruel. "E veja o que posso fazer." Olho ao redor agora para os rostos aflitos, e meu olhar se fixa em Tamara. A mãe de Justin está apertando um lenço de papel bem forte. Fora isso, ela olha bem para a frente, sem chorar, estoica. Conheço esse olhar. Eu o vi no rosto de Gigi e de muitas outras senhoras da igreja, às vezes até mesmo no de minha própria mamãe; era o olhar de mulheres que resistiram a muitos golpes brutais, cujas cicatrizes se endureceram em uma armadura de determinação feita de aço. "Ora, não adianta ficar chorando." Quantas vezes Gigi me disse isso, depois de eu ter perdido alguma corrida ou me apaixonado sem ser correspondida? Não tem sido o mantra das mulheres negras por gerações? Que escolha temos a não ser seguir em frente logo?

Vejo Malik retornar ao lugar, enxugando o rosto de modo disfarçado, e tenho que engolir em seco com a visão dolorosa. Ele se aproxima e praticamente cai no colo de Tamara para receber um abraço, deixando uma mancha escura de lágrimas na blusa dela. Wes estende o braço e envolve o corpo frágil de Tamara. Os Dwyer estão sentados em uma longa linha na primeira fileira, todos se tocando, dando as mãos, apoiando-se em um ombro, abraçando-se. Teria sido bom ter o braço forte de Wes me confortando, ou ter a mão de alguém para segurar. Shaun deveria ter vindo comigo hoje, mas ele tinha um trabalho que não podia perder.

O pastor Price é a outra pessoa que eu esperava que viesse, mas ele concordou que o ministro da igreja local da família dirigisse o culto.

Lembro a mim mesma que, de qualquer forma, estou aqui para trabalhar e faço algumas anotações no bloco de notas. A última frase do poema será a cena de abertura ideal para a matéria de hoje à noite. Anoto uma sugestão para a sala de edição mais tarde e começo uma lista mental de outros takes complementares que podem funcionar. Isso é mais fácil, ser uma "repórter" em vez de uma "enlutada". Focar no trabalho me ajuda a deixar de lado a tristeza complicada. É um privilégio estar aqui. Tamara autorizou minha presença, e quero ser digna. A princípio, ela dissera que queria que o funeral fosse pequeno e privado, e, embora eu vá longe por uma história, convencer uma mãe em luto a permitir uma equipe de filmagem no funeral do filho teria sido passar dos limites. Então, alguns dias atrás, quando liguei para saber se ela precisava de alguma coisa (juro que minhas motivações eram inocentes), ela perguntou se eu achava que faria diferença se as pessoas vissem o funeral, se ela o abrisse ao público.

— Eles vão se lembrar dele? Só por um pouco mais de tempo? — indagou Tamara. — Todas as hashtags, cartazes e camisetas. Camisetas! Gosto do apoio, mas está chegando ao ponto de nem ser mais sobre Justin. E a violência, os saqueamentos, os incêndios. Ele não ia querer isso.

Os manifestantes se reúnem toda noite nos degraus do Museu de Arte, e houve outra marcha espontânea pela rua Broad hoje de manhã em virtude do funeral. Tudo permaneceu pacífico dessa vez, mas as exigências de responsabilização por parte da polícia estão aumentando, juntamente com as tensões. Ela está certa... A coisa parece muito maior do que Justin agora.

— Talvez ser parte do funeral permita que as pessoas se curem. Talvez ajude o foco a voltar para Justin — adicionou ela.

— É. Parece que a cidade toda está sofrendo, e acho que as pessoas gostariam da oportunidade de estar ao lado de vocês, compartilhando o sentimento. A história do Justin chamou a atenção das pessoas aqui na Filadélfia e além, e elas querem se juntar a vocês para homenageá-lo. Seu filho não é outra vítima — falei para ela. — Ele é Justin, e é importante que o público veja isso para poder se importar com ele como indivíduo. A única maneira de a mudança acontecer é se as pessoas se importarem.

Afinal, é muito fácil para as pessoas se anestesiarem com as tragédias a ponto de começarem a ignorar as manchetes. "Tá, tá, outro garoto negro morreu, quem era esse mesmo? O de St. Louis? De Baltimore?".

Não pude deixar de adicionar a parte seguinte:

— Eu ficaria honrada em cobrir o funeral, se for da sua vontade.

No fim das contas, Tamara decidiu abrir o memorial ao público. Alguns dias depois, ela até emitiu uma declaração pública convidando Kevin e o parceiro, Travis Cameron, mas eu não acreditava que eles ousariam aparecer. Fiquei perplexa por ela os convidar. Para fazê-los se sentirem mal? Serem forçados a algum tipo de acerto de contas público? Apesar do fato de que o espetáculo de suas presenças fosse garantir boa audiência, fico aliviada por eles terem tido o bom senso de não comparecerem, e imagino que ela também esteja.

Eu era a única repórter autorizada a entrar, junto com Bart, para filmar. Scotty literalmente fez um "toca aqui" para mim quando dei a notícia, e, na reunião, Candace Dyson me parabenizou com um "bom trabalho, garota" com o tom mais acolhedor que usara desde que comecei a trabalhar na KYX. Era bastante indecoroso comemorar a autorização para comparecer ao funeral de um menino, mas nesse ramo vitórias profissionais muitas vezes estão ligadas à tragédia de outra pessoa. Conseguir é conseguir, e acabamos nos acostumando com as linhas tênues. Eu tive um ex-chefe que brincava dizendo: "Por trás de cada prêmio Peabody tem um genocídio".

Para acomodar a multidão, a família mudou o culto da pequena funerária no bairro para o ginásio da escola de ensino médio do Strawberry Mansion, onde Justin começara o nono ano em setembro. É sábado, e o time de basquete do colégio vai jogar aqui hoje à noite, os tênis chiando no chão encerado, as arquibancadas cheias de torcedores entusiasmados, o cheiro de pipoca e refrigerante no ar. Vai parecer um lugar completamente diferente, não mais o lugar onde um menino jazia em um caixão bem em cima do símbolo do mascote no meio da quadra.

A banda da escola, na qual Justin tocara trombone, se reúne no palco. Eles começam uma versão instrumental de "Rise Up" de Andra Day. Três meninos adolescentes, envergonhados e sérios, se alinham de um lado do caixão, e Malik, Wes e outro homem do outro lado. O caixão pende para o lado dos garotos. Eles não são fortes o suficiente para mantê-lo reto enquanto a procissão desce pelo tapete vermelho, que foi estendido no chão brilhante do ginásio, formando um corredor entre as fileiras de cadeiras dobráveis. Os meninos são quase tão altos quanto os homens, à beira de se tornarem adultos, como Justin, garotos negros prestes a se tornarem homens negros, um rito de passagem repleto de perigos. Muito em breve esses doces garotos serão vistos como ameaçadores e assustadores, como intrusos em locais que certas pessoas sentem que não são os lugares deles, como pessoas que merecem ser questionadas, ou confrontadas, ou mesmo mortas por causa da cor da pele que têm.

Ninguém pede à multidão que fique de pé, nós nos levantamos por conta própria, observando o caixão se mover pelo corredor improvisado até o carro funerário que espera do lado de fora. Quando a madeira brilhante passa a poucos centímetros de mim, luto contra a vontade de estender a mão e tocá-la. Wes faz contato visual comigo e dá um aceno solene com a cabeça. Aceno de volta e espero que, com apenas um segundo de troca de olhares, eu consiga comunicar tudo o que deixa meu coração pesado.

Tamara segue atrás do caixão, de cabeça baixa, como se fosse preciso toda a força para colocar um pé na frente do outro. Um pequeno grupo de amigos próximos e familiares enterrarão Justin em uma cerimônia particular no cemitério Laurel Hill... longe dos holofotes e do olhar da mídia, um momento tranquilo para dizer adeus.

Bart se aproxima de mim, a câmera de quase catorze quilos pendurada em seu ombro robusto.

— Onde quer que eu fique agora?

— Vamos conseguir uns takes extras da multidão e close-ups de alguns rostos, se puder. Isso deve ser suficiente.

A matéria passa pela minha mente: a cena de abertura de Malik, então um corte para o público para mostrar a quantidade considerável de gente, o caixão sendo levantado por seis pares de mãos, então corta para um close-up de Tamara. Enquanto passo mentalmente pelas cenas, garantindo que cobrimos tudo, olho para cima e para a multidão cada vez menor, um mar de costas fluindo aos poucos em direção aos dois conjuntos de portas duplas na saída do ginásio.

Uma mulher branca com grandes óculos escuros caminha depressa ao lado da parede dos fundos. Seu cabelo está penteado para trás em um rabo de cavalo molhado.

Não pode ser. Não pode ser ela. Pisco algumas vezes para ver se estou enxergando direito. *É ela.* Conheço esse andar. Não há dúvidas, é Jen. Há quanto tempo ela está aqui? Ela me viu durante o culto?

O hábito de uma vida inteira me faz começar a ir atrás dela. Eu me contenho. E se Bart me visse conversando com Jen e começasse a fazer perguntas? Ou pior, o que Tamara pensaria?

Eu sabia que nem Kevin nem Travis teriam coragem de vir, mas Jen? Nem pensei nisso. Além do choque inicial, não sei como interpretar o ato. Por um lado, suponho que seja razoável, até legal, que ela queira prestar condolências. Também é corajoso pra caramba... Se a multidão, composta em sua maioria por rostos negros, tivesse alguma ideia de que ela estava aqui, seria fácil "o caldo entornar", como diria Gigi. Por outro lado, não consigo me livrar da sensação incômoda de que Jen não deveria ter vindo. Tento afastar o pensamento antes que ele crie raízes, mas aí está: *seu lugar não é aqui.*

Fixo o olhar em suas costas enquanto ela segue pelo corredor. Quando está prestes a chegar às portas, Jen se vira, levanta os óculos escuros e faz contato visual comigo, como se soubesse exatamente onde eu estava o tempo todo. Seus olhos estão vermelhos e fundos, vazios. Nós nos encaramos por um momento que se estende a fio. Por fim, ela ergue a mão, como um aceno, então sai antes que eu possa decidir acenar de volta ou não.

* * *

Dois dias depois, a imagem de Jen no funeral (a angústia nítida em seu rosto) ainda me assombra. Alterna com imagens do caixão e de mãos negras segurando alças de bronze, os dedos de Tamara rasgando um lenço esfarrapado. Só que tenho que me livrar disso, tenho que colocar a cabeça no lugar.

Quando vejo a casa (quer dizer, a enorme mansão), lembro dela. A fachada de pedra branca brilhante e os dois leões de ferro ladeando a porta da frente. Eles me assustaram quando eu era criança e viemos aqui no Dia das Bruxas. Meus pais nos trouxeram para Rittenhouse depois que Shaun e eu imploramos porque ouvimos que este bairro tinha os melhores doces: Snickers em tamanho real. Inclusive houve um boato de que as pessoas estavam dando até dinheiro.

Todos esses anos depois, estou passando pelos leões e subindo as escadas de mármore, vestida não com uma fantasia de repórter, mas como uma de verdade. Não conheci a família que morava aqui antes, nem sei se é a mesma agora, só sei que é a casa de uma pessoa obscenamente rica.

— Com licença, moça, você poderia guardar meu paletó?

Mal entro no hall de entrada e estou muito distraída com o papel de parede que parece ser feito de pelo de pônei de verdade, sem contar o quadro Basquiat pendurado no final do corredor, para me dar conta do que o homem está dizendo.

Eu me viro e um cara branco, da minha idade, vestindo uma camiseta rosa choque por baixo de um paletó, está estendendo a jaqueta do terno para mim. Aí compreendo.

— Como é que é?

Eu fico o encarando, forçando-o a admitir o erro.

— Desculpe. Pensei que você trabalhasse aqui. Eu não quis dizer... Merda. Desculpe mesmo. É a roupa.

Eu tinha sim tirado o casaco e estou usando calça e um suéter, ambos pretos. Só que não, não é a roupa.

— Tudo bem — respondo. — Sou repórter.

Por que estou dizendo a ele que tudo bem? Por que estou justificando minha presença neste lugar? Porque quero que ele vá embora. Quero que este momento esquisito acabe para que eu possa fazer o que vim aqui fazer. Ele se desculpa de novo e se apressa na direção da multidão na sala de estar, que é quatro vezes maior que todo o meu apartamento, e infinitamente mais opulenta. Pego um copo de água com gás de um dos garçons. Champanhe seria melhor (para evitar que eu dê meia-volta e saia pela porta, vá para casa e me enfie na cama), mas não bebo enquanto estou trabalhando. Isso com certeza acalmaria meus nervos, porém, e ultimamente estou nervosa com tudo, à beira do abismo, os pensamentos sombrios como mãos se estendendo para me sugar para dentro da areia movediça. Esta é sempre a parte mais assustadora da depressão, o limite do pânico em que se pensa: *Se eu conseguir mantê-la sob controle, evitar que suas garras me imobilizem, ficarei bem.* O medo da queda é muito pior do que o fundo, porque, uma vez que se solta, uma vez que adentra a escuridão, há um conforto em se entregar. É mais fácil que a luta. Contudo, ainda sinto que posso me afastar da margem do precipício. É por isso que tenho me forçado a correr todas as manhãs, por isso fui à igreja no fim de semana de novo... na semana passada também, para a surpresa e deleite da minha mãe.

Olho ao redor da sala. Esta não é a minha ideia de divertimento: um evento de angariação de fundos pomposo com um monte de pessoas ricas fazendo uma boa ação para o trimestre, mas a assistente de Sabrina Cowell insistiu que era a hora disponível no calendário dela esta semana e, se eu quisesse ter cinco minutos a sós com a promotora, eu precisaria dar uma passada por ali. E eu precisava ao extremo ficar cara a cara com a mulher se quisesse conseguir uma entrevista ao vivo. Ainda sentindo a euforia da entrevista com Tamara, eu tinha mencionado, de modo um tanto impulsivo, em nossa reunião diária de notícias, que meu objetivo era entrevistar a nova promotora arrivista da cidade. Quando Scotty se virou para mim e disse "vá atrás disso", aquilo foi de uma ideia experimental a uma ordem antes mesmo de eu fechar a boca.

— Riley. — Ouço meu nome pontuado por dois tapinhas no meu ombro. — Sou Amina, a chefe do gabinete da promotora pública. Teve algum problema para entrar?

A jovem tem um porte minúsculo e a energia de um beija-flor, a cabeça indo da direita para a esquerda, observando os arredores e os dedos passando pela tela do iPhone, enviando uma mensagem enquanto também fala comigo.

— Nenhum — minto, engolindo a microagressão sofrida, como já fiz mil vezes antes.

— Obrigada por arranjar um tempinho. A agenda da Sabrina está lotada agora.

Não tão cheia que ela não consiga dedicar um tempo a socializar com os presentes na sala, como a vejo fazer, jogando conversa fora e comendo canapés com a elite endinheirada da Filadélfia, que será fundamental para financiar a campanha dela para prefeita.

Amina continua a digitar palavras no celular na mesma velocidade com a qual as fala:

— Vou apresentar a Sabrina... compartilhar a história dela, então ela vai falar por mais ou menos dez minutos. Ela vai aceitar cumprimentos, tirar selfies, pegar alguns cheques e então você terá dez minutos com ela.

— Ela sabe que estou aqui?

Pela primeira vez desde que começou a falar comigo, Amina enfim me olha.

— A promotora Cowell sabe de tudo.

Cato outra taça de água com gás enquanto Amina vai até a frente da sala e pega um microfone. Depois de dois toques altos para testar o som, ela começa a falar:

— Quando me graduei na Universidade Georgetown há cinco anos, pensei que queria ficar em Washington e ser de serventia para a Colina do Capitólio, aí li sobre Sabrina Cowell e soube que queria trabalhar para ela, então escrevi uma carta de fã do nada dizendo o quanto eu admirava a carreira dela, e ela disse: "Bem, então venha trabalhar para mim". Foi a melhor coisa que me aconteceu. Então, obrigada, Sabrina, por dar chance a uma completa desconhecida que te mandou uma DM. — Ela faz uma pausa para as risadas ecoarem. — Muitos de vocês aqui hoje já ouviram a história da minha chefe, mas é tão boa que vou contar de novo. Sabrina Cowell foi criada aqui na Filadélfia, em uma das casas populares na rua Tasker. Ela frequentou o Ensino Médio Masterman, recebeu uma bolsa de estudos integral para a Universidade Tulane e depois para a universidade Penn para fazer direito, tornou-se uma das mulheres mais jovens e a primeira mulher negra a fazer parte do Johnston Carruthers. Contudo, a vida corporativa não combinava com ela. Dinheiro demais, tempo de menos. Todos vocês conseguem entender bem isso, não é?

A multidão soltou risadinhas, concordando.

— Ela encontrou um lar na firma Gardner & Jones, na qual trabalhou em casos de direitos civis *pro bono* contra a força policial com tenacidade sem igual, mas mesmo assim... não era suficiente. A mudança só acontece nesta cidade se você estiver do lado de dentro. Então ela desafiou a velha guarda, percorreu o caminho difícil e os deixou comendo poeira. Por favor, deem as boas-vindas à promotora da Filadélfia, Sabrina Cowell.

Sabrina dá uma corridinha e pega o microfone de Amina depois de um abraço longo e, ao que parece, genuíno. A multidão fica em silêncio enquanto chegamos mais para perto dela. Fica nítido de imediato (antes mesmo de ela falar) que Sabrina é uma daquelas pessoas que parecem ter um campo de energia ao seu redor, atraindo os outros para ela como um ímã, todas as características de uma grande figura política... ou a líder de uma seita.

Analiso a força total do cabelo de Sabrina, que é exatamente isto: uma força. Uma auréola maciça de cachos naturais fechadinhos. Se eu não tivesse começado a relaxar meu cabelo no oitavo ano, se eu não fosse viciada no "crack químico" e no horário fixo certinho com a cabeleireira a cada doze semanas, eu gostaria que meu cabelo fosse exatamente como o dela. Eu também adoraria conseguir usar um batom magenta vívido como ela, mesmo que minha mãe insistisse que o tom chamativo fosse reservado para as "assanhadas".

Sabrina observa a sala antes de começar a falar:

— Muita gente não sabe que minha avó costumava limpar casas aqui. Nesta mesma rua. Caramba, talvez até esta casa. E quem poderia imaginar que um dia a neta dela estaria aqui fazendo todos vocês me pagarem, sem espanar nem polir coisa nenhuma. — Uma pausa. — Eu não.

"Todo mundo ama a história que Amina contou sobre mim. Menina pobre da periferia consegue a boa. É o mito todo-poderoso do excepcionalismo pelo qual as pessoas ficam ávidas, assim podem usá-lo para validar as possibilidades de o pobre ficar rico nos Estados Unidos. Se essa garota negra fez isso, então todos os outros também podem fazer. Então, se alguém não faz, ou não consegue fazer, deve ser uma falha pessoal. Não importa o monte de problemas sistêmicos que vão contra as pessoas (pessoas marrons, pessoas pobres), todas as barreiras e desvantagens que sustentam o jogo como ele é nesta cidade e neste país tão nivelado quanto uma gangorra com uma bigorna em uma ponta e o sonho americano na outra. Temos que tirar essa bigorna, pessoal, e foi por isso que eu quis ser promotora pública e por isso estou considerando concorrer à prefeitura."

Ela faz uma pausa enquanto a multidão aplaude (o cara que me estendeu o paletó assobia alto), e então continua:

— Todos vocês querem mudança, vocês se veem como defensores da justiça social, certo? Do contrário não teriam pagado quinhentos dólares para estarem aqui hoje. Aliás, obrigada por isso. — Ela dá uma risada profunda e rouca. — Só que ainda que votar seja importante, as mudanças pessoais e a responsabilização importam também. Vocês acham que o racismo é muito horrível, querem nivelar as regras do jogo que mencionei, mas estão dispostos a reconhecer o quanto se beneficiam da supremacia branca? Que cada sistema social, político e legal neste país é construído e mantido por pessoas brancas, com base na ideia do poder branco, e isso permite que vocês se movimentem pelo mundo com uma confiança básica em seu senso de segurança, oportunidade e respeito. Que, como pessoas brancas, vocês estão automaticamente associados a tudo o que é bom, certo e "normal", e as experiências e o valor de todos os outros são mensurados a partir disso. Mil livros, filmes e aulas na escola lhes disseram que era verdade, tanto que isso se infiltrou em suas almas. Não foi culpa de vocês, mas o que fazem sobre isso agora é. Então, como vão enfrentar a mentira? O que vão sacrificar? O que estão dispostos a arriscar? Vão mandar seus filhos para a escola pública do bairro? Vão alugar sua casa para uma jovem família negra? Vão contratar mais garotas retintas com cabelo crespo ávidas para serem suas executivas júniores? Porque seus propósitos bem-intencionados, suas camisetas com dizeres desconstruídos, suas bolsas com estampa "Vidas negras Importam", seus clubes de livros de justiça racial não vão bastar.

Ela fica na frente da sala olhando para o público, deixando-os em banho-maria no silêncio desconfortável.

Demora mais uma hora para que Sabrina consiga se libertar das garras de seus admiradores. Eu me perco procurando o banheiro e me pego espiando a cozinha; entre o grupo na sala há dois rostos negros ou marrons, incluindo o meu, mas aqui há dezenas de pessoas pretas e marrons que abrem sorrisos acolhedores para mim enquanto servem aperitivos e lavam pratos. Ao voltar para a sala, estou prestes a desistir quando Amina aparece, segura-me pelo cotovelo e me conduz pelo corredor até uma biblioteca silenciosa onde Sabrina já se acomodou em uma das poltronas de couro do anfitrião. Eu me sento diante dela na sala pouco iluminada com painéis de madeira como se estivéssemos prestes a fumar uns charutos e conversar sobre precisar melhorar o desempenho no golfe.

— Prazer em conhecê-la, Riley Wilson. Do que você quer falar hoje?

A frase rápida e direto ao ponto é intimidadora. E lá se vai a energia entre amigas que torci para cultivarmos, #ExcelênciaNegraFeminina.

— Bem, sou nova na KYX...

— Sei quem você é, Riley. Eu te assisto. Você é uma boa repórter, mas o que *exatamente* posso fazer por você?

— Que bom que acha isso. Então você sabe que estou à frente da matéria sobre Justin Dwyer — retruco. Quando ela assente, prossigo: — Quero te entrevistar. — Posso ir direto ao ponto também. — Seria um segmento especial, como o de Tamara Dwyer.

— Eu vi. Foi emocionante.

— A história dela, a história de Justin, o tiro... Tudo isso está expondo as divisões profundas na nossa comunidade. Não quero que se perca no círculo de notícias. Este é um momento importante. As coisas precisam mudar.

Sabrina assente.

— Bem, concordo com você. Como acabou de ouvir, sou totalmente a favor da mudança. E você sabe como as pessoas brancas amam levar bronca, como se fosse a penitência racial deles ou algo assim. Faz com que eles sintam que estão aprendendo. Tudo o que eles querem continuar fazendo é aprender... — Ela revira os olhos com a palavra. — Como se isso resolvesse alguma coisa, mas vamos esperar que os faça abrir o talão de cheques... — Ela para de falar, então se vira para me olhar. — Antes de eu decidir sobre essa entrevista, tenho uma pergunta para você.

— Sim.

— Há quanto tempo você é amiga de Jennifer Murphy?

Eu deveria ter estado mais preparada para isso, para alguém descobrir nossa conexão. Uma pesquisa superficial na internet revela a verdade. Antes de entrar em contato com Tamara, eu tinha pesquisado no Google "Jennifer Murphy e Riley Wilson" para ver o que acontecia. Havia uma foto antiga de nós duas segurando medalhas na competição Penn Relays, mas o Facebook era outra história. O perfil de Jen tinha muitas fotos de nós duas, mais do que o meu, porque eu o uso sobretudo para trabalho. Foi um alívio quando ela desativou a conta do Facebook alguns dias depois. Então eu me sentira péssima por ficar tão aliviada. A culpa me atinge como se eu tivesse sido pega em flagrante fazendo algo errado. E se Sabrina descobriu isso com tanta facilidade, Scotty também poderia descobrir. Mesmo com meu talento excepcional para a negação, posso ver que provavelmente é apenas uma questão de tempo, e aí o que aconteceria?

Pensando rápido, dou de ombros como se não fosse grande coisa, como se todo mundo conhecesse todo mundo na Filadélfia, o que é um pouco verdade. Afinal, é uma cidade onde as pessoas perguntam onde alguém fez o ensino médio antes de perguntarem com o que se trabalhava.

— Jen e eu fomos criadas no mesmo bairro — digo com cuidado.

Antes da situação do tiro, eu teria dito:

— Nós nos conhecemos desde que éramos bebês, fomos criadas juntas na parte nordeste da cidade.

Só que isso foi antes. *Antes. Antes. Antes.*

— Hum, bem, com você trabalhando nessa matéria, deve ser... — Sabrina ergue a sobrancelha perfeitamente esculpida enquanto busca a palavra certa. — Delicado?

Quase rio. "Delicado" é um jeito de descrever.

— Bem, eu não falei muito com Jenny desde... desde o acontecido.

— Desde que Justin foi assassinado?

— Isso — respondo; embora a escolha de palavras dela tenha sido usada como provocação, também é verdade.

Amina aparece na porta, checa o relógio e ergue cinco dedos. Tenho certeza de que ela foi instruída a oferecer uma desculpa para Sabrina escapar.

— Acho que é bem óbvio que você será a próxima prefeita. — Não tenho muito tempo para fechar o acordo, então parto para a bajulação, uma tática descarada. — A multidão te amou. E é uma boa hora. Esta cidade precisa de você para agitar as coisas um pouco.

— É você quem diz. Ainda estamos por aí, indo atrás dos títulos de "primeiros". A primeira promotora negra e a primeira prefeita.

— Seria incrível, um divisor de águas, mas sei que é difícil também. Sua campanha para promotora foi cruel. Todos aqueles artigos de opinião que diziam que você era desequilibrada e desqualificada, que questionavam sua "elegibilidade".

— Você não sabe da missa um terço. Eles ficavam me chamando de raivosa e sedenta por poder. Como se isso fosse uma ofensa! Diabos, sim, sou raivosa! Sim, sou sedenta por poder! Isso é para ser algo ruim? Eles não percebem que não consigo mudar nada sem poder: o poder para repensar, inferno, para desmantelar as polícias obsoletas, as práticas e o policiamento se vamos chegar perto de onde precisamos estar. Se eu fosse homem, eles estariam me celebrando. É por isso que minha filosofia é OQUHBF.

— Nem vou tentar adivinhar.

— "O que um homem branco faria?"

— Haha, amei.

— Mas sério, um homem branco viria a este escritório, ou à diretoria ou sei lá onde, e acreditaria que tinha o dever (o poder) para mudar as coisas, fazer história, estar à frente da mudança. Bem, eu também.

Se eu tivesse metade da confiança de Sabrina, eu estaria no *Today Show*. Dane-se o homem branco, eu ia começar a me perguntar: *o que Sabrina faria?*

— Papo sério, é hora da mudança. Não podemos continuar com a velharia. Não mais. Não agora que estou aqui. É uma combinação perigosa quando temos policiais com armas e todo o poder, que também se sentem superiores às pessoas a quem servem, quando olham para nossas comunidades como lugares para controlar e policiar em vez de proteger e servir. Os policiais brancos abordam os brancos de uma maneira e os pretos de outra, muitas vezes com menos humanidade, menos preocupação, menos humildade. Isso é apenas um fato, quer eles percebam ou não. Sabemos como funciona. Sob meu comando, quero que nosso sistema de justiça tenha uma cultura de humanidade, e isso significa eliminar os policiais que não a têm e realocar fundos para departamentos que possam fornecer os serviços necessários a nossas comunidades.

Penso no policial em Nova York que apareceu nas manchetes seis meses atrás pela mensagem que enviou ao supervisor informando que um suspeito negro havia morrido nas mãos deles durante uma detenção. "Não tem problema", respondera o supervisor. Falando em falta de humanidade...

— Você não pode balear um adolescente desarmado e esperar não ter consequências. Até que as pessoas entendam isso por completo, teremos policiais muito arrogantes nas ruas. Não podemos permitir que policiais continuem matando crianças, homens ou mulheres inocentes. Ponto. O preço é muito alto. — Sabrina faz uma pausa. — Sei que estamos falando da sua amiga. Você já descobriu de que lado está, Riley?

— Estou ao lado da justiça. E é exatamente por isso que você deve fazer a entrevista comigo. O que me diz?

— Seu celular está vibrando — comenta Sabrina.

Quando faço menção de recusar a chamada, vejo que é Shaun, que raramente liga. Há algo errado. Eu me atrapalho ao pressionar o botão verde. Assim que escuto a voz dele, tremendo de angústia, tenho uma fantasia infantil de que, se eu desligar agora, as palavras que ele está dizendo não serão verdade.

Capítulo oito

Jen

A neve cai grossa como uma massa, cobrindo meu para-brisa, com os limpadores não dando conta de limpá-la. Depois de dias de relatórios meteorológicos cada vez mais absurdos, a primeira tempestade da temporada chegou. O meteorologista do *Notícias de Agora*, o Furacão Schwartz, começou a chamá-la de "Apocaneve" em suas previsões frenéticas, aconselhando a região metropolitana da Filadélfia a se proteger e ficar fora das estradas. Todos parecem ter ouvido. Todos menos eu.

Minhas mãos ficam deslizando no volante. Piso no freio, e o carro derrapa na estrada escorregadia. Faz mais de uma década que não dirijo em um clima tão ruim, a última vez tinha sido quando fui a Chicago buscar Riley para as férias de inverno, no segundo ano dela na Northwestern. Eu estava morrendo de vontade de visitá-la na faculdade, e dirigir era mais barato que uma passagem de avião. Então, eu tinha pulado no meu Camry de dez anos e pegado a estrada, só que acabei me atrasando por causa de uma nevasca recorde que caiu na rodovia bem nos arredores de Pittsburgh.

Não tive opção a não ser esperar a tempestade passar em um motel barato. Eu tinha certeza de que o lugar tinha aqueles percevejos de cama, mas nem me importei com essa jornada dos infernos, não quando vi Riley no saguão do dormitório me esperando, parecendo uma modelo para um folheto da faculdade: o rosto sem maquiagem, o cabelo em um coque solto, vestindo um moletom amarelo vivo do Departamento de Jornalismo Medill. Enquanto isso, meu cabelo estava todo oleoso, e eu, coberta de migalhas alaranjadas por causa do saco de Doritos que tinha devorado ao longo dos últimos trinta quilômetros de estrada. Eu a abracei mesmo assim, com farelo de Doritos e tudo. Riley era a assistente de dormitório naquele ano e morava em um quarto individual que também parecia ter saído de um folheto: um pôster emoldurado de *A Noite Estrelada*, um frigobar rosa-choque, uma colagem de fotos cheia de pessoas que eu não conhecia.

Se Riley percebeu meu humor estranho durante o passeio entusiasmado pelo belo campus coberto de neve ou no almoço em um restaurante de sushi local (*agora Riley come sushi?*), ela não comentou. Enquanto eu me atrapalhava com os hashis, ela perguntou para onde eu queria ir naquela noite: uma festa da fraternidade Kappa Alpha Psi ("É uma fraternidade negra", explicou ela) ou ao karaokê com alguns de seus amigos do jornal da faculdade. Nós nos arrumamos no banheiro comunitário sujo, fazendo uma pré com vinho em garrafa plástica, fingindo que sabíamos como fazer contorno nas maçãs do rosto. Parecia o início de uma noite épica, até que Riley anunciou que Gabrielle se juntaria a nós. Mesmo que nunca tivéssemos nos conhecido, eu estava convencida de que Gaby (a famosa Gaby da qual sempre ouvia falar, como se fosse algum tipo de celebridade ou algo assim) não gostava de mim. Era bobagem, mas às vezes eu me convencia de que Riley tinha seguido em frente e Gaby era minha substituta, e as duas ficavam falando mal de mim o tempo todo. Ou pior, que elas sequer falavam de mim. Se Gabrielle realmente me odiava, ela não deixou transparecer. Ainda assim, fui forçada demais naquela noite, lembrando Riley em voz alta de tudo o que tínhamos vivido juntas, ressaltando as melhores lembranças e piadas internas para que Gabrielle percebesse: *Ela é minha*.

Na pequena sala de um karaokê coreano perto do campus com as luzes estroboscópicas piscando, um globo espelhado gigante flutuando acima do palco, Riley e eu cantamos as letras de "Shoop", "Since U Been Gone" e nosso clássico de sempre: "Real Love". Era estranho ver como Riley tinha mesmo saído da concha: cantando, rindo, até esfregando os quadris em um cara da turma de Introdução à Psicologia. Ela parecia tão confiante, segura de si mesma agora que estava aí pelo mundo e basicamente era a estudante exemplar: editora do jornal da faculdade, estava na lista do reitor (que destacava os alunos com maiores notas), era tesoureira da turma. Isso me fez pensar como Riley me via naquele momento. Como uma fracassada que não tinha ido para a faculdade? Alguém que não mais cabia na vida bem-sucedida dela? Odiei todo o sentimento de dúvida e tomei dose após dose de um coquetel chamado Wild Willy, para afugentá-lo, até que meu humor finalmente passou de sombrio a sentimental. Observei enquanto Riley cantava "I Wanna Dance with Somebody", uma das mãos no ar, a outra em torno de uma mistura composta de vodca rosa-choque, e dancei bem ao lado dela, nossos corpos suados se movendo lado a lado.

— Sempre seremos amigas, né? — gritei no ouvido dela.

Ela se virou para mim como se eu tivesse perdido a cabeça de leve.

— Mas é óbvio, bobinha.

Eu mal conseguia distinguir as palavras por causa da música, mas sei que foi isso que Riley disse. Então ela segurou meu braço para que eu a olhasse outra vez, levou o dedo à sobrancelha esquerda e me puxou para perto dela enquanto o baixo pulsava por nós como um batimento cardíaco.

No dia seguinte, acordei com uma dor de cabeça latejante, colada em Riley na cama de solteiro, olhando para o calendário na mesa, os pequenos quadrados cheios de datas de entrega, provas e planos, e pensei: *essa poderia ter sido minha vida*. Essa deveria ser minha vida. Tentei culpar a ansiedade da ressaca pela amargura, mas sei que era outra coisa, algo mais feio: inveja. Riley estava vivendo o melhor momento da vida, enquanto eu era garçonete no Olive Garden, o que me fazia ficar cheirando a alho e ganhar pneuzinhos, graças aos palitinhos de pão ilimitados.

Não ajudava que toda vez que Riley me apresentava a alguém, eles perguntavam onde eu estudava, e tudo que eu podia dizer era "ah, não estou fazendo faculdade", tentando não soar na defensiva. Eu não admitiria que já tinha desistido da faculdade comunitária.

As reações surpresas e desajeitadas eram humilhantes, como se eu tivesse confessado que não tinha nenhum sapato. Todos aqueles jovens presumiam que a faculdade era uma conclusão óbvia, como respirar. Nem sequer ocorria a eles que Riley tivesse uma amiga que não fizesse faculdade. Eu me lembro do dia em que nós duas fomos aprovadas na Universidade Drexel. Devo ter ficado olhando para as fotos do folheto de boas-vindas por horas, imaginando-me deitada na grama do pátio, rindo com os novos amigos ou digitando em um laptop novo cheio de adesivos legais. Riley e eu lado a lado em todos os momentos. E então haveria a expressão orgulhosa de Lou quando ela me visse de beca e capelo e fizesse um discurso de brinde sobre mim como a primeira da família a se formar na faculdade. Em vez disso, Lou estreitou os olhos quando entreguei a carta de aceitação e os documentos para o auxílio financeiro.

— Não me meto com banco, e não vamos ser aprovadas para o dinheiro grátis porque não quero que o governo saiba quanto eu ganho. É exatamente por isso que não declaro imposto. Não quero esses estúpidos desperdiçando meu dinheiro suado. Cai na real, filhota.

Fingi que só me inscrevi para ver se conseguia entrar e que não me importava com o resultado e fingi estar mais feliz do que realmente estava enquanto Riley recebia bolsa atrás de bolsa, três no total, enquanto não recebi nenhuma, ainda que tivéssemos feito o mesmo revezamento nas atividades de atletismo do ensino médio, tivéssemos conseguido os mesmos tempos, ganhado as mesmas medalhas. Comemorei na casa dos Wilson com um bolo em camadas sob um arco gigante de balões roxos e brancos quando Riley decidiu ir para a Northwestern, mas a amargura era algo de que eu sentia o gosto, como a cobertura de morango muito doce, toda vez que pensava em como eu poderia ter conseguido uma bolsa de estudos e ido para a faculdade se fosse negra como minha melhor amiga. Então me odiei por pensar isso. Riley se esforçou, mais do que eu, mais do que qualquer um. E lógico que merecia coisas boas. Ela merecia tudo.

Isso continua acontecendo comigo ultimamente, lembranças aleatórias de Riley aparecendo, coisas em que eu não pensava há anos. De maneira inacreditável, como se para me provocar, "I Wanna Dance with Somebody" ecoa dos alto-falantes. Desligo o rádio, calando Whitney Houston de imediato. Agora há apenas o som abafado da neve pesada caindo ao redor do carro, interrompido pelo movimento rítmico dos limpadores de para-brisa. O carro derrapa de novo quando reduzo a velocidade em um sinal na estrada vazia e me xingo por ter sido tão estúpida de ter fugido da casa dos meus sogros com esse clima, mas há uma caixa de fotos que tenho que pegar em casa. Preciso das fotos para terminar o presente de Kevin (um álbum de recortes) a tempo para o Natal. Cookie tem todos os apetrechos na sala de artesanato, e fico dizendo a mim mesma que é atencioso e não ridículo, uma lógica testada e comprovada de todos que não têm dinheiro para bancar um presente de verdade. Tenho mais uma parcela a pagar no novo colete à prova de balas de Kevin, e eu poderia já ter quitado, mas qual é o sentido agora com ele de licença, tudo no limbo? As rodas giram enquanto acelero, procurando por tração, e Chase dá um pulo na minha barriga como se me lembrando do que está em risco com minha imprudência. Se Kevin soubesse que estou aqui fora com esse clima, ele perderia a cabeça; já viu muitos acidentes fatais. Saí escondida da casa depois que todo mundo dormiu. Mais cedo Kevin fez uma chamada de vídeo com Ramirez por no mínimo uma hora, depois que implorei a ele para finalmente retornar a ligação do amigo. Ramirez ligava duas vezes por dia desde o tiro, às vezes mais, mas Kevin vem fugindo dele.

— Não dou conta de falar com ele, Jenny — confessou Kevin. — Fico pensando que se ele não tivesse ido embora, então eu não teria sido colocado com Cameron, e nada disso teria acontecido. Não posso culpar Ramirez por se mudar. Isso é absurdo, mas...

Então enfiei o celular na cara dele quando Ramirez ligou.

— Só fale com ele. Ele te ama.

Eu queria delegar a responsabilidade pelo astral de Kevin a outra pessoa e pensei que a ligação pudesse animá-lo um pouco, mas o tiro saiu pela culatra.

— Ramirez ficou me pedindo para repetir exatamente o que aconteceu, como se eu já não tivesse feito isso mil vezes.

Ele evidentemente estava irritado com algo que Ramirez lhe dissera, mas não me contava o que era. Quando eles andavam juntos todo dia, até podiam ficar se bicando como dois velhos durante um passeio de pesca, mas não consigo me lembrar de uma época em que ficaram realmente bravos um com o outro. Kevin foi para o porão pisando duro para jogar videogame, e, quando saí da casa, ele tinha caído no sono no futon velho.

Piso no freio para desacelerar, e o carro desliza novamente, causando calafrios ansiosos por meu corpo outra vez. *Você já dirigiu muito para voltar agora.* Além disso, tão tarde da noite, no meio de uma tempestade de neve, é provavelmente a única vez que posso entrar em minha própria casa sem ser assediada pela imprensa ou por manifestantes. Mesmo depois de quase três semanas, ainda há alguns repórteres teimosos acampados, esperando enfiar um microfone na nossa cara, ou manifestantes que jogam ovos em nossa porta. A senhora Jackowski ainda me manda mensagens constantes com atualizações, incluindo o fato de que outras pessoas em nossa rua estão reclamando.

"Por favor, peça desculpas aos outros vizinhos", foi tudo o que pude enviar de volta. O que mais havia para dizer? Nossos vizinhos nos odeiam agora também. *Juntem-se ao clube.*

Apago os faróis enquanto entro na rua sem saída, estreitando os olhos na escuridão. A rua está silenciosa de um jeito estranho; algumas luzes pontilham janelas aqui e ali. Entrar parece seguro o suficiente. Ainda assim, meu coração dispara enquanto sigo até a porta da frente, com as chaves na mão. Com a barriga enorme e as botas de neve pesadas, apertadas em meus tornozelos inchados, eu me movimento com a graciosidade de um alce usando salto alto, mas vou com o máximo de rapidez e cautela possíveis, uma ladra invadindo a própria casa.

No primeiro degrau do alpendre, vejo as manchas de gema de ovo seca que escorrem pela porta preta. Quando giro a chave na fechadura e dou um passo à frente, algo fica espremido sob minha bota... uma sacola branca que se misturou com a neve. Sei exatamente o que está dentro sem tocá-la: alguém deixou um saco de merda humana na nossa porta.

Sentindo ânsia de vômito, abro a porta. Ela fica presa em uma montanha de correspondência, principalmente contas, alguns catálogos e folhetos de supermercado. Gemendo, eu me curvo sem jeito para recolher a pilha. Curvar-se virou um desafio tão grande que desisto de me importar com qualquer coisa que eu derrube no chão. Na ponta dos pés, vou até a cozinha antes de ter a chance de me perguntar por que estou me esgueirando por uma casa vazia. Estou preocupada em acordar os fantasmas de nossa antiga vida?

A pilha de correspondência cai na mesa da cozinha com um baque, e dou um pulo com o barulho. Acendo a luz sobre o forno em vez da principal. Não há motivo para alertar os vizinhos de que estou de volta depois de todo esse tempo. Os cacos da minha caneca com a estampa "Poconos: um destino romântico", aquela em que eu estava bebendo na manhã seguinte ao tiro, ainda estão espalhados pelo piso de azulejo. As margaridas na mesa ficaram marrons e ressecadas.

Olho para o caderno de provas do corretor de imóveis no balcão, a capa brilhante coberta por uma fina camada de poeira. A prova está marcada para a semana que vem. Já decidi não me dar ao trabalho de prestá-la; parece bobagem agora. Além disso, não contei para ninguém além de Kevin que eu a faria. Eu estava esperando até que eu passasse (se eu passasse) para dar a notícia. Riley ficaria tão orgulhosa de mim, e talvez até um pouco chocada. Ainda consigo ver a expressão no rosto dela quando contei que eu largaria o emprego. Não imaginei que fosse me julgar. Não é como se eu estivesse morrendo de vontade de ser uma mãe dona de casa; não é realmente uma escolha. Fizemos as contas e a creche custa mais que meu salário, então perderíamos dinheiro se eu continuasse trabalhando. Só que agora vou ter que dar um jeito. Tenho que estar preparada para sustentar minha família, aconteça o que acontecer.

Arrasto a lixeira até a geladeira e abro, tapando o nariz para amenizar o cheiro da comida estragada que me espera ali dentro. Despejo o leite rançoso na pia, jogo a caixa no lixo; vou até a mesa, pego as flores mortas e as jogo fora também, e então deixo o vaso na pia depois de despejar a lama grossa de água marrom. Uma pontada aguda de dor nas costas faz eu me curvar e segurar a borda do balcão. É só uma cólica, mas vem acontecendo cada vez mais. Tudo dói o tempo todo. Meus seios latejam como se estivessem sendo comprimidos em uma prensa; sinto fisgadas na lombar; há uma dor incômoda em meu quadril. Pelo menos minha pressão arterial está melhor. Assim que saí da consulta com a médica na semana passada, fui direto ao Walgreens e comprei um medidor de pressão. Afiro a pressão de maneira obsessiva agora, pelo menos umas dez vezes por dia.

Quando a dor passa, sento-me em uma cadeira na mesa da cozinha e folheio a correspondência. Não sei por que me incomodo quando sei exatamente o que está dentro da pilha de envelopes: exigências monetárias furiosas marcadas em tinta vermelha. A eletricidade será cortada se não pagarmos a conta em breve. Devemos ao médico de fertilidade cerca de dez mil, e nossos cartões de crédito estão estourados. Por enquanto, Kevin ainda tem o plano de saúde, mesmo estando de licença administrativa, mas se algo acontecer antes de o bebê nascer e perdermos o plano... Aperto as têmporas, com força, para conter o pensamento.

A pilha de contas me lembra que nunca nos livraremos da dívida: trinta e seis mil quatrocentos e sessenta dólares. A quantia exata pisca no meu cérebro como uma placa de néon. Menti para Riley que eram trinta mil dólares, disse a mim mesma que estava apenas arredondando para baixo. Além disso, em certo ponto, isso nem importa. É como um buraco de dois metros de profundidade; o que são mais quinze centímetros quando se está tentando sair dali?

Deixo as contas caírem no lixo uma a uma. Eu preferiria atear fogo nelas, ver todos os números estúpidos virarem fumaça. Contento-me com a lixeira, sem nem mesmo abri-las, porque porra... Eles vão enviar mais mesmo. Na parte inferior da pilha de correspondência, há dois envelopes simples, endereçados a Kevin. Pelo menos não são contas. Provavelmente são coisa pior.

Meu dedo indicador fica preso na borda do envelope. Faz um pequeno corte na minha pele. Coloco o dedo na boca para sugar o sangue e analisar o que tem ali dentro. Levo um segundo para registrar o que estou vendo (a imagem de um caixão, o caixão de Justin Dwyer) e entender as palavras no topo. "Assassino de bebê." Jogo o papel para longe de mim como se estivesse pegando fogo.

Ver a imagem é quase tão doloroso quanto a versão real. Ir ao funeral deve ter sido uma das coisas mais aterrorizantes que já fiz. Ainda não sei exatamente por que me forcei a ir... Talvez para me torturar? Para me redimir? Para provar algo? Mas o que eu estava provando? Não faço ideia. Talvez fosse porque eu devia a eles, a ele e à mãe. Eu devia a eles admitir o que aconteceu mesmo que eu, nós não pudéssemos voltar atrás... Ninguém poderia. Obviamente, Kevin não poderia ter ido, mas ninguém pensou que eu deveria ir também.

— Pelo amor de Deus — disse Cookie —, de que isso vai servir?

De nada. Não serviria de absolutamente nada. Não traria o garoto de volta. Não devolveria as balas à arma do meu marido. Fui mesmo assim.

Em um mar de pessoas, Riley foi a primeira que vi, ou sua nuca, na verdade. Foquei em seu elegante twist francês durante todo o funeral para poder evitar fazer contato visual com qualquer um ao redor. Os poucos rostos que vislumbrei pareciam magoados ou zangados.

Quando o tio se levantou para falar, seus olhos estavam arregalados de fúria. Era como se ele estivesse falando diretamente comigo quando perguntou: "Por quê, por quê, por quê?" com uma voz tão desesperada que tive que desviar o olhar.

A mulher negra de meia-idade sentada ao meu lado na fileira de trás soltou um gemido como se tivesse uma dor profunda nos ossos.

— Quando vão parar de matar nossos meninos? — questionou ela.

Foi quase exatamente o que uma das esposas de EODL, uma mulher branca, dissera no funeral de Jamal.

— Quando isso vai parar? Quando essas ruas serão seguras para nossos meninos?

Mesmas ruas, meninos diferentes.

Durante o funeral de Justin, cada vez que peguei Riley olhando para Tamara, toda angustiada e preocupada, foi como ser esfaqueada com uma adaga. Entendo que isso é injusto, horrível da minha parte, mesquinho mesmo, mas às vezes é mais fácil ficar com raiva. É mais fácil me deixar pensar: *foda-se a Riley.*

No final do culto, quando eu estava saindo, emocionalmente exausta, senti os olhos dela em minha nuca. Eu até tinha a esperança patética de que ela me chamasse, que talvez pudéssemos conversar por alguns minutos, embora eu saiba que isso foi estupidez da minha parte (perigoso até) em muitos níveis. Eu esperava pelo menos ver aquela afeição familiar no rosto de minha amiga, mas ela estava apenas com o olhar inexpressivo, a máscara, quando ergui a mão, um olá e um adeus ao mesmo tempo.

Pego a foto do caixão e a rasgo ao meio devagar, depois ao meio outra vez. Furiosa, vou rasgando em pedaços cada vez menores. Os pedacinhos brancos vão cobrindo o chão ao redor como a neve lá fora. Quando termino, pego o outro envelope, pronta para destruir outra coisa. O que será dessa vez? Uma ameaça de morte? Uma carta contendo antraz, o pó branco letal? Fico surpresa ao encontrar um cheque pessoal para Kevin de algo chamado Ordem dos Reis. De dez mil dólares. Devo estar vendo coisas. Eu o aproximo do rosto de novo, desta vez mais perto, e os números estão bem ali: *dez mil dólares.* O bilhete é uma linha em um rabisco manuscrito:

"Nós protegemos uns aos outros."

Quem diabos são esses caras? Pesquiso "a Ordem dos Reis" no celular. O site deles tem uma descrição nebulosa, mas as imagens (uma caveira feita da bandeira confederada) e a declaração de missão ("Pessoas íntegras lutando para preservar a cultura ocidental branca") revelam tudo o que importa.

Estou prestes a clicar no menu para saber mais em "Nossa história" quando uma notificação do Instagram aparece na tela.

O fato de eu ter mantido a conta no Instagram ativa é um segredinho sujo. Julia Sanchez deixou nítido que devemos ficar completamente fora das redes sociais. Faz sentido me proteger do equivalente online à merda na minha porta. Deletei o perfil do Facebook depois que a encheram de comentários maldosos. Annie diz que eu deveria ter mantido só para entrar no grupo do Facebook das esposas de policiais e ter algum apoio, mas na verdade a última vez em que fui ativa por lá foi bem no início da carreira dele quando postei fotos fofas de Kevin de uniforme. Às vezes,

Annie me envia capturas de tela das mensagens, o que é legal. Uma mulher chamada Barb que eu conheci na Ordem Fraternal da Polícia no ano passado escreveu:

"Deus tornou mulheres fortes esposas de policiais, sabe. Se Ele não achasse que poderíamos lidar com isso, Ele nos daria contadores ou dentistas como maridos. Mas Ele deu policiais a você e a mim porque sabia que podíamos aguentar. Quando outras pessoas se afastam do perigo, nossos homens caminham em direção a ele. E nós cuidamos deles. E todas cuidamos de você também, Jennifer."

Só que nas duas vezes em que acessei o grupo antes de excluir o perfil, houve algumas mensagens que me deixaram enojada. Como uma moça que disse:

"Ei, ou eles estão conosco ou contra nós, e somos nós que temos as armas."
Contudo, de alguma forma não consigo sair do Instagram. De vez em quando nas últimas semanas (principalmente no meio da noite), eu me forço a dar uma olhada. Em resultado, sinto uma dor que é como pressionar um hematoma enquanto leio intermináveis textos raivosos sobre a polícia, ou vejo famílias felizes e despreocupadas em praias estupidamente lindas, ou vejo anúncios de extensões capilares que me fazem sentir falta do cabelo longo; a mistura habitual ilógica e terrível, mas viciante. É tudo um monte de besteiras vazias, como se todos estivessem tentando superar uns aos outros por meio do número de curtidas. Se ao menos pudéssemos manter a rede social completamente real. Tipo, o que aconteceria se eu postasse uma foto agora com os olhos vermelhos, cabelo desgrenhado, uma legenda que diz: "Eu desisto. Somos monstros, sim." Quantas curtidas eu conseguiria? Meus dedos continuam deslizando. *Não faça isso*, digo a mim mesma, mesmo quando o aplicativo abre.

Vou até a página inicial, a foto mais recente, e sou tomada por aquela sensação desorientadora que se tem quando se vê alguém fora de contexto: o professor no supermercado, o médico em um banheiro público. Sei que a pessoa é familiar, mas ainda não consigo identificá-la. É uma foto velha em preto e branco dos anos sessenta: uma mulher negra alta encostada em um carro antigo, usando luvas brancas e chapéu *pillbox*.

Gigi.

Só que Gigi não está no Instagram. Na verdade, uma das coisas que ela mais gosta de dizer é: "Por que são chamados de celulares inteligentes quando na verdade estão deixando a pessoa mais estúpida?". Deslizo para a próxima imagem. É da festa de oitenta e cinco anos dela, e sei porque eu estava lá. Gigi está fazendo sala na grande e velha poltrona vermelha que puxamos para o quintal dos fundos minúsculo da casa dos Wilson, como se fosse uma rainha. A foto me lembra o quanto sinto falta dela. Tenho que encontrar uma maneira de chegar ao hospital. Então vejo a legenda de Shaun:

"*Descanse em paz, Gigi.*"

Não, não, não. Não é possível. Assim que tudo se acalmar, vou visitá--la no hospital. Ela vai acariciar minha barriga e me contar o futuro do meu bebê. Fecho os olhos com força, tentando compreender a notícia: primeiro que Gigi está morta, e então que tive que descobrir isso no Instagram. É como se eu tivesse levado um tapa em uma bochecha e depois na outra. Começo a percorrer as chamadas perdidas e mensagens no celular. Talvez eu tenha perdido uma ligação de Riley ou da sra. Wilson, uma mensagem de Shaun... *alguma coisa*. Não há nada. Nada além da sequência usual de números desconhecidos. Ninguém se deu ao trabalho de me contar que Gigi morreu. Esse fato é devastador, quase tão devastador quanto a própria morte.

Volto para a primeira foto, olho para ela por um tempo: Gigi encostada no carro, cheia de atitude, com cara de quem descobriu todos os segredos da vida e que os compartilharia se a pessoa tivesse sorte. Começo a me afogar em lembranças, uma após a outra: todas as noites que eu não conseguia dormir, saía da cama de Riley e encontrava Gigi, também insone, sentada na poltrona La-Z-Boy fazendo crochê em uma manta ou assistindo a filmes antigos.

— Como está meu foguetinho? Não consegue dormir também? — dizia ela enquanto eu subia em seu colo, pronta para mais uma de suas histórias.

Minhas favoritas são sobre o "apogeu" dela, quando se mudou para o Harlem por alguns anos quando tinha vinte e poucos e conseguiu emprego vendendo cigarros em um clube de jazz chamado de Bill's Place, e como quase se casou com um boxeador profissional chamado Z, mas então conheceu o primo dele, Leroy, que estava visitando do Tennessee. Leroy sorriu com uma falha nos dentes que era "do tamanho do Rio East" e disse a ela que não se faziam mulheres como ela em Kingsport, e o resto foi história.

— Nossa, ele me deixou com os quatro pneus arriados. Quando vi, já estava no chão.

Leroy também ficou no chão, literalmente. Z quebrou o nariz dele. O nariz nunca mais ficou direito, mas, de acordo com Gigi, ele sempre disse que valeu a pena. Será que tinha algo mais glamoroso do que a imagem da jovem Gigi trabalhando em um clube, saindo na cidade com Leroy, bebendo martínis em bares cheios de fumaça? Não para mim.

Foi para Gigi, e apenas para Gigi, que contei quando um dos namorados de Lou me puxou para o colo dele, enfiou as mãos imundas debaixo de minha camisa e perguntou se eu era "obediente", se eu gostava do jeito que ele me tocava. A situação me deixou confusa e me fez sentir como se tivesse lodo escorrendo pelo meu corpo.

— Alguns homens não são gentis, querida. Alguns homens são. Precisamos nos proteger dos maus, porque ninguém mais vai — sussurrou Gigi enquanto me ninava com gentileza. — Então se aquele homem te tocar outra vez, Deus me ajude, vou à casa da sua mãe e dar uma surra nele que ele nunca mais vai esquecer. Diga isso a ele, ouviu bem?

Quando ele tentou me tocar de novo, olhei dentro de seus olhos e disse:

— Contei pra minha avó que você é um homem mau. É melhor não tocar mais em mim, ou vai ver só.

Nunca tinha me sentido tão poderosa, embora ele tivesse rido na minha cara. Ele também nunca mais ousou me tocar.

Algumas noites, Gigi e eu caminhávamos até a cozinha escura e comíamos queijo de corda ou fatias de frios. Ou eu a convencia a fazer o famoso pão milagroso: fatias de pão branco mergulhadas e fritas na manteiga, uma mistura de açúcar mascavo e canela por cima, depois polvilhadas com pedacinhos de bacon. De repente, isso é tudo que quero. Estou desesperada por um pão milagroso. Vou até a geladeira. *Por favor, por favor, que haja o que eu preciso.*

Graças a Deus. Há metade de um pão branco no congelador. Eu nem me lembro de comprá-lo ou guardá-lo, mas aqui está, e isso é um milagre em si. Tenho bastante manteiga e açúcar. Venho assando biscoitos para Kevin levar quando faz bicos nos jogos dos Eagles, assim o trabalho fica um pouco mais suportável para ele.

Enquanto eu estiver cozinhando, Gigi ainda está aqui comigo, dizendo que preciso engordar um pouco. O pão chia na panela e despejo outro pouquinho de manteiga em cima, exatamente do jeito que Gigi teria feito. Está dourado e borbulhante nas bordas agora. Eu o tiro da panela logo antes de queimar e coloco açúcar e canela por cima até formar uma camada de mais ou menos um centímetro de altura. Não tenho bacon, mas vai servir. A manteiga escorre pelos meus dedos até pingar no suéter enquanto levo a fatia à boca, deixando a mistura doce cobrir o fundo da garganta como xarope para tosse.

Preciso saber quando será o funeral. Provavelmente no fim de semana. Aperto a tela do celular, marcando-a com manchas gordurosas. Gigi uma vez me disse que queria ser enterrada no Alabama. Eu conseguiria bancar uma passagem? A dra. Wu me deixaria pegar avião?

Abro um dos sites de viagens e faço uma pesquisa rápida. Mil e quinhentos dólares por um voo de última hora, e nem é direto. O cheque da Ordem dos Reis parece reluzir na mesa. Dez mil dólares cobririam uma passagem de avião... e muito mais. Só que não posso. Nós não somos esse tipo de gente.

No entanto, não ter a opção de ir ao funeral é de certa forma um alívio. Significa que não tenho que enfrentar a verdadeira questão, que é quase demais para suportar: eu sequer seria bem-vinda lá? Quer dizer, ninguém me disse que ela morreu. Eles também estão com raiva de mim? Todo mundo está com raiva de mim? O Instagram de Shaun tinha fotos dos Wilson na marcha de Justin. O sr. Wilson segurava um cartaz que dizia: "Podia ter sido meu filho". Shaun tinha um que dizia: "Silêncio branco é violência". Tenho pensado muito nisso. *Silêncio branco é violência.* Penso em Blazer outra vez. Em como eu não disse nada quando ele chamou os Wilson de neguinhos. Como nunca impedi Cookie de dizer "aquela gente" ou Matt de chamá-los de animais. Meu silêncio era tão ruim quanto as ofensas deles? Sempre tentei fazer com que os Wilson me amassem. Quando ficava na casa deles ainda criança, eu me esforçava muito para que Sandra gostasse de mim, tendo o cuidado de lavar qualquer prato que eu usasse, dobrando meticulosamente o saco de dormir até formar pontas perfeitas pela manhã. Até me oferecia para fazer tarefas de fim de semana. Não havia sensação melhor do que acordar no sábado de manhã, assistindo a desenhos animados ao redor da mesa da cozinha... E quando a sra. Wilson mencionava a atividade daquele dia e Shaun dizia "a Jenny vai também, né?". Mesmo que Sandra nem sempre parecesse totalmente entusiasmada por ter uma garotinha branca de joelhos cheios de crosta de machucado indo com eles à fonte ou ao zoológico. Mas eu era da família. *Certo?* E tudo bem, eu não ia à casa dos Wilson desde a última véspera de Natal, quando eu estava transtornada, e não fui ao hospital para visitar

Gigi, e tenho sido descuidada quando se trata de feriados e aniversários, mas nada disso anula o resto. No entanto, aqui estou eu, como um cachorro deixado na porta quando os donos se mudam para algum lugar novo e agradável que não permite animais de estimação.

Não sei o que fazer. Devo comentar no post de Shaun? Devo mandar mensagem para Riley? Abro nossa conversa e vejo sua última mensagem, querendo saber como minha consulta de trinta semanas tinha ido. Eu tinha estado muito chateada com a entrevista que ela fizera com Tamara para responder. Agora não consigo encontrar as palavras. Isso não deveria ser tão difícil. Rolo mais para cima e vejo por quanto tempo nossa conversa se estende, um borrão de caixinhas brancas e azuis. Eu poderia nunca chegar ao fim, ou ao começo. O fluxo é uma verdadeira cápsula do tempo de todos os aspectos de nossas vidas, uma prova de nossa amizade, nossa proximidade, nossa conexão. Houve momentos em que Riley me decepcionou ao longo dos anos, ou me frustrou, mas ela nunca, até agora, tinha me magoado. Até olhar para o celular é doloroso. Quero jogá-lo pela janela. Eu me contento em desligá-lo, assim me desconectando do mundo de más notícias, das lembranças que causam um sentimento contraditório. Talvez eu nunca o ligue de novo.

Ouço um farfalhar lá fora e por instinto me agacho, indo devagar para os fundos da casa. É mais uma batidinha; talvez eu esteja imaginando. Vou até a porta do quintal. As cortinas estão fechadas. Faço uma pausa, agachada, ouvindo. Lá está novamente, mais alto dessa vez. Eu me atrevo a espiar o quintal por trás da cortina. Uma figura sombria está a menos de trinta centímetros do vidro. Grito tão alto que a porta chacoalha.

— Sou só eu, querida.

As feições da pessoa desconhecida entram em foco até formar a sra. Jackowski, enrolada em um longo casaco, com o cachorrinho barulhento debaixo do braço. Mechas de cabelo ruivo brilhante escapam do capuz forrado de pele que ela prendeu bem apertado ao redor do rosto.

— Eu estava acordada assistindo Jimmy Fallon e vi a luz e imaginei que fosse você — explica ela enquanto me atrapalho para abrir a porta.

Uma rajada de ar gelado me atinge quando abro, embora a neve pareça ter parado de cair. Eu deveria aproveitar a calmaria e voltar para a casa de Cookie. A sra. Jackowski me entrega uma pequena caixa.

— Peguei quando o cara veio entregar outro dia. Eu abri. Só em caso de...

Nenhuma de nós precisa que ela termine a frase. Puxo as abas de papelão, olho lá dentro. Perfeitamente dobrado em cima de um delicado papel de seda está o macacãozinho que encomendei depois de vê-lo com cinquenta por cento de desconto em um dos blogs de maternidade. O tecido é branco e macio como um coelho recém-nascido. Na frente, lê-se "Oi, mundo!" em uma fonte delicada. Eu tinha esquecido por completo da encomenda.

Acendo a luz do alpendre para mostrá-lo à sra. Jackowski, e por acidente aciono o interruptor do quintal ao mesmo tempo. O adorável macacãozinho cai no chão quando vejo o que está atrás de minha vizinha.

Do outro lado da cerca dos fundos, a cerca que Kevin e Matt passaram um fim de semana inteiro construindo, há letras de um metro de altura, em tinta vermelha brilhante que escorre como sangue: "Assassino".

A sra. Jackowski nem se vira para olhar para a cerca... Ela apenas fica me observando, angustiada.

— Já liguei para meu neto. Você lembra dele... o Bobby. Ele vai vir pintar no fim de semana.

Não consigo falar.

— Jenny, não se preocupe. Vamos pintar, vai ficar novinho. — Gentilmente, a sra. Jackowski me conduz para dentro de casa. — Venha, está frio aqui fora. Vamos entrar.

Eu me deixo ser levada de volta à cozinha.

— Vou preparar uma xícara de chá para você. Vai ficar tudo bem. Está me ouvindo, Jen? Vai ficar tudo bem.

Só que não vai. Nada está bem. Não há bem depois disso. Não há bem depois de ser o motivo de alguém não mais estar vivo nesta terra. Amo meu marido e jurei estar ao lado dele na alegria e na tristeza, mas nunca pensei que a tristeza incluiria meu filho ser criado por um homem que assassinou uma criança.

Não, sra. Jackowski, nunca mais vai ficar tudo bem.

Capítulo nove

Riley

É uma surpresa que a dor seja tão física, tão tangível. É pesada, tão morosa quanto a mochila que carrego no ombro, a que deixo cair no chão com um baque na frente da bancada da locadora Hertz. A atendente, uma garota que mal parece ter saído do ensino médio, está usando um gorro de Papai Noel enfeitado por cima do cabelo rosa-choque. Ela desenhou corações ao redor de seu nome (Tiffany) no crachá. Antes que ela abra a boca, já sei que Tiffany vai ser demais, animada demais, alegre demais.

— Oiê, senhora.

Senhora? Não sou chamada de senhora desde que saí de Birmingham.

— *Aimeudeus*, amo essa cor de esmalte! Como foi o seu voo?! O dia não está lindo hoje?!

Cada frase dela termina com um ponto de exclamação. Não sei o que responder primeiro em meio à saudação sufocante.

— Sim, com certeza está quente — respondo com o máximo de entusiasmo que consigo.

Por sorte, enquanto está buscando minha reserva, ela redireciona a faladeira para a colega no balcão ao lado, uma mulher branca idosa toda formal com um cabelo grisalho azulado de corte redondinho, que está ajudando outro cara negro mais velho, trajando da cabeça aos pés peças do time Miami Dolphins.

Luto contra a vontade de checar o relógio ou tamborilar no balcão com impaciência enquanto, de maneira torturante, Tiffany relata como foi sua noite de sábado em detalhes. Por fora, dou um sorriso educado. Por dentro, estou gritando. *Ninguém se importa!!! Como pode pensar que* alguém se importa com isso? Alguém derramou vinho na sua bolsa nova. Ah, tadinha. Minha avó morreu há seis dias. Ela está morta, Tiffany. Morta.

O torcedor dos Dolphins olha para mim e revira os olhos em solidariedade. Ele dá um passo em minha direção, ficando perto o suficiente para eu ver as cicatrizes de queloide antigas que pontilham seu queixo e sentir o cheiro da fumaça do charuto em sua jaqueta Starter laranja. Quando ele abre a boca para falar, percebo o brilho de mais de um dente de ouro.

— Ei, sabe me dizer como chego ao memorial do linchamento? — pergunta ele, com a voz preguiçosa e arrastada.

A atendente que o ajuda, a senhora, intervém, provavelmente para escapar do falatório de Tiffany.

— Acho que se refere ao Memorial Nacional pela Paz e Justiça — corrige ela, o tom condescendente inconfundível.

— Bem, é, dá na mesma — responde ele, lançando-me um olhar.
Esses brancos.

A mulher desenrola um mapa grande e pega uma caneta de plástico.

— Vou circular para você. É muito perto. Mais ou menos a quinze minutos daqui.

— Ouvi dizer que é bem intenso — diz o homem.

A atendente confirma com a cabeça de forma imprecisa. Obviamente nunca foi lá.

Nem a dor pode me livrar da compulsão de preencher o silêncio, de fazer todo mundo ao redor ficar confortável o tempo todo.

— Li muito a respeito do memorial e do Museu do Legado também, que fica um pouco mais adiante na mesma rua. Dizem que são incríveis.

— Bem, você está aqui, é melhor ir ver — sugere ele. — Sou Willie, a propósito.

Ele estende a mão.

— Prazer.

Não digo meu nome enquanto ele aperta minha mão com vigor para cima e para baixo.

Willie é pelo menos duas décadas mais velho que eu, e algo em sua energia de leve flerte me faz pensar que ele está querendo me convidar. Vai entender, o único rala e rola que eu teria em anos seria com um homem com idade para ser meu pai em um museu dedicado ao horror racial.

— Ah, bem, já estou atrasada. Tenho que chegar a Perote.

Não tenho certeza de por que me dou ao trabalho de dizer o nome de um ponto no mapa que ninguém nem conhece como se fosse Nova York.

— Nunca ouvi falar. Onde é isso?

— Uma cidadezinha, se é que dá para chamar assim, a mais ou menos uma hora ao sul daqui.

Em silêncio, incentivo Tiffany a se apressar e terminar a papelada para que eu possa escapar. Esqueci disso a respeito do Sul[4], a conversa fiada infinita que se arrasta em cada tarefa e interação por mais tempo do que deveria. Willie se move em minha direção agora, totalmente engajado na conversa.

— O que te traz aqui?

É uma pergunta razoável (uma previsível) e mesmo assim a resposta não quer sair da minha boca.

— Ah, hã, na verdade é o funeral da minha avó.

O clima amigável vai por água abaixo quando todo mundo de repente me olha com empatia. O lado positivo é que falar sobre morte pode acelerar o processo de Tiffany me entregar as chaves do carro.

— Ah, bem, sinto muito por sua perda — responde Willie com compaixão genuína. — Minha mãe morreu mês passado. Bem, é difícil.

Fico tensa quando ele se vira para mim; tenho um medo irracional de que me abrace. Então me sinto mal por me inclinar para trás e me forço a me voltar à conversa. Willie assente e me diz para ser forte enquanto caminha em direção à saída.

Seja forte. Deus sabe que estou tentando.

Suas palavras me fazem relembrar da noite em que Gigi morreu. Minha mãe disse a mesma coisa quando estávamos reunidos ao redor da cama de Gigi. "Temos que ser fortes. Temos que ser fortes." Os médicos

---

[4] N. da E.: As diferenças entre os estados do Sul e Norte dos Estados Unidos tiveram sua gênese no processo de colonização inglês. O Norte desenvolveu-se a partir do comércio e do trabalho assalariado. Enquanto o Sul, assim como as colônias portuguesas na América, converteu-se em fornecedor de matérias-primas para a Europa com intenso uso de mão de obra escravizada. A luta pelo fim da escravidão enfrentaria forte oposição dos fazendeiros sulistas. Para o Norte, ao contrário, o surgimento de uma camada de trabalhadores pagos representava novos mercados consumidores. Infelizmente, as questões históricas que acabaram afastando as duas regiões ainda geram consequências, como atestam os eventos recentes em Charleston, na Carolina do Sul, ou as reinvestidas racistas de Defensores da Confederação, em referência ao grupo de estados agrários e escravistas que lutaram contra a União, na Guerra de Secessão (1861 – 1865).

tinham estabilizado Gigi depois que ela sofrera um derrame. Ela estava inconsciente, mas parecia em paz. Quase não dava para saber que seus órgãos estavam parando de funcionar, mesmo que o médico tivesse explicado que era exatamente o que estava acontecendo. Cheguei ao hospital a tempo, o que sempre será uma das coisas pelas quais serei mais grata na vida. Quando cheguei, a primeira pessoa que vi foi meu pai, com o olhar desfocado na direção de uma máquina de venda automática no corredor.

— Papai?

Ele se assustou um pouco, voltando de fosse lá onde estivesse.

— Ah, oi, amor, vem aqui.

Ele estendeu os braços, abraçou-me. No vidro da máquina, vi nossos reflexos, o quanto nos parecíamos, os mesmos olhos redondos e a testa larga, a mesma tristeza.

— Como está, papai?

— Bem. É com sua mãe que precisamos nos preocupar. Você sabe que... que é o fim, certo?

Ele me olhou de maneira solene, querendo que eu estivesse preparada. Se tem uma coisa que meu pai sempre quer é que eu esteja preparada, para qualquer coisa, para tudo na vida.

Mas eu não estava preparada para perder Gigi. Assenti assim mesmo. Eu sabia que era o que ele precisava ouvir.

— Como está a mamãe?

— Ah, você sabe como ela é. Está fazendo exigências absurdas para as enfermeiras e para Jesus... falando sobre milagres. Fico falando que ela precisa deixar Gigi partir, mas é mais difícil do que parece. Ela devia estar grata que é tão tranquilo.

O olhar em seu rosto me faz ponderar se ele está pensando nos próprios pais. Eles morreram antes de eu nascer, no caminho de Baltimore para Filadélfia em um ônibus que bateu. "Ali em um segundo, e no outro não", era como meu pai sempre dizia. A modesta indenização do acidente ajudou a pagar por meus estudos, o que me faz sentir conectada aos avós que nunca conheci.

Com relutância, afastei-me dele.

— Temos que entrar. Eu quero... Eu quero dizer adeus, acho.

Era a última coisa que eu queria fazer.

E agora estamos aqui, prestes a enterrar Gigi ao pôr do sol, e de novo é a última coisa que quero fazer.

Checo o relógio. São onze da manhã. Se eu sair agora, ainda chegarei com bastante tempo para a cerimônia. Consigo tirar uma hora para ir ao memorial. E o homem tinha razão: estou aqui, é melhor ir. Quando estarei em Montgomery de novo?

Quando Tiffany me entrega os papéis e as chaves do carro econômico alugado, já decidi que vou fazer o desvio. Mando mensagem para Shaun, informando à família que chegarei um pouco mais tarde do que o esperado. Quero estar com minha família, mas a atração do memorial é mais forte, uma necessidade que não posso explicar ou ignorar. *Jimmy.*

Entrar no estacionamento do Memorial me causa uma sensação de reverência e pavor, como se esse pedaço de asfalto já fosse solo sagrado. Começo a respirar com dificuldade quando me aproximo da entrada, quase como se estivesse com medo, e estou: com medo de como este lugar pode me afetar. Já me sinto frágil, como se estivesse andando com uma ferida aberta.

Não lute contra as lágrimas. Não chorei desde que Gigi morreu, mesmo que chorar seja exatamente do que preciso. Talvez isso explique esse peso que tenho carregado comigo, todas as lágrimas não derramadas.

Chego a uma placa perto da entrada e paro ao lado de uma mulher branca corpulenta que a lê com a mão na boca, parecendo apreensiva. Preciso passar antes que ela faça contato visual ou olhe para mim em busca de algum tipo de conforto ou diga algo como "Deus, é tão horrível", e serei forçada a confortá-la. As palavras na placa também me acertaram com força:

Para os enforcados e espancados.
Para os baleados, afogados e queimados.
Para os torturados, atormentados e aterrorizados.
Para aqueles abandonados pelo Estado de Direito.
Nós lembraremos.[5]

Um garotinho, de talvez quatro ou cinco anos, corre em minha direção, vestindo uma camisa que diz: "Eu sou o sonho mais louco dos meus

---

[5] N. da T.: Tradução extraída do artigo "Nosso legado sujo: Philip Yancey em texto sobre os absurdos da injustiça racial". Disponível em: https://www.mundocristao.com.br/blog/nosso-legado-sujo-philip-yancey-em-texto-sobre-os-absurdos-da-injustica-racial/. Acessado em 19 de nov. de 2023.

ancestrais". Suas risadinhas percorrem o ar, tanto bem-vindas quanto descabidas. Fora isso, a pequena multidão que cobre o terreno é silenciosa, reverente.

Caminho em direção ao pavilhão, onde enormes pedras vermelhas estão penduradas no teto. Cada uma está gravada com os nomes das vítimas, milhares e milhares de vítimas de linchamento, de condado a condado. O peso esmagador das pedras, da história, a dor dos meus ancestrais, parece luto. Um grupo de pessoas (provavelmente em uma excursão) se amontoa, mas ninguém fala nada, como se todos estivessem atordoados em silêncio, avaliando as atrocidades, que são apresentadas com tamanha honestidade inabalável.

Vejo Willie de pé com a cabeça baixa, o queixo apoiado no peito. Eu me aproximo e vejo as marcas de lágrimas em suas bochechas. Antes que possa me conter, vou até ele, então estamos ombro a ombro, em comunhão silenciosa. Algo sobre a presença desse homem, sobre não estar sozinha aqui, me conforta.

— Meu avô — diz ele por fim. — William Franklin. Era o nome dele.

Ele aponta com o dedo longo para a gravura na pedra vermelha queimada. Há também quatro outros nomes. Cinco homens torturados e mortos.

Sussurro os nomes para mim mesma, acrescentando outro: *Jimmy*. Não faço ideia de se Willie tem mais a dizer e decido esperar o tempo que for preciso. Quando ele enfim fala, tenho que me aproximar para ouvi-lo.

— Foi em 1944. Meu vô tinha acabado de voltar da guerra. Lutou com a Nonagésima Segunda Divisão na Itália. Abriu uma lojinha na cidade, estava indo bem. A guerra deu a ele um senso de dignidade, sabe? Mas os rapazes brancos não gostaram muito disso, principalmente por acharem que ele estava atrapalhando os negócios deles. Um bando deles apareceu uma noite. Esmurraram a cabeça da minha avó Thelma quando ela perguntou o que queriam com o marido dela. Ela estava grávida da minha mãe. O vovô ainda nem sabia. Ela estava esperando até ter certeza para contar. Eles a deixaram sangrando no chão enquanto revistavam o lugar. Meu avô, Willie, tinha algumas garrafas de uísque que eles beberam, e então o arrastaram para fora da casa. A vovó disse que eles falaram como bateriam nele, mas ele começou a revidar. Então atiraram nele. Atiraram no meu vô como um cachorro no próprio quintal dele. — Willie inspira depressa, quase como se estivesse soluçando, antes de chegar à última parte. — Ele nem soube que teria uma filha.

Não sei quando pego a mão de Willie, mas estou a segurando quando ele para de falar. Para minha surpresa, parece a coisa mais natural do mundo.

Uma parte de mim quer contar a ele sobre Jimmy, mas não posso. É demais. Esse ar, já pesado ao nosso redor, não precisa de mais histórias trágicas. Ele aperta meus dedos como se soubesse que há significado aqui para mim também. Em silêncio, seguimos para o terreno intocado, a grama de um verde vívido, o Sol uma bola amarela radiante contra um mar azul, tudo isso impróprio comparado à história sangrenta ao redor. É difícil imaginar que pessoas foram linchadas em dias lindos e brilhantes como este, mas com certeza foram.

— Willie. Você tem o mesmo nome que ele. — Faço a conexão.

— É, um legado e tanto, acho. — O tom dele evidencia a contradição. — E você? Não me disse seu nome.

— Riley. Riley Wilson.

Eu podia contar a ele que meu nome foi em homenagem a um parente também, mas seriam necessárias muitas explicações.

— Bem, foi um prazer te conhecer, Riley. Você foi gentil, fazendo companhia para mim hoje, querida.

Abro um sorriso pela primeira vez hoje. Esse homem me lembra de meu pai, alguém que chama qualquer mulher abaixo de quarenta anos de "querida" e não parece entender quando tento explicar que isso não é mais bacana.

A defesa de meu pai:

— Não inventa. As pessoas precisam parar de ser tão sensíveis. É um termo carinhoso.

E parece mesmo o caso quando esse homem fala, tão reconfortante quanto um banho quente.

Willie pega um lenço amarelo dos fundos do bolso do casaco e assoa o nariz.

— Vim aqui hoje pela minha mãe, sabe? Pareceu algo que eu precisava fazer por ela. Ela queria vir, mas nunca conseguiu.

Entendo por completo. Estamos ambos aqui por outra pessoa, por nós mesmos e, estranhamente, um pelo outro agora. Willie olha para o chão. Sinto uma onda de pânico de que nunca verei esse estranho outra vez, nossa breve amizade tão doce e passageira como a chuva de verão.

— Posso te dar um abraço, mocinha?

Como resposta, abro bem os braços e nos abraçamos. Estamos diante de uma estátua de ferro de pessoas acorrentadas. Quando nos separamos, Willie tira um minuto para olhar a escultura; seu olhar se fixa na imagem de uma mulher com uma corrente de ferro pesada no pescoço, um bebê nos braços.

— Que mundo.

Ele balança a cabeça e segue o caminho; suas palavras ainda ecoando. "Que mundo."

Não tenho muito tempo e já estou emocionalmente esgotada, mas resolvo fazer uma parada rápida no Museu do Legado também. Preciso ver os potes de terra sobre os quais li, cada um cheio de terra de todos os locais dos Estados Unidos onde houve um linchamento famoso, estampado com nome e data, homenagens às vítimas que se perderam na história. É um tributo tão simples e poderoso, uma maneira de honrar as vidas delas e garantir que as pessoas não esqueçam desse legado específico de violência, do fardo que teve.

Jimmy também foi linchado aqui neste solo. Ainda que nunca saibamos a localização exata, seus restos mortais estão em algum lugar neste estado. O lugar de seu nome, da terra manchada com seu sangue, em uma prateleira. Nós... eu preciso me lembrar, por Gigi.

Eu me apresso de volta ao estacionamento, mas a caminhada até o carro parece mais longa do que a que fiz até o museu, como se a história estivesse pesando sobre mim. A primeira coisa que faço: coloco a mão na mochila para ter certeza de que a caixa ainda está lá, enfiada ali no fundo. Foi estupidez minha deixar no carro. Respiro novamente quando sinto o vinil liso, puxo a caixa da bolsa e abro. Aninhados em uma cama de veludo vermelho, um colar e uma pulseira de pérolas. "Pérolas de verdade!", Gigi se esforçou muito para enfatizar quando me presenteou.

Foi um dia depois que ela me contou sobre Jimmy. Gigi havia guiado minha mãe para um cofre que ninguém sabia que existia e disse a ela para levar o conteúdo do cofre ao hospital. No cofre, minha mãe encontrou uma bolsa Hefty preta contendo a caixa de joias com as pérolas, antigos certificados de ações da companhia aérea Pan Am, um bolo de cartas do vovô Leroy e, o mais absurdo, cerca de três mil dólares em notas pequenas.

— Andou fazendo bico de stripper, Gigi? — provocou Shaun.

Minha mãe bateu na cabeça dele, embora Gigi não tivesse entendido a piada.

Em vez disso, elas nos lembrou pela centésima vez de que não devíamos manter todo o dinheiro no banco.

— Grande demais para falir? Ah, tá! Vocês precisam guardar um pouco de dinheiro vivo, um tiquinho por vez até fazer um pé de meia.

Então ela me entregou a caixa de pérolas e duas notas em seus rabiscos trêmulos. Li os dois, até aquele que não era para mim. Lógico, vou fazer o que Gigi quer e dar a pulseira para Jen. Cedo ou tarde. Mas tudo parece... como Sabrina disse? Delicado.

Na noite que Gigi morreu, liguei para Jen de um banco duro no único canto do saguão do hospital onde eu tinha sinal. Continuei tentando de modo obsessivo, mesmo sabendo que era inútil. Era óbvio que o celular dela estava desligado. Eu estava tão desesperada para ouvir a voz de minha amiga. Eu só queria chorar com ela, sentir saudades de Gigi junto com ela e talvez até implorar para ela deitar-se na cama comigo e me contar todas as histórias engraçadas de Gigi que pudesse se lembrar. Não importava o que mais estivesse acontecendo. Só que ela não atendeu, e não consegui formular as palavras para deixar uma mensagem na caixa postal. Eu precisava encontrar outro momento de silêncio para falar com ela, um em que eu pudesse desmoronar sem problema, mas nunca aconteceu... A semana foi uma correria com todo o planejamento e as providências a tomar. Mas vou ligar, eu quero. Preciso dar a pulseira a ela. A caixa fecha com um estalo alto. Com cuidado, eu a coloco no banco do passageiro ao meu lado como se fosse um talismã, um companheiro, como se fosse Gigi.

Tudo que quero é ouvir a voz da minha avó outra vez. Não a ouço desde que ela disse as últimas palavras, ditas em um sussurro irregular no dia anterior ao falecimento, a última vez que a vi consciente.

— Você é uma boa garota, Leroya, mas tem que deixar outras pessoas te ajudarem. Você não vai ganhar nenhum prêmio por fazer tudo sozinha.

Eu deveria saber que era um adeus. E agora é uma ironia muito cruel que Gigi tivesse falecido e *então* parado de me assombrar, como se tivesse partido duas vezes.

Volte, vovó. Preciso de você. Não consigo te ouvir. Espero, ouvindo por mais um minuto, só por precaução, antes de ligar o motor e o rádio. "River", de Leon Bridges, está tocando, uma música que Gigi adorava. Resolvo encarar isso como uma mensagem.

A estrada US-82 com os outdoors de fogos de artifício e lojas de pornografia passa em um borrão enquanto ando a cento e trinta quilômetros por hora o caminho todo, agora ansiosa para chegar à minha família. De vez em quando, durante o trajeto até Perote, sinto um leve cheiro da fumaça do charuto de Willie, o que acho reconfortante de modo estranho.

Já saí da rodovia quando minha bexiga parece estar prestes a estourar. Há poucos e espaçados postos de gasolina pelas estradas menores e mais vazias que preciso percorrer pelo resto do caminho. As estradas mais assustadoras.

Nos últimos anos, sempre que estou em um trecho assim, tudo em que consigo pensar é em Sandra Bland[6] e em como dar uma seta ou uma lanterna traseira podem me transformar nela. Fico olhando pelo retrovisor interno de vez em quando e mantenho o limite de velocidade, cuidadosa e cautelosa, o tempo todo me ressentindo por ter que ser tão cuidadosa e cautelosa.

Diminuo a velocidade quando enfim vejo algumas bombas de gasolina velhas. Parecem relíquias de outra época; *são* relíquias de outra época. Uma placa antiga está encostada nos tanques, com os dizeres "Aqui temos Coca-Cola". Na frente da pequena loja, dois caras brancos estão sentados em cadeiras dobráveis. Um tem o cabelo loiro longo que quase chega aos ombros, o outro um corte curto feito recentemente, revelando um couro cabeludo careca cheio de cicatrizes, com alguns encaroçados.

Tento avaliar a situação, o potencial de perigo, mas, depois de seis meses na Filadélfia, meu radar para interioranos conservadores está enferrujado... e com a bexiga gritando desse jeito, estou desesperada. Terei que arriscar. Como não há nenhum tipo de estacionamento, paro na terra vermelha irregular, a poucos metros de onde os homens estão

---

[6] N. da E.: Sandra Bland tinha 28 anos quando foi detida pela polícia, em 10 de julho de 2015, no condado de Waller, Texas, Estados Unidos. O motivo da prisão teria sido uma infração de trânsito leve: Bland não sinalizou corretamente ao mudar de faixa em uma avenida. Três dias depois, Bland foi encontrada morta em sua cela. A morte foi apresentada como um suicídio, porém, imagens do momento da prisão mostram a jovem algemada e imobilizada no chão. Somou-se a isso o fato de Bland ser militante do movimento BlackLivesMatter, o que levou a comunidade negra estadunidense a denunciar que a jovem foi, na verdade, assassinada pela polícia, mesmo depois de ter se deixado prender, sem resistência alguma.

sentados. O careca estreita os olhos para mim, levanta-se e logo diminui a distância entre ele e meu carro.

— Quer abastecer? — pergunta ele através da janela fechada e faz um círculo no ar com o punho fechado para indicar que devo abaixar a janela, o que em outras circunstâncias eu acharia engraçado, considerando que faz tempos que não vejo um carro sem vidros elétricos.

— Só quero o banheiro — digo pela fresta enquanto a janela abaixa.

O mostrador diz que estou com meio tanque ainda. Meu pai sempre me disse para encher o tanque antes de ficar em menos da metade. "Porque nunca se sabe quando terá outra chance", aconselhava ele.

— Na verdade, pode encher. Gasolina comum, por favor — adiciono.

— O banheiro fica nos fundos. O Rooster tem a chave.

Se eu desaparecesse atrás desse posto de gasolina, alguém saberia o que aconteceu comigo? Sou um alvo fácil, uma mulher sozinha em uma estrada vazia, uma manchete trágica em formação. Pode ser até que meus ex-colegas a cento e sessenta quilômetros daqui, em Birmingham, cubram a matéria.

Rooster cospe um chumaço de tabaco no chão antes de me entregar uma espátula de metal, do tipo usado para virar panquecas, e uma chave amarrada a ela com um pedaço de barbante sujo.

— O banheiro fica na lateral. Desculpa aí pelo vaso. Não dá descarga direito.

Contenho a ânsia de vômito enquanto me aperto em um banheiro do tamanho de um armário. O banheiro não dá descarga nenhuma e está prestes a transbordar. Não quero adicionar à mistura, mas que escolha tenho?

Quando volto, Rooster está bem no meu caminho para o carro. Meu estômago se revira.

É o fim.

Ele dá um passo em minha direção, bloqueando meu caminho, e nem tenho tempo para pensar exatamente para onde vou correr, ou me lembrar do que aprendi na aula de autodefesa que fiz na faculdade, antes que ele estenda a mão.

— Me dá a chave, por favor? Preciso mijar — murmura ele. — Espero que você não se importe, ele deu um trato nas janelas também.

Atrás de Rooster, o careca está passando um rodo pelo meu para-
-brisa.

— Você está bem? — pergunta ele.
— Aham, tô bem, tô bem.
O alívio logo se transforma em constrangimento.
— Tá indo pra onde?
— Perote.
— Fica a pouco mais de um quilômetro daqui. Bem-vinda.

Como prometido, levo apenas um minuto de carro antes de ver a placa "Perote – Condado de Bullock". Serpenteio pelos restos desolados do que já foi provavelmente uma movimentada rua principal, agora deserta, ladeada por um armazém geral, uma loja de correios, a igreja dos brancos, a igreja dos negros, um restaurante, uma delegacia, uma biblioteca e a prefeitura. A cidade não é acolhedora nem ameaçadora, mas deprimente. Ruas vazias, prédios com tapumes, uma imobilidade no ar, um lembrete de que cidades inteiras, como pessoas, podem simplesmente murchar e morrer. Há uma certa inevitabilidade nisso, a compreensão de que os tempos áureos vêm e vão e a vida segue em outro canto enquanto essa carcaça de lugar fica abandonada como um artefato empoeirado. Nem mesmo uma nostalgia pitoresca permanece; há apenas o sentido de vida, oportunidade e dias melhores que vêm e vão. Não há sinal de celular, mas tive o bom senso de imprimir o caminho a tomar antes de sair da Filadélfia. Tive a sensação de que o sinal oscilaria. O pequeno ícone no canto do celular não mostra nenhum pontinho. Ficar desconectada assim me deixa nervosa, imaginando todas as ligações, e-mails e notícias que vou perder nas próximas vinte e quatro horas. E se Scotty precisar falar comigo? Estar completamente inalcançável é quase como perder um membro. Não há nada que eu possa fazer, porém, e há uma espécie de liberdade estimulante nisso.

O caminho impresso não faz muita diferença, considerando que nem todas as estradas estão bem-sinalizadas. Estou presa no que parece ser uma rua sem saída estreita, cercada por arbustos densos e formigueiros de formiga vermelha da altura do joelho. Em minha mente, vejo cavalos galopando e vestes brancas, cruzes em chamas. Com certeza não quero estar aqui depois de escurecer.

Passando devagar, procuro a casa, afastada da estrada estreita. Quando enfim a localizo, parece ter sido por acidente, ou como se tivesse decidido me encontrar.

Há alguns carros espalhados pela ampla colcha de retalhos de ervas daninhas, sujeira e cascalho que compõem o que só pode ser chamado vagamente de quintal. O trailer gigante do tio Rod se eleva sobre todos eles. É maior que a casa.

Observo o modesto rancho de tijolos que meu bisavô Dash supostamente construiu com as próprias mãos, talvez seja por isso que se inclina de leve para o lado. É incrível para mim que Gigi tivesse mantido o terreno por tanto tempo, embora nunca tivesse voltado aqui, exceto para o funeral de tia Mabel. Ela costumava alugá-la para caçadores durante a temporada de veados e usar a pequena renda gerada como seu "dinheiro de diversão", principalmente pagando a conta da TV a cabo e comprando coçadores de costas. Acho que ela também estava guardando naquela bolsa Hefty. Faz alguns anos que o lugar está vazio, porém. São quatro cômodos minúsculos e um banheiro em poucos hectares de terra, mas era tudo dela, e Gigi se orgulhava de tê-la. Ela disse que possuir um pedaço de terra fazia da pessoa alguém, ou pelo menos a fazia se sentir como se fosse alguém. E ninguém poderia tirá-lo da pessoa... até poderem. Tenho que afastar o pensamento de meus pais perdendo a casa. Uma angústia é suficiente por ora.

O corrimão treme enquanto subo as escadas irregulares de concreto do alpendre até a porta da frente. Está aberta e todos estão reunidos na sala de estar.

Não vejo o tio Rod desde pequena. Ele e minha mãe não se falam desde que tiveram uma briga depois do funeral do vovô Leroy por causa de algo que ninguém comenta. Quando ele se aproxima para me abraçar, o cheiro de seu cachimbo me faz sentir como se eu estivesse de novo no segundo ano. Ele é a única pessoa que já vi fumar um cachimbo de verdade, como um Sherlock Holmes negro.

Dou abraços rápidos na tia Rose e em duas das minhas primas, gêmeas de vinte e poucos anos que são essencialmente estranhas para mim e que logo voltam a focar nos celulares.

Shaun coloca uma taça de vinho na minha mão.

— Aqui, guardei para você. É o último, e não podemos pegar mais por causa das leis estúpidas daqui. Então é melhor beber.

O vinho tem gosto de vinagre. Mesmo assim, tomo três goles rápidos.

— Cadê nossos pais?

— Meu pai foi ao cemitério para garantir que está tudo acertado. As limusines vão chegar aqui em vinte minutos. — Shaun me olha de cima a baixo. — Hum, então é melhor você se arrumar, não? Com esse moletom não dá. Você pode imaginar onde a mamãe está.

Ele então acena com a cabeça para a cozinha.

— Limpando?

Já sei a resposta. Os hábitos de limpeza dela são lendários. Quando crianças, Shaun e eu tínhamos uma lista de tarefas de um quilômetro que durava o fim de semana todo. Em meus dezoito anos vivendo sob seu teto, a mulher nunca foi para a cama com um prato sujo na pia, e agora também não consigo fazer isso. Tentei uma vez. Larguei uma tigela de sorvete porque sou uma mulher crescida que pode deixar uma vasilha suja na pia. A liberdade! Só que fiquei tão agitada uma hora depois que me levantei e lavei, a uma da manhã.

Eu tinha oito anos quando minha mãe me explicou pela primeira vez que as pessoas brancas costumam pensar que pessoas negras são sujas. Eu me lembro com nitidez porque foi a noite da minha primeira festa do pijama (além daquelas com Jen, que praticamente morava conosco naquela época); minha amiga Abigail do balé estava chegando. Eu tinha uma daquelas intensas admirações de menininha por ela, com suas longas tranças ruivas em maria chiquinha e a bolsa de dança com o nome dela estampado em cristais cursivos brilhantes. Como preparativo, minha mãe e eu passamos o dia inteiro limpando. Ela ficou de joelhos, esfregando com fúria o linóleo sob os armários da cozinha, quando disse isso. Não fez o menor sentido para mim, considerando que nossa casa estava sempre com cheiro de amônia e limão. Eu tinha aprendido a aspirar antes mesmo de conseguir andar sozinha. Não muito tempo depois, fui autorizada a dormir na casa de Jen pela primeira e única vez. Pensei no que minha mãe havia dito enquanto observava o círculo de sujeira ao redor da banheira, as migalhas presas no estofado do sofá.

— Os germes fazem bem — explicou Lou quando me viu com o queixo quase no chão de choque. — Olha a Jenny. Ela nunca fica doente.

Quando foi a hora de tomar banho, não consegui encontrar uma toalhinha. Pedi a Jen por uma, e ela me disse que elas não usavam. Minha mãe sempre deixou nítido que toalhinhas eram essenciais para manter as partes íntimas "nos trinques".

Tudo me deixou confusa quanto a quem era limpo e quem era sujo e como essas coisas eram determinadas.

Aqui está minha mãe agora em seu vestido preto mais fino, um avental surrado amarrado na cintura, a cabeça enfiada em um armário, limpando com fúria.

— Mãe?

Quando ela tira a cabeça do fundo do armário, um dos rolinhos em seu cabelo fica preso na porta.

— Minha menina! — Ela larga a esponja molhada e me abraça. — Eu não sabia que você estava aqui!

— Acabei de chegar. Desculpe, estou atrasada.

— Ah, amor, você chegou na hora certa. Na hora certa. Aqui, me dê aquele rolo de toalhas de papel.

Ela pega a esponja sem hesitar, e pela primeira vez penso na obsessão da minha mãe por limpeza como na minha por correr, uma forma de ela sentir algum nível de controle, ou pelo menos a ilusão disso.

— Como você está, mãe?

Não a vi chorando também.

— Ah, você sabe, estou bem. Estou bem. Só quero que essa cozinha nojenta fique limpa. Talvez tentemos enfim vender a casa. Seu pai foi na frente no cemitério. Eu queria que ele comprasse flores. Só Deus sabe se ele vai conseguir flores aqui, mas ele vai dar um jeito. Aquele homem é cheio dos recursos.

— Certo, bem, você precisa de ajuda com alguma coisa?

— Não, não, preciso que você se apronte.

Minha mãe me dispensa acenando uma toalha de papel molhada.

Eu a deixo esfregando e coloco o mesmo vestido preto que usei para o funeral de Justin. Venho usando muitos vestidos pretos tristes nos últimos tempos. Coloco as pérolas por último, prendendo o delicado fio em volta do pescoço, girando e girando até que a pérola central, a que é um pouco maior que as outras, fique exatamente onde deveria, logo acima da cavidade da clavícula. Estou pronta, e não estou nada pronta.

No banco traseiro de um Cadillac quadrado dos anos setenta, com coxas grudando no assento de couro rasgado, toco as pérolas de novo. Paro quando minha mãe olha para mim, temendo que ela me repreenda por ficar inquieta.

— Ficou bonito em você — comenta ela e volta a olhar pela janela, cutucando a própria aliança no dedo ossudo.

Se tivéssemos esse tipo de relacionamento, eu seguraria a mão dela agora.

Enfim, depois de serpentear por uma série de estradas rurais, chegamos a um pequeno campo. Portões tortos de ferro forjado emolduram uma pequena placa anunciando o cemitério "negro", datando o século XIX. Meu pai está de pé no meio da clareira ao lado de um ministro da igreja local. Não o conhecemos pessoalmente. A família dele é de Perote há gerações, e conheciam Gigi e os pais dela. O Sol poente atrás dos dois ilumina meu pai e o ministro, eretos, orgulhosos e solenes com as mãos unidas. Isso me faz lembrar de uma fotografia de Gordon Parks. Quero correr até meu pai como eu fazia quando era criança, fazer com que ele me levante no ar e me gire. Isso foi antes de a limpeza de milhares de banheiros o deixar com a coluna curvada e dores permanentes nas costas. Em vez disso, ele me recebe com um abraço apertado.

Ficamos todos ao redor do caixão, que tem um buquê de flores silvestres em cima. Meu pai deve tê-las escolhido, provavelmente aqui mesmo no campo, e as arrumado com cuidado sobre o mogno reluzente. Os sapatos dele estão cobertos de manchas de barro vermelho. Meu coração ameaça explodir, imaginando-o curvado, mesmo com o problema nas costas, colhendo flor após flor.

Tento evitar olhar para o caixão, como fiz no funeral de Justin. Mas aqui está, a menos de um metro e meio de distância. Está fechado, embora eu saiba que minha avó está lá, vestida com cuidado, bem como ela gostaria: o chapéu favorito, um vestido floral, as luvas de seda branca mais sofisticadas. Imaginar Gigi presa lá me causa alfinetadas na coluna, mas é o buraco, o buraco gigante no chão, que faz meus joelhos cederem. Shaun entrelaça o braço no meu.

— Estou contigo, irmã. Estou contigo.

O tio Rod e a família estão de um lado do ministro; Shaun, meus pais e eu, do outro, formando uma fileira apertada. O pastor espera o breve assentir de minha mãe indicando que é hora de começar. Shaun me abraça mais forte. O ministro começa a recitar os Salmos. Sua voz, mais alta que a do pastor Price, é nítida e forte e ressoa no círculo de ciprestes imponentes que nos cercam. Minha mãe me pediu para ler um poema. Quando o ministro termina, saco o pedaço de papel dobrado, úmido de suor, do bolso do vestido e vou à frente. Minhas mãos tremem, e me lembro do primo de Justin, Malik. O poema *On a New Year's Eve*, de June Jordan, era um dos favoritos de Gigi.

— Eu não o entendo muito bem, mas mexe com a gente, né? — comentou ela uma vez.

Mexia. Mexe.

De repente estou envergonhada, tímida, embora essa seja minha família. Pigarreio e começo a ler:

— O infinito não me interessa, não mais totalmente... — Estou falando com a voz de jornalista; imaginar uma câmera à frente facilita. De propósito, desacelero na última frase. Talvez se eu ler para sempre, nunca chegarei ao momento em que Gigi é colocada no buraco. — Todas as coisas queridas desaparecem... Todas as coisas queridas desaparecem.

Não é comprido o suficiente. Acabou.

Minha mãe se aproxima e me abraça.

— Isso foi lindo, Leroya, lindo.

De alguma forma, o deslize com meu nome parece certo.

Volto ao lugar no círculo. O ministro espanta uma mosca e recita Gênesis 3:19: "Do pó viemos e ao pó retornaremos" antes de pedir que abaixemos a cabeça.

Depois de um momento de silêncio, o pastor pergunta se alguém mais quer falar.

O único som é o do farfalhar das árvores até que Shaun diga:

— Ei, pastor, o que o cavalo foi fazer no orelhão?

O pobre homem parece tão confuso, mas já comecei a rir. Digo a resposta:

— Passar um trote.

Deus, Gigi amava essas piadinhas bobas. Ela conhecia centenas delas e as repetia até que estivessem desgastadas como lençóis velhos.

Meu pai se junta à brincadeira:

— Mas, filho, você sabe por que o bombeiro não gosta de andar?

— Ora, não, pai, não sei.

O que é mentira; Shaun já ouviu essa umas quinhentas vezes. Gigi a contou para nós no hospital semana passada, quando encontrou alguma energia dentro de si.

— Porque ele so-corre.

Todos os olhares se voltam para a minha mãe, cheios de expectativa.

— Ah, parem com essa bobagem. Não é hora. — Os olhos dela estão grudados no caixão. Há uma longa pausa enquanto tentamos descobrir o que fazer, e então a voz de minha mãe, ainda olhando para o caixão como se falasse com a mãe dela. — Por que a loja de canivete faliu? — Ela não espera a resposta. — Porque só vendia afiado. — E então ela ri, tanto que lágrimas escorrem por seu rosto. — Deus, as piadas daquela mulher eram as mais bobas que já ouvi.

Estamos todos rindo agora. O pastor parece consternado a princípio e depois desiste, um professor substituto que perdeu o controle da sala de aula.

Levo as mãos ao rosto e percebo que minhas bochechas estão molhadas. As lágrimas vieram. Elas escorrem como chuva; como as da minha mãe, são lágrimas de felicidade, ou pelo menos uma mistura de felicidade e de pesar. Penso em Gigi olhando para nós agora, todos juntos, rindo horrores em um pequeno pedaço de terra na zona rural do Alabama em um dia quente de dezembro, e sei que é exatamente como ela gostaria que este momento fosse.

Pelo resto da noite não conseguimos parar de contar piadas de Gigi. Até serve como um modo de minha mãe e o tio Rod se aproximarem, mas ninguém abusa da sorte; nem uma hora depois de voltarmos do cemitério, meus tios e primas seguem para o trailer. Eles planejam voltar cedo para Memphis pela manhã, então agora somos só nós.

Meu pai reuniu lenha suficiente no quintal para acender uma pequena fogueira na lareira e coloca um velho disco de Sam Cooke no toca-discos no canto. Shaun encontrou uma garrafa empoeirada de uísque caseiro no armário. Até minha mãe bebe. Cometo o erro de cheirar antes de tomar um gole, e o odor por si só queima minhas narinas.

— Ai meu Deus, o que é isso?

— Seja lá o que eles faziam aqui quando não conseguiam encontrar outra coisa.

Shaun dá de ombros e bebe o que restou no copo.

— Não sei se devíamos estar bebendo isso.

— Não seja chata, vamos virar.

Tapo o nariz e bebo. Tem gosto de dois ingredientes: gasolina e casca de árvore. Mesmo depois de tomar o resto de uma Coca-Cola quente, o sabor nocivo permanece na minha língua.

Ainda estou bochechando refrigerante com vigor na boca quando minha mãe se levanta e volta à mesa com uma caixa de papelão cheia de álbuns de fotos.

— Olhem o que encontrei limpando o armário do corredor mais cedo.

Um deles tem um couro bronzeado tão velho e seco que está rachado em forma de teia, como uma paisagem desértica. Recortes de jornais e receitas estão grudados no fundo da caixa. Pego um cartão surrado que mostra os ingredientes e os passos para fazer torta de ruibarbo em uma letra cursiva desbotada.

— Posso ficar com isso?

— Como é que é? Por quê? Qual foi a última vez que você ligou o fogão? — brinca Shaun.

Ele tem razão. Acho que nunca fiz comida nenhuma do zero em toda a vida, mas, de repente, preparar essa receita é importante para mim. Não importa que eu não faça nem ideia do que seja ruibarbo, farei a torta para o Natal. Não sei por que de repente sou tomada pelo desejo de ser tipo uma aspirante a Carla Hall, mas me agarro a qualquer maneira de me sentir conectada a Gigi com desespero. Quantas vezes eu a observei, com os braços salpicados de flocos brancos brilhantes de farinha, sovando massa ou concentrada sobre tonéis de gordura quente que guardava em uma lata gigante de tomate velha que nunca tirava da parte de trás do fogão? Quantas vezes revirei os olhos enquanto ela brincava (mais ou menos) comigo: "Se quer conseguir um bom homem um dia, venha aqui aprender a cozinhar". Quantas vezes ela revirou os olhos para meus monólogos pretensiosos sobre o patriarcado. "Garota, não tem nada de errado em querer um homem."

— Deixando o marido de lado, cozinhar é história — afirmou ela uma vez enquanto fazia biscoito. — Eu, minha mãe e a mãe da minha mãe ficávamos fazendo esses mesmos biscoitos. É um vínculo, sabe? Não é muito (um pouco de farinha, um pouco de água, um pouco de sal), mas é o que tínhamos e é um legado, uma conexão.

Ela sempre dizia que sentia o espírito dos ancestrais, conversava muito com eles quando estava nervosa com alguma coisa ou quando estava na cozinha. Sovar biscoitos, passar coxas de frango gordas pela farinha, esticar massa de torta, tudo isso a fazia se sentir próxima a eles. Então talvez fizesse o mesmo por mim... me conectasse a eles, a Gigi.

Falando em legado, meu pai abre o álbum antigo, as páginas rangendo e rachando ao serem incomodadas. Vemos Gigi na primeira foto. Ela devia ter uns cinco anos, em um vestido de renda branca, a cabeça cheia de tranças, um sorriso travesso revelando duas janelinhas entre os dentes.

Um adolescente desengonçado com uma calça marrom e camiseta branca de braços bem musculosos está ao lado dela, com as mãos em seus ombros. Eles estão na frente da casa, que tem a mesma aparência de hoje em dia.

Minha mãe vira a foto e lê a escrita no verso. "Marla e Jimmy, 1935." Seguro a foto, ávida. Jimmy está usando um chapéu de feltro com uma pena na lateral. Seu nariz é torto como se tivesse sido quebrado e nunca cicatrizado direito. Isso não o torna menos bonito, na verdade, é o contrário.

Passo o dedo pela foto como se estivesse viajando no tempo.

— Quem é Jimmy? — pergunta Shaun.

— Primo da vovó — começo. — É horrível. Ele foi...

E minha mãe ergue a mão para me interromper, suspirando em frente ao copo de bebida.

— Outra hora. Outra hora.

Ela tem razão. Hoje é dia de falar de Gigi, de recordar lembranças felizes. Então fazemos isso. Shaun conta da época em que Gigi o perseguiu pela casa com um sapato por pegar a fita de vídeo e gravar alguma coisa por cima do capítulo da novela *General Hospital* que ela ainda não tinha assistido, e comemos os petiscos da tábua que minha mãe conseguiu preparar com as parcas opções da lojinha local: um assado surpreendente de tão macio, um grande pote de folhas de nabo, uma broa de milho torrada nas bordas.

— Tudo o que precisamos é de pão milagroso — afirmo. — Quem vai fazer o pão milagroso?

A pergunta me causa felicidade, então dor. Não tinha ninguém que amasse mais o pão milagroso que Jenny. Toco a pulseira de pérolas no pulso. Troquei de vestido, e o colar está de volta na caixa. Ainda estou usando a pulseira.

— Quando você vai dar a ela? — pergunta minha mãe.

— Esta semana, quando voltarmos — respondo, mas não sei se é verdade.

— Qual o problema entre vocês duas?

— Mãe, você sabe qual o problema.

— Não, Riley, não sei, então você terá que me falar. — Ela diz isso da mesma forma que fazia quando eu era uma criança pedindo doce sem abrir a boca.

Essa é a questão: não tenho o que falar. É difícil definir, muito menos descrever exatamente qual é o problema entre nós, essa rixa esquisita e não declarada. Quanto mais tempo passamos sem nos falar, mais esquisito fica, como se estivéssemos em uma briga invisível e nenhuma de nós entendesse as regras.

Um ronco alto vem do sofá onde meu pai está esticado.

— Vou deixar vocês conversarem sobre *isso* — diz Shaun, ficando de pé para dar um beijo em minha mãe e então em mim, antes de ir para o quarto dos fundos.

Estou exausta da viagem e da tristeza do dia, embora seja bom me sentar aqui com minha mãe à mesa de linóleo pegajosa cheia de copos vazios e migalhas. Minha mãe deve estar mais que um pouco embriagada, porque não faz nenhuma menção de limpar a bagunça. Minha mente fica girando enquanto considero a melhor forma de explicar o que está acontecendo com Jen, mas minha mãe já deixou o assunto de lado. Seus olhos estão um pouco vidrados... Pode ser uma dor de cabeça ou uma impressão causada pelo luar.

— Sabe, comprei um cachecol para a Gigi de Natal. — A voz dela é baixinha. — Eu estava esperando que ela aguentasse até lá. Eu sabia que mesmo que acontecesse, ela não passaria muito do Natal, então pensei que podíamos enterrá-la com o cachecol, mas, quando pensei nisso, não quis dar mais o cachecol para ela. — Ela rasga um guardanapo em longas fitas brancas. — Eu devia ter dado o cachecol a ela.

— Você o trouxe?

— Não, deixei em casa. Está em uma caixa em cima do armário. Talvez você use quando voltarmos. Vai ficar bonito em você. Você e sua avó tem o mesmo tom de pele, como coco torrado duas vezes. Ela sempre dizia isso quando você era bebê.

— Vou usar. Coloque debaixo da árvore para mim e vou fingir que é surpresa.

Minha mãe suspira.

— O cachecol não é bem a questão, querida. É que não podemos esperar. Sabe, há muita coisa que eu queria ter dito à sua avó antes que ela partisse. Agora estou me perguntando por que esperamos para dizer coisas. Pode ser besteira ficar esperando por qualquer coisa. Esperar para dizer que ama alguém ou que estamos bravos pra caramba com a pessoa. Kevin fez uma coisa horrível, é verdade, e um garoto está morto, e ele tem que conviver com isso, com esse peso na alma. Não vou opinar sobre como ele deve ser punido. Deus é que vai decidir. Só que Jenny não é Kevin, e aquela garota te ama, e às vezes precisamos engolir o orgulho e tomar a iniciativa de conversar. Mesmo quando não sabemos o que dizer e estamos com medo de estragar tudo dizendo a coisa errada. Não importa se você não sabe como falar de algo. O que importa é que você tente. Quanto mais tempo deixar isso se estender, mais fácil é ficar em silêncio, e é no silêncio que o ressentimento começa a se alastrar e apodrecer.

Ela faz uma pausa para tomar outro gole do líquido marrom no copo.

— Eu sei. Sou hipócrita por dizer isso. Não sou a melhor pessoa em tomar a iniciativa de conversar. Não falei com meu irmão todo esse tempo, e sabe por quê?

Minha mãe deixa escapar uma risada estranha e alta.

— Nem eu sei! Essa é a terrível verdade. Um absurdo, né? Sei que estávamos os dois com tanta raiva, dissemos algumas coisas terríveis e então ficamos esperando que esfriássemos a cabeça e nos desculpássemos com o passar dos anos. Agora estamos aqui, no túmulo da nossa mãe, como desconhecidos. Não quero que isso aconteça com você e Jenny.

Ela para de novo, e então, em vez de dar outro gole, olha pela janelinha da cozinha para a noite escura. Fico esperando, um tanto atordoada por essa reviravolta no assunto. É a dor de perder a mãe? Ela está bêbada a esse ponto? Minha mãe e eu não temos conversas íntimas. Essa é a mulher que apenas deixou um panfleto sobre puberdade em minha cama quando eu tinha doze anos.

— Vou te contar uma coisa. Sempre quis uma amizade como a que você tem com Jenny. Sempre tive um pouco de inveja, verdade seja dita. É especial ter alguém assim. Quer dizer, seu pai pode ser um tolo às vezes, mas Deus sabe que ele é o meu melhor amigo. — Ela para e olha para meu pai, que está no sofá, com uma rara exibição de doçura e afeição. — Mas não é o mesmo que ter uma amiga. Lado a lado desde que eram pequenininhas. Vocês pintavam as unhas uma da outra, contavam segredos, saíam de casa escondido... Não pense que eu não sabia que vocês faziam isso. Nunca tive isso com ninguém.

Aquele era o auge de um dia surreal, um mês surreal, ter minha mãe se abrindo assim, confidenciando que teve inveja. De mim? Eu nunca fui uma das garotas que desejavam ter a mãe como melhor amiga, conversando sobre roupas e garotos, o que ela acharia risível de qualquer maneira. Ela sempre disse: "Estou aqui para ser sua mãe, não sua amiga". De qualquer jeito, eu já tinha uma melhor amiga enquanto crescia, mas ter esse momento com minha mãe, que está tão triste por causa da própria mãe, desperta algo em mim, uma curiosidade sobre ela, um desejo de conhecê-la mais como mulher, um anseio por um tipo diferente de relacionamento. Ela sempre foi tão distante, severa, determinada a nos moldar de modo adequado, como se não pudesse permitir espaço para um lado mais suave. Mas e se ela tivesse baixado mais a guarda e eu tivesse conseguido ver esse lado dela, o lado que se permite sentir? Poderíamos ter tido um relacionamento completamente diferente. Talvez isso seja possível agora que voltei a morar na minha cidade natal pela primeira vez desde os dezoito anos; poderíamos sair para almoçar e conversar, como uma mãe e filha da TV. Vai contra tudo o que sei sobre Sandra Wilson e mais de trinta anos de história, mas então me lembro de Gigi sendo colocada no chão há menos de cinco horas (um lembrete, que causa sentimentos contraditórios, de que minha mãe não vai estar aqui para sempre), e minha determinação ganha força. Quero conhecer, conhecer de verdade, minha mãe adulta, antes que seja tarde demais.

— Só estou dizendo para você não subestimar essa amizade. Vocês têm algo especial, e um passado extenso. Isso conta. Eu odiaria que vocês tivessem que esperar algo horrível acontecer para se reaproximarem e então odiarem o tempo que desperdiçaram. E enfim, algo horrível já aconteceu. Gigi morreu. E Jenny amava Gigi como se fosse a avó dela, e é terrível pensar nela lá sofrendo sozinha sem ninguém para conversar sobre Gigi. E *você* precisa conversar com alguém também.

Preciso mesmo. Quero falar com Jenny. Quero ligar para ela agora e dizer: "Não sei o que fazer agora que Gigi se foi, Pônei. Nunca senti uma perda assim. Não sei viver em um mundo sem ela". Quero que ela diga: "Vamos descobrir, Pompom. Nunca vamos parar de falar dela". Não sei por que fico pensando em nossos apelidos agora. Pônei e Pompom. É como se eu estivesse me agarrando aos laços que conectaram Jenny e eu há tanto tempo, na esperança de que seja suficiente. É quase uma da manhã, porém, e não posso ligar para ela agora.

Digo isso à minha mãe.

— Caramba, não tinha percebido que é tarde assim. Precisamos ir para a cama. Mas ligue para ela amanhã, então, ligue quando acordar. Não invente desculpas. Você fica reprimindo tudo aí dentro, Riley. Juro que é por isso que você tinha tanta prisão de ventre quando criança, tanto que o dr. Lexington disse que você precisava mais de um terapeuta do que de laxante. Eu disse a ele que você precisava de Jesus, mas, por Deus, você tentava afastar até Jesus. Sempre pensando, tentando raciocinar até à exaustão. Às vezes não dá para pensar em uma saída,

você tem que sentir. E às vezes você só tem que colocar para fora, não pode simplesmente afastar, fingir que não está acontecendo. Assim como com você e Jenny. Quem sabe o que vai acontecer com vocês duas daqui para a frente? Eu gostaria de pensar que vocês encontrarão uma maneira de passar por isso. Não sei como vai acontecer, eu mesma estou tendo dificuldade. Quando penso em Kevin apertando o gatilho...
— Ela para e balança a cabeça. — Mas também acredito que ele merece a chance de se explicar, Jenny também. Coisas ruins sempre aconteceram no mundo, principalmente com nosso povo, mas não podemos nos fechar toda vez que acontecem. Não há escolha a não ser seguir em frente. É o mesmo com você e Jenny; vocês têm que conversar e ver aonde vão a partir daqui. Veja se ela entende sua dor e os motivos. Uma coisa é certa, porém, apenas se fechar e evitar falar com ela não vai fazer nada a não ser afastar vocês.

Tirando as referências constrangedoras à prisão de ventre, sei que há verdade no que minha mãe diz.

Ela boceja tanto que vejo a carne rosada do fundo da garganta dela.

— Pegue minhas coisas de noite, sim?

Vou até sua malinha e pego o mesmo lenço floral de seda com o qual minha mãe tem amarrado o cabelo desde antes de eu nascer e o pote gigante de creme Noxzema. Fico atrás dela e enrolo o lenço puído em volta de seus cachos macios, tentando não notar as falhas no couro cabeludo. Ela abre o pote de Noxzema, pega uma colher grande e esfrega no rosto. O cheiro do creme, a forma como queima o interior do meu nariz, me lembrará para sempre de minha mãe.

— Sinto falta dela. — Simplesmente escapa de mim.

Não sei se estou falando de Jenny ou Gigi, mas a dor é forte o suficiente para englobar as duas.

Minha mãe suspira e toca minha bochecha, o calor do fogo em sua mão.

— Eu também, minha menina. Ela te amava demais, e eu também.

Ela se inclina e beija o topo da minha cabeça.

É só quando ouço seus chinelos arrastando pelo corredor que percebo que não contei a ela sobre minha visita ao memorial. Eu me sento na cadeira e escuto o zumbido baixinho ao meu redor, os roncos do meu pai, o crepitar do fogo. De repente, há uma quietude e paz dentro de mim. Se ao menos eu pudesse engarrafar esse sentimento. Isso me faz lembrar da promessa que fiz no museu. A terra, o tributo. Impulsionada pela bebida alcoólica, açúcar e luto, vasculho os armários mofados, procurando por um frasco de geleia.

    Uma lua quase cheia lança um brilho pelo quintal, iluminando meu caminho enquanto ando descalça até um ponto perto das árvores. O ar aqui tem um cheiro diferente do da Filadélfia: mais almiscarado, mais terroso, como brasas queimadas e leitos de rios. Eu me agacho e cavo a terra, colocando a terra rochosa na jarra, deixando-a cobrir minhas mãos e se acumular debaixo das unhas. Algumas manchas pontilham a pulseira de pérolas, prendem no fecho. Continuo cavando. Não vou voltar lá para dentro até que o pote esteja cheio.

Capítulo dez

Jen

—
22 de dezembro, 18h07
De: canarinho2002@yahoo.com
Para: rwilson@gmail.com

Riley,

Não parece certo enviar isso por mensagem. É esquisito enviar por e-mail também, mas estou tentando te ligar a semana toda e só cai na caixa postal. É como se a única forma de saber sobre sua vida agora seja stalkeando o Instagram do Shaun.

Eu sinto tanto e estou muito triste pela Gigi. Não acredito que ela se foi. Também não acredito que não consegui me despedir. Fiquei querendo ir ao hospital vê-la, e então... tudo. Só que realmente não entendo por que você não me ligou. Parece que você está me afastando. Talvez não esteja, mas é o que parece. E isso dói, porque Gigi também era uma avó para mim, sabe. Quer dizer, não como o restante de vocês, sei que tem diferença, mas ela era a coisa mais próxima de uma avó que tive, e vocês sabem o quanto eu amava aquela mulher. Eu queria muito ter estado no funeral. Cheguei passagens. Quer dizer, mesmo que você não me quisesse lá, eu queria ir prestar minhas condolências, mas eram caras demais. Como foi? Por favor, me diga que vocês a enterraram com o chapéu roxo. Lembro de ela dizendo que usaria aquele chapéu quando apertasse a mão do presidente Obama, e aí ele apareceu na igreja daquela vez. Isso que é arrepio. Deus, já sinto tanta saudade dela.

Mas quer saber do que mais tenho saudade? De você, Riley. Tenho saudade de VOCÊ. Sinto muito por tudo o que te levou a estar chateada e por qualquer coisa que eu tenha feito e te chateado.

Beijos, J.

PS: fiz pão milagroso. Não ficou tão bom quanto o da Gigi. Não acredito que nunca mais vamos comer o pão milagroso dela.

—

23 de dezembro, 7h13
De: rwilson@gmail.com
Para: canarinho2002@yahoo.com

Jenny, eu liguei para você para falar da Gigi! Liguei para você do hospital naquela noite, pelo menos umas cinco vezes, e seu celular devia estar desligado. Eu queria falar com você, ouvir sua voz, e também não queria te contar por mensagem. E depois disso, ficou tudo corrido com o funeral, o trabalho e as festas de fim de ano, mas isso não está certo. Desculpe. Estou arrasada por causa da Gigi também. Vira e mexe faço uma curva sem querer para ir ao hospital… e aí me lembro que ela se foi. O funeral foi bom, difícil, lindo e terrível, todas as coisas que os funerais são. E sim, nós a enterramos com o chapéu roxo e o vestido favorito dela, aquele com lilases gigantes. Uma das últimas coisas que ela me disse foi: "Você se certifique de que eu esteja bonita, ouviu? Quero estar linda quando encontrar Jesus". E ela estava. Ela parecia… tranquila. Consegui estar lá quando ela faleceu, segurando sua mão. Juro que ela estava sorrindo. Como se ela e Jesus já tivessem uma piada interna. Ficou mais fácil saber que ela estava pronta para ir. Ela até disse isso algumas vezes na semana passada: "Estou pronta para sair daqui e ir para o outro lado". É que nós não estávamos prontos… nunca estaríamos prontos.

Enfim, embora não tenhamos nos falado muito ultimamente, tenho pensado e me preocupado com você, *sim*, Jen. Juro. Desculpe se isso não ficou nítido. Porque eu percebo como tem sido estressante. Para você, e para mim também. É algo muito pessoal. Não sei como explicar, porque não conhecia Justin nem os Dwyer, mas a morte dele me afetou como a morte de um parente. Porque poderia ter sido um membro da minha família, Jenny. Poderia ter sido Shaun.

Isso tudo é tão difícil... e estranho. Não é fácil para mim cobrir essa matéria, ser objetiva quando você está envolvida e ver o lado de todo mundo da história, mas estou tentando ao máximo.

Eu tenho algo para você... que Gigi deixou. Diga quando podemos nos encontrar para que eu possa te entregar.

—

24 de dezembro, 12h48
De: canarinho2002@yahoo.com
Para: rwilson@gmail.com

Lembrei agora, desliguei o celular na noite em que Gigi morreu. Eu tinha ido para casa (cheguei a te falar que Kevin e eu fomos morar com Cookie e Frank porque a imprensa está nos perseguindo?) e tinha um saco de merda na minha porta e alguém tinha pintado "Assassino" com spray em nossa cerca. Então eu estava péssima e só queria me isolar do mundo. E essa é só a ponta do iceberg. Eu queria que você visse todas as mensagens de ódio que temos recebido pelo correio. Os *trolls* terríveis nas redes sociais. Já viu o que estão dizendo sobre nós?? Quer dizer, nas primeiras quatrocentas vezes que alguém nos chama de vadia racista, dói, e depois é como "blá, blá, blá".

Mas enfim, Riley, o que você quer dizer com "ver o lado"? E se houver lados, você não deveria estar do meu?

Eu me sinto terrível pelo que aconteceu. Deus, eu me sinto tão mal. Eu estava no funeral, sabe? Eu sei que você sabe, porque você me viu lá. Foi importante para mim prestar condolências, porque também estou desolada. Pela mãe de Justin, tadinha, tadinha daquela mulher. Mas também por Kevin. Ele não teve a intenção de fazer isso... Você sabe disso, Riley. Você sabe disso.

Hoje de manhã acordei antes de todos e encontrei Cookie fazendo pão de Natal. Antes que eu soubesse o que estava acontecendo, ela estava me abraçando e chorando e dizendo como precisamos ter certeza de que esse seja o Natal perfeito, porque pode ser o último feriado de Kevin conosco por um tempo. Ela estava um caco, e me senti muito mal por cada coisa péssima que já pensei sobre Cookie. Na verdade, não sei com quem estou mais preocupada, com ela ou Kevin... ou com a gente?

—

25 de dezembro, 00h12
De: rwilson@gmail.com
Para: canarinho2002@yahoo.com

Não se preocupe com a gente, Jenny. Conversaremos. Em breve.

Lamento que esteja recebendo tantos comentários péssimos online. É uma droga. Acredite, sei como é. Todos os dias eu recebo comentários no site da emissora sobre minha franja ser horrível, e dizendo que eu não deveria usar vermelho, roxo ou azul. Mas o pior é quando me chamam de macaca feia ou dizem que devo levar minha boca grande de volta para a África.

Mas nada disso é novo. Eu estava lendo alguns anuários antigos. Minha mãe jogou uma caixa de coisas na minha cara e disse que devia começar a checar as coisas que ainda tenho por aqui para levar embora ou descartar. Eles estão se preparando para colocar a casa à venda, então acho que amanhã será nosso último Natal na casa. É estranho já sentir nostalgia por algo que ainda não acabou, mas estou sentindo.

Enfim, comecei a ler todas as coisas que as pessoas escreveram para mim no último ano. Você escreveu na contracapa toda! E tinha um bilhete de Ryan DiNucci. Lembra dele? Ele tinha aquele corte de cabelo estúpido dos Backstreet Boys. Ele escreveu: "Boa sorte na faculdade. Você vai ser famosa um dia". O que é absurdo, porque no sétimo ano ele deixou um bilhete no meu armário dizendo: "Você se acha grande coisa, neguinha".

Meu ponto: as pessoas sempre vão dizer merda, e é preciso lidar com isso. Fique firme. E tente ter um feliz Natal, está bem?

Na verdade, acabei de perceber que já passa da meia-noite; já é Natal. Lembra como sempre costumávamos dizer isso nas festas do pijama? Ficamos acordadas até o amanhã chegar. Feliz Natal, Jenny.

Beijos, R.

—

25 de dezembro, 15h02
De: canarinho2002@yahoo.com
Para: rwilson@gmail.com

Estou tentando ter um Natal feliz aqui, o que agora significa me esconder no porão com as crianças e ter um momento para mim mesma. Tem muita gente nesta casa. Todas as tias, tios e primos que vieram de Scranton. A família de Kevin se reproduz como coelho no cio. Lou está aqui também e ontem à noite bebeu tanta gemada alcoólica que falou para a Cookie que o cabelo dela parecia um abajur. As coisas ainda estavam tensas de manhã quando abrimos os presentes, mas aí Lou deu à Cookie um pano de prato com o rosto de Dolly Parton e Cookie chegou até a abraçá-la. Nunca pensei que veria isso. Eu me senti tão estúpida dando a Kevin o álbum de recortes bobo que fiz para ele, considerando que não podia bancar um presente de verdade, mas acho que ele adorou. Então Matt deu a ele uma carteira de couro muito legal com suas iniciais e os dizeres "nosso sangue é azul", aí Kevin se fechou pelo resto da manhã.

Por que você não me contou do Ryan DiNucci quando aconteceu?

Eu teria dado um soco na cara gorda dele por você. E por que você não me contou que é xingada na internet? Te conto absolutamente tudo da minha vida. Não entendo por que você esconderia coisas assim de mim.

Seria ótimo nos encontrarmos. Talvez na semana que vem, quando teria sido meu chá de bebê? Que está cancelado, a propósito. Cookie ia te ligar, mas acho que isso fica óbvio. Não seria certo. Estou decepcionada, mas estou tão animada para conhecê-lo em breve, Riley. Você não faz ideia.

—

25 de dezembro, 16h12
De: rwilson@gmail.com
Para: canarinho2002@yahoo.com

Espera. Conhecê-LO??? É menino?!

—

25 de dezembro, 20h20
De: canarinho2002@yahoo.com
Para: rwilson@gmail.com

Ah merda... Pôxa! Sim, é menino. Não vou contar para ninguém. Talvez seja bobagem, mas é bom ter um segredo. Algo que é só meu. Nem Kevin sabe. Não diga nada a ninguém.

As coisas vão melhorar logo. Tenho que acreditar nisso. Eles vão concluir a investigação e inocentar Kevin. Foi uma tragédia terrível, mas ele estava seguindo o treinamento e o protocolo com rigor. Todos nós podemos voltar às vidas normais. Você pode vir jantar comigo e com Kevin, e tudo isso ficará para trás.

—

26 de dezembro, 23h20
De: rwilson@gmail.com
Para: canarinho2002@yahoo.com

Vidas normais? Jesus, Jenny, um garoto inocente está morto. E Kevin e Travis Cameron seguem com a vida como se nada tivesse acontecido? Não sei como posso me sentar com seu marido, comer hambúrguer e agir como se tudo estivesse bem. Não está bem. E o fato de você não entender isso...

Capítulo onze

Riley

Esse último e-mail para Jen ficou na pasta de rascunhos por dias, sem eu enviar. Está implorando para ser enviado. Assim como outros dez e-mails que rascunhei para ela desde então, alguns desabafos enormes, outros sinceros, um que era apenas uma frase: "Mas que diabos, Jenny?".
    Só que cada vez que vou pressionar para enviar, paro. Digo a mim mesma que é porque um e-mail é uma ação evasiva. Digo a mim mesma que é porque não quero que as coisas fiquem mais tensas. Digo a mim mesma que é porque não tenho tempo agora para lidar com as consequências e é mais fácil agir com cautela. Digo a mim mesma que estou sendo generosa em dar espaço a ela agora. Digo a mim mesma que posso apenas esperar e tudo isso vai passar, de alguma forma as coisas vão voltar ao que eram ou alguma versão disso. De todas as desculpas, essa última é a maior mentira. As coisas não podem voltar ao que eram, porque estou muito chateada. O último e-mail, a atitude otimista de Jen, como se ela e Kevin pudessem superar que um garoto morreu e seguir em frente, fez algo se partir dentro de mim. Quer dizer, eu entendo, é óbvio que ela não quer que o marido seja preso; ela quer que a vida volte ao normal. Também quero isso para ela. Ou deveria querer. Quero querer. Só que há uma parte de mim, profunda e primitiva, que continua retomando o fato de que um garoto inocente morreu. Pode ser um acidente trágico, mas precisa haver consequências. Essa não foi uma de nossas primeiras aulas na Vivenda do Sol? Justiça. Ou a versão mais direta que me foi ensinada na escola dominical: olho por olho. Alguém deveria pagar. *Kevin deve pagar.* Perco o fôlego ao sentir que estou cometendo uma traição.

Mas Kevin não vai pagar. Provavelmente ninguém vai pagar. Os fatos estão bem na minha frente na tela, quando fecho a pasta de rascunhos de e-mail. Estou trabalhando na pesquisa sobre casos anteriores para a matéria de hoje à noite, reunindo estatísticas sobre acusações e condenações de policiais. São alarmantes e confirmam uma verdade que todos vimos nascer: policiais quase nunca são acusados ou condenados por atirarem em serviço. Há sempre uma defesa, raciocínio, justificativa, muro de lealdade ou tecnicidade legal com o qual se blindam. Sempre tem *alguma coisa*. A estatística que escolhi para a matéria de hoje destaca que, desde 2005, cento e dez policiais foram acusados de homicídio culposo ou homicídio por atirarem em serviço; apenas quarenta e dois foram condenados, muitas vezes por acusações menores, o famoso puxãozinho de orelha. Fico mais enojada enquanto envio o texto para o departamento gráfico para aparecer na tela durante a transmissão.

Meu celular do trabalho toca quando estou tentando decidir se tenho tempo para escapar dos e-mails, da pesquisa, dos sentimentos e correr para a máquina de venda automática antes da reunião de imprensa da tarde. Um saco de Cheetos de que não preciso está chamando meu nome. Ninguém liga para meu celular do trabalho, apenas para o comum; só, tipo, três pessoas ainda têm o número. Então, de alguma forma, sei que é Gaby antes mesmo de atender e sei também que ela vai ficar irritada comigo.

— Pensei que podia te pegar no trabalho. Quer dizer, caramba. O que uma garota tem que fazer para ligarem para ela de volta? Estou te ligando sem parar.

— Eu sei, desculpe. Tem estado tudo um caos, Gabs.

Só de ouvir a voz dela sinto vontade de desabar. Não falo com ela desde antes do funeral de Gigi. Ela estava fora em um cruzeiro de família para o Natal e eu não queria incomodá-la com meus problemas enquanto ela contornava ilhas distantes que a maioria das pessoas nunca conhecerá.

— Como você está? Como foi o Natal? Recebeu minhas flores?

— Recebi, obrigada.

Foi literalmente o maior buquê que já tinha visto.

— Você está bem? O que vai fazer no Ano-Novo?

— Hum, assistir a uma maratona de antigos episódios de *Super Soul Sunday*?

A verdade é que me voluntariei para trabalhar amanhã à noite, porque não tenho mais nada para fazer, mas, se eu disser isso à Gaby, ela vai me dar outro sermão por trabalhar demais.

— Lógico que Oprah é sempre uma boa ideia, mas isso ainda parece triste. *Você parece triste.*

— Estou bem, só introspectiva.

— Não, *você*, introspectiva?

Gabrielle ri.

Mas não estou com humor para sarcasmo.

— Tá, sério, o que está acontecendo, amiga? Você tem estado um caco. Estou preocupada.

Abaixo o tom de voz, mas a redação está fervilhando ao meu redor e ninguém presta atenção em mim.

— Eu sei, Gabs. É tipo... Não sei, estou só irritada com o mundo inteiro agora. É uma coisa que vem aumentando aos poucos... tudo o que aconteceu comigo em Birmingham, mais homens negros morrendo nas ruas, um presidente que cria cortinas de fumaça incapazes de esconder suas reais intenções. Estou só à flor da pele. Tipo, estou tão mais consciente que antes de todas as maneiras como o mundo é injusto. Está ficando cada vez mais difícil deixar isso para lá e descobrir como não ficar com raiva a porra do tempo inteiro. Estou até com raiva de Gigi por morrer. Ou talvez de Deus por levá-la. Nem sei.

Posso despejar parte da raiva em Gaby, como tirar um peso dos ombros e chacoalhar os braços antes que eu tenha que carregá-lo de novo.

— Merda, Rye. Sinto muito. Isso é muita coisa. É lógico, você tem direito de estar com raiva (bem, não de Gigi, aquela mulher era um tesouro nacional e viveu uma vida longa), mas te entendo. Mas o resto? Sim, entendo. Quer dizer, talvez seja bom que você esteja com raiva agora, que está colocando tudo para fora; talvez não tenha estado com raiva o bastante?

Talvez fosse isso. Talvez eu estivesse pagando o preço por todas as vezes em que me doutrinei (e até me orgulhei por conseguir) a relevar as coisas, os comentários maldosos no trabalho, os professores que me acusaram de colar quando meus trabalhos eram bons demais, o lance todo com Shaun. Sempre tentei levar numa boa... um verdadeiro Booker T. Washington. Dar duro, destacar-se, ser respeitável... Era isso que deveríamos fazer. Era a única maneira de jogar um jogo em que não fazíamos as regras, um jogo preparado para nos fazer falhar. Mas nem era um jogo, era sobrevivência. E, para sobreviver, não se poderia ficar muito bravo, muito chateado, muito rebelde, porque haveria consequências... um emprego perdido, um controle perdido... ou pior, uma vida perdida. Foi a mensagem que se infiltrou dentro de mim e ficou lá, firme.

Uma lembrança vem à mente: eu me virando para meu pai depois que assistimos a um documentário sobre o Domingo Sangrento, e perguntar a ele:

— Como você aguentou?

Ele sabia o que eu queria dizer: a opressão da época das leis de Jim Crow, todos os desrespeitos e humilhações que vivenciou crescendo na zona rural da Geórgia, bebendo em fontes segregadas, desviando os olhos de qualquer pessoa branca andando na direção dele, sendo chamado de "garoto"[7]... ou pior. Ele ficou em silêncio por um momento, as mãos na barriga redonda, um pedacinho de pele aparecendo acima do cós da calça.

— Existem algumas coisas que não se pode mudar, menina. Os brancos vão fazer o que os brancos fazem, e a meu ver você pode ficar ressentida e com raiva o tempo todo e deixar isso te corroer, o que algumas pessoas fazem, e como culpá-las? Ou pode escolher controlar a única coisa que pode: sua mentalidade. Você pode decidir: "Não, não vou deixá-los me atingir. Não vou me abater, vou transcender", e transcender não significa apenas trabalhar muito. Tudo se resume ao caráter, à capacidade de usar a própria alegria como desafio, não importa o que os outros façam. Isso é o que sua mãe e eu tentamos ensinar a vocês, crianças.

Mas qual é o sentido de "ser superior" ou ser a exceção, a anomalia, de superar aquilo, quando toda a sua comunidade está na luta, sem conseguir descansar, com os dedos da opressão apertando seus pescoços?

Gaby respira fundo. Sei que ela está se preparando para me dizer algo sobre mim, uma de suas atividades favoritas.

— Olha, você precisa falar com a Jen. Sabe, ela não é necessariamente minha favorita, mas respeito a proximidade de vocês duas, e tenho certeza de que se vocês conversarem... Você precisa tentar dizer

---

[7] N. da T.: O termo "garoto", neste contexto, aparece como uma marca cultural dos Estados Unidos, em que homens negros eram chamados de "garotos" como forma de menosprezá-los, enquanto homens brancos deveriam ser chamados de "senhores".

a ela como se sente. Você tem que confiar que em algum nível ela vai entender, e, se não entender, bem, então ela não era a amiga que você pensava que era.

Talvez seja por isso que tenho uma pasta cheia de rascunhos não enviados. No fim das contas, tenho medo de que Jen não entenda. Talvez eu sempre tenha tido medo. É por isso que não contei a ela quando Ryan deixou aquele bilhete no meu armário, ou sobre Birmingham, ou mesmo sobre Shaun no ano passado. Ela podia ouvir, mas nunca poderia realmente *entender*. Nem posso culpá-la por isso, mas me incomoda: por que não falamos de raça com mais frequência? Gaby e eu falamos disso mais ou menos todo dia, principalmente sobre alguma merda no noticiário ou em nossa vida, desabafando sobre umas coisas ignorantes no cotidiano, como alguém nos confundindo com vendedoras no shopping vezes demais. Mas também converso com Jen sobre coisas que raramente compartilho com Gaby, como minha ansiedade, depressão e sentimentos de inadequação. E, além disso, Jenny e eu nos conhecemos quando éramos jovens demais, durante aquele período breve e indescritível em que as crianças realmente não veem cor. Não falávamos de raça quando tínhamos cinco, dez ou quinze anos, e agora... é um músculo que nunca usamos. Então não *posso* falar com Jenny ou não falo? O que me leva a uma pergunta ainda mais angustiante: e se, no final das contas, sempre houver alguma parte essencial de mim que é desconhecida para ela por causa de nossas experiências diferentes? É como se uma rachadura imperceptível entre nós se tornasse um abismo e nossa amizade corresse o risco de cair lá dentro.

— E o que vou falar, Gaby? "Jamais poderei perdoar seu marido pelo que ele fez"?, "ele faz parte da cadeia de racismo sistêmico que está matando homens que se parecem com meu pai e meu irmão"?, "se você não acha que a raça é o problema aqui, então você é completamente sem noção"?

Meu estômago se revira mais com a ideia de que ainda tenho que explicar isso.

— Hum, é isso, porra. É um começo. Como você pode ter uma amizade se não podem ser sinceras uma com a outra? Vou falar: você pisa em ovos com ela, pelo que vi ao longo dos anos. Quer dizer, eu tenho, tipo, uma amiga branca... Você sabe, a Kate, do trabalho. Ela é meio que uma amiga de almoço, mas tanto faz, ainda assim conto para ela o que está acontecendo o tempo todo e chamo a atenção dela também. Tipo, semana passada quando ela disse que nossa colega de trabalho Lakeisha estava agindo que nem "favelada" em uma reunião. Opa, Katie, miga. Temos que ter uma conversinha bem longa. Quer dizer, talvez eu seja excessiva (não é para responder), mas eu quem sou assim. O ponto é: você tem que sentir que pode dizer o que precisa dizer para Jen. Você precisa falar essas coisas agora.

— Você tem razão, Gabs. Minha mãe disse a mesma coisa. Eu só preciso encontrar tempo.

— Sua vida em resumo, amiga.

— Falando nisso, estou atrasada para uma reunião. Preciso correr.

Abandono os sonhos com Cheetos, pego o caderninho e corro para a sala de conferências. Estou três minutos atrasada e Scotty me lança um olhar fulminante de cima a baixo, mas não para de falar.

— Ok, quem fica com os *Mummers*?

Todo ano esses estúpidos *Mummers* (uma tradição centenária em que um bando de velhos brancos xenófobos faz *blackface*, *brownface*, *redface* e usa roupas femininas para desfilar pela cidade no dia de Ano-Novo). Shaun me encaminhou um link de manhã com um artigo de opinião de Ernest Owens que foi publicado na revista *Philly* há alguns anos com a manchete "Quer resolver o problema da diversidade dos *Mummers*? Comece a chamar de 'o desfile da herança branca'".

Óbvio que não vou levantar a mão para isso, e Scotty tem juízo o suficiente para não olhar na minha direção. Com tudo o que aconteceu este ano, era de se pensar que eles não fariam o desfile, mas até agora o prefeito simplesmente emitiu um aviso severo para que os *Mummers* se comportem bem, ou do contrário...

Meu celular vibra com uma chamada. Como é uma redação, ninguém se incomoda. Quando vejo quem é, sigo em direção à porta, apontando para o celular para indicar a Scotty que preciso atender. Ele ficará feliz quando souber que é Sabrina Cowell, que, com sorte, está ligando para dizer que fará a entrevista comigo, principalmente porque Scotty pergunta sobre isso todos os dias. Não a vejo desde o evento para a arrecadação de fundos. Também não me lembro de ter dado meu número a ela, mas não estou surpresa por tê-lo conseguido.

— Alô, aqui é a Riley.

— Oi, Riley. É Sabrina.

— Ah, oi, Sabrina. Como você está...

— Escuta, terminaram a investigação sobre o tiro e enviaram para nós. Vamos indiciar Kevin Murphy e Travis Cameron. — Ela faz uma pausa. — Meu plano é levar o caso ao grande júri semana que vem. Vamos apelar para homicídio qualificado. Não acho que um grande júri vai concordar, mas isso passa o recado.

As palavras me atingem com tanta força que tenho que me firmar na parede do corredor. Uma parte de mim sabia que isso estava por vir, e a outra achou que Kevin escaparia pelas brechas do sistema judicial como tantos outros antes dele. Ou que pelo menos enfrentaria acusações menores, um puxão de orelha.

Então só consigo pensar em Jenny.

Torci por isso. Eu queria isso. Bajulei Sabrina para que ela me desse um furo de reportagem, e agora odeio ter essa informação.

— Riley?

— Estou aqui.

— Temos algumas novas informações sobre o oficial Murphy... — A pausa dela parece durar uma vida inteira. — Que ele talvez seja... menos culpável que Cameron.

Menos culpável. Meu coração fica acelerado.

— Que informação?

Venho pressionando minha fonte no distrito para obter os relatórios da polícia há semanas, mas, considerando o quão importante e sensível o caso é, não tive sorte.

— Não posso te contar agora. O que posso dizer é que meu único objetivo aqui é a justiça, justiça para a família de Justin. Eu ficaria satisfeita em punir o policial que é mais culpável, principalmente se tivermos evidências que justifiquem isso e também convençam a opinião pública. Na verdade, veremos como vitória para os Dwyer, principalmente se poupar Tamara Dwyer de um julgamento arrastado remoendo o que aconteceu com o filho dela, e toda a atenção da mídia que viria junto. Mas isso significaria o policial Murphy testemunhando contra o parceiro. Quero que todo policial na delegacia entenda que serão responsabilizados por suas ações, mas que também são responsabilizados por um caráter e credibilidade maiores pelo departamento inteiro; chega de encobrimentos, chega de olhar para o outro lado, chega de lealdade irrestrita. Todo policial deve esperar um comportamento íntegro do outro, e isso significa honestidade e transparência, de cima para baixo. Também significa que mandamos o recado para policiais que não cooperam. Devido à nossa conversa e sua posição *delicada*, eu queria te dar esse aviso.

Por quê, eu me pergunto. Por causa da minha conexão com Jen? Mas faz semanas que eu não a vejo, não tenho qualquer influência sobre o que Kevin fará. Se essa é a ideia de Sabrina, ela está sem sorte.

— Tudo bem — respondo, evasiva.

— Parte do motivo de eu querer te colocar a par da situação é porque estou considerando a entrevista que você pediu, para quando eu anunciar os indiciamentos. Não será um caso fácil, e moldar a história da forma certa será essencial.

— Como assim "moldar a história"?

— Você sabe tão bem quanto eu que o tribunal da opinião pública importa tanto quanto o de qualquer tribunal de justiça. Também não preciso dizer que nesses casos é difícil conseguir um julgamento; a justiça tende a favor dos policiais, o que é algo que vamos ter que mudar. Quero uma condenação, quero justiça para os Dwyer e tenho uma estratégia para isso, mas também quero pressão e atenção do público. Quero que qualquer júri em potencial e qualquer cidadão da Filadélfia entenda o que está em jogo aqui, e como e por que estou, estamos, tentando modificar nossa cidade. É aí que você entra.

Em outras palavras, sou o trampolim para o palanque de Sabrina. E tudo bem, ela não é a primeira pessoa a tentar manipular a mídia para os próprios objetivos e atrair a atenção dos holofotes; ela não estaria onde está se não tivesse feito isso. Ainda assim, os subtons interesseiros e a energia de "meios para um fim" me fazem ponderar: Sabrina está mesmo interessada em justiça para Justin ou apenas nos benefícios para ela própria? Mas essa linha de pensamento chega muito perto de questionar minhas próprias motivações.

— Enquanto isso, deve guardar segredo. Se não conseguirmos o indiciamento, não quero que o público pense que tentamos e falhamos. Não seria bom para o escritório da promotoria, para os Dwyer nem para a cidade da Filadélfia. Tem muita coisa em jogo. A coisa virou um barril de pólvora. Eu não quero ser a pessoa a acender o fósforo.

— Tudo bem, não vou repetir nada disso, Sabrina.

Seja lá o que essa informação seja, é um teste de confiança também. *De que lado você está?*

— Ótimo, estarei em contato — diz Sabrina, e então desliga.

Ainda não tenho certeza de qual é o jogo que ela está jogando, e com certeza não sei as regras. Se ficar em silêncio vai garantir a entrevista, vou colaborar, mas ainda estou empacada na informação: homicídio qualificado.

O peso do segredo se instala em minhas entranhas como uma pedra afundando, devagar, e então bum, fica alojada ali, uma parte de mim. Antes que eu possa tirar o celular do ouvido, Scotty está gritando meu nome. *O que agora?* Bart vem correndo, comendo uma banana, porque Bart sempre parece estar comendo uma banana.

— Ei. Acidente feio de carro na 676. Scotty nos quer lá.

A voz de Scotty ecoa pela redação:

— Riley, vá para lá, agora! Quero que seja a primeira a chegar ao local. Esteja pronta para entrar ao vivo.

Corro para pegar o que preciso, tão eficiente quanto um bombeiro se preparando para um incêndio. Casaco, chapéu, saltos, bolsa de maquiagem na mão, e estou subindo na van de notícias em menos de quatro minutos. Bart sai antes mesmo de minha porta ser fechada e então dispara como o piloto da NASCAR que ele uma vez confessou que sempre quis ser, correndo pelos bairros, evitando a rodovia congestionada até estarmos mais perto do acidente.

Mais de uma década no noticiário local e vi minha cota de cenas de acidentes e crimes, sangue, tripas e cadáveres. É fácil criar uma casca grossa para tudo; às vezes me incomoda o quanto é fácil. Quando chegamos ao emaranhado de metal retorcido, observo os círculos escuros do pavimento manchado de sangue, o único tênis azul caído na estrada, o cheiro mordaz de óleo queimado e borracha. Tento me concentrar em coletar os fatos dos policiais no local. Estou feliz em ver Pete lá. Ele e eu nos cruzamos algumas vezes por causa do trabalho. Aos vinte e um anos, ele parece mais um garoto brincando de se fantasiar do que um policial de verdade. Os telespectadores em Joplin devem ter pensado a mesma coisa de mim naquela idade, vendo-me nas telas das tevês, uma criança vestida de apresentadora. É incrível que qualquer um possa ter um primeiro emprego e ser levado a sério; é como se todos estivéssemos fazendo o equivalente profissional de andar por aí com os saltos altos de nossas mães.

Não sou fã da maioria dos policiais, mas gosto de Pete, e o sentimento parece ser mútuo. Ele está sempre disposto a ajudar, ao contrário de alguns dos outros policiais que conheci por causa do trabalho, que gostam de dominar as informações e o acesso a mim, obrigando-me a suar para conseguir cada mínima informação. Ele me diz que há dois mortos no local e dois indo para o hospital. Os paramédicos tratam com vigor uma mulher inconsciente esparramada na calçada, com o sutiã surrado e barriga carnuda expostos. Então ouço um som que não posso ignorar, um grito histérico.

— É um bebê? — pergunto a Pete.

Os olhos dele disparam para a ambulância.

— Sim, o menino de três anos está prestes a ir para o hospital, mas ele está bem. Estava na cadeirinha, que acabou girando, mas o manteve firme. Ele está só assustado. Aquela é a mãe. — Ele acena com a cabeça para a mulher no chão. — O estado dela é crítico. O outro motorista, a caminho do hospital, pode estar bêbado. Você não pode revelar isso até que eu receba confirmação e possa divulgar.

— Você vai ter a informação quando entrarmos ao vivo?

— Quanto tempo?

— Talvez cinco minutos?

— Farei o possível.

Volto para a van para retocar a maquiagem e colocar o microfone, ao mesmo tempo em que atualizo Scotty.

— Como eles dizem: tragédia dá audiência, então vamos te colocar ao vivo às 17:03, 17:04.

Ele já está dando ordens para outra pessoa quando desliga.

Tenho cinco minutos antes de entrar no ar, tempo suficiente para entrar no e-mail. Passo os próximos quatro minutos e cinquenta segundos me arrependendo da decisão.

— Só pode ser sacanagem, caralho. — Não percebo que falei em voz alta até Bart erguer a cabeça, chocado.

— Um palavrão de Riley Wilson. Uau. O que aconteceu?

— Nada, nada, tudo bem.

Puxo o lenço em volta do pescoço, que de repente parece estar me sufocando. Eu o arranco e abro a porta da van, jogo o celular no banco do passageiro como se tivesse levado um choque elétrico. Talvez quando eu o pegar de volta, a mensagem não esteja mais lá. Será alguma pegadinha mental. Aquele nome não estará mais no topo da minha caixa de entrada.

Corey.

Aceitei que ele nunca entraria em contato, afinal por que faria isso?

Principalmente porque eu tinha certeza de que ele tinha seguido em frente. Eu me permiti ver o Facebook dele alguns meses atrás. Havia mais de uma foto dele e de uma garota, o tipo exato de mulher com quem eu o imaginei: um tipinho artístico boêmio, a julgar pelos vestidos de camponesa e pelo corte de cabelo assimétrico; alegre, branca. Todas as coisas que nunca serei.

Então por que agora? Talvez tenham se separado? Talvez ele tenha visto minha entrevista com Tamara? Ou talvez algo esteja errado com ele? Ele tem câncer, precisa de um rim? Só por um momento, eu me permito considerar um pensamento muito mais perigoso: talvez ele nunca tenha deixado de me amar?

— É hora do show — declara Bart, e solta um arroto longo e baixo.

— Você é um porco, Bart.

Dou uma risada trêmula.

É uma bênção e uma maldição que a TV ao vivo não espere por ninguém. Bato a porta da van com o celular lá dentro, o e-mail longe e fora da mente por enquanto. Tento ajeitar a franja, pressionando-a na testa, dando uma última olhada no espelho lateral para ter certeza de que minha maquiagem está direita. É um milagre: pareço serena e comedida; apenas meus joelhos trêmulos me denunciariam.

Quando me posiciono na frente da câmera, Pete me dá um sinal positivo, informando que posso relatar o motorista bêbado na transmissão.

Encenar o ar reluzente para aparecer ao vivo na câmera pode ser revigorante ou exaustivo. Depois de todos esses anos, tornou-se automático poder desligar todo o resto e focar apenas na lente da câmera de sete centímetros a três metros de distância. É um palco e a única coisa que importa é seguir o script, o que acontece agora que assumo a posição (microfone seguro na mão enluvada, olhos diretamente para a frente, costas retas, olhar acolhedor) e começo a compartilhar os detalhes horríveis e trágicos do acidente de carro conforme Bart me orienta. Menos de três minutos e o segmento acabou. No meu fone de ouvido, Chip e Candace passam para uma matéria sobre um incêndio em uma casa em Point Breeze. Meu trabalho aqui está feito.

Durante todo o trajeto de volta à redação me proíbo de checar o celular, embora demore o dobro do tempo com Bart seguindo o limite de velocidade. E não checo quando estou de volta ao camarim, removendo a maquiagem. O aparelho permanece escondido no fundo da bolsa enquanto ando para casa.

Começa a chover no caminho, uma garoa gelada, e não me preocupo em cobrir o cabelo. Guarda-chuvas, clima, meu cabelo, é tudo irrelevante.

No apartamento, coloco uma calça de moletom como se fosse uma noite normal. Meu celular está no balcão enquanto reúno os ingredientes para fazer uma vodca tônica, prolongando o processo o máximo possível, até mesmo cortando uma fatia de um limão murcho que vinha definhando no balcão. A essa altura, minha expectativa se tornou uma espécie de frenesi, quase eufórica. É uma tortura primorosa atrasar o inevitável, especular sobre o que Corey poderia dizer, em vez de realmente saber.

Deixo a vodca fazer efeito enquanto nosso relacionamento de três anos se desenrola em minha mente como um curta-metragem. Na verdade, começou exatamente como um filme todinho, até com a tempestade repentina que não deveria ter me atrapalhado. Eu estivera em Chicago para uma conferência da Associação Nacional de Jornalistas Negros. Durante o intervalo, eu caminhara por alguns quarteirões do hotel para pegar um docinho em uma padaria na avenida Michigan que todos elogiavam, e os céus se fecharam do nada e fiquei presa lá sem guarda-chuva, uma verdadeira catástrofe, considerando meu cabelo recém-alisado e o painel que eu deveria assistir em vinte minutos que seria preenchido com os principais produtores da rede de televisão.

Como uma boba, tentei chamar um táxi de debaixo do toldo da padaria. Então, quando enfim avistei uma luz amarela, corri para a rua tão rápido que tropecei, torci o tornozelo no meio-fio e caí direto nos braços de um homem com um corte de cabelo sexy e os cílios mais longos que já tinha visto. Se não tivesse acontecido comigo, eu juraria que tinha inventado. Talvez tenha sido o puro absurdo romântico da coisa toda que me sugou no começo, porque aquele desconhecido não era meu tipo. Shaun pode gostar de garotas brancas, mas eu nunca tinha me interessado por um cara branco.

Acabou que ele também estava hospedado no Hilton, visitando a cidade para uma conferência imobiliária. Então voltamos juntos, colados sob o guarda-chuva gigante dele. Ele me convidou para jantar assim que passamos pelas portas giratórias do saguão.

— Se vou jantar com você, preciso saber seu nome — respondi, impressionada com minha tentativa de flerte.

— Sou Corey, e você é Riley.

Ao ver minha expressão confusa e um pouco em pânico, ele apontou para o crachá no meu peito.

Naquela noite, fomos a um restaurante turístico em Greektown. Havia algo charmoso e íntimo em comer panquecas em um daqueles sofás *booth* velhos e curvados, que obrigam as pessoas a se sentarem quase lado a lado como se tivessem acabado de pedir café da manhã na cama. O tempo todo, fiquei pensando que ele devia ter colocado alguma coisa na minha bebida. Do contrário, como eu poderia explicar o quanto eu estava zonza, até mesmo alegrinha, bêbada com o espumante barato, e por que eu continuava dizendo a ele coisas, coisas pessoais, vergonhosas: como fiquei com inveja do fundo fiduciário de Gabrielle e do alto salário dela trabalhando na Nike; como digo que sou fluente em espanhol, quando na verdade sou passável na melhor das hipóteses; ou como gosto de agir como se conhecesse o mundo todo quando nem tenho passaporte.

Corey tinha as próprias confissões, embora fossem mais encantadoras que constrangedoras. Ele falou com a língua presa até os dez anos; uma vez foi muito mal em um torneio de game show do *Jeopardy!* na faculdade; seu primeiro sonho sexual envolveu Maria da *Vila Sésamo*; seu filme favorito era *O Rei Leão*.

— Choro toda vez.

— Quem não chora? — respondi.

— Sociopatas.

A cada pergunta que ele fazia, eu ficava mais encantada... e ele fez um monte delas, como se não quisesse perder tempo com conversa fiada. Depois do jantar, caminhamos pelo parque Grant, pulando direto para nossas histórias românticas, seis anos com uma namorada de faculdade para Corey, com o término no ano anterior; três relacionamentos decepcionantes para mim, se é que dá para chamá-los assim: duas aventuras sem graça na faculdade com caras que não se preocupavam muito comigo não me abrindo com eles (bastava ser uma garota bonita de pele clara com cabelo comprido) e depois Alex, um colega repórter em Joplin. Esse relacionamento de um ano foi talvez o mais próximo que já cheguei de amar, mas ainda estava a eras de distância do sentimento real. Às vezes, eu me perguntava se eu era capaz de me apaixonar. Na verdade, falei isso a ele. Em voz alta. Eu nunca tinha despejado tantas informações pessoais para um desconhecido antes. Foi uma experiência extracorpórea para mim, ainda mais quando voltamos para o quarto de hotel dele, o que em algum momento da noite se tornou uma inevitabilidade implícita.

Quando Corey enfiou a mão na minha calça antes mesmo de chegarmos ao quarto, nós dois ficamos chocados com o quanto eu estava molhada. Parecia que meu próprio corpo havia me traído com a evidência do meu desejo. Eu teria ficado constrangida com como aquilo era primitivo, eu teria ficado preocupada com as câmeras no elevador e quem poderia estar assistindo, lembrando a mim mesma que "garotas direitas não faziam isso"... se eu tivesse conseguido ter quaisquer pensamentos e sentimentos além de *isso, agora*. Nada mais importava. Nem me importei que depois de duas horas de sexo suei tanto que estraguei a chapinha. A noite inteira, fui uma desconhecida para mim mesma, livre de todas e quaisquer inibições.

Mesmo pensar nisso agora causa uma excitação entre minhas pernas. Aperto uma almofada no colo como se quisesse abafar qualquer tesão persistente.

Quando acordei na manhã seguinte na suíte de Corey, dolorida e exausta, foi como acordar de um sonho febril, ou o que imagino que um usuário de heroína deve sentir. Cambaleei pelo lugar, nua, para recolher as roupas que estavam espalhadas pelo quarto, procurando debaixo da cama por meu sutiã, enquanto Corey me observava com um olhar, como se pudesse ver o que eu tentava esconder. Eu não queria que ele me olhasse daquele jeito. Eu não queria me sentir do jeito que me sentia. Eu não queria namorar um cara branco. Eu não queria um relacionamento a distância. Enquanto me vestia, expliquei isso o melhor que pude (exceto a parte do cara branco).

— Tudo bem, Riley — respondeu Corey em um tom que não consegui distinguir. Brincalhão? Resignado? Irritado? — Parece que você sabe o que é melhor. Pelo menos me dê um beijo de despedida.

Eu me inclinei na cama para dar um beijo nele. Antes que eu pudesse me afastar, Corey segurou meu rosto e me puxou para mais perto, sua língua acariciando a minha, até que me rendi por completo, muito trêmula e fraca para resistir. Quando enfim consegui me afastar, não tinha a confiança para me despedir, só saí correndo do quarto. Nem uma hora depois, após eu tomar banho e me livrar de todos os últimos vestígios de sexo e classificar a coisa toda como um deslize único na vida do qual ninguém precisava saber, recebi uma mensagem.

> Estou reservando um voo para Birmingham. Você não vai se livrar de mim tão fácil. Temos que ver até onde isso vai.

Eu amava e odiava isso em Corey: a capacidade de agir como se tudo fosse se encaixar para ele, porque sempre encaixava... O privilégio de ser um cara branco bonito de Connecticut. Sua confiança beirava à arrogância, e era sexy pra caramba quando não era enfurecedor. De qualquer forma, seus truques mentais Jedi funcionaram. Nove meses depois, eu o estava apresentando à minha família no fim de semana antes do Dia de Ação de Graças. Deus, como fiquei temendo aquela visita, mas então lá estava eu, observando Corey analisar nosso "Mural do Orgulho", o longo corredor entre a porta da frente e a sala de estar, cada centímetro coberto de retratos de família e a foto necessária de Martin Luther King Jr., junto com lembranças emolduradas da excelência e da história negras: o *New York Times* do dia em que Obama foi eleito presidente, dois poemas de Maya Angelou, um pôster com uma lista de invenções negras e assim por diante. Expliquei as origens do mural, imitando minha mãe:

— O mundo lá fora pode tentar te dizer que você é inferior, mas, enquanto entrar e sair desta casa, você vai olhar para esse mural e se lembrar de quem realmente é e quem você pode ser.

Era praticamente o lema da família.

Corey disse que era "muito legal". Eu estava ali ponderando se ele já estivera dentro da casa de uma pessoa negra antes e por que nunca tinha perguntado isso a ele, quando Corey se inclinou para ver mais de perto o pôster do inventor.

— Sabe, foi um homem negro que criou a receita para o uísque Jack Daniel's — disse ele. — Nathan Green, foi criação dele.

A essa altura, eu estava acostumada com Corey sendo uma fonte de informações aleatórias, mas aquele fato o tornou querido por meus pais, que estavam observando do corredor. Eu me permiti desfrutar do menor alívio de que aquilo poderia dar certo.

Eu não esperara que Corey ficasse tão à vontade na mesa da minha família, embora ele estivesse por completo, desfrutando de pilhas de comida com coragem e levando na esportiva algumas provocações amigáveis. ("Aposto que você nunca comeu mingau de milho antes, não é, filho?", perguntou meu pai. Ele não tinha comido mesmo.) Eu estava à flor da pele. Tentei me acalmar enchendo os copos de chá gelado e levando e retirando pratos de comida da mesa. Eu não conseguia me livrar da sensação de que havia algo errado, que eu estava fazendo algo ilícito, como a primeira vez que bebi sob o teto dos meus pais, falei palavrão ou furei o umbigo com Jen naquela loja imunda na rua South.

Namorar um homem branco (casar-me com um, se chegasse a isso) parecia desleal. Sempre achei que deveria terminar com um preto íntegro, edificar a comunidade, ter dois lindos filhos de pele negra seria um mérito também, fazer a raça, a causa, evoluir. Não com um cara branco que jogou lacrosse no ensino médio, estudou na universidade Williams e vinha de uma família com dinheiro. Às vezes, deitada ao lado dele na cama, o corpo claro dele tocando o meu, uma palavra flutuava em minha mente: "traidora". Eu jurava ter visto a mesma palavra flutuando como uma bolha de desenho animado sobre a cabeça de Gigi quando ele a visitou naquele fim de semana. Ela foi bem educada com Corey, mas, assim que ele estava longe, ela não pôde deixar de me lembrar:

— Ele nunca vai te entender, e você não vai entendê-lo. Por que trazer mais mágoa para sua vida? O mundo já é duro o suficiente do jeito que é. Encontre alguém que nem você.

Durante todo o tempo em que ele esteve com minha família, fiquei preocupada, imaginando como seria conhecer os pais de Corey, Steve e Catharine, um advogado ambientalista e uma arquiteta paisagista de Connecticut. Toda a energia que seria necessária para que eles entendessem que eu era uma "das decentes". Todos os comentários condescendentes que eu talvez precisasse ignorar, o medo de que eles fossem de um jeito na minha cara e de outro por trás. Tudo isso foi o suficiente para me fazer querer evitar tudo.

Falei disso uma vez quando estávamos namorando há alguns meses, depois de formular a pergunta em minha mente por semanas:

— O que seus pais vão achar de você namorar alguém... como eu?

Nas versões que ensaiei, eu dizia: "uma mulher negra".

— Meu pai vai ficar puto. — Corey fez uma longa pausa, longa o suficiente para eu sair do sofá. Ele pegou minha mão e me trouxe de volta, sorrindo. — Nunca levei para casa uma fã dos Sixers. Mas falando sério, meus pais são tranquilos, Riley. Eles vão te amar.

Mas o que "tranquilos" significava exatamente? A mãe dele me puxaria para um abraço e me chamaria de "garota"? Eles começariam a falar sobre como eram apoiadores ferrenhos do Obama, ou falariam sobre o quanto eu era "impressionante", ou me diriam com orgulho que tinham acabado de terminar o novo livro de Ta-Nehisi Coates?

Eu viria a descobrir. Tenho sempre que me perguntar o quanto os pais de Corey eram "tranquilos", porque o relacionamento acabou antes de eu conhecê-los.

Termino a vodca e me obrigo a lembrar o final da nossa história. A mensagem:

Não somos certos um para o outro. Desculpe.

Se ao menos eu pudesse ligar para Jen para que pudéssemos ler o e-mail dele juntas pelo telefone. Ela conseguiria bolar um plano, elaborar a melhor resposta. Quando Corey e eu começamos a namorar, ela era minha Cyrano de Bergerac, o escritor francês, formulando todas as minhas mensagens para que atingissem o tom perfeito: engraçado, sagaz ou sexy. Às vezes me pergunto se Corey realmente se apaixonou por mim ou pelas mensagens dela. Ela até me convenceu a enviar uma selfie uma vez, insistindo que eu usasse um sutiã vermelho brilhante exagerado, embora o pensamento de meus seios viajando pelo ciberespaço e pousando em seu celular me deixasse enjoada de tanta vergonha.

Jen estilizou a foto do decote, ajudou-me a encontrar o ângulo certo, erguendo um pouco meu seio esquerdo, apertando as alças do sutiã, até mesmo passando bronzeador pela minha clavícula. Depois de cerca de vinte e três cliques, a foto estava pronta para ser enviada. Nós duas esperamos, igualmente nervosas pela resposta. Minutos depois Corey escreveu de volta:

Ai, merda. Encaminhei isso para minha mãe.

Segundos depois, outra mensagem:

Brincadeira. Você deveria estar em uma passarela.

Só que não posso ligar para Jen, porque estamos nesse estranho impasse implícito e também porque tenho um segredo sobre o marido dela, e não posso falar com ela enquanto essa pedra estiver no meu estômago.

Preciso ler o e-mail e acabar com isso. Meus dedos tremem enquanto toco e clico até que esteja bem ali. Passo os olhos pela mensagem, procurando, frenética, palavras aterrorizantes como "grávida", "casado" ou "morrendo", e observo a extensão... que é curta. Pulo até o final para ver como ele finalizou. Apenas "Corey". Nada de "com amor". Então, enfim, volto ao início e leio cada palavra, dessa vez devagar para que dure. Ele escreve que viu na minha página do Facebook que minha avó faleceu. Portanto, esta é uma nota de condolências. Legal, embora decepcionante. Seu tom é educado, como se ele fosse um antigo professor ou colega, não alguém que viu cada centímetro de mim nua. Continuo lendo, atenuando as expectativas. Ele escreve dizendo como sente muito. Escreve que sabe que voltei para a Filadélfia e que viu minha entrevista com Tamara. "Tão poderosa!". Corey não usa pontos de exclamação, então li essa parte duas vezes. Depois diz que estará na cidade no mês que vem, vindo de Nova York para uma viagem de trabalho.

Finalmente, a última linha, e, quando chego a ela, um bando de borboletas alça voo pela minha caixa torácica.

—

Faz muito tempo que não nos vemos. Posso te encontrar quando estiver na cidade?

—

Estou prestes a sair para a varanda, como se fugisse da pergunta, mas em vez disso faço um desvio pela cozinha. Cavo nas profundezas do freezer, onde sei que há um velho maço de Parliaments escondido atrás de uma pilha de pizzas congeladas. Eu os encontrei em uma caixa de lâmpadas e baterias quando me mudei. Eu deveria ter jogado essa nojeira fora, mas escondi os cigarros ali em caso de emergência. Nunca fui uma fumante de verdade, mas aprendi no meu primeiro emprego em Joplin que a maioria das pessoas no ramo de notícias é, e, se eu quisesse garantir um tempo a sós com meu produtor, seria melhor começar. Gaby zombou de mim quando me viu pela primeira vez com um cigarro.

— Mulher preta não fuma.

Como se fosse um fato.

— Bem, nós também não ouvimos Ani DiFranco nem Taylor Swift, e tenho os álbuns inteiros no celular — retruquei.

— Quem é Ani DiFranco, porra? — perguntou Gaby, pegando meu cigarro e dando uma tragada longa que terminou em um acesso violento de tosse. — Garota, que coisa nojenta. Acabei de matar um pulmão.

— Você fuma maconha, Gaby — eu a relembrei.

— É diferente. Sou jamaicana, meus genes foram construídos para isso.

E agora sinto falta de Gaby e quero ligar, mas ela sempre foi cética em relação a Corey. Ela namorou um único cara branco em nosso primeiro ano de faculdade; a família dele tinha uma casa na Jamaica fazia tempos e uma vez ele "brincou" que seria engraçado se os ancestrais dele tivessem sido donos dos ancestrais dela em algum momento. E ela "brincou" que seria engraçado se derramasse o vinho tinto nele e então derramou. Gaby disse que "talvez fosse melhor assim" quando liguei para dizer a ela que tinha terminado com Corey. Então não vou ligar para ela. Ainda não. Não até que eu esteja pronta para ela me dizer que seria uma má ideia responder ao e-mail.

Quando saio para a varanda, meus braços se arrepiam no frio.

"Posso te encontrar? Posso te encontrar?".

Por que agora? Fico remoendo a pergunta enquanto aciono a roda enferrujada de um isqueiro que encontrei na gaveta da bagunça. A primeira tragada tem gosto de paraíso. Lamento a decisão na segunda, e a terceira me deixa enjoada.

Minha varanda é tão minúscula que, se eu abrir os braços, posso tocar as duas paredes de cada lado. Depois que me mudei, passei por uma venda de garagem enquanto corria e encontrei uma linda cadeira de vime e uma mesa lateral combinando que se encaixava com perfeição ali. Eu estava tão focada na emoção de ter uma varanda com vista para o centro da cidade, alegre com meu retorno triunfante, que a cadeira parecia uma vitória. Agora, quando olho para ela, a patética cadeira unitária, a solidão me atinge com tanta força que levo um minuto antes de me lembrar de respirar. Esmago o cigarro na grade de ferro e corro de volta para dentro, para o ar quente. Vou direto para o celular para reler o e-mail de Corey. Em vez disso, minha caixa de entrada abre com a última mensagem de Jen, a que nunca respondi.

"Todos nós podemos voltar às vidas normais."

Isso não é verdade, Jenny. Pode estar prestes a ficar muito pior. A promotora pública quer condenar seu marido por assassinato.

Pego o copo na mesa de centro e encho novamente, dessa vez nem me dando ao trabalho de colocar a tônica. Vou bebendo, sabendo que não deveria estar bebendo sozinha agora, não com esse peso nas entranhas e o e-mail de Corey no celular. Porém, não vou parar. Bebo até não conseguir mais imaginar a expressão no rosto de Jen quando seu marido e pai de seu filho for algemado e levado para a prisão. Continuo bebendo até ficar bêbada o suficiente para me permitir fazer a coisa que eu mais quero fazer, a coisa pela qual depois vou culpar a bebida: abro o e-mail e começo a digitar.

Capítulo doze

Jen

Alguém esqueceu de dizer ao gerente da Target que está na hora de mudar a música. Mariah Carey não devia estar falando sobre o que quer para o Natal duas semanas depois do início do ano. E, no entanto, aqui está ela, cantando nos alto-falantes muito altos.

Tive que sair esta manhã. Eu estava como uma prisioneira agitada, pronta para fugir. Se você me perguntasse quando foi a última vez que saí de casa, eu não saberia dizer. Eu saberia dizer a última vez que *quase* saí. Quinta passada. Era para eu encontrar Riley para um café. Estava tão ansiosa. Eu me arrumei toda, até fiz escova no cabelo, passei um pouco de brilho labial; então ela cancelou comigo uma hora antes do horário marcado. Aconteceu alguma urgência no trabalho. Era apenas uma desculpa. Respondi em mensagem: "tudo bem". Até coloquei um emoji. E então decidi que para mim já deu. Eu não tentaria de novo. Agora era com ela, e seria melhor eu esperar sentada.

Eu estava desesperada para mudar de ares, e a Target parecia um destino tão bom quanto qualquer outro, principalmente porque tenho no bolso um vale-presente de cem dólares, presente de Natal de Annie e Matt. Como não vou ter chá de bebê, preciso comprar todas as coisas sozinha, ver até onde posso esticar esses cem dólares, porque não posso gastar mais nada.

Uma fileira de berços de madeira brilhante anuncia a seção de bebê. Frank tem passado muito tempo na oficina na garagem, construindo "uma surpresa" para o bebê que suspeito ser um berço. Considerando os preços que estou vendo aqui, um berço de graça parece incrível, e deu a

Frank algo para fazer nas últimas semanas, uma fuga de Cookie e do filho desolado que ele não faz ideia de como consolar.

Caminho devagar de um lado ao outro no próximo corredor, apoiando-me com tudo na alça do carrinho. Um balanço de bebê chama minha atenção, e me inclino para a prateleira de baixo para ver o preço. Quando me endireito, há uma umidade familiar e perceptível entre minhas pernas. Provavelmente me mijei de novo. Tem acontecido toda vez que espirro, tusso ou me curvo. Apenas mais um dos sintomas normais e nojentos de gravidez que ninguém nunca fala. Comecei a usar absorventes gigantescos o tempo todo, do tipo que as crianças costumavam deixar na cadeira da nossa professora do sétimo ano, a sra. Dobber, com o lado adesivo para cima.

Só que parece estar mais molhado que o normal. Vai encharcar meu único par de jeans de maternidade. Meu corpo é constrangedor o suficiente sem ter que andar pela Target com uma mancha escura na bunda. Preciso de um espelho para ver quão ruim está.

De repente uma dor aguda corta minha barriga. Dou mais dois passos e há outra punhalada afiada, uma lâmina quente me rasgando. Não consigo nem recuperar o fôlego antes que haja outra e outra até que eu não aguente mais. Caio no chão.

Ainda pior que a dor é a certeza repentina e paralisante de que algo está errado.

— Me ajude. Alguém me... ajude. — Enfim consigo dizer as palavras.

O esforço me deixa esgotada.

Um adolescente com o rosto cheio de espinhas vestindo uma camisa polo vermelha grande demais se aproxima, mas não faz nada além de ficar ali olhando para mim, inútil. Finalmente uma mulher empurrando um carrinho com três meninas com menos de seis anos empurra o funcionário da loja do caminho e coloca a mão nas minhas costas.

— Respire, querida. Só respire. Vai ficar tudo bem.

— Não, não, não. Ainda não é a hora.

O olhar no rosto da mulher diz tudo. Ela tem filhos, aquelas três garotinhas me observando agora, em silêncio e assustadas.

— Sua bolsa estourou?

— Não sei.

A mancha molhada na minha virilha está se espalhando, descendo pelas minhas coxas. Os médicos e sites dizem que é improvável que a bolsa estoure. Só acontece vinte por cento das vezes. É o cheiro que denuncia, mas qual é o cheiro que é para ter? Só consigo sentir o cheiro do meu medo, azedo e metálico.

— Me dê seu celular. Vou ligar para o seu marido.

— Na minha bolsa.

A mulher revira minha bolsa, passando por troco, notas fiscais amassadas, uma banana mole que quero jogar fora, lenços sujos, um absorvente extra que se soltou da embalagem. Enquanto ela continua buscando nos múltiplos bolsos, tenho a imagem nítida do meu celular no centro do painel do carro.

A mulher se agacha, seus olhos gentis na altura dos meus.

— Não consigo encontrar. Podemos usar o meu. Qual é o número?

Só sei três números de cor. O da casa de Lou, que é o mesmo número de quando eu era criança; o celular de Riley, que milagrosamente permaneceu o mesmo todos esses anos, e o celular de Kevin, que só sei porque ele me fez decorar. Parte de seu treinamento era fazer a família memorizar números importantes. Grito o número de Kevin e observo a mulher digitá-lo no próprio celular.

— Caiu na caixa postal.

Óbvio que sim. Ele não vai atender um número aleatório e ouvir alguém gritar com ele novamente.

— Para quem mais posso ligar?

Antes que eu possa responder, uma serra elétrica apunhala minha barriga, cortando-me ao meio. Giro o corpo, e um som desumano sai da minha boca. Começo a barganhar com Deus, pensando em todas as coisas que troco para que Chase fique bem. É um exercício de curta duração, porque a resposta é tudo, qualquer coisa.

— Ligue para a emergência! — comanda a mulher ao adolescente cheio de espinhas, e ele parece feliz por alguém tê-lo dito o que fazer.

Acho que estou assentindo, embora talvez minha cabeça nem esteja se movendo. Aperto os olhos por causa da dor. Sinto a pequena multidão se formando ao nosso redor, olhando para mim com preocupação e pena, e uma pitada de animação também, por estar na primeira fila para uma emergência, uma história para contarem mais tarde.

— Tente meu marido de novo — consigo dizer.

A mulher obedece.

— Ainda sem resposta, querida.

Eu poderia dar o celular de Riley: 215-555-4810... 215-555-4810. Liguei mais para ele do que para o número de Kevin, mais do que para o telefone da minha casa. Liguei de telefones públicos e celulares de caras aleatórios para avisá-la quando nossa música favorita tocou em algum bar durante um encontro chato. Mas não. Não posso ligar para Riley. Por quê? Na névoa da dor é difícil pensar direito. Para mim já deu. Mas o que já deu? Já deu da amizade com Riley? Eu não ligaria para ela de novo. Nunca. A determinação parecia boa, uma sensação de satisfação íntegra. Agora esse raciocínio não faz sentido. Riley é minha melhor amiga? O pensamento se forma em uma pergunta.

— Alguém mais, querida? — pergunta a mulher, um tom frenético na voz.

Uma das filhas dela choraminga.

— A minha melhor amiga... Ligue para Riley — respondo.

De longe, acima do som da minha própria respiração ofegante, posso ouvir fracamente Riley dizer alô para Judy pelo telefone. Não sei como sei que o nome da mulher é Judy. Ela deve ter me contado.

— Acho que sua amiga entrou em trabalho de parto — explica Judy.

Preciso que Judy retire essas palavras. Ouvir isso em voz alta torna tudo real. Quando sou tomada por outra contração incapacitante, concentro-me nas três meninas de Judy, todas com cabelo loiro claro e olhos arregalados como filhotes de veado. A que choramingava parou. Agora está olhando para mim, junto com as irmãs, como se eu fosse um animal em um zoológico enquanto ela suga algo de um copo da Pequena Sereia, fazendo barulho. Judy abaixa o celular, e a voz de Riley está mais perto agora, bem no meu ouvido.

— Jenny, vai ficar tudo bem. Vou encontrar Kevin e nos vemos no hospital. Tudo bem, Jenny? Você vai ficar bem. Ele vai ficar bem.

Estou tão feliz em ouvir a voz de Riley, mesmo que ela esteja mentindo para mim de novo. Não vou ficar bem. Mas há uma chance de Chase ficar. Ele tem que ficar. Não consigo aguentar outro resultado.

A pequena multidão que se reuniu abre espaço aos paramédicos, que me colocam em uma ambulância.

Os paramédicos me dizem que estamos indo para St. Mary, e esta é a primeira coisa que me traz paz no que parecem horas. *O hospital da Annie.* Se eu não puder dar à luz no centro, como planejei, essa é a segunda melhor opção. Não faço ideia de se ela está trabalhando, mas pelo menos minha cunhada pode falar com a equipe, garantir que tenhamos o melhor atendimento.

Meu alívio é tão curto que mal dá tempo de me lembrar do sentimento. Outra onda de dor assombrosa passa por mim, como uma correnteza me arrastando para baixo. Não adianta relutar. Como é possível que meu corpo seja capaz de tamanho sofrimento? Assim que consigo respirar de novo, pergunto o que está acontecendo, se o bebê está bem. Os dois paramédicos respondem em um tom suave e uniforme que me faz querer chutar a boca deles. Como se atrevem a ficar tão calmos em um momento como este? De qualquer forma, não vão me dizer o que está acontecendo. Eles não vão me dizer que Chase está em perigo, mas eu sei. Riley não é a única com o arrepio.

Minutos, segundos ou horas depois de chegarmos ao hospital, Kevin irrompe pela cortina frágil que cerca minha cama no pronto-socorro. Os paramédicos me deram uma injeção de alguma coisa. Amenizou as sensações, ou talvez eu tenha me acostumado a elas.

— Amor, você está bem? — pergunta Kevin, o pânico irradiando dele.

Ele praticamente colide com a cama e me acaricia freneticamente com ambas as mãos, como se verificasse se há ferimentos. Ele parece prestes a vomitar, pálido e trêmulo.

Sou atingida com força por uma onda de amor por ele neste momento, e alívio e empatia; está tudo lá girando ao redor, deixando-me tonta. Quero poupá-lo da verdade, então não digo nada. Apenas seguro a mão dele. Quando nos tocamos, algo implícito passa entre nós, uma solidariedade que me dá força.

Nós nos viramos, ainda segurando um ao outro, quando um homem atarracado em um jaleco branco engomado surge pela cortina.

— Eu sou o dr. Atunde, o residente de ginecologia e obstetrícia de plantão hoje.

Fico nervosa, olhando para o médico, para a pele escura. Kevin fica tenso como se estivesse tendo o mesmo pensamento. E se esse médico reconhecer meu marido pelas notícias? Isso vai influenciar o quanto ele se esforçará para salvar nosso bebê? Não, isso é impossível. Os médicos não fazem isso. Eles juraram não fazer isso. Eles salvam terroristas e assassinos em série.

— Você vai ser pai hoje — diz o médico para Kevin, com uma alegria comedida.

Kevin solta minha mão para pegar a do médico, que a aperta com vigor. A mão que Kevin soltou encontra o caminho para minha barriga.

Vou ser mãe hoje. É uma oração, mais do que uma declaração. Concentro cada fibra do meu ser em Chase, desejando que ele fique bem com um fervor que beira o descontrole. Nunca precisei e nunca vou precisar ou querer nada mais desesperadamente do que isso, e essa simples certeza é esmagadora. *Se eu conseguir isso, nunca mais pedirei outra coisa enquanto eu viver.* É a promessa mais pura que farei.

Mesmo que o dr. Atunde explique com calma o que vai acontecer, há uma urgência inconfundível em sua voz.

— Jennifer, estamos preocupados com a frequência cardíaca fetal. Está muito acelerada, sua pressão arterial está subindo e o trabalho de parto não está progredindo. Temos que fazer uma cesariana de emergência. Precisamos tirar esse bebê de você o mais rápido possível. Vou higienizar as mãos e te vejo lá em cima. O anestesista está pronto para a cirurgia. Alguma pergunta?

Kevin estremece enquanto acaricia meu cabelo, murmurando sem parar:

— Jenny, vai ficar tudo bem.

Seu hálito, com um leve traço de cerveja, está quente em meu rosto, mas então é a voz de Riley que acho que ouço chamando meu nome. Vem de novo, mais alta, meu nome completo. E então Riley está aqui, passando pela cortina, bem aos meus pés.

— Você veio.

Não acredito de todo.

— Ah, Jenny, é lógico que vim.

Ela se aproxima depressa e beija minha testa suada.

Kevin e Riley estão no mesmo cômodo. É uma luta organizar isso na mente. Nem é no mesmo cômodo, no mesmo espaço claustrofóbico. Olho para o monitor cardíaco, preocupada que dispare e mostre o quão tensa estou com isso.

Riley acena com a cabeça para Kevin e vai para o lado oposto da cama. Ele responde com uma pontada inconfundível de raiva que é logo substituída por alívio. Ele não precisa mais lidar com isso sozinho.

— Você está bem? — Riley olha para o monitor que bipa, no qual linhas sinuosas formam uma montanha a mais ou menos cada sete minutos. — Chase está bem?

— Chase? — Kevin parece confuso. Ele dá um passo para trás, como se tivesse sido empurrado. — Espera. É um menino? Ela sabia?

Ele parece estar processando esses fatos enquanto Riley fica parada ali, totalmente abalada. Esse tem que ser um cenário hilário de uma série de comédia absurda, exceto que nada na nossa vida é hilário agora.

— Foi um acidente, Kevin. Descobri por acidente — explica Riley, lançando um olhar desesperado para mim em busca de orientação.

Não tenho energia o bastante para isso. Seguro a mão de Kevin e espero que isso faça o que tem que fazer, diga todas as coisas que não consigo, principalmente que sinto muito.

Um balão de tensão cresce até que um sorriso lento aparece em seu rosto, e assim dissipando a tensão.

— É um menino. — Ele diz as palavras com uma alegria reverente, e, mesmo que eu não tenha nada a ver com isso, que tenha sido tudo biologia, destino e genética, ainda sinto que estou dando a ele um presente.

— Achei que fosse uma menina. Não sei..., mas um menino. Eu queria um menino — continua Kevin, agora meio zonzo, como se estivesse revelando o próprio segredo, embora eu soubesse perfeitamente que ele queria muito um filho.

Os grandes olhos castanhos de Riley brilham com preocupação quando me viro para olhar para ela.

— Eles vão ter que tirá-lo de mim, Rye. — Minha voz falha. — Ainda não é a hora.

Ela se inclina para que o rosto fique a centímetros do meu. Está com um cheiro fraco de suor e manteiga de cacau.

— Tudo bem. Vai ficar tudo bem. Você é forte. Chase é forte. Você consegue. — Riley se endireita e olha para Kevin. — Vocês dois conseguem. Gigi diria: "Mulheres estão fazendo bebês desde o começo dos bebês. Nossos corpos sabem o que fazer. Você sabe o que fazer".

— Não, não sei o que fazer. Meu corpo não está fazendo a coisa certa.

— Está sim.

Riley coloca as minhas mãos entre as dela. As dela são maiores que as minhas. Sempre foram. Nós as comparávamos quando éramos pequenas, colocando nossas palmas uma contra a outra, vendo o quanto os dedos de Riley ultrapassavam os meus. Então eu virava a palma de Riley em direção ao céu e fingia saber ler o futuro nas linhas finas da pele. "Sua linha da vida é longa. Olhe essa linha do amor. Você vai ter três grandes amores na vida, quatro bebês e uma mansão em Miami Beach." Agora, os longos dedos de Riley se entrelaçam nos meus, um salva-vidas.

— Você acha que ele está com medo? Chase? — A pergunta é ridícula, mas é o que quero saber.

Kevin e Riley falam ao mesmo tempo:

— Não. Não. Ele não está com medo. Ele não sabe o que está acontecendo.

Encaro o teto.

— Estou com medo, gente.

— Você vai ficar bem. Você está indo muito bem. — Riley me reconforta de novo.

— Oi, mamãe, que tal se a gente tirar esse bebê daí? — pergunta outra enfermeira enquanto entra e começa a desplugar e desenganchar coisas com uma eficiência impiedosa.

— É um menino — digo. — É um menino, e o nome dele é Chase. Podemos usar esse nome, por favor?

Caso o pior aconteça, preciso que todo mundo o chame pelo nome dele, como se ele fosse uma pessoa de verdade no mundo. Ele existe.

A enfermeira para de se mexer por tempo suficiente para me olhar.

— Entendi, você está pronta para encontrar o Chase?

Riley segura minha mão, passa o dedo pela minha palma. É um velho código que usávamos quando estávamos na mesa de jantar, na igreja e não podíamos nem sussurrar sem que alguém ouvisse. Um arranhar na palma quer dizer "você está bem?", dois apertos querem dizer "sim", um quer dizer "não". Aperto a mão de Riley duas vezes.

— Ela está pronta — diz Riley à enfermeira, ainda me olhando.

— Você consegue. Você consegue fazer isso, Canarinho — adiciona Kevin, inclinando-se para beijar minha testa úmida.

Riley e Kevin se afastam da cama enquanto as enfermeiras se preparam para me mover. Sem eles me tocando, de repente me sinto solta, perdida.

— Você vai estar aqui? — pergunto à Riley.

Lógico que Kevin vai ficar, mas tenho medo de que ela vá embora, saia pela porta e voltemos aos e-mails forçados, mensagens não respondidas e planos desfeitos. A ideia de que eu poderia ter que mandar uma mensagem para Riley com a primeira foto de Chase me deixa triste a um nível indescritível. Sempre a imaginei no hospital para ver meu bebê assim que ele nascesse, para tocá-lo e abraçá-lo e beijar sua cabeça e me ajudar a contar seus dedos das mãos e dos pés. Preciso que Riley seja uma das primeiras pessoas que Chase conheça.

— Vou estar aqui. — Riley sorri o grande sorriso de TV, nenhum traço de medo, pelo menos para alguém que não a conhece, mas vejo. Vejo através da máscara. — Enquanto você faz o que tem que fazer, vou comprar uma garrafa de champanhe. Para que possamos comemorar depois.

Logo estou em movimento pelos corredores do hospital, sendo levada para uma sala de cirurgia. Tudo é um borrão.

E então ouço. O melhor som que já ouvi: o choro do meu bebê. O dr. Atunde ergue Chase Anderson Murphy, triunfante, bem alto no ar.

— Os pulmões estão funcionando — diz o dr. Atunde, o alívio na voz revelando que ele estava preparado para um resultado diferente.

Sinto uma onda de amor por esse estranho, por tirar Chase a tempo.

Observo Kevin sair da parte superior da cama para o outro lado da cortina azul áspera acima de minha cintura. Ele não está preparado para a visão da minha barriga aberta de um lado a outro... todas as minhas entranhas expostas. Vejo seu rosto passar do medo ao nojo à incompreensão em questão de segundos antes de seus olhos focarem em Chase, e então há apenas admiração.

— Ai, meu Deus, Jenny, ele é tão pequeno. — Pela voz, ele parece aterrorizado, feliz e maravilhado.

A enfermeira segura uma tesoura.

— Nós vamos ter que levar esse rapazinho para a UTI neonatal. Você quer cortar o cordão, papai?

Kevin murmura algo que soa como "aham" e a enfermeira abaixa o lençol o suficiente para que eu possa ver as mãos de Kevin tremerem enquanto corta o cordão que me conecta a Chase. Não parece um cordão, mas sim algum tipo de tubo esponjoso e grumoso com uma pulsação, uma vida própria.

Assim que ele termina, o dr. Atunde ergue Chase para eu ver. Ele parece incrivelmente frágil, com braços como gravetinhos. Seu cabelo é grosso e preto como o de Kevin, a pele quase translúcida, e posso distinguir veias azuis que bombeiam sangue com rapidez em seu pequeno coração que bate tão forte que temo que possa sair da pele.

Quando o vejo pela primeira vez, todo gosmento e lindo, acho que vou morrer pela segunda vez hoje. Não parece possível que você possa viver com essa quantidade alarmante de amor. É quase assustador sentir tanto ao mesmo tempo. Todas as mulheres que disseram: "Ah, espere até segurar seu bebê pela primeira vez e o amor que sente", como se fosse uma passagem mística que não se poderia compreender até estar do outro lado... Agora entendo; elas estavam certas.

Quando penso em tudo o que passamos para chegar até aqui: os abortos, as agulhas e todas as vezes que quase me forcei a desistir, até que uma pequena semente dentro de mim disse: *Não, você não pode desistir*. Sei que a estrada deveria me trazer até aqui. Bem aqui. E o que quer que aconteça desse ponto em diante, eu tenho isso; tenho meu bebê.

* * *

Uma garrafa de champanhe cara, com um nome francês que não consigo pronunciar, é a primeira coisa que vejo quando abro os olhos mais tarde, com a cabeça turva pelos remédios e a exaustão. Estou em um quarto de verdade agora. Não é privado, nosso seguro não cobre isso, mas ninguém está na cama ao lado da minha. Eu me viro e lá está Riley dormindo em uma cadeira dura no canto.

Riley está aqui.

Outra percepção irrompe, o sol dissipando o nevoeiro. *Eu sou mãe.* Meu coração titubeia com um alívio atordoado quando me lembro desse fato milagroso. O resto assimilo mais devagar, minha mente ainda lenta. Kevin foi para casa pegar a bolsa de hospital que nunca arrumei e planeja voltar mais tarde com Cookie. Preciso ficar no hospital mais três noites. Chase terá que ficar no hospital mais algumas semanas. Ele precisará da ajuda de um respirador enquanto seus pulmões continuam a se desenvolver, e ele ainda não consegue regular a própria temperatura, mas está bem. *Ele está bem. Ele está bem.*

Estou juntando energia para chamar por Riley quando uma enfermeira traz um carrinho para dentro do quarto. Como se eu o tivesse conjurado, aqui está ele. Meu bebê.

A enfermeira manobra o carrinho ao lado da cama.

Riley acorda e salta da cadeira para o carrinho, olha para Chase como se tivesse desembrulhado um presente.

— Ele é uma gracinha, Jenny.

A enfermeira o pega no colo. Ele está bem enrolado em um cueiro de algodão, o que lhe dá mais volume. Um tubo e monitores estão presos ao seu berço de rodas, e fios cruzam seu pequeno corpo.

— Ele só pode ficar fora da UTI por alguns minutos. Achei que você ia querer passar um tempinho com ele. O contato pele a pele ajuda, se você quiser se deitar com ele por um tempo, mamãe.

Ela começa a desenrolar Chase do embrulho, e mexo na camisola para expor a pele e os seios inchados. Estou faminta por ele, desesperada para tocá-lo no momento em que a enfermeira manuseia os fios e o coloca em meus braços.

Riley estende a mão e toca o pé dele como se fosse feito de vidro.

— Olha esses dedinhos.

Ver a forma como ela o olha me traz tanta alegria quanto pensei que traria. Mais, na verdade. Muito mais.

— Dedinhos que eu fiz na minha barriga! — Olho para Riley, observo-a observar Chase. — Você fez isso acontecer, Riley... Sem você, nós não teríamos tentado de novo e não...

Nem consigo terminar. Riley nunca poderá entender o quanto significa para mim o papel que teve em fazer esse milagre acontecer.

— Fiquei feliz em ajudar. Mas você fez isso, Jenny. Você fez um bebê!

Ela se aproxima e passa o dedo pelo couro cabeludo cheio de veias de Chase.

— Eu não sabia o quanto eu ia amá-lo. É tipo...

Não sei explicar, a pura força deste amor. É algo que ela não vai entender até ser mãe, como todas aquelas mulheres que me disseram: "espere só".

— Ele se parece muito com Kevin — comenta Riley.

Sei que Cookie dirá a mesma coisa quando chegar, provavelmente com uma pilha de fotos de Kevin quando bebê como prova.

— Como o Kevin está... com tudo? — pergunta Riley, hesitante.

O que devo dizer? O que posso dizer? Que escondi os remédios de dormir e as facas na casa de Cookie? Que o observo pela janela do quarto, lá embaixo, andando de um lado a outro no quintal no meio da noite?

— Hoje foi um bom dia. Você devia tê-lo visto na sala de parto. Ele chorou, Rye. Acho que nunca o vi chorar.

— Estou tão feliz por você... por vocês dois.

Sei que ela fala sério. É uma verdade profunda que espanta os sentimentos ruins das últimas semanas. Quase.

— Obrigada por estar aqui, Riley. Significa muito.

— Ah, Jenny, lógico que eu estaria aqui.

— Eu não sabia...

Queria que Riley admitisse, a sensação de que estamos nos afastando. Que não estou imaginando isso. Que é real, e se é real, então podemos consertar.

Riley balança a cabeça.

— Shhh. Agora não. Agora não. Não é hora. Não temos nada para dizer exceto sobre você e esse rapazinho. Posso te trazer alguma coisa? Tem alguma parte doendo? Do que você precisa?

Alcanço a mão dela e aperto.

— Estou bem. Não preciso de nada.

Do que mais eu poderia precisar? Por um único momento, tenho tudo.

Capítulo treze

Riley

Uma notícia é como um incêndio. Precisa ser alimentada, nutrida para permanecer viva. Pode ser alimentada com míseros pedacinhos, gravetos, pequenos desenvolvimentos que transformam uma nuvem de fumaça em uma faísca. Ou às vezes é encharcada com uma garrafa inteira de fluido inflamável e se transforma no fogo de um inferno. É o que acontece quando o vídeo do tiro de Justin Dwyer é divulgado ao público. Uma nova onda de indignação visceral.

Isso está se tornando um ritual sombrio: a divulgação em vídeo de um ato racista ou pior, um assassinato. Com certeza entendo por que as filmagens viralizam, por que a mídia as reproduz sem parar. Há uma qualidade lasciva de caça-cliques a qual as pessoas não conseguem ignorar, mas às vezes chega a ser demais. Você está comprando sapatos online e, bum, vê alguém levar um choque brutal em um semáforo enquanto seu filho espera no carro, tudo porque ele não sinalizou corretamente. Você está checando as fotos novas de casamento de sua amiga no Facebook e, com um clique, há policiais jogando uma adolescente de maiô no chão com selvageria e a socando enquanto ela chora para que alguém, por favor, chame sua mãe. É tudo um lembrete implacável de que sempre haverá pessoas que veem a nós, e pessoas que se parecem conosco, como perigosas, indesejadas ou inferiores. A dor que vem ao assistir a esses vídeos se acumula, uma ferida se abrindo de novo e de novo. Depois vem o medo obsessivo: afinal, esses são apenas os incidentes filmados, é preciso se perguntar o que as pessoas estão fazendo ou dizendo além do alcance da lente... coisa muito pior, provavelmente. Então é difícil, mais difícil a cada dia, mais difícil a cada vídeo, reprimir a humilhação e a raiva para só continuar tomando o café da manhã, indo dormir... seguindo com a vida. Ainda assim, por mais doloroso que seja, reconheço o poder que esses vídeos têm de dizer: "Olha, isso acontece, isso é real, por favor, não ignorem". É a mesma razão pela qual faço meu trabalho: *as pessoas precisam ver isso.*

Só consegui assistir ao vídeo de Justin sendo baleado algumas vezes, e já pareceu demais. Seu choque é vívido, mesmo que a imagem seja granulada e não tenha som. No primeiro quadro, uma figura corre pelo beco depressa e desaparece. Quando Justin aparece na tela segundos depois, ele está apenas andando na dele, a cabeça balançando para cima e para baixo como se estivesse ouvindo uma música que realmente gosta. Ele está quase no final do beco, prestes a virar à direita, prestes a caminhar dois quarteirões ao leste, de volta para casa. Ele está quase lá, e, por uma fração de segundo, acho que poderia terminar de forma diferente. Talvez ele continuasse andando, virasse a esquina e fosse para casa, pegasse uma Coca-Cola na geladeira e se sentasse para jogar videogame.

Não é isso que acontece.

Justin para de repente. O que se desenrola a seguir ocorre tão depressa que muitos dos meios de comunicação, incluindo a KYX, mostraram uma versão em câmera lenta, que é de alguma forma mais perturbadora, prolongando ainda mais a cena. Justin para de andar, enfia a mão no bolso direito do casaco. Ele saca um objeto escuro, mais ou menos do tamanho de sua mão, e tira um fone de ouvido do ouvido enquanto se vira. A filmagem é muito granulada para distinguir sua expressão. Eu a vejo na mente mesmo assim, a curiosidade se transformando em choque quando ele se sacode para um lado, para o outro, e depois cai no chão. A rapidez com que ele desaba, como em um desenho animado.

Mas o que se destaca no vídeo além da trágica morte de Justin são duas coisas. Justin não coincide com a descrição do cara que eles estavam procurando, Rick Sargent. Mesmo no vídeo em preto e branco, fica nítido que Justin está vestindo uma jaqueta de um verde vívido da North Face, não o casaco preto que disseram que Rick vestia. Ele também é uns bons quinze centímetros mais baixo. Sei de tudo isso pelo relatório do incidente que enfim recebi da minha fonte policial. Isso ressalta que Cameron não deveria ter atirado. E essa é a outra coisa no vídeo: dá para ver Cameron chegar à esquina uma fração de segundo antes de Kevin.

Por isso assisti ao vídeo pela segunda e terceira vez, em câmera lenta. Kevin não atirou primeiro. No vídeo, Kevin segue Cameron, vê o parceiro atirando, levanta a arma e atira. Então, enquanto Cameron fica ali parado, Kevin corre, cai de joelhos como se estivesse sussurrando algo para Justin.

— Que diabos aquele policial disse para o garoto depois de baleá-lo? — grita um especialista na estação WHYY-FM.

Enquanto dirijo, o programa matinal da rádio disseca o tiro. Deus e o mundo tem uma opinião a dar.

— *Você o viu por a mão no bolso. Ele poderia estar pegando uma arma. Aqueles policiais tinham motivo para atirar. Esses jovens precisam escutar.*

— *Era isso que ele estava tentando fazer, tirando os fones de ouvido. Ele estava morto antes de ter a chance de escutar!*

— *O cara que passou correndo. Aposto que era atrás dele que eles estavam, mas todos nós parecemos a mesma pessoa, né?*

— *Você não pode ser policial se tem tanto medo assim.*

— *Ninguém vai para o trabalho dizendo: "Vou matar alguém hoje".*

— *Policiais têm uma fração de segundo para agir. Um piscar de olhos. Dá para tomar uma decisão rápido assim?*

— *Se continuarem atacando os policiais, alegando que são racistas, eles vão parar de policiar.*

Mudo para outra estação. Há um homem falando sobre racismo reverso, o autor de mais um livro sobre por que homens brancos estão tão bravos e com razão. Ele está argumentando que a retórica antibranca está atingindo "níveis perigosos" e que não há nada de errado em ter orgulho da própria nacionalidade.

— Eu sei que eu devia ter vergonha de ser um homem branco nos Estados Unidos hoje. Bem, pois estou dizendo que não tenho — declara ele.

Bato a mão no painel do carro e mudo a estação novamente. Beyoncé nunca foi uma presença mais bem-vinda na minha vida.

O trânsito da hora do rush é brutal. Eu não deveria ter tentado dirigir até o hospital St. Mary antes do trabalho, mas eu só queria trazer o presente do chá de bebê para Jen (a camiseta Mamãe Pássaro) para que ela soubesse que eu estava pensando nela, principalmente hoje, antes que Sabrina anuncie a acusação. Sabrina convocou a coletiva de imprensa ontem à noite, logo depois de vazar o vídeo para a rede MSNBC. Ao menos suspeito de que tenha sido ela, para trazer atenção para o anúncio.

Ela quer o maior holofote possível. E conseguiu um: quinze minutos inteiros com Joy Reid e uma aparição de Anderson Cooper, o que significa que não precisa mais de mim. Não a invejo por isso, embora esteja chateada por ela ter negado uma entrevista exclusiva comigo e por não ter me ligado de volta nos últimos dois dias. O escritório dela está se esquivando de mim. Só posso torcer para ao menos ter uns minutos com ela depois da coletiva de imprensa de hoje.

A coletiva de imprensa que vai mudar a vida da minha amiga.

Liguei e mandei uma mensagem para Jen pelo menos uma vez por dia desde que Chase nasceu e não recebi uma única resposta. Digo a mim mesma que é porque ela está ocupada com o bebê, principalmente porque ele ainda deve estar na UTI neonatal. Não quero estressá-la ou parecer forçada, então vou deixar o presente na recepção e torcer para que entreguem. Ainda estou esperando por algum momento mágico em que Jen e eu possamos reiniciar, continuar de onde paramos. *Onde nós paramos?*

O estacionamento de visitantes está cheio, então entro no estacionamento de pacientes, esperando que não faça diferença se eu tomar um espaço por cinco minutos para levar o presente na enfermaria. Ainda nem abri a porta quando vejo o Camry surrado de Jen na fileira na frente da minha. O motor está ligado, sei pela fumaça do escapamento soprando no frio, e, mesmo através das janelas embaçadas, vejo o cabelo loiro de Jen, a cabeça tombada no volante.

Meu primeiro instinto é ir embora. Nós temos que conversar, sim, mas não terei tempo de fazer isso agora sem me atrasar para o trabalho, e eu não tinha planejado vê-la, mas não posso deixá-la assim.

— Jenny?

Bato na janela do passageiro. Ela levanta a cabeça de uma vez e vejo lágrimas escorrendo por seu rosto. Abro a porta e me sento no banco do carona. A última vez que vi Jen chorar foi no primeiro ano, quando Lou raspou a cabeça dela durante um surto de piolhos porque era mais barato que comprar o xampu caro. *Será que aconteceu algo com Chase?*

— Não aguento, Riley! Não aguento mais! — começa ela como se estivesse me esperando o tempo todo. — É demais. Estou cansada pra caralho de toda essa gente tratando meu marido como vilão e bode expiatório.

Essa gente?

— Kevin não é racista, nem uma maçã podre, nem "um sintoma da doença sistêmica adoecendo todas as forças policiais dos Estados

Unidos". — Ela enfia o dedo no rádio. É óbvio que estava ouvindo o mesmo programa matinal que eu. — Isso é tudo uma palhaçada. E agora em algumas horas aquela promotora estúpida vai ficar na frente de zilhões de câmeras e anunciar que quer a cabeça de Kevin. Dá para acreditar, Riley? E, além de tudo, acho que você me abandonou e isso está deixando tudo ainda pior. — As lágrimas dela se tornam soluços ruidosos. — Eu não me importo, tinha que dizer isso. Estou com raiva, Riley. Com muita raiva.

Não consigo dizer uma palavra, mas olho pela janela para as luzes vermelhas rodopiantes de uma ambulância parada e tento descobrir como responder.

— Bem, Jen, dizer que eu não te apoiei... não é justo. Eu te falei, estive tentando cobrir a história e venho estado ocupada...

— Tá, tá, Riley, você está sempre ocupada. Quer dizer, quando você não está ocupada? Então tanto faz.

O tom dela fere... e é irritante, para ser sincera. Talvez, trabalhando como recepcionista, Jen não entenda as oitenta horas de trabalho por semana, mas ela não devia me julgar. Não tenho chance de me defender, ela já mudou de assunto. Ela se vira para me olhar, endireitando os ombros, o confronto aparecendo em seus olhos.

— Me diga, Riley. Você acha que Kevin deve ir preso? Preciso saber.

Então vamos mesmo entrar nessa?

— Não sei, Jen, não sou eu quem decide.

— Sei disso, Riley. Só estou perguntando o que você *acha*. Se você acha que Kevin é um monstro racista, como todo mundo parece achar. É por isso que está com raiva dele? De nós? Porque não é justo.

— Não é justo? Primeiramente, você não pode dizer que meus sentimentos, sejam quais forem, não são justos. E se você quiser falar sobre injustiça, vamos falar sobre como homens negros desarmados são baleados de novo, de novo e de novo. É um ciclo infinito, Jen. Infinito! Você acha que *isso* é justo? E a maioria desses assassinos não enfrenta consequência jurídica nenhuma. Tenho páginas de estatísticas se você quiser dar uma olhada. Então, sim, talvez seja uma droga que Kevin esteja sendo colocado como exemplo quando tantos policiais escaparam por fazer a mesma coisa. Mas o mundo não é justo, Jenny.

Ela está mordendo o lábio inferior com tanta força que as primeiras palavras saem arrastadas:

— Eu só acho que você não entende como tudo isso tem sido difícil. Fiquei tentando explicar no e-mail. Estou sozinha e as pessoas ficam julgando e ameaçando Kevin como se ele fosse algum tipo de "problema" com o qual lidar. Como se tivéssemos que ser punidos em nome de todas as pessoas brancas ou algo assim. O que é ridículo quando Kevin arrisca a vida todo dia para garantir que pessoas (pessoas negras também!) estejam seguras. Todos os ataques são tão pessoais. Isso está me destruindo e eu não mereço. Eu não mereço!

Uma onda de fúria sacode meu corpo inteiro. Típico de Jenny, sempre egocêntrica, sempre a vítima. Talvez eu tenha dado muita brecha a esses comportamentos ao longo do tempo. Parte de nossa amizade, de qualquer relacionamento na verdade, é o acordo tácito de permitir à outra pessoa uma margem generosa para falhas e mágoas. Uma troca que vale para os dois lados, com tetos de vidro e tudo... e, além disso, se começar a responsabilizar seus amigos por todas as falhas deles, se deixar os aborrecimentos se acumularem em uma planilha mental, a coisa toda pode desmoronar. Penso no tempo que passamos no bar na noite do tiro, como foi confortável, nós duas firmadas na vida, cada uma a seu modo, o quanto apreciei que se pudesse realmente conhecer e aceitar alguém do jeito que ela e eu nos conhecemos e aceitamos uma à outra. É um paradoxo amar alguém exatamente porque o conhece tão bem, por dentro e por fora, e ao mesmo tempo alimentar uma pequena fantasia de que a pessoa pode ser diferente nas maneiras específicas que você quer que seja. Talvez não seja justo esperar que Jen mude depois de todos esses anos. Só que isso está me consumindo, sua tendência a ser quem se ressente, a sempre estar tão pronta a pensar que a vida foi injusta, e que deveria ser mais fácil para ela.

— Tá de brincadeira, Jen? Destruindo *você*? Em primeiro lugar, isso não é sobre você. E segundo, imagine isso ser reflexo da sua realidade? Ser pessoal? Toda vez que uma pessoa negra tem uma morte injustificada ou desnecessária é pessoal para mim, Jen! É um reflexo do que vivo. Tudo isso é. Todas as vezes que fui seguida, questionada, contestada, julgada, analisada, considerada inferior. Todos os comentários vis com os quais tenho que lidar... pelos últimos dez anos da minha carreira, por toda a vida, não apenas por algumas semanas. Tudo o que aconteceu com Shaun! Quer dizer, algumas semanas atrás eu soube que um antigo familiar meu foi linchado, Jen. Pendurado em uma árvore e crivado de balas!

Então não venha me falar sobre justiça ou como a vida é difícil para você, tá? Eu não estou diminuindo o que você está passando, e quero te apoiar, eu quero, mas você tem que perceber que não é a única que está sofrendo.

Nós duas ficamos ali em uma espécie de silêncio atordoado por causa de tudo que desabafei.

— Desculpe, Rye. Tudo bem. Desculpe se não fui uma *aliada* melhor. A manhã toda eles só falam disso: aliada isso, aliado aquilo. — O tom condescendente dela me irrita pra porra.

— Lá vai você de novo, Jen. Sim, você poderia ser uma aliada melhor! Eles estão usando *essa* palavra porque significa algo. É exatamente do que estou falando. E começa com você analisando seus comportamentos e preconceitos. É como quando você bateu a porta na cara daquele repórter e gritou que sua melhor amiga é negra e que por isso você não poderia ser racista. Para! Eu pensei em te dar uma chamada por isso, mas não o fiz, e talvez eu devesse ter dito algo na hora em vez de esperar a coisa azedar.

Jen parece confusa.

— Mas você é minha melhor amiga e é negra. E daí?

— Parece que você está me usando como escudo. E a propósito, você não ganha pontos por ter uma única amiga negra. Quer dizer, você não está escondendo outros amigos por aí, está? — Meu sarcasmo é um golpe baixo, mas Jen não é a única que está com "muita raiva" agora.

— Jesus, Riley. Caramba.

— Desculpe, Jen, mas é a verdade. É esquisito para mim que todos os seus amigos sejam brancos.

— Bem, o que eu deveria fazer? Sair e me apresentar para cada mulher negra que eu ver na rua e dizer: "Ei, quer vir assistir *The Bachelorette* comigo?"

Vejo os nós dos dedos de Jenny ficando pálidos com a força que ela aperta o volante. Parece que está tentando focar na respiração, em se acalmar. Ela olha para o relógio. Sei que provavelmente tem que ir ver Chase e tudo isso talvez seja suficiente por agora. Talvez esse seja meu limite.

— Talvez eu deva me calar então. Nunca vou conseguir dizer a coisa certa.

— Não é o que eu quero também. A última coisa que quero é que você fique calada e finja que não tem nada acontecendo.

— Bem, não sou eu quem não quer conversar sobre as coisas, Riley.

Você é quem está sempre tão fechada. Você nunca disse nada disso para mim antes e, sim, é uma droga de ouvir, mas é uma droga ainda maior que somos amigas há quase trinta anos e você de repente está soltando isso para cima de mim como se eu fosse sua inimiga. Como se você estivesse pensando toda essa merda e a mantendo para si desde sempre.

Ela não está errada.

— Olha, Jen, sinto muito que você sente que isso veio do nada, mas se coloque em meu lugar. Eu não quero ser a garota negra falando de raça sempre. Ninguém acharia isso divertido. E não sei qual seria sua reação se eu te contasse todas as merdas pelas quais tenho que passar porque sou negra. E se você não tivesse a reação certa?

— Qual é a reação certa? — Jen parece genuinamente curiosa e confusa, como se não fizesse ideia mesmo.

— Mostrar que você entende, Jen. Ou que pelo menos está tentando.

Quero segurá-la pelo suéter surrado e sacudi-la.

— Bem, talvez você precise me dar o benefício da dúvida. Você nunca dá a ninguém o benefício da dúvida. Talvez eu não tenha sido toda politicamente correta e perfeita, mas talvez eu também esteja com medo. Talvez eu esteja com medo de dizer a coisa errada ou algo estúpido e todo mundo vir para cima de mim me chamando de racista porque usei as palavras erradas. Até você.

Sinto-me pressionada a explicar, mas também tenho que trabalhar e Jen precisa ir ficar com Chase; não temos tempo suficiente. Eu me pergunto se algum dia teremos tempo suficiente.

— Não sei, Jen... você *entende* mesmo? Você entende que minha vida e minhas experiências como mulher negra têm sido completamente diferentes das suas como mulher branca? Você entende por que as pessoas estão destruídas agora, Jen, destruídas pela morte de Justin? E não só os Dwyer. É que isso significa: todas as formas como as pessoas negras, as pessoas que se parecem comigo, não estão seguras. Tudo o que você está dizendo sobre a questão do tiro me faz questionar se você entende mesmo. E talvez não seja justo, mas isso trouxe à tona muita coisa sobre as quais não falamos nem admitimos. Tipo, eu falo com Gaby sobre raça o tempo todo e nunca com você. E era para sermos melhores amigas; esse é um problema.

— Eu nunca disse que não queria falar de raça com você. Eu sequer penso nisso na maior parte do tempo; nem penso em você ser negra.

— É exatamente disso que estou falando, Jen! — Grito tão alto que a mulher passando olha por cima do ombro. Eu a observo por um minuto enquanto tento invocar um pouco de perspectiva e calma. — Preciso que você pense nisso, principalmente com o que está acontecendo. Você está tão focada em Kevin, o que eu entendo, que não está vendo as implicações e questões maiores. É um privilégio você nunca pensar em raça. Eu não tenho esse privilégio. Te amo, Jenny, mas eu simplesmente preciso que você, não sei, acorde um pouco.

O que preciso é de uma forma de escape da situação. Preciso de uma forma de escape, fim. Estou exausta e vou me atrasar muito para o trabalho.

— Olha, o motivo de eu vir foi para te dar isso e falar que eu estava *sim* pensando em você.

Dou o pacote a ela.

— Obrigada — responde Jen com sinceridade, mas joga o pacote no banco de trás sem olhar.

— Como está o Chase?

— Ele está bem. Preciso subir. Os especialistas em pulmão estão vindo às nove para testar a respiração dele e então mais médicos estarão lá para tentar tirar a sonda dele, depois vão fazer uma tomografia. Muita coisa hoje de manhã. É um dia terrível, mas não sei se posso dizer isso.

— É lógico que pode dizer isso, Jenny.

Mas nenhuma de nós se move; nenhuma de nós sabe como esta conversa termina. Ou mesmo se há um fim. Talvez, só talvez, difícil como é, seja um começo. Quem sabe.

* * *

Estou tão agitada com a adrenalina da minha conversa com Jen que meu dedo mal consegue tocar o botão do elevador enquanto eu o aperto várias vezes.

— Garota, apertar esse botão não vai fazer o elevador chegar nem um pouco mais rápido.

No canto do saguão, o zelador octogenário está cambaleando em uma escada, removendo as luzes da alta árvore de Natal. Eu adoro Sid; ele me lembra meu pai. Ambos são altos, com cabelo *black power* ralo e grisalho, o tipo de homem que exala dignidade ao fazer um trabalho em um nível abaixo do que eles aspirariam fazer se o mundo fosse um lugar diferente.

— Você precisa de ajuda aí em cima, Sid?

Não tenho tempo para ajudar, mas tenho que oferecer porque fui bem-criada. Além disso, sei muito bem que ele não aceitará.

— Você acha que eu não consigo tirar algumas luzes de uma árvore? Suba para o trabalho agora. — Sid faz "xô" com a mão de brincadeira. Antes que ele abra a boca para continuar, sei o que vai dizer. — Você está fazendo um trabalho tão bom, querida, bom demais. Com certeza é muito bom ver você na TV. Representando! De verdade.

Sid diz a mesma coisa toda vez que me vê. Devia ficar maçante, mas não fica. É um lembrete de que meu sucesso não é apenas meu, mas de todos que vieram antes e se sacrificaram para que eu pudesse ter uma oportunidade inimaginável. Então faço uma pausa para agradecer com sinceridade, mesmo que eu não esteja totalmente aqui neste momento, mas presa em algum lugar no tempo no estacionamento do St. Mary.

Assim que as portas do elevador se abrem para a redação, ouço a voz de Scotty trovejando:

— Aí está você, Wilson! Meu escritório, agora!

Ele se vira e segue pelo corredor. Eu nem me incomodo em parar e deixar o casaco e bolsa na mesa antes de me apressar para alcançá-lo. Ele bate a porta do escritório atrás de mim e, em seguida, apoia-se na mesa, de braços cruzados.

— Como você conhece Jennifer Murphy?

Há sirenes gritando em minha cabeça. É preciso de cada partícula de força para permanecer calma. Isso ia acontecer de qualquer forma. Se Sabrina descobriu, era apenas uma questão de tempo até que Scotty também descobrisse. Fui imprudente em pensar que não. Só que logo hoje. Preciso gerenciar o estrago, só não sei como até entender exatamente o que Scotty sabe.

— Nós crescemos juntas. — É necessário um esforço hercúleo para manter a voz uniforme.

— E eram próximas? Amigas? — O tom dele combina com o meu, o que não denuncia nada; é mais inquietante do que se ele estivesse gritando.

— Isso — respondo, forçando-me a não desviar o olhar. *Pelo menos éramos.* — Mas isso não me impediu de ser completamente profissional em minha cobertura.

Scotty faz um barulho que está entre um grunhido e uma risada de escárnio e se senta na cadeira do outro lado da mesa. O objeto range sob o peso dele.

— O que eu te disse quando te contratei, Riley? Qual é a única coisa que não suporto?

— Drama e besteira.

Até anotei no caderno naquele dia. *Sem drama. Sem besteira.* O que é tecnicamente duas coisas, mas óbvio que não mencionei isso.

Ele me encara do outro lado da mesa bem bagunçada, com embalagens de comida por toda parte, como se estivesse tentando decidir o que fazer comigo. Mais uma vez, estou à beira de perder algo que quero com desespero. Se Scotty me tirar da matéria, não há como eu conseguir a vaga de âncora. Pode ser que eu nunca mais caia em suas graças. Minha carreira na Filadélfia pode terminar antes de começar, minha segunda chance milagrosa desperdiçada.

Depois do que parece uma hora, Scotty fala:

— Você deveria ter me contado, Riley. Eu esperava mais de você.

— Sinto muito, Scotty. De verdade. Mas eu sabia que poderia ser objetiva. Eu sabia que era a melhor pessoa para essa matéria e não queria dar a você nenhum motivo para duvidar de mim. — Posso ouvir a própria voz oscilar. Espero que ele não ouça. — Este é o meu trabalho, e aquela é a minha vida pessoal. Posso mantê-los separados. Não prejudiquei a história.

— Tá, tá. Até agora não, mas Jennifer Murphy teve um bebê há dez dias. Um bebê prematuro. Aposto que você sabia disso.

— Sabia. — Não vou mentir agora. — Mas não faz parte da matéria, Scotty. O bebê não. Nós não somos o TMZ.

Isso não é verdade. O bebê faz parte da história. Qualquer coisa relacionada aos Murphy faz parte da história. É surpreendente que ninguém tivesse descoberto até agora. Eu teria relatado se Jen não fosse Jen? Provavelmente. Só que nunca faria isso com ela. Há limites dos quais não vou passar. É o que eu digo a Scotty agora.

— Estou cobrindo o caso, Scotty, não a vida pessoal de Kevin Murphy.

Ele tamborila os dedos na mesa.

— Primeiramente, você deveria ter me contado do bebê. Além disso, você cobre o que eu digo para você cobrir. — A voz dele é fria.

Estamos de volta ao precipício. Eu espero, preparo-me para o que acontece a seguir, tonta com a expectativa e a adrenalina. Ele me tirará da matéria? Enviará Quinn para cobrir a coletiva de imprensa para me punir? O pensamento me faz querer vomitar.

— Você não tem muito tempo para chegar à prefeitura — afirma ele, ainda com traços de frustração no rosto.

Ele acena com a cabeça para a porta para me dispensar.

Estou tonta de alívio e tenho que lutar contra o desejo repentino de dar a volta na mesa e abraçá-lo.

— Estou pronta.

Estou no corredor quando Scotty me chama.

— Não me faça me arrepender disso, Wilson. Não vou te dar outra chance.

Volto para a redação e procuro Bart. Ali está ele, empoleirado na mesa de Quinn comendo uma banana.

— Temos que sair — anuncio.

Quando estamos na van, afundo no banco do passageiro e sinto todo o peso do meu medo, alívio e vergonha. "Lembre-se, o que é feito no escuro sempre vem à luz." Mais um mantra favorito de Gigi. Eu provavelmente merecia ser retirada da história. Mas, a essa altura, tornei-me o rosto da matéria para a KYX. Scotty não tinha muita escolha ou arriscaria que espectadores curiosos fizessem perguntas. Pensar que eu o coloquei em tal posição me mata, que a partir de agora ele fique duvidando se pode confiar em mim. Por enquanto, imagino a conversa com Jen e Scotty como palavras que posso colocar em uma caixa, e então trancá-la.

Ouvimos a multidão na prefeitura antes de vê-la. Bart alinha a van com uma dúzia de outras na área designada para a imprensa. Pelas janelas embaçadas, vejo que o bando de manifestantes se dividiu em dois grupos se enfrentando como soldados do regimento em um campo de batalha; em vez de mosquetes, eles carregam placas proclamando quais vidas importam: negras ou de policiais. O fardo de manter os dois grupos separados para que os sentimentos não se transformem em violência recai sobre uma fila séria de policiais da Filadélfia. Vejo uma jovem mãe negra com o filho empoleirado nos ombros carregando um cartaz que diz: "Meu bebê é o próximo?". Do outro lado da linha divisória imaginária, um grupo de mulheres estende uma faixa de vinil azul entre elas: "Abençoados sejam nossos maridos, os pacificadores. Vidas policiais importam".

Bart, no banco do motorista, assobia.

— O bagulho está intenso.

É. Se não fosse pelo meu trabalho, eu estaria lá fora também, com um cartaz na mão. Eu poderia até estar gritando em um megafone para aquelas mulheres com a faixa: "Diga a seus maridos para pararem de nos matar, caralho." Porém, esse não é meu papel.

Conforme saímos da van e atravessamos a multidão, a energia é fervorosa, quase sufocante. Uma tensão perigosa paira no ar gelado, uma sensação do caos a ponto de irromper, a água, segundos antes de ferver. Passo pela estátua de bronze de Frank Rizzo em frente à prefeitura e vejo que alguém desfigurou a imagem do ex-prefeito; uma tinta vermelha vívida cobre sua cabeça em formato de abóbora, pinga como sangue pelos ombros, em cima de uma pilha de neve velha. Ainda há algumas pessoas na cidade que consideram Rizzo um herói da cidade natal, um policial briguento que subiu na hierarquia do departamento de polícia antes de cumprir os dois mandatos como prefeito. Outros se lembram dele como o cara que disse aos moradores da Filadélfia para "votar branco" ou que foi captado em uma foto em um motim racial no bairro Gray's Ferry, em 1969, vestindo um smoking com um cassetete enfiado na faixa da cintura. Ele parecia precisar apenas de uma mangueira de água ou de um cachorro rosnando. O pastor Price está liderando uma campanha para que esta estátua seja derrubada. A cidade enfim parece estar ouvindo.

O silêncio dentro do imponente saguão de mármore é chocante depois do caos lá fora. Bart e eu passamos pela segurança e seguimos pelo corredor até uma sala de conferências na qual outros repórteres já estão circulando. Uma pequena plataforma foi colocada na frente da sala, posicionada com cuidado em contraste com o pano de fundo do selo da cidade. Bart e eu entramos, encontramos um lugar ao longo da fila de imprensa nos fundos. Ele se ocupa montando a câmera, enquanto analiso o ambiente e quem já está lá.

São duas e dez, e Sabrina ainda não apareceu. Pondero se algo deu errado com a acusação. Isso estar acontecendo é sem precedentes e fala da determinação obstinada de Sabrina, se não da opinião pública.

Isso trará paz à Tamara? Alegria? Alívio? Tentei ligar para ela e Wes pelo menos três vezes ao longo da semana, para manter contato, para ver se conseguiria um comentário após a coletiva de imprensa. Não sei por que levei para o lado pessoal o fato de não ter tido mais notícias de Wes, a não ser para me direcionar ao novo consultor de mídia deles. Deixei que aquilo me magoasse mesmo sabendo a verdade. Tenho certeza de que eles foram aconselhados a passar todas as comunicações pelo novo porta-voz e advogado, Jerome Gardner, que também é, ironicamente, sócio da antiga firma de Sabrina. Ele também já abriu pelo menos uma dúzia de processos diferentes contra o departamento de polícia. Esse é o mundo jurídico incestuoso da Filadélfia. Fontes me informaram que estão começando a montar um processo de homicídio culposo contra a cidade. Mais de quarenta milhões de dólares; esse é o valor da vida de um adolescente? O dinheiro definitivamente mudaria as coisas para Tamara (com milhões de dólares para gastar, ela pode viver em qualquer lugar, fazer qualquer coisa, comprar qualquer luxo que o coração desejasse), mas ela sem dúvida trocaria todo o dinheiro manchado de sangue em um piscar de olhos para ter o filho nos braços mais uma vez.

A imprensa fica cada vez mais inquieta enquanto esperamos. Bart começa a jogar *Candy Crush*. Dou uma olhada no calendário do celular para verificar, de modo obsessivo, se a conferência estava marcada para duas mesmo e não duas e meia, e outra data se destaca. Sete de fevereiro. O dia em que marquei de encontrar Corey. A data está agendada bem ali, aquela que definimos depois de três rodadas de e-mails superformais. Eu devia cancelar. Começar, recomeçar, essa bagunça além de todo o resto? É demais. Eu só preciso passar por este dia primeiro. Fecho os olhos e inspiro fundo, utilizando um truque que li em algum blog de saúde mental. Inspire um mantra positivo e expire um pensamento negativo. Inspire: *Você é forte, Riley*. Expire: *Está tudo arruinado*. Quando abro os olhos, Sabrina está emergindo de uma porta discreta de painéis de madeira, com seu um metro e oitenta de altura, ombros retos, cabeça erguida. Ela sobe os dois degraus até a plataforma elevada. Tamara, Wes, Jerome e uma mulher que não reconheço entram logo atrás dela e tomam os lugares de maneira solene como se tivesse sido ensaiado, e é óbvio que foi. A mulher deve ser a consultora de mídia, Jackie Snyder, que fez fama em um caso de tiro relacionado à lei *Stand Your Ground* na Flórida. Agora ela desenvolveu bastante o nicho de voar pelo país aconselhando pessoas que perderam filhos para a violência armada. Que mundo é esse em que vivemos, que esse se tornou um trabalho de tempo integral? A multidão e a plataforma se movem e se acomodam. Vejo Wes enfiar a mão no bolso e rapidamente mexer no celular.

Sabrina espera um momento, em meio à trilha sonora de câmeras disparando. A vibração do meu celular irrompe o silêncio. Dou uma olhada e vejo que Wes me mandou uma mensagem.

É bom ver um rosto amigável aqui. Sei que é seu trabalho, mas é legal mesmo assim.

Tento chamar sua atenção, mas ele está focado agora em Sabrina, e eu também. Sua coroa expansiva de cachos se alinha com o arco do símbolo da cidade atrás dela, formando uma auréola de bronze ao redor de seu cabelo. Sabrina geralmente usa uma trança francesa para aparições no tribunal ou na mídia. O fato de ela ostentar um afro volumoso hoje parece intencional, ousado, desafiador, o mesmo tom que ela usa ao começar a falar.

— A essa altura, tenho certeza de que todos vocês já viram o vídeo de Justin Dwyer sendo assassinado a alguns quarteirões de casa.

Com certeza as imagens do vídeo estão passando pela mente de todos, preparando-nos para o anúncio, exatamente como ela planejou.

— Esse é um evento trágico que poderia ter sido evitado. Justin tinha apenas catorze anos quando foi morto pelos policiais Kevin Murphy e Travis Cameron. Após uma investigação completa e avaliação da lei, meu escritório apresentou um caso ao grande júri, que respondeu com uma acusação por homicídio qualificado contra os policiais Murphy e Cameron.

Sabrina deixa suas palavras ganharem força, assim como fez no evento de arrecadação de fundos. Penso em Jenny, no que ela está fazendo agora enquanto a cidade inteira descobre o destino de seu marido. Tem TV na UTI? Ela está assistindo?

Tamara está com o olhar distante, acima de nossas cabeças. Tadinha da mulher, viu um vídeo do filho sendo baleado, caindo em um beco escuro. Como deve ser para ela que essa seja uma das últimas imagens que tem de seu único filho?

Volto a atenção à Sabrina quando ela conclui:

— Este escritório tem o maior respeito pela força policial da Filadélfia e todos os esforços para proteger nossos cidadãos e fazer cumprir a lei. Ao mesmo tempo, nenhum policial está acima da lei e não podemos permitir que esse tipo de violência antinegra sancionada pelo Estado continue aqui na Filadélfia. Temos uma obrigação como cidadãos e eu tenho a obrigação como principal autoridade legal nesta cidade de defender a justiça. E, na minha opinião, justiça significa que cada pessoa nesta cidade e neste país viva em condições sociais e sob um contrato social que lhes permita liberdade, segurança e tratamento justo sob a lei. Muitas vezes violamos esse contrato quando se trata de nossos cidadãos negros. E já passou da hora de isso mudar (não da boca para fora), uma mudança real. E a mudança real ocorre quando as pessoas entendem que haverá consequências ao violarem esse contrato; a mudança real vem quando todo mundo desafia o status quo. Nas últimas semanas, milhares de pessoas marcharam pelas nossas ruas, todas exigindo o fim desse status quo e exigindo que eu e outros líderes combatamos de maneira implacável as forças insidiosas da corrupção e do racismo que envenenam nosso departamento de polícia. É exatamente isso que pretendo fazer, agora e no futuro. Nossa cidade não conseguirá se curar até que a justiça seja feita para a família Dwyer. E, escrevam o que estou dizendo: a justiça será feita aqui. — Ela faz outra pausa e termina com um curto: — Isso é tudo.

Repórteres de imediato correm para a plataforma, gritando perguntas. Vou acotovelando para abrir caminho até a frente. Minha altura sempre ajuda nessas situações, enquanto coloco o microfone sobre uma mulher pequena um pouco à minha frente. Tamara e sua comitiva são conduzidos para fora pela porta com painéis de madeira antes que alguém consiga aproximar o microfone de seus rostos, mas Sabrina fica.

— Murphy e Cameron serão presos hoje? — A pergunta é menos surreal quando é abafada por uma dúzia de outros repórteres igualmente fervorosos gritando perguntas semelhantes.

Sabrina se vira para olhar direto para mim e para a câmera empoleirada no ombro de Bart.

— Estamos em contato com os oficiais Cameron e Murphy para que eles se entreguem até o final da semana. Não é uma caça às bruxas. Meu escritório não tem interesse em causar mais confusões. Como eu disse, estamos aqui apenas para garantir que a justiça seja feita para Justin Dwyer e que haja uma supervisão à aplicação da lei.

Sabrina analisa o mar de repórteres, pronta para outra pergunta. Vem do repórter de assuntos jurídicos da CNN, que sempre admirei:

— Você está ciente de que a esposa do oficial Murphy deu à luz recentemente?

Paro de empurrar os outros para conseguir uma posição melhor e estaco no lugar.

— Desejo ao oficial Murphy e à esposa o melhor quando se trata de criar uma criança feliz e saudável. — Sabrina olha direto para a câmera de Bart. — Isso é o que todo pai ou mãe merece. É exatamente por isso que estamos aqui hoje.

Capítulo catorze

Jen

A essa altura amanhã, saberemos nosso futuro.

— Nunca fui tão humilhado, Jen — confidencia Kevin, encarando o teto, ainda vestido.

Uns instantes atrás, tirei o moletom e a camiseta que estavam com cheiro de hospital e me enfiei na cama ao lado dele de calcinha e sutiã. Fiquei na UTI neonatal por dez horas e minhas pálpebras estão secas como lixa, mas tenho que mantê-las abertas porque ele precisa de alguém para ouvir cada detalhe excruciante sobre ir se entregar à polícia durante a tarde: as impressões digitais, a foto de rosto, a papelada, a vergonha de estar do outro lado, o dar de ombros empático de colegas policiais que afirma "estou apenas fazendo meu trabalho", que nem sequer o olhavam nos olhos. Ele pensou que Cameron estaria lá também, que eles poderiam passar pelo inferno juntos, mas Cameron só vai se entregar na próxima semana. O advogado dele pediu mais tempo. Kevin queria acabar logo com isso… e pelo menos não precisava passar uma noite na cadeia, graças à fiança de cinquenta mil dólares que Cookie e Frank conseguiram juntos. Eu os ouvi conversando na cozinha alguns dias atrás, sobre como eles teriam que desistir do sonho de comprar uma casinha não muito longe da praia na Carolina do Sul. Lá se vai a aposentadoria fácil, composta de um drama causado só pelos netos e os avisos de furacão. Mesmo assim, Cookie nunca hesitou, nem mesmo reclamou, nunca vai fazer isso.

Mal consigo me concentrar no que Kevin está dizendo, pois sei que tenho que me levantar em algumas horas para voltar ao hospital.

Só quero adormecer imaginando os pequenos cílios de Chase, contando cada fio individual emoldurando seus intensos olhos azuis, mas Kevin precisa de mim.

— Sou um fracasso. Sinto que já arruinei a vida dele, Jen — continua meu marido, com a voz sem emoção. — Nem começou ainda, mas já arruinei a vida de Chase.

Não vou deixar isso acontecer.

Ele abaixa o braço sobre meus seios sensíveis.

— Me desculpe. Me desculpe mesmo, Canarinho.

Fico sem reação, o rosto tão perto do dele que eu poderia beijá-lo. Não beijo. Não consigo me lembrar da última vez que o beijei.

— Eu sei, eu sei — murmuro, dando um tapinha no ombro dele.

Kevin se desculpa. Ele sempre se desculpa. Ele não faz nada além de se desculpar faz semanas. As desculpas dele são música de fundo.

— O que Brice disse?

— Ele está superconfuso. Disse que temos uma boa chance no julgamento, desde que Cameron e eu contemos a mesma história, nos apoiemos e cinco minutos depois ele diz: "Talvez eles te ofereçam um acordo se estiver disposto a testemunhar contra Cameron", considerando que o vídeo o mostra atirando antes que eu sequer vire a esquina. Ele não identificou o suspeito corretamente nem confirmou se havia uma arma.

A ideia de um acordo tem sido nebulosa, sempre pairando no ar na casa dos Murphy, sem que ninguém de fato a reconheça como real. Não é real para nenhum deles por causa do simples fato de que os policiais não delatam os colegas. Sei o suficiente da coisa para entender isso. Um policial que delata não é um policial de verdade. Ele é um pária, um molenga, um traidor. Porém, Kevin também estaria seguro. Ele ainda seria meu marido e pai de Chase, e eu abraçaria o título de pária e molenga se eu pudesse ter a porra da minha família.

Além disso, Kevin não pode ir para a prisão. Isso acabaria com ele. Ele nunca sobreviveria. O fato de ser policial na prisão significaria que sua vida estaria em risco todos os dias. Eu não sobreviveria ao medo.

Ontem à noite, ouvi as enfermeiras fofocando sobre mim enquanto eu balançava Chase no berçário da UTI.

— Aquela ali não aguentaria dois segundos visitando o pai do bebê na prisão. Dá para imaginar?

As duas deram risada.

Sim, eu era "aquela ali". Eu nem tinha energia para ficar chateada, porque era verdade. Eu devia ter ido até lá e dito que elas estão certas. Não consigo me imaginar sentada na frente de Kevin, segurando nosso bebê em frente a um painel de vidro transparente para mostrar seu primeiro sorriso, primeiras palavras, primeiros passos, primeiro tudo.

Quando decidimos que Kevin se entregaria hoje, todas as minhas tentativas de pensamentos positivos e promessas de apoiar meu marido foram de pronto substituídas por uma pergunta gritante: *Como posso ficar com ele?* Não quero dizer apenas no sentido moral, quero dizer no sentido real de como vou conseguir ser uma mãe solteira com um marido preso? Não posso deixá-lo ir preso.

Por um minuto inteiro, fiquei ali desejando ter relutado contra a decisão de Kevin de se tornar um policial todos aqueles anos atrás e que voltasse a vender anúncios, por mais desolador que isso pudesse ter sido para ele. Por que não relutei mais? Bem, agora tenho que relutar.

— Kev, se eles te oferecerem um acordo, você tem que aceitar.

— Mas, Jen, eu teria que jogar a culpa para cima de Cameron. Eu teria que ir lá e dizer que ele tomou a decisão errada. Que a decisão dele foi ruim.

— Mas *foi* ruim. Você atirou porque Cameron atirou, mas sua vida nunca esteve em perigo por causa daquele garoto e você soube no instante em que o viu. Eu assisti o vídeo. Vi sua cara. No momento em que a arma disparou, você soube que não devia ter atirado.

Kevin deixa escapar um gemido baixo.

— Eles vão me crucificar. Se eu trair meus irmãos. Quer dizer, lembra quando falei com Ramirez um tempo atrás e fiquei chateado? Sabe o que ele me disse, Jen? Que não conseguiria mais olhar na minha cara se eu testemunhasse contra Cameron. Disse que jamais conseguiria me perdoar. Meu melhor amigo disse isso, o cara que eu queria que fosse o padrinho de Chase. Ele me perguntou como eu poderia viver comigo mesmo. Como eu poderia, Jen? Como eu poderia perder meu melhor amigo?

— Fácil para o Ramirez falar: ele não está correndo o risco de passar décadas na cadeia. Você não pode ir preso, Kevin. Se tiver uma saída, você precisa escolhê-la. Por mim, por Chase. — Olho para Kevin enquanto digo isso, implorando, e é como se ele estivesse se desintegrando diante dos meus olhos.

Estamos ficando sem tempo e sem opções.

— E você devia ter ouvido Matt falar. Tipo, por Deus. "Imagina se fosse eu, você me entregaria assim?". — Ele imita o irmão. — Não sei, Jen, eu entregaria? Foi uma decisão errada. Cameron tomou uma decisão errada. Ele deve pagar por ela, mas eu devia também, sabe? Mas tipo, quanto? Matt me perguntou se Cameron merece perder tudo por fazer o trabalho dele, mas não é tão simples assim, né? Quer dizer, um garoto morreu.

— Não, não é tão simples. Vocês dois fizeram merda. Mas talvez, só talvez, Cameron tenha feito uma merda maior, e é necessário haver consequências reais para isso.

Kevin absorve isso e se vira para mim.

— Eu sei que eu disse isso, mas hoje não foi o pior dia da minha vida. O dia em que apertei o gatilho foi o pior dia da minha vida.

Não há nada a dizer diante da verdade, então enfim o beijo, mas não apenas porque parece uma forma de terminar a conversa. Nós dois nos entregamos aos lençóis suados e pensamentos particulares sobre como será o dia de amanhã.

* * *

Chego ao hospital antes de amanhecer, para ficar alguns minutos com meu filho antes que o dia fique fora de controle. Chase parece mais pesado em meus braços hoje do que ontem; na pesagem de hoje de manhã, descobri que ele ganhou trinta gramas. Ele está com quase três quilos e se encaixa perfeitamente na curva abaixo do meu queixo. Ele faz um barulhinho e funga em meu pescoço enquanto me balanço para a frente e para trás na cadeira de balanço na UTI neonatal, enquanto o Sol se move no horizonte.

— Ele é um guerreiro. Um pequeno Rocky — diz Eva, minha enfermeira favorita da UTI, com o sotaque pesado do sul da Filadélfia.

Eva diz isso o tempo todo, e eu a amo por isso. Ela toca "Eye of the Tiger" pelo menos uma vez por dia no celular e sempre trata Chase como um bebê, não como um boneco frágil... e não fofoca de mim, pelo menos não ali por perto.

— Ele é, não é? — respondo.

É ridículo como já estou orgulhosa do meu filho, só por resistir.

— Vou sentir falta desse rapazinho.

É difícil acreditar que hoje será a última noite de Chase aqui. Podemos levá-lo para casa amanhã, se o último teste de respiração dele estiver bom. Frank nos deu o berço que ele fez, que é o móvel mais bonito que eu já vi; ele esculpiu nossas iniciais na madeira, então Chase "ficaria cercado por todos que o amam enquanto dorme". Está tudo arrumado em casa, com lençóis que lavei cinco vezes.

— Você está bonita — elogia Eva.

Ela está tentando me fazer sentir melhor. Sabe por que estou bem-vestida hoje e não com os moletons sujos de sempre e sem maquiagem. Meu delineado está torto. Não consegui manter a mão firme o suficiente para traçar uma linha reta de manhã, e o vestido azul com babados não é exatamente certo para ir ao tribunal, mas é o único vestido de maternidade que tenho, o que eu usaria no chá de bebê. Nenhuma das roupas de antes da gravidez me serve ainda. Eu não sabia que, semanas após o parto, eu ainda teria uma barriga parecendo de seis meses. Mal consigo colocar os pés ainda inchados em saltos gatinho. Eu já os tirei. Ao que parece, quando seu marido vai à frente de um juiz para descobrir se ficará preso pelo resto da vida, você deve estar "elegante". Foi assim que Julia descreveu quando veio algumas noites atrás para nos preparar. Ela preparou uma breve declaração para Kevin ler após a audiência, mas disse que ele também poderia deixar que Brice lesse. Não sei o que ele vai fazer. Julia disse que eu deveria estar preparada para as fotos e que deveria segurar a mão de Kevin o máximo possível. "E não seja pega rindo ou sorrindo." Como se eu conseguisse fazer uma coisa dessas hoje em dia.

— Aqui, deixe-me pegá-lo.

Eva se inclina, e tenho a vontade irracional de me virar para que ela não possa pegar meu bebê. Sentindo minha resistência, ela se afasta.

Coloco Chase no colo, aninhando-o na pequena fresta entre minhas coxas.

— Desculpe por eu ter que ir, amorzinho, mas volto logo. Não vou demorar.

Os olhos de Chase se abrem ao som da minha voz. Isso está acontecendo cada vez mais; e é mágico em cada uma delas. Ele foca seus olhos bem em mim. *É você*, dizem. Então ele abre a boquinha, os lábios inchados, e acho que ele está prestes a bocejar. Em vez disso, ele solta um gemido alto e estridente. Sua pele rosa fica roxa com o esforço e, em reflexo, começo a niná-lo e balançá-lo para acalmá-lo. Seus soluços ofegantes me deixam desesperada, sentindo-me inútil, principalmente porque não posso ficar. Como posso deixá-lo assim? Por que tenho que deixá-lo assim? Eu amaldiçoo o fato de que estou sendo forçada a passar o dia longe do meu bebê.

Eva não pergunta desta vez, ela apenas se inclina e retira Chase dos meus braços, e quero pegá-lo de volta. Só que não posso. Está na hora. Empurro os braços da cadeira e me levanto devagar; qualquer movimento súbito causa uma pontada de dor pela minha incisão ainda recente. Eu me mexo como uma tartaruga. Tento me equilibrar em cima do salto gatinho e, em seguida, chuto os saltos para longe de novo. Vou levá-los na mão para o carro.

— Boa sorte hoje, Jen.

A expressão nos olhos de Eva, o tom de sua voz, sua gentileza. É tão sincero que tenho que me afastar.

Não é de sorte que precisamos. Não sei do que precisamos.

Beijo o cabelinho ralo no topo da cabeça de Chase uma última vez, depois cada um de seus pés, depois sua mãozinha, do tamanho de uma noz.

Quando saio, olho para o céu, piscando por causa da claridade. Depois de semanas saindo do hospital bem depois do anoitecer e voltando antes do nascer do sol, mal reconheço o Sol e quero sugar a luz como se pudesse me fortalecer para o dia.

A única coisa boa em meu carro velho e enferrujado é que ele ainda tem um trocador de CD de seis discos no porta-malas com uma rotação que não mudou muito desde o ensino médio. Tenho um plano para a viagem até o tribunal. Assim que ligo o motor, o álbum *Greatest Hits* do Guns N' Roses começa. As primeiras notas surgem, a guitarra acelerando cada vez mais em um crescendo surpreendente. A intensidade elétrica combina com meu humor e aumento o volume, o mais alto possível. E então canto (não, grito, os pulmões queimando) a viagem inteira do hospital até o centro da cidade. "Welcome to the Jungle", "Paradise City" e, finalmente, "Patience". No sinal vermelho, um homem no Chevy azul ao meu lado me encara como se eu tivesse perdido a cabeça. Olho bem para ele e canto a letra ainda mais alto.

Está uma confusão quando chego; o que parece ser um milhão de pessoas e câmeras cercam o tribunal, e flerto com um pensamento empolgante: *e se eu continuar dirigindo, ir para o mais longe possível?*

Quando dou outra volta lenta ao redor do quarteirão, estou de volta à realidade e procuro o estacionamento de trás e a entrada que Brice nos disse que seria particular, protegida por segurança. Além disso, a imprensa não tem autorização para entrar no tribunal hoje, uma bênção; significa que não tenho que dar de cara com Riley. Ainda não. Temos que conversar; eu só tenho que passar por tudo *isso*, essa parte primeiro. E levar Chase para casa, talvez dormir seis horas inteiras, e então Riley e eu conversaremos de novo.

Assim que chego ao estacionamento fechado, vejo os Murphy, reunidos em um grupo perto da porta dos fundos, parecendo abatidos, como se estivessem esperando o início de um funeral. Estaciono o mais longe possível e caminho devagar até eles, observando Cookie, as mãos bem firmes ao redor do braço de Frank, quadril com quadril, em solidariedade e também em suporte, porque ele tem dificuldade para ficar em pé por muito tempo. Ao lado dela, Matt fala com Brice. Sinto um enjoo ao ver o advogado com o cabelo ralo penteado para trás com tanto gel que brilha ao sol, assim como seus dentes branquíssimos.

Fiquei bem atenta a Brice nas últimas semanas. Não consigo me livrar da sensação de que a situação está além das habilidades dele. Ele é um advogado suburbano especializado em processos judiciais de pessoas dirigindo sob a influência de álcool ou de escorregões e quedas e, de repente, tropeçou em um caso complicado e de grande repercussão porque sua mãe se juntou a um clube de bridge. Dá para praticamente vê-lo salivando com a publicidade. Ele estufa tanto o peito que não sei como abotoa os ternos brilhantes demais.

Estou quase chegando quando Kevin se vira como se me sentisse. Ele faz uma expressão tão lamentável ao me ver que me preocupo com não conseguir dar toda a força que ele precisa tão desesperadamente.

Kevin emagreceu muito, de modo que o único terno que lhe serve é agora pelo menos dois tamanhos maior.

— Bem, finalmente — diz Cookie, animada por poder ficar irritada com algo. Contudo, ela logo se aproxima para abotoar meu casaco. — Você vai pegar um resfriado.

Não importa que estejamos a alguns metros da porta.

— Vocês não precisavam esperar aqui fora.

— Minha mãe achou que devíamos entrar juntos — explica Kevin, pegando minha mão.

Parece bobagem, como se alguns Murphy andando juntos por um corredor em grande parte vazio fosse fazer diferença, mas, conforme avançamos pela alcova sombria, parece mais seguro em nosso pequeno grupo, uma frente unida.

Cookie me pergunta sobre Chase e conto que ele ganhou trinta gramas de ontem para hoje. Acho que nunca a amei mais do que neste momento, quando seu rosto se ilumina e ela diz:

— Esse é o nosso menino.

Brice deixa Cookie e Frank andarem na frente enquanto percorremos o labirinto do prédio antigo. Eu o ouço sussurrar para Kevin:

— Você vai se declarar inocente, assim como combinamos. Pensei que a promotoria pudesse oferecer um acordo antes que chegasse a isso, mas ela quer passar por toda a teatralidade, estender a coisa toda.

Cookie e Frank estão muito à frente para ouvir a conversa, mas Matt ouve.

— Meu irmão não é um dedo-duro, cara. — Ele cospe as palavras na direção de Brice.

Parece que está prestes a dizer mais, a fazer uma cena, mas Annie o segura pelo cotovelo e o empurra em direção à mãe.

— Não dê ouvidos a ele — digo.

Kevin para na entrada; sentados nas três fileiras de bancos de um lado estão seus amigos do Vigésimo Segundo Distrito. Percebo que ele não sabia que eles estariam aqui. É um tipo bizarro de festa surpresa. Em vez de gritar "Surpresa!", todos se voltam para olhá-lo, comunicam a solidariedade com acenos de cabeça solenes e expressões sérias. Sabem que poderia ter sido qualquer um deles no lugar de Kevin. Alguns deles olham para mim. Alguns desviam o olhar, tímidos. Eles estão ao lado dele agora, mas o que acontece se Kevin testemunhar contra Cameron? Vão todos abandonar meu marido? Eu sei a resposta e ele também.

Há outro caso sendo ouvido. Brice nos disse para esperar, então encontramos um banco vazio e nos sentamos para assistir, esperando que termine. A juíza está dando um sermão severo a um adolescente emburrado sobre precisar tomar um rumo na vida e sustentar todas as "mães de seus filhos", porque esse não é o trabalho dos contribuintes. É impossível me concentrar nisso. Não consigo parar de pensar em Chase na UTI, imaginando o que ele está fazendo, se está acordado, se sente minha falta. Meus braços estão tão vazios sem ele ali. Uma risada sombria ameaça escapar de mim quando me ocorre que eu preferiria estar na UTI, aquele lugar terrível feito de purgatório e bebês doentes, do que aqui neste tribunal. Mas pelo menos algo está enfim acontecendo. De todas as partes difíceis dos últimos meses, não saber o que aconteceria foi a mais difícil. Não posso ser uma mãe adequada para o meu filho neste estado constante de limbo. Talvez tudo acabe logo, qualquer que seja o final. Eu me preparei para lidar com qualquer resultado. Só preciso de clareza. Preciso saber o que acontece agora.

Nunca estive em um tribunal antes, e estou surpresa em descobrir que é tão escuro e sujo: a pintura desbotada descascando das paredes, latas de Coca-Cola largadas e uma pilha de pastas marrons sanfonadas lotam a mesa da juíza. Os aquecedores velhos ressoam e grunhem. A própria juíza parece entediada. Não posso acreditar que nosso destino será decidido nesta sala deprimente, ou em uma igual se Kevin for a julgamento.

A juíza bate o martelo, assustando a nós dois. Há uma agitação repentina na sala à medida que os casos mudam, atores assumindo os lugares, inclusive eu. Eu me ajeito no banco, endireitando a postura, preparando-me. Kevin se levanta quando o oficial de justiça chama seu nome. Todos os olhos se voltam enquanto ele e Brice vão até a mesa diante da juíza. Quero oferecer algumas palavras finais de encorajamento, mas Kevin já se levantou, avançando como um zumbi antes que eu tenha a chance.

Aquela promotora pública horrível aparece do nada e fica de pé à uma mesa diante da juíza. Quero grudar uma bolona de chiclete no cabelo dela. Lanço um olhar fulminante à Sabrina Cowell e torço para ela conseguir senti-lo. Quando ela começa a falar, quero tapar os ouvidos contra sua retidão, seu tom convencido.

— Kevin Murphy...
— Homicídio simples...
— Homicídio culposo...

É tudo tão rápido, uma confusão, um borrão de juridiquês e formalidades e jargões que é muito difícil de seguir. Apenas um momento se destaca, como se tudo na sala tivesse parado, quando Kevin fala. Uma palavra, a voz tão rouca que a juíza tem que pedir para ele repetir:

— Inocente.

E assim, acabou. Não parece valer a pena todo o incômodo de me separar de Chase, mas, quando Kevin volta ao banco e desaba em meus braços como se tivesse corrido uma maratona, estou feliz por ter vindo. *Na alegria e na tristeza.*

Todos voltamos para o corredor, sem saber como nos comportar, o que fazer agora.

— Tenho que fazer xixi.

Estou segurando a vontade há horas e saio correndo para encontrar um banheiro. Na cabine, fico enrolando, folheando fotos de Chase no celular por um minuto para acalmar os nervos. Ainda estou sangrando e preciso de outro absorvente, mas isso envolveria perguntar a Cookie se ela tem uma moeda e então ela perguntará para que e vai ser vergonhoso. Alguém entra. Talvez a pessoa possa me emprestar uns trocados.

Saio, mas então quase volto para a cabine. É ela, Tamara Dwyer, tão perto que sinto o cheiro de seu perfume. Meus joelhos perdem as forças. Não a vi no tribunal, mas lógico que ela estaria aqui. Eu a vi na televisão e de longe no funeral de Justin, mas aqui, sob as luzes fluorescentes bruxuleantes que são obrigatórias em todos os prédios municipais da cidade, ela parece um fantasma. Os olhos dela encontram os meus de imediato. Estamos sozinhas com menos de um metro de distância entre nós.

— Parabéns — diz ela baixinho, olhando para minha barriga volumosa.

— Obrigada. — Um sussurro enquanto dou um passinho para dentro da cabine.

— Você teve um menino, não é?

— Sim. — Não posso permitir que a culpa trazida por esse simples fato me engula. Ela não precisa da minha culpa. — Sra. Dwyer, eu sinto tanto. Meu marido sente tanto.

— Não quero suas desculpas.

— Eu entendo.

— Não, você não entende. O que você faria se alguém matasse seu bebê?

Nem hesito, porque pensei nisso todos os dias desde que Chase nasceu.

— Eu o mataria com as próprias mãos.

— Exatamente.

O olhar duro de Tamara me diz que ela também pensou nisso.

— Mas não adiantaria de nada, não é? — Gaguejo um pouco. — Melhoraria a situação?

Ela me encara no espelho.

— Às vezes acho que sim. Olho por olho. Mas não é isso o que quero. Quero meu filho de volta. Quero meu bebê de volta. Quero abraçá-lo, beijar sua cabeça suada e nunca deixá-lo voltar para um mundo onde um homem como seu marido vai atirar no peito dele por caminhar de volta para casa da escola.

É o que merecemos. Meu filho está vivo.

Ela está segurando as bordas da pia, e estamos conversando por meio do reflexo no espelho. Posso sair agora mesmo, afastar-me dessa mulher e de sua angústia, mas tenho que enfrentá-la, encará-la. Arrisco estender a mão para tocá-la e ela se esquiva da minha mão com tanta violência que me afasto como se tivesse me queimado.

— Não me toque.

— Eu sinto muito...

— E não diga que sente muito. Eu não quero suas desculpas.

Seus olhos encontram os meus outra vez, piscinas frias de raiva e tristeza.

— Chase (meu bebê, o nome dele é Chase), ele nasceu antes da hora. Achei que eu fosse perdê-lo. Eu sabia que morreria se isso acontecesse.

— Mas você não morreria. Você teria que continuar, e isso é muito pior.

Ela se vira e segura a maçaneta da porta, puxando tão forte que a porta se abre e bate na parede com força suficiente para nos assustar.

— Diga ao seu marido para fazer a coisa certa. — Ela cospe as palavras e então se vai.

Espero outro minuto porque vou desmoronar se vê-la outra vez no corredor. E, de qualquer forma, preciso me recompor.

Minhas pernas trêmulas mal me levam de volta aos Murphy, ao semicírculo juntinho deles.

Brice está falando, animado, balançando de um lado a outro, explicando isso e aquilo para todos e para ninguém:

— Se chegar a isso, acho que nossas chances no julgamento são boas. Boas mesmo. O vídeo. O garoto evidentemente tirando algo do bolso. O júri só precisa achá-lo uma ameaça plausível. Todo mundo quer acreditar que eles não atirariam, mas ninguém sabe o que fariam nessa situação. Nenhum jurado sabe de verdade.

Cookie me olha.

— Você está bem? Está tremendo.

Entrelaço as mãos para mantê-las paradas.

— Estou bem.

Ela não parece convencida, mas estamos todos distraídos por outra coisa: Sabrina Cowell se aproximando de nós pelo longo corredor, o inimigo chegando mais perto, a hiena cercando os hipopótamos.

Cookie comprime os lábios com tanta força que me preocupo que ela talvez engula a língua.

— Posso falar com você, Brice? — pergunta Sabrina.

Ele assente com avidez, como se o treinador o tivesse tirado do banco de reserva nos últimos dez minutos de jogo.

Enquanto ela e Brice se afastam, Matt anuncia que vai fumar, e Annie segue com ele. Cookie quer ir ao banheiro, e Frankie precisa encontrar um lugar para se sentar. Kevin e eu ficamos sozinhos.

O silêncio duro está me matando, então começo a assoviar os primeiros acordes de "Patience".

— Você e eu temos o que é preciso para vencer — canto baixinho no ouvido de Kevin.

Quando Brice volta dez minutos depois, ouvimos os passos pesados no chão de mármore antes de vê-lo. Kevin vai depressa ao encontro do advogado. Eu o sigo o mais rápido que posso.

— E então?

— Finalmente. Ela quer te oferecer um acordo.

— O que é? — pergunta Kevin.

Brice pausa para efeito dramático.

— Homicídio culposo por imprudência. Dez anos de condicional. E é uma condenação criminal, mas não cumpre pena. É um ótimo acordo no geral. Um acordo inacreditável.

"Não cumpre pena."

Ouvir isso é um alívio tão grande que meu corpo inteiro fica mole, meus ossos virando gelatina. Não terei que levar meu bebê para ver o pai atrás de uma janela de vidro encardido. Isso é muito melhor do que poderíamos esperar. Kevin não parece feliz ou aliviado. Eu posso vê-lo pensando.

— Bem, o porém é que você terá que testemunhar contra Cameron, óbvio — adiciona Brice como se fosse uma coisinha de nada. — Ela está atrás dele. Em caso de julgamento, ele ainda tem uma defesa forte. Ele pode dizer que pensou que o garoto estava sacando uma arma, dizer que realmente acreditava que estava atirando no outro cara. Você precisa dizer que, no segundo em que colocou os olhos no garoto, soube que era o cara errado, que você acredita que Cameron fez uma má escolha. Você é a única outra pessoa que estava lá. Seu testemunho provavelmente influenciaria um júri e ela sabe disso. Sem você, ela pode não ter a condenação que deseja, mas se ambos forem a julgamento, ambos podem acabar cumprindo pena. Ela quer uma resposta até o final da semana. Suspeito de que ela queira saber sua posição antes que Cameron se entregue e seja indiciado. Ela estendeu o prazo, que é geralmente de quarenta e oito horas. Bem, consegui que ela nos desse mais tempo. — Brice corrige a declaração para se colocar no centro da conquista. — É uma decisão e tanto.

Kevin se vira para encostar a testa nas paredes verde-vômito.

— Ah, e você não pode mais ser policial, em qualquer lugar da Filadélfia. Você renuncia de imediato — acrescenta Brice.

— Não posso mais ser policial?

Kevin parece uma criança que acabou de ouvir que nunca mais poderá ver a mãe.

Ele me olha. Apenas assinto. "Diga ao seu marido para fazer a coisa certa."

Brice continua:

— Se quer meu conselho, e é para isso que você me paga, sugiro que aceite. Se é você ou o outro cara, é melhor que seja o outro cara, sabe?

Graças a Deus Matt e Frank não estão aqui.

— Todos os caras. — Kevin se engasga ao falar. — Eles vieram aqui me apoiar. Se eu entrego Cameron, estou entregando todos eles.

Brice suspira, e a frustração é audível. Kevin está acabando com o momento dele.

— Olha, você tem uma semana para pensar, mas é um bom acordo.

Estamos pendurados do precipício há tanto tempo, e alguém enfim nos joga uma corda, mas Kevin não quer pegar. Por que ele não quer pegar?

— Tomaremos a decisão certa — digo a Brice e seguro a mão do meu marido. — Venha, vamos ao hospital.

De volta para perto de Chase.

Capítulo quinze

Riley

— Ficou bonita em você.

Olho para a blusa de seda, insegura.

Minha mãe estende a mão e enfia a seda na parte de trás do meu jeans e, em seguida, fica atrás de mim no trocador do tamanho de um armário, avaliando-me. Não faço compras com ela desde o último passeio da escola à loja JCPenney no verão antes do sétimo ano.

— Não sei, é cara.

O preço me faz estremecer e quero escondê-lo da minha mãe como se fosse um segredo vergonhoso, porém foi ideia dela entrar na pequena butique na rua Sansom. Todo esse passeio hoje (almoço e compras) foi ideia dela, um convite que me chocou hoje de manhã. Olho no espelho para nossos reflexos íntimos; somos exatamente como a mãe e a filha da TV que imaginei. Pelo menos, fomos nas últimas horas. Até bebemos o espumante *aperol spritz* e fofocamos, embora eu não tenha certeza de se ela sabia que *aperol* era álcool e resolvi não contar até que ela tomasse um gole e dissesse: "Tão refrescante!". Até disse a ela que encontraria Corey hoje, em trinta minutos na verdade. Não era minha intenção, mas estávamos conversando sobre a última briga de Shaun e Staci, como minha prima se casaria no verão e minha mãe queria que todos fôssemos a Memphis para o casamento, considerando que ela fez as pazes com o tio Rod. Então pareceu natural contar a ela sobre minha vida amorosa, mesmo que fosse uma área da qual evitei falar a vida toda. Um novo capítulo, coisa e tal. Foi assim que acabamos aqui nesta loja superfaturada; ela insistiu que eu deveria comprar uma blusa nova para o encontro.

Ao que parecia, o suéter bege que eu estava vestindo era sem graça.

— Já vi pessoas usarem roupas mais sensuais para o grupo bíblico, Riley.

Só podia ser efeito do segundo *aperol* o ato de ela usar os termos "grupo bíblico" e "sensuais" na mesma frase, quanto mais me arrastar pela mão até uma loja que vende suéteres de cashmere a quatrocentos dólares.

— Sempre me perguntei o que aconteceu com ele, esse Corey — diz ela agora.

— Você não o odiava?

Pensei que odiasse. Pensei que Sandra tivesse uma má primeira impressão de todo mundo e a pessoa precisasse se esforçar para conquistá-la.

— Criança, eu mal conhecia o rapaz. Você o levou para casa uma vez. Ele parecia legal e você gostava dele. Dava para ver. Você o olhava de um jeito diferente. Ora, na verdade tinha era um brilho no olho. Foi por isso que fiquei confusa quando ele sumiu.

Eu também, mamãe. Às vezes confundo a mim mesma. Eu me viro e mudo de posição para ter uma boa visão da camisa. É azul, o que é um bônus; Corey ama azul.

— Você está bonita.

Ela estende a mão para consertar a gola. Esse elogio também é uma surpresa. Minha mãe sempre disse que ser bonita era uma maldição. "Principalmente com esse cabelo liso seu, as garotas vão te odiar só por isso", ela me disse no ensino fundamental, e então disse que eu não devia olhar no espelho diante de outras garotas porque elas me achariam metida por estar me admirando. Até hoje tenho problemas em ver meu reflexo. O que provavelmente significa que estive andando com comida no dente a maior parte do tempo.

— Você também parece nervosa — continua ela.

Ela sempre consegue interpretar minhas emoções. Estou sempre exposta diante dela, por mais que eu goste de pensar que sou minha própria pessoa com pensamentos particulares e uma máscara de tranquilidade.

— Acho que estou. Um pouco. Está tão óbvio assim?

— Ah, por favor. Eu te conheço. Você era eu antes de ser você. Não esqueça disso.

Não sei exatamente o que ela quer dizer, mas entendo. Quero ser diferente da minha mãe de muitas maneiras, mas de algumas outras somos parecidas. É uma ideia que eu poderia aprender a apreciar.

— Queria que tivéssemos o conhecido, o Corey. O que tinha nele de tão apaixonante? Você vivia com estrelas nos olhos!

— Não sei, mãe. Ele me fazia me sentir vista. É difícil explicar. Como se eu pudesse ser meu verdadeiro eu. Eu não pensava demais com ele, eu só era. Quando ele me olhava, eu me sentia a pessoa que sou e a que queria ser. Ele me fazia sentir, não sei... especial, confiante... por mais bobo que pareça.

— Riley Wilson, você é o ser humano mais confiante e excepcional que conheço. Eu te criei para saber disso. Saiba o seu valor.

— Bem, às vezes não é tão fácil assim.

Não acrescento que ela me criou para ser sempre uma versão melhor de mim mesma, que isso era exaustivo e que Corey amava a versão de mim que já existia, por mais imperfeita que fosse. Porém, estamos tendo um momento tão bom que estou determinada a não estragar tudo garimpando minha infância em busca de ressentimentos.

— Mas eu sei, mãe, eu sei. Eu te agradeço.

— Compre a blusa. Você merece. Você trabalha tanto, pode se dar um mimo. Não é isso que os jovens dizem?

Ela coloca a mão no bolso e me entrega vinte dólares.

— Aqui, deixe-me contribuir. Quero que você compre.

— Não, não. Está tudo bem.

Ainda estou me acostumando com a ideia, e a culpa, de ganhar mais dinheiro que qualquer outra pessoa na família.

— Bem, fique com o dinheiro e use hoje. Se a mulher deixa o homem pagar, o homem fica esperando algo em troca, sabe?

Há uma coisa que Corey espera de mim: uma explicação.

Começo a tirar a blusa e então me lembro que vou vesti-la hoje à noite. Entrego o suéter para minha mãe. Não vai caber na minha bolsinha.

— Pode levar isso para casa?

— Casa? Vou levar direto para o exército da salvação!

Seguimos para o caixa e minha mãe se inclina e abaixa a voz como se estivesse preparada para contar outro segredo. É hoje que fico sabendo de seu filho secreto de um caso de amor antigo?

— Então, você acha que Kevin vai aceitar o acordo? — pergunta ela em um sussurro fingido que dá para ouvir a mais de um quilômetro de distância.

Durante o almoço, contei para minha mãe em segredo que Sabrina tinha me ligado para contar do acordo. Agora estava nítido que usar Kevin como trunfo tinha sido a estratégia dela o tempo todo. Era a cabeça de Cameron que ela queria em uma bandeja; o caso dele era o mais sólido. Cameron atirou primeiro e atirou em alguém que não correspondia à descrição do suspeito que estavam perseguindo. Sabrina estava confiante de que poderia obter um veredito de culpado e uma longa pena de prisão. "Dez anos, pelo menos", dissera ela. "Enfim um pouco de justiça." Então Kevin agora tinha uma chance de se salvar, e seria absurdo ele não aceitar. Só que já faz três dias e ele ainda não decidiu.

— Eu não sei, mãe, mas não aceitar é pura insensatez.

— É, mas esses policiais preferem ir para a cadeia que delatar uns aos outros. Até os negros ficam nessa. Mas vamos ver. Você vai encontrar Jenny na semana que vem, certo? Isso é bom, isso é bom.

Contei no almoço sobre minha conversa com Jenny, como foi difícil e irritante, mas como também foi um alívio enfim dizer tudo o que eu estava pensando, mesmo que isso mude tudo entre nós.

— Mas pelo menos vocês estão conversando — contrapôs ela. — Continuem assim. Não dá para esperar que todos entendam tudo. Às vezes se precisa alcançar as pessoas e levá-las junto. Nem sempre vale a pena, mas você ama Jen e vice-versa e vocês vão superar isso.

— Nós vamos nos encontrar na semana depois da que vem na verdade.

A única resposta que tive de Jenny foi uma mensagem enigmática no dia seguinte à audiência de Kevin dizendo que ela estava saindo da cidade, mas poderíamos nos ver quando voltasse. É engraçado que encontrar Corey ou encontrar Jenny depois da nossa última conversa me causam a mesma sensação: um pavor agitado, como se eu estivesse me preparando para algo, mas para o quê?

Entrego a etiqueta para a vendedora.

— Poderia tirar isso? Vou usar a blusa agora.

— Ficou ótima em você — diz ela.

— Que bom que vocês não ficaram nos seguindo como se fôssemos roubar alguma coisa — comenta minha mãe para a vendedora, balançando a cabeça em vigorosa concordância com os próprios pensamentos.

A jovem loira não tem ideia do que fazer com o estranho "elogio".

Saímos para o entardecer, o Sol lançando um labirinto de sombras na calçada. Estranhamente, tenho o desejo de continuar com o encontro entre mãe e filha, tomar drinques no restaurante Parc ou fazer as unhas, mas Corey está esperando. E, além disso, é melhor não abusar da sorte, estendendo este momento ao extremo.

— Vejo você e seu irmão às cinco da tarde em ponto no sábado, certo?

Tanto Shaun quanto eu estamos temendo isso, mas concordamos em ir ver apartamentos em Bensalem com nossos pais no fim de semana. Minha mãe coloca uma expressão alegre no rosto sempre que fala sobre morar em um lugar menor e afirma estar ansiosa para ter menos cômodos para limpar. Ela está se esforçando muito para esconder o desespero. Aprendi com a melhor.

— Pelo menos vamos ter um desconto na mudança, com o emprego do seu irmão.

Sua risada parece genuína o suficiente para eu me permitir ter esperança de que a mudança e a perda da casa não vão a deixar desolada... Talvez seja um novo começo.

— Bem, me deseje sorte — peço.

— Você não precisa de sorte, você tem Deus. E não precisa de homem nenhum.

— Eu não preciso de um homem..., mas talvez eu queira um.

Eu a abraço enquanto rimos e nos despedimos.

São apenas dez minutos de caminhada até o restaurante, mas já sei que Corey estará lá quando eu chegar, porque ele sempre disse que era melhor chegar uma hora mais cedo do que um minuto atrasado. Corey não se atrasa.

Como esperado, quando passo pelas portas e o pitoresco sino toca acima da minha cabeça, eu o localizo de imediato, mesmo no restaurante lotado.

É como se eu estivesse no alto de uma montanha-russa, bem naquela fração de segundo antes de entrar em queda livre. Corey me vê e abre um sorrisão. A montanha-russa despenca. Enquanto me aproximo, eu o observo com avidez. Ele parece exatamente o mesmo, ou seja, mais atraente do que nunca: o mesmo corpo alto e magro, a pele tipo bronzeada, aquela covinha na bochecha esquerda.

Quando chego à mesa, ele se levanta para me cumprimentar, inclinando-se para me beijar na bochecha. Conto os segundos que os lábios quentes roçam o espaço perto da minha boca. Não é tempo suficiente.

— Café da manhã para o jantar. Você lembrou.

Eu sabia que Corey gostaria deste restaurante na parte oeste da Filadélfia porque ele adora um lugar que serve café da manhã para o jantar, e é por isso que o escolhi, e também como uma referência boba ao nosso primeiro encontro, panquecas em Chicago. A desvantagem é que eles não servem álcool, e minha necessidade está beirando o desespero, mas ele parece tão emocionado que o sacrifício quase vale a pena.

— É, eu imaginei que você fosse gostar.

Falei exatamente uma frase para Corey e já estou repensando as palavras enquanto minha mente se adianta, tentando pensar na coisa certa a dizer em seguida. Então me dou conta que não é minha vez de falar, como se eu tivesse perdido a noção das regras básicas da conversa.

— Você está linda — diz ele, acomodando-se no sofá *booth* de vinil.

— Você também. Nós meio que combinamos.

Nós dois olhamos para nossas camisas azuis.

Há uma pausa, longa o suficiente para eu me preocupar que estamos à beira de um momento estranho, quando Corey olha para mim, com a expressão mais séria. Outra fração de segundo é suficiente para eu entrar em pânico achando que ele vai começar a me contar sobre sua IST... ou o noivado.

Ele se inclina na minha direção.

— Sinto muito por sua avó, Rye. Ela era uma ótima senhora.

— Obrigada, sinto falta dela.

Eu não tinha me preparado para isso, para a preocupação dele, para ele me olhando como se me abraçasse com os olhos.

— Eu não acho que ela gostava muito de mim. Sei que ela me chamava de Corey Branco. O que sempre me fez me perguntar: houve um Corey Negro?

Isso me faz rir.

— Não.

— Mas você está bem? Eu sei como vocês eram próximas.

Os dedos dele acariciam as costas da minha mão. Não estou preparada para a energia que desce do topo da minha cabeça e se aloja entre as minhas pernas.

Eu me viro para a mesa ao lado quando sinto alguém olhando, uma mulher branca mais velha comendo sozinha. Sinto-me um tanto inibida quando a mão de Corey permanece na minha. Mudo a expressão como se dissesse: "Isso não é da sua conta".

É algo familiar, todos os olhares que Corey e eu vivenciamos quando estávamos juntos, principalmente quando ele foi me visitar no Alabama. Olhares que imaginei que significavam "por que ele está com ela?", mesmo que Corey de alguma forma nunca percebesse nada. Sempre que eu apontava essas coisas, ele dizia que eu estava imaginando.

— Você está sendo muito desconfiada. As pessoas estão olhando porque você é linda, e estão olhando para mim porque estão se perguntando como um paspalho como eu acabou com uma mulher como você.

Teria sido mais fácil me permitir acreditar que ele estava certo.

Eu me viro de volta, e a mão de Corey não está mais tocando a minha. Tento recobrar quando isso aconteceu e como eu poderia já sentir tanta falta.

— Tenho certeza de que ela é uma de suas fãs — sussurra ele, tendo também notado a mulher olhando.

Quando ele se inclina por cima da mesa, sinto o cheiro forte da loção pós-barba de menta absurdamente cara de uma das lojas dedicadas à chamada arte de barbear. Pondero se é o mesmo frasco que comprei para ele de aniversário dois anos atrás.

— Foi absurdo ver você na minha TV em Nova York. Olhei para cima e lá estava você, Riley Wilson na CNN. Eles só mostraram um pequeno recorte da entrevista com a mãe daquele garoto...

Justin, eu quero dizer. *O nome dele é Justin.*

— Mas então eu fui ao YouTube e assisti tudo. Tão poderoso. Você é uma potência na frente da câmera, Rye. Você nasceu para isso.

— Obrigada. Isso significa muito.

E significava mesmo. Lá estava o elogio de Corey que nunca deixou de me validar de alguma forma essencial. Eu costumava odiar isso, odiar o jeito que ele me fazia sentir, como se isso lhe desse algum poder sobre mim, mas então percebi por que eu valorizava tanto a admiração dele... Nunca tive que me esforçar para tê-la. Com todos os outros na vida, eu estava sempre encenando, sempre no palco, sempre tentando ser "impressionante"... com professores, chefes, mentores, até mesmo meus pais, até mesmo com Alex em Joplin. Eu estava sempre tentando viver de acordo com alguma versão de revista brilhante do casal poderoso da mídia negra que ele queria que fôssemos um dia; eu soube que tínhamos que terminar na quinta vez que ele se referiu a mim como a Michelle para o Barack dele. Corey foi a primeira pessoa que não tentei impressionar. Pelo contrário, eu deixara evidente para ele e para mim mesma que eu não me esforçaria tentando provar nada para ele (esse cara branco aleatório com quem eu literalmente tinha trombado) e acontece que não precisei. Porque também trombei com a milagrosa descoberta de ser amada sem ter que me esforçar para me sentir digna.

Aqui está ele agora olhando para mim *assim* de novo. Como se me visse, como se visse *além* do que mostro. Isso é o que tentei descrever para minha mãe, o sentimento que tive com Corey, como se eu não tivesse escolha a não ser deixá-lo ver a verdadeira eu. Talvez seja o que todos nós queremos das pessoas que amamos: sermos vistos exatamente como somos. Foi uma simples constatação, então por que parecia tamanho milagre? Mas a surpresa é a rapidez com que os sentimentos voltam, como as primeiras gotas de sangue de um corte profundo. O choque do tecido branco cru, então a onda de vermelho. Tudo o que posso fazer é engolir a coisa toda. É o melhor plano que tenho no momento.

Corey segura o cardápio gigante coberto de fotos de ovos gordurosos.

— Então, primeiro a questão mais urgente: o que pedir. O que vai querer? — pergunta Corey.

Vou querer você. Quero transar com você. O pensamento é indesejável e impraticável, e também nítido como o brilho do sol. Consigo sentir: meu corpo me traindo outra vez, a umidade se acumulando em minha calcinha enquanto me lembro do jeito que Corey costumava me fazer sentir, elétrica de desejo, o jeito como eu perdia toda a inibição, dizendo, pensando, fazendo, querendo, deixando-o fazer coisas que eu nunca poderia ter imaginado.

Exceto tocar meu cabelo, pelo menos no começo. É engraçado agora pensar em como levei pelo menos quatro noites juntos para me acostumar com isso. Ele gostava de segurá-lo enquanto me penetrava. Foram mais três noites antes que eu estivesse disposta a usar meu lenço de cabeça na cama na frente dele.

— O que é isso? — perguntou ele na primeira vez, e, embora eu soubesse que ele perguntaria, ainda me encolhi e considerei todas as coisas que eu teria que explicar a ele.

Devo estar sorrindo agora.

— Qual a graça?

Corey sorri para mim, ansioso para participar da piada.

— Nada — murmuro na frente do copo enquanto tomo um gole de água para me resfriar e volto os pensamentos a um terreno mais seguro: opções do cardápio.

É como nos velhos tempos, quando concordamos em pedir dois pratos, bife com ovos e torradas, e dividimos tudo. É tão confortável que dói.

— Então, como está tudo em Sullivan Rose? — pergunto quando o garçom desaparece.

Corey trabalha para o desenvolvedor desde que nos conhecemos; até fizemos uma aposta (uma viagem a Porto Rico) sobre quem alcançaria o marco profissional cobiçado primeiro, Corey como vice-presidente ou eu como âncora.

— O mesmo de sempre. Sem novidades. Estou muito animado com nosso projeto aqui na Filadélfia. Estamos querendo investir em uma das zonas de oportunidades em North Broad, construir um grande complexo habitacional híbrido, e tive que vir conferir o local. Se o acordo for aprovado, virei para cá uma vez por mês.

Corey estará aqui uma vez por mês. Corey estará aqui uma vez por mês. Isso fica ecoando na mente.

De alguma forma, à medida que entramos na conversa, consigo comer, o que não achei que fosse possível. Nossos pratos ainda estão meio cheios, e estou cheia, remexendo no que sobrou. Se eu parar, então isso, seja lá o que for, vai acabar... e não estou pronta para esta noite virar uma lembrança. Não faço ideia do que vai acontecer. Está nítido que nenhum de nós tem ideia do que estamos fazendo aqui.

Corey afasta o prato e esfrega a barriga firme e lisa. *É isso. Vamos nos despedir e é isso.* Parece o último trecho da corrida. Só tenho segundos para alcançar o final. E ainda assim, não consigo. Não sei o que fazer.

O alívio é quase físico quando ele diz:

— Ei, que tal irmos para outro lugar? Posso comprar uma bebida de verdade para você? Para que possamos conversar?

Conheço um bom local, um bar escuro e íntimo perto da minha casa. Sempre que passo por lá depois do trabalho, olho para os casais elegantes abraçados em espreguiçadeiras de veludo na frente das janelas embaçadas, como se fossem manequins arrumados exatamente assim. Estou prestes a sugeri-lo, está na ponta da língua, quando de repente digo algo completamente diferente:

— Que tal lá em casa? Eu tenho uma garrafa de Maker's.

Não por acaso. Eu tinha ido comprar o uísque favorito de Corey, só por precaução. Ele responde logo, mas com uma pausa suficiente para fazer meu coração pular:

— Lógico, parece ótimo.

Durante toda a viagem de Uber até meu apartamento, estou superconsciente do corpo dele ao lado do meu. Estou sentada muito perto? Muito longe? Eu o imagino andando pela minha casa, olhando para as fotos que enfim pendurei, tocando minhas coisas. Espero que ele fique impressionado.

Assim que entramos pela porta, começo a preparar os drinques e tento não me sentir constrangida e exposta enquanto Corey circula ao redor, analisando cada canto.

— O que é isso? — pergunta ele, perto da lareira.

Espio ao redor da ilha da cozinha para ver que Corey está segurando o pote de terra do Alabama.

— Hã, longa história.

Não quero que o mundo exterior, ou o passado, se intrometa neste momento.

Ele a coloca de volta em cima da lareira e foca na foto que Jen me deu de nós duas quando me mudei. Duas garotinhas em biquínis combinando.

— Vocês eram tão fofas.

Então ele vai para a varanda, apreciando a vista da cidade através das janelas do chão ao teto. Ele parece impressionado, pelo menos com a vista. Quando termino de preparar os drinques, eu me viro, um copo gelado em cada mão, e lá está ele, sentado bem no meu sofá como se fosse a coisa mais normal do mundo, como se fosse o lugar dele. Eu me aproximo e me sento ao lado dele, como se ali também fosse meu lugar. Está muito silencioso no apartamento, apenas o tilintar do gelo nos copos fazendo barulho. Está silencioso demais, então ligo a TV. O jogo dos Flyers preenche a tela.

— Lembra quando eu te levei para aquele jogo em Chicago?

— Como eu ia esquecer? É o único jogo de hóquei em que fui em toda a minha vida — digo, e me permito desfrutar da lembrança.

Decidimos nos encontrar em Chicago, onde nos conhecemos, para comemorar nosso aniversário de um ano. Corey me surpreendeu com ingressos para os Blackhawks contra os Flyers naquele fim de semana, as eliminatórias. Eu sabia que ele estava decepcionado por eu não estar mais animada, considerando que eram assentos incrivelmente difíceis de se encontrar, mas o hóquei é como a NASCAR, não há muitos rostos negros nas arquibancadas.

Acontece que o jogo foi muito divertido, mas na época estávamos naquela fase alegrinha em que teríamos curtido até fazer uma trilha seca pelo deserto.

Depois do jogo, Corey me deu um pedaço de papel, não o presente que eu esperava. Ele gaguejou ao me entregar:

— É, é bobo... — No papel, Corey listou "12 motivos para eu te amar". — É um para cada mês que estamos juntos — explicou enquanto eu lia, ainda evidentemente preocupado que pudesse ser uma ideia estúpida.

Não era estúpida nem boba, era perfeita. Se Corey entrasse no meu quarto agora, encontraria a lista escondida em uma caixa debaixo da cama, junto com minha certidão de nascimento e diploma, um *pen drive* com uma gravação da minha primeira transmissão e minha carta de demissão de Birmingham. Pego o papel às vezes... só para tocá-lo, porque sei a lista de cor.

Motivo #3: A forma que você sempre usa meias porque odeia seus dedos longos (só para constar, até os dedos dos seus pés são lindos).

Motivo #6: Como você se preocupa tanto com todos que ama e como trabalha tanto para tornar tudo melhor e mais fácil para eles.

Motivo #11: Você dá o melhor conselho e sempre faz parecer que foi ideia minha.

Motivo #4: A maneira como você está sempre reorganizando minha carteira e descobrindo as melhores estratégias para conseguir mais pontos com companhias aéreas.

Motivo #8: Você tem um ronco adorável, como um cachorrinho recém-nascido.

Aquela noite foi a primeira vez que tive coragem para dizer a Corey que eu o amava, para dizer as palavras em voz alta, mesmo tendo passado meses desde que eu percebera a profundidade dos meus sentimentos, crescendo à solta, fora de controle, até se tornarem um fato central da minha vida. E a verdade era que eu odiava estar fora de controle, as noites que passava pensando nele, sentindo falta dele em vez de me concentrar no trabalho, odiava ter me permitido virar alguém que poderia acabar com o coração partido. Eu odiava tudo aquilo... e ah, o que eu não trocaria para ter isso agora.

— Sabe por que o nome deles é Flyers? — pergunta Corey.

— Não faço ideia.

— Não tem motivo! A esposa do primeiro dono gostou da palavra. Não é ridículo?

Aí está, o amor de Corey por informações aleatórias. Outra coisa que sempre me deixou obcecada por ele. A conversa fiada e a forma como seu pé está balançando para cima e para baixo denunciam que ele também está nervoso. Sentados aqui no sofá com drinques, a parte da noite em que nos atualizávamos um sobre a vida do outro acabou, uma névoa de expectativa paira ao redor. Está nítido que algo vai acontecer, mas o quê?

— Então...

Corey me olha com um tipo de sorriso confuso.

— Então — repito.

É tudo o que consigo fazer.

— Então, esse último ano foi difícil, desde que você... desapareceu. Sem explicação, sem nada. Fico me perguntando: *o que fiz de errado? O que deu errado?* Eu só preciso saber o que aconteceu, Riley. Achei que as coisas estavam ótimas entre nós. Não estavam? Eu imaginei? Só não entendo.

Posso ver o quanto isso o afeta; as mãos dele tremem tanto que o gelo tilinta no copo.

Ele está certo, eu devo isso a ele. Uma explicação, se não muito mais. Eu sabia que esta era a noite em que eu contaria tudo a ele, explicaria o que aconteceu. Agora que o momento enfim chegou, minha boca está muito seca. Tomo o resto da bebida. Isso não ajuda. Corey torna a falar antes que eu tenha a chance. Ele não percebe que não estou me esquivando, apenas me preparando.

— Você estava indo me ver em Nova York. E então, nada. O que aconteceu?

Eu me lembro muito bem de fazer as malas para aquela viagem. Comprei um vestido de quimono de seda depois que Corey me disse que fez reservas para nós no restaurante Nobu. Também gastei duzentos dólares que não podia gastar em um conjunto de lingerie em uma loja no centro de Birmingham chamada Diva's Den. Dobrei o delicado sutiã de renda e a calcinha com tanto cuidado na bolsa. Corey havia se mudado para um novo apartamento de dois quartos que eu veria pela primeira vez.

— Eu estava prestes a sair do apartamento para ir ao aeroporto quando minha mãe ligou. Ela estava histérica. Disse que tinham pegado o Shaun.

— Quem?

— A polícia. Ele estava voltando para casa de uma academia de boxe em Fishtown com três caras que conhecia do ensino médio. O motorista, Lamar Chambers, que minha mãe sempre chamou de "perigo declarado", foi parado na rua North Fifth. Ele reclamou com o policial sobre serem parados, disse que foi porque eles eram "negros dirigindo", e que era "besteira". Os policiais mandaram todos saírem do carro, mandaram que ficassem de joelhos enfileirados na calçada enquanto eram revistados. Acontece que Lamar tinha uma arma sem registro no porta-luvas e um saquinho de maconha. Os policiais prenderam os quatro.

Olhar para o rosto de Corey enquanto conto isso é impossível. Tenho certeza de que ele só viu pessoas presas na televisão.

— Era violação da condicional. Não foi a primeira prisão de Shaun. Ele tinha entrado em uma briga no segundo ano na Temple, com um cara branco. Eles estavam jogando basquete, e as coisas saíram de controle. O cara chamou Shaun de neguinho estúpido.

Corey se encolhe com a palavra.

— Shaun deu um soco e quebrou o nariz dele. O cara prestou queixa, e assim Shaun teve uma condenação criminal. Ele perdeu a bolsa de estudos integral de futebol e não podia mais pagar a Temple. Ele devia milhares de dólares pelas contas médicas e honorários advocatícios do cara, que minha família e eu ainda estamos pagando. Todo aquele potencial dele foi pelo ralo, em um instante. Pelo menos ele não teve que ir para a cadeia. Ele tem dez anos de liberdade condicional.

Mesmo sem olhar, sei que ele está me lançando o olhar, o olhar de Corey: direto, focado, do qual é impossível se esconder.

— Quando Shaun foi preso no carro, poderia ter sido condenado a dez anos de prisão pela violação. Então, naquele fim de semana, eu tive que estar com minha família e apoiar Shaun no tribunal. Felizmente, o juiz mostrou clemência... Shaun teve sorte.

Questiono a própria escolha de palavras; nada na vida de Shaun recentemente é sorte. Tem sido injusto, estressante e cruel e ainda assim meu irmão segue em frente, contando piadas, mantendo a cabeça erguida, mas não o nariz em pé, quando poderia ser bem fácil se afundar em ressentimento. Eu deveria dizer a ele com mais frequência o quanto o admiro por isso.

— Era tarde demais para mudar meu voo do aeroporto LaGuardia, então peguei um táxi de lá para a Penn Station.

— Eu poderia ter te buscado no aeroporto. Eu teria te levado para a Filadélfia, Rye, mas eu não sabia que nada disso estava acontecendo.

— E depois? Você iria para a prisão comigo falar com Shaun em uma salinha encardida sem janelas?

— É exatamente o que eu teria feito.

Ouvindo isso, suas garantias rápidas e firmes, meu coração para. Parte de mim quisera que ele fosse para a Filadélfia, que me abraçasse e me prometesse que tudo ficaria bem. Talvez eu até quisesse sua ajuda conversando com os advogados, descobrindo a melhor estratégia para garantir que Shaun não cumprisse pena. Só que aquele era meu fardo, e envolver meu namorado nisso, meu namorado branco, um homem cujo contato mais próximo com os tribunais era defender multas de estacionamento vencidas, eu não conseguiria. E se eu não podia compartilhar isso com ele? Se eu não podia pedir sua ajuda em um momento tão difícil, como poderíamos construir uma vida juntos? Como eu poderia me mudar para seu belo apartamento de dois quartos em um arranha-céu com porteiro perto de Columbus Circle? Algo que secretamente eu queria. Eu não podia. Não se não pudesse ser sincera com ele. Então decidi que meu relacionamento com Corey não vingaria a longo prazo. Como um promotor, reuni as evidências de por que isso não funcionaria: a vez que fomos ao churrasco do Proud Papa em um bairro negro em Birmingham e Corey me perguntou se era "seguro"; ou quando estávamos falando sobre opressão e ele citou que os judeus conseguiram se recuperar após os horrores do Holocausto e construíram uma base econômica forte, e não entendia por que as pessoas negras não conseguiram fazer o mesmo depois da escravidão. Era típico de Corey, que sempre tratou qualquer discussão sobre raça e opressão como um exercício intelectual, com a paixão e objetividade de um campeão de equipe de debate do ensino médio e não experiência *vivida*. Eu me convenci de que aqueles eram empecilhos que nunca conseguiríamos superar, e além disso havia as palavras de Gigi: "Encontre alguém que nem você".

E então tomei a decisão e confiei que meu coração concordaria. Sentada sozinha em um banco duro, em um corredor úmido do tribunal, onde Shaun logo seria chamado para comparecer perante o juiz, saquei o celular. Enquanto procurava as palavras certas, ergui a cabeça para ver dois adolescentes negros, mãos e pés acorrentados, arrastando-se pelo corredor, escoltados por um guarda branco de rosto severo. Um deles estava com a cabeça tão baixa que formava quase um ângulo de noventa graus, o outro mantinha a cabeça erguida, embora seus olhos estivessem vazios. Se eu estivera hesitando antes, algo naquela cena, os olhos mortos do garoto, consolidou minha decisão. Meus dedos voaram pela tela antes que eu pudesse me impedir.

"Aconteceu uma coisa e não vou conseguir ir no fim de semana, e não acho que posso fazer isso, Corey. Não somos certos um para o outro. Desculpe."

* * *

É difícil interpretar a expressão de Corey agora. Em parte porque evitei olhar diretamente para ele enquanto contava a história.

Enfim me viro para ele, e seu rosto está contorcido de dúvidas.

— Ainda não entendo. Por que não me contou tudo isso? Por que sumiu?

Esta é a parte que é difícil de explicar, por que eu não queria contar a verdade a Corey, o fato de eu ter ficado morta de vergonha e constrangimento e ter deixado isso me controlar. Eu não queria me tornar um tipo de estereótipo aos olhos dele, dar a ele qualquer motivo para menosprezar a mim ou minha família. Pensei em Corey dizendo aos próprios pais (com seus Range Rovers idênticos, suas viagens anuais de esqui para Sun Valley) que meu irmão estava preso, os julgamentos e as suposições que eles fariam. Como eles poderiam até se orgulhar de mim por "vencer as próprias circunstâncias", por "deixar a periferia para trás".

O fato de nós dois nunca estarmos realmente em igualdade de condições ou compartilhar as mesmas experiências parecia insuperável. Talvez eu estivesse com medo de dar o benefício da dúvida, de dar a alguém espaço para fazer a coisa certa. Exatamente como Jenny apontou no carro. Era sim mais fácil não dar a Corey o benefício da dúvida, não confiar que ele conseguisse entender, não lhe dar a chance de criar um problema irreparável dizendo a coisa errada se tratássemos de assuntos complicados. Esse medo de ser decepcionada ou de ter meus problemas subestimados era real... e incapacitante. Assim como Jenny, havia a preocupação de que conversar seria inútil e de alguma forma pioraria as coisas em vez de melhorá-las. Mas Jen ou Corey nunca me deram motivos para acreditar que eles não entenderiam, ou pelo menos tentariam entender.

— Só é difícil, Corey... falar sobre algumas dessas coisas, como explicar minha experiência no mundo de uma maneira que você entenda. Fiquei com medo de você não entender porque somos tão diferentes. E também eu não queria que você pensasse mal da minha família — murmuro.

Todos os meus músculos se contraem com o esforço de conter as emoções, as lágrimas.

— Eu nunca faria isso, Rye. Sinceramente, você achar que não poderia me dizer nada disso me mata. E eu odiaria pensar que foi algo que eu disse ou fiz para fazer você se sentir assim. Porque quero que você possa falar comigo a respeito de qualquer coisa... de tudo. Essa é a única maneira de qualquer relacionamento funcionar, mas principalmente entre nós... teríamos que ser capazes e estar dispostos a expor isso, mesmo que seja desconfortável. Isso me inclui. Admito, eu provavelmente evitei coisas também, mas...

Corey para como se estivesse tentando invocar mais palavras e depois muda de ideia e decide deixar seu corpo dizer o resto. Primeiro coloca o braço em volta dos meus ombros, então me puxa para mais perto. Seu braço fica pesado nas minhas costas, um peso satisfatório me pressionando com firmeza nele, mantendo-me ali. Não tenho escolha; meu corpo relaxa, mas não choro. É um outro tipo de liberação. Um ano de arrependimento, angústia e culpa desaparecendo. E em seu lugar uma revelação sobre como eu estava errada, como foi precipitado e até cruel desaparecer. Tentei esconder meus sentimentos. Tentei fingir que eu estava no controle, o que era risível, só que não era nada engraçado. "Quem esperto é, esperto age." Gigi teve uma almofada na espreguiçadeira com esse ditado.

— Desculpe, Corey. Eu devia ter te ligado e te contado. Eu devia ter confiado em você. Você merecia mais que isso. Nosso relacionamento merecia mais que isso — digo contra o tecido de sua camisa.

É mais fácil que olhá-lo no olho.

— Tudo bem... Bem, não está. Eu merecia mais que uma mensagem depois de três anos.

— Eu sei, desculpe mesmo — repito, como se repetir as palavras a tornassem mais verdadeiras.

— Ei, olha para mim.

Apoio a mão no peito dele e levanto a cabeça, olhando-o. O rosto de Corey perto do meu. Vejo o leve lascado em seu dente inferior da frente.

— Eu te amei, Rye.

Amei. Amei. O tempo passado me causa a sensação de estar virada do avesso. Estou crua. Fico em carne viva, exposta ao mundo, e a culpa é minha. Eu tinha feito um excelente trabalho de me convencer de que Corey nunca seria certo para mim, não a longo prazo. Porque nosso relacionamento *não* faz sentido, pelo menos em teoria. Em teoria, não acabo com o cara branco, principalmente considerando como, nos últimos meses (ou a vida inteira, na verdade), estive envolta em todas as maneiras pelas quais a raça vai se infiltrando com os tentáculos pegajosos em cada relacionamento, cada interação, cada intenção. Está quase destruindo meu relacionamento com minha melhor amiga. Ainda assim aqui estou eu, minha bochecha contra o peito dele, percebendo que Corey pode muito bem ser um homem branco, mas ele não é mais "errado" ou "errado para mim" como melhor amigo ou parceiro de vida do que Jen. Eu tinha me convencido a não amá-lo porque tinha uma expectativa de como minha vida deveria ser, a imagem de com quem eu *deveria* estar tinha deturpado minha visão de com quem eu *queria* estar. Não há escolhas fáceis, não há escolhas seguras, não dá para planejar o caminho para a felicidade. Então, mesmo que vá contra tudo o que disse a mim mesma sobre como minha vida deve ser, e não vai ser fácil ou descomplicado, sei que é o que quero, quem quero. Então só há uma coisa a fazer.

Acabo com os cinco centímetros entre o rosto de Corey e o meu. Eu o beijo. Não é o suficiente. Não estou perto o suficiente. Subo no colo dele e me ajeito de modo que meu corpo toque o dele o máximo possível.

Não vamos chegar ao quarto, aos lençóis limpos que coloquei na cama de manhã, por via das dúvidas. Em segundos, Corey está tirando o jeans escuro e sinto o choque de sempre com a visão do pênis pálido e pelos pubianos loiros. Antes de Corey, por acaso eu achava que todos eram da mesma cor, então seu pau bem rosado me pegou de surpresa. No momento, talvez seja a coisa mais linda que já vi. E, embora eu adorasse as preliminares prolongadas, não quero nem preciso de nada disso. Estou desesperada para senti-lo dentro de mim o mais rápido possível. Quero me entregar a ele por completo, até que nós dois não aguentemos mais, e é exatamente o que acontece. Faz muito tempo que não tenho essa sensação, uma liberação eufórica e uma entrega total que só vivencio durante o sexo ou em certos momentos da corrida, consumida não por pensamentos, ou preocupações, ou qualquer coisa, apenas pelo mais puro prazer. É um êxtase.

Corey olha para mim, corado por causa do prazer quando terminamos.

— Olha, tipo, uau.

Ele traça um dedo preguiçoso ao redor da borda do sutiã de renda preta que selecionei com cuidado... de novo, por via das dúvidas.

— Como nos velhos tempos.

Sorrio para ele, secando as gotas de suor de sua testa.

Levamos um minuto para nos reposicionar no sofá para que eu esteja deitada em cima dele. Nossa respiração fica mais lenta, sincronizada. Espero que Corey diga algo e sinto que ele está esperando o mesmo. *E agora?*

Há um monte de coisas que quero neste momento: que Corey durma aqui (nem me importo que seu ronco mega alto vá me manter acordada a noite toda); que ele me acorde afundando o rosto entre minhas pernas como costumava fazer; ou que use meu roupão rosa de manhã enquanto preparo ovos para nós. Todos os medos, as dúvidas, ainda estão aqui, e eu poderia me render a eles e me convencer outra vez de que isso é demais, que seria muito difícil, que é tarde demais. Ou, ou, ou. É engraçado que eu esteja agindo como se tivesse escolha. Isso, seja o que for, está acontecendo.

Através das janelas, vejo flocos brancos e fofos flutuando no ar escuro feito tinta. Enquanto crio coragem para dizer o que precisa ser dito, ouço o som mais bonito:

Vai, menina. Mostre a ele seu coração. Gigi voltou.

Capítulo dezesseis

Jen

Prezada Tamara,

Não sei se lerá esta carta, e talvez seja egoísta ou errado da minha parte contatá-la, mas eu precisava tentar.

Não há nada que eu possa fazer para aliviar sua dor, mas quero que saiba o quanto me sinto mal por sua perda, como penso em seu filho todos os dias, como vou me arrepender do que fiz pelo resto da vida.

Agora também tenho um filho. O nome dele é Chase e ele faz seis semanas hoje. Ser pai me mudou, fez de mim um homem melhor. Penso nessa pessoinha o tempo todo. Farei tudo o que puder para mantê-lo seguro, para protegê-lo. Eu morreria por ele. E não sei o que faria se alguém o tirasse de mim.

Não posso dar desculpas pelo que aconteceu naqueles cinco segundos, mas quero confessar o que fiz. Você merece isso. Você merece seu filho de volta; eu gostaria de poder dar isso a você, mas não posso. Um dia terei que contar ao meu próprio filho o que fiz. Terei que dizer para que ele entenda o poder que todos nós temos de machucar outras pessoas, mesmo sem querer.

Direi a ele porque quero que ele seja melhor do que eu, que aja melhor do que eu.

Eu me tornei policial para poder ajudar as pessoas, não machucá-las, e não foi o suficiente. E mesmo que eu nunca mais volte a trabalhar como policial, espero ainda encontrar uma maneira de ajudar as pessoas, de fazer algo de bom.

Não sei se quer saber disso. Minha esposa disse que, como mãe, é isso o que ela gostaria de saber. Segurei a mão de Justin enquanto esperávamos pela ambulância. Ele me disse o nome dele e pedi a ele para aguentar firme. Ele perguntou por você e respondi que você estava a caminho.

Não quero que pense que acredito que há qualquer coisa que eu possa dizer ou fazer para consertar isso. Não há, eu sei. Não espero que me perdoe. Só quero que saiba que levarei a recordação de seu filho comigo e farei o melhor que puder com minha própria vida para honrar a dele.

Kevin Murphy

A carta está ali na mesa da cozinha, debaixo de um vaso de margaridas novas. As palavras correm pela página na melhor caligrafia de Kevin, a letra cursiva que as freiras lhe ensinaram na escola St. Francis. Ele tinha pensado em digitar.

— Não. Isso seria formal demais. Digitar não seria certo — contrapôs ele, mais para si mesmo do que para mim.

Cada vez que ele errava, recomeçava com um novo pedaço de papel, as tentativas descartadas e amassadas se espalhando como pedrinhas pelo chão. Até que, enfim, Kevin tinha uma versão com a qual ficou feliz... que ficou aqui na mesa por dois dias, enquanto ele decidia o que fazer com ela, se é que faria alguma coisa. Nenhum de nós tocou na carta, por algum tipo de acordo implícito.

Não quero que seja a primeira coisa que Riley veja quando chegar aqui. *É só Riley*, eu me lembro.

Minha cozinha está um desastre e me arrependo de não ter limpado mais. Há caixas pela metade em todos os lugares, contribuindo com o caos. Faço uma tentativa desanimada de limpar o leite materno derramado da mesa com a mão, jogo alguns objetos que estavam bagunçando o balcão em uma caixa, junto com a carta, colocada com cuidado em cima de tudo antes de fechar as abas.

O pão chia na frigideira no fogão. Adiciono mais manteiga, açúcar mascavo e os pedaços de bacon. Tive que ir a três lojas diferentes para encontrar os ingredientes. Viro cada fatia uma última vez, depois coloco o fogo no baixo e tampo a panela.

Quando a campainha toca, faço menção de gritar para entrar, então olho para Chase, preso a mim no BabyBjörn, e mudo de ideia. Ele não está dormindo, mas também não está exatamente acordado. Atravesso a sala de estar e abro a porta. Há uma rajada de ar que traz o mais leve indício de um início de primavera.

Fred corre em desespero para cumprimentar nossa visitante. Mal consigo ver Riley por causa do carrinho de bebê gigante que ela está lutando para empurrar, passando pela cadela e pelo degrau do alpendre. Com seus porta-copos duplos e berço removível aconchegante, é o oposto do carrinho de segunda mão manchado e raquítico de Annie e Matt que temos usado desde que Chase voltou do hospital.

Fico perplexa.

— Estava na sua lista. — Riley fala com tanta casualidade, como se fosse um chocalho e não um carrinho de quinhentos dólares, o melhor item de todos. — Faz meses que comprei. Quando você postou.

Conseguimos colocá-lo no pequeno hall de entrada.

— É incrível. Obrigada.

Quero dar um abraço de boas-vindas em Riley, mas o carrinho está entre nós, uma barreira, e, quando ela consegue contorná-lo no corredor estreito, o momento já passou. Em vez de focar em mim, ela espia Chase.

— Ele está dormindo?

— Mais ou menos. Preciso dar de mamar a ele já, já. Também tenho que dar comida à Fred. Acabei de lembrar. Nada te faz esquecer que tem um cachorro mais que ter um bebê.

Riley segue atrás de mim até a cozinha e a vejo analisar a bagunça: todas as caixas.

— O que é tudo isso?

— Surpresa? — Isso foi muito bobo, mas estou nervosa para ver Riley e contar a ela as novidades. — Nós estamos... estamos nos mudando. Eu queria te contar pessoalmente.

Riley procura um lugar para se sentar e me apresso.

— Aqui, aqui, vou pegar isso. — Todas as cadeiras da cozinha estão cheias de tralha, luzes de Natal, pilhas de declarações de impostos antigas. Pego tudo e coloco em um monte em cima da mesa. — Sente-se, sente-se.

Faço um gesto para a cadeira como se fosse um trono.

— Para onde?

Ela afunda na cadeira de madeira.

— Jacksonville.
— Jacksonville! Tipo... na Flórida?
— Sim, onde o Burger King foi fundado!
— Jen... Isso é sério. Não acredito. Você está indo embora? Simples assim?
— Eu sei, eu sei. Tudo aconteceu tão rápido. Fomos lá visitar na semana passada. Kevin tem um primo que nos comprou duas passagens com as milhas aéreas. No começo, apenas fomos para que Kevin pudesse ter algum espaço para pensar sobre o acordo, mas enquanto estávamos lá, o primo ofereceu um emprego a ele, na empresa de paisagismo que tem. E só... faz sentido. Sair daqui.
— Uau, tudo bem. Isso é demais. Estou tentando assimilar.
— Eu sei, eu também.
Ficar a mil e quinhentos quilômetros de distância do único lugar em que já moramos não é o que imaginei para nosso futuro, mas nada vem sendo o que imaginei.
Estávamos caminhando na praia quando Kevin enfim tomou a decisão sobre o acordo.
— Vou aceitar, Jen — disse ele. — Não vou fazer você e Chase continuarem vivendo esse inferno.
— Tem certeza? — perguntei.
— Tenho certeza. Você não merece isso, e não seria certo. Não posso subir lá e dizer que temi pela minha vida. — Ele torceu as mãos, fazendo os nós dos dedos estalarem alto. — Talvez eu tenha temido no momento. Talvez eu queira acreditar que sim, mas ainda não é desculpa. Eu... reagi. E não posso olhar a mãe daquele menino nos olhos e dizer que temi pela minha vida. Isso é o que eu mereço (pior, provavelmente), mas pelo menos isso.
Nós dois olhamos para as ondas espumosas que tocavam nossos dedos dos pés. Eu só podia esperar que algo de bom viesse disso, não para nossa família, mas para o sistema, como Riley o chamava. A promotora disse que queria fazer de Kevin um exemplo. Bem, agora ele é um, um exemplo de alguém que aceita as consequências, que rompe o silêncio. Mais pessoas precisam fazer isso. Agora entendo. Talvez faça a diferença. Talvez seja uma esperança.
Kevin ligou para Brice para contar a decisão, e então apagou pelas vinte e quatro horas seguidas. Fiquei parada ao lado da cama, observando,

preocupada que tivéssemos entrado em outra fase terrível, que o plano de Kevin era dormir (ou beber) pelo resto da vida e que eu me arrependeria da decisão de ficar ao lado dele, não importando o que acontecesse. Só que então ele acordou, e a cor estava de volta em seu rosto; ele endireitou a postura, como se um peso tivesse sido tirado de suas costas. Na segunda noite na Flórida, nós nos deitamos com os corpos entrelaçados como fazíamos quando estávamos namorando, só que daquela vez Chase estava aninhado entre nós. Kevin segurou o punho minúsculo de nosso filho com as próprias mãos gigantes.

— Fizemos uma pessoa, Canarinho. Não consigo acreditar.

Ele sorriu então, um sorriso quase inexistente. Qualquer traço de felicidade ainda parece uma indulgência, algo que não deveríamos ter depois de tudo o que aconteceu. O quanto ele merece ter depois do que fez? A culpa nos segue por toda parte como uma sombra. E, às vezes, quando estamos felizes, quando ousamos sorrir, ou nos deleitar com nosso filho, ou nos sentir otimistas em relação ao futuro, essa sombra nos lembra de sermos humildes e gratos pela misericórdia.

— Quero que ele me respeite — disse Kevin. — Que me admire, mas nunca vou conseguir mudar o que aconteceu.

— Não, não, isso não é possível — respondi.

Eu só podia oferecer ao meu marido a verdade, meu amor incondicional e o fato de ter ficado.

Ele fez uma pausa antes de dizer o que nós dois estávamos pensando.

— E se morássemos aqui?

Nós dois sabíamos que ficar na Filadélfia seria impossível agora que ele vai testemunhar no julgamento de Cameron em alguns meses. Já somos párias entre pessoas que pensávamos serem da família, e membros da nossa família de verdade também. Ramirez não fala mais com Kevin, o mesmo caso com todos na polícia. E apesar das tentativas de Cookie, Frank e Matt só agem de maneira fria, em silêncio. E também há o fato de que ninguém na Filadélfia vai contratar o cara que atirou no garoto. Na Flórida, Kevin pode trabalhar. Nossa situação financeira passou de ruim a sombria e até impossível, e ainda não sabemos se seremos processados; é como esperar o resultado de um teste para ver se tem uma doença horrível. Não há nada que possamos fazer, exceto torcer pelo melhor. Enquanto isso, temos comida, e Chase tem roupas, mesmo que sejam quase todas doadas de Archie, e, com o caução deste lugar e o último salário de

Kevin, poderemos cobrir o primeiro mês de aluguel em Jacksonville, e é nisso que me concentro: nossas necessidades imediatas são atendidas. Ficou fácil decidir o que fazer com aquele cheque de dez mil dólares da Ordem dos Reis: aquele dinheiro nunca foi meu ou de Kevin. Quando o descontei, fiz isso em um desses lugares duvidosos em que ficam com dez por cento do valor e não perguntam o nome da pessoa. Recebi uma ordem de pagamento de cinco mil dólares e enviei de maneira anônima para o Ensino Médio da Strawberry Mansion com instruções para iniciarem um fundo de bolsa de estudos em nome de Justin. Fiz um cheque para Riley com o resto, que está bem ali na minha carteira.

— Vou pegar algo para você beber. Que tal uma Coca-Cola?

Abro a geladeira, esperando que realmente tenhamos Coca-Cola.

— Uau, tudo isso é leite materno?

Riley parece atordoada com as fileiras e mais fileiras de garrafas plásticas empilhadas na prateleira de cima.

— É. Eu disse ao médico que é a primeira vez na vida que sou superprodutiva em alguma coisa. Não sou muito boa em engravidar, mas, olha, em produzir leite... arraso.

— Você já provou? — Algo bem típico de Riley perguntar, como se estivesse me entrevistando para uma matéria sobre a nova maternidade.

— Meu Deus, sim! — Nem admiti isso para Kevin, com medo de que ele ficasse com nojo. — É doce, meio azedo, um paladar que lembra um pouco de grama também. — Faço uma pausa. — Ei, olha o que eu fiz para nós!

Pego a panela quente do fogão e a levo para a mesa. É assim que Gigi sempre serviu pão milagroso, direto da panela. Tiro a tampa com um floreio como se estivesse apresentando um prêmio.

— Pão milagroso!

Funciona, uma camada de tensão entre nós se esvai.

Riley segura com avidez o garfo que entrego a ela.

— Jenny, não acredito que você fez isso, com todas as coisas que ainda tem para fazer.

Ela rasga um pedaço de pão e o leva à boca. Quando engole, a alegria toma seu rosto. Não quero dar muita importância a como isso me deixa feliz, então apenas tiro uma pilha de roupas de bebê do lugar e me sento, colocando a frigideira inteira na frente dela.

O silêncio é confortável (até agradável) enquanto mastigamos pedaços grossos e doces do pão mole. Riley até solta um gemido.

— Está tão bom, Jen. Gigi ficaria orgulhosa.

Engulo o bolo na garganta com outra mordida.

— Então, Jacksonville, hein?

Riley ainda está pensando no assunto, e fico um pouco feliz por ela parecer triste. Ela está triste por eu ir embora.

— É, consegui um emprego lá também. Ou quase.

Explico que o dr. Kudlick veio me entregar o suéter e tênis que deixei no consultório, e uma roupinha fofa para Chase, e mencionou que tinha um amigo da faculdade de odontologia, com um grande consultório em Jacksonville e Orlando, procurando um gerente de escritório experiente.

— O amigo de Kevin não pode pagar benefícios extras no trabalho de paisagismo, então um de nós precisa ter plano de saúde. Chase ainda precisa ir ao médico uma vez por semana.

— Bem, Kevin teve muita sorte de conseguir um bom emprego e tão rápido. É difícil tendo passagem — comenta Riley. — Shaun acabou de ser dispensado da empresa de mudanças. Disseram que era redução de funcionários, mas ele acha que é porque uns alto-falantes sumiram e foi fácil jogar a culpa em cima dele. Ele enviou vinte currículos nas últimas duas semanas. Não teve retorno de ninguém.

Não deve ter sido fácil para Riley ajudar a família a lidar com tudo isso, e talvez eu tenha subestimado os riscos e as consequências quando aconteceu. Talvez eu não tivesse dado crédito ou apoio suficiente a ela naquela época. Os "talvez" continuam se acumulando, tipo uma "Torremoto" do jogo formada de vários "talvez".

Venho relembrando da conversa no hospital, de maneira obsessiva alterando as cenas nas quais passo a dizer coisas diferentes, fico menos na defensiva e menos assustada. Entro em uma espiral em que me acho uma pessoa horrível, uma amiga terrível. A distância entre Riley e eu nos últimos meses foi como perder um membro do corpo, e farei qualquer coisa para tentar consertar isso.

— Sobre o que conversamos no carro...

— Jenny, nós duas estávamos muito nervosas naquele dia.

— Não. Para. Você disse que queria que conversássemos. Também quero. — Não quero cutucar as feridas agora que parece que estão cicatrizando, mas não há outro jeito. — Eu entendo o que você estava dizendo. É muito fácil para mim não pensar em raça, e nem penso nisso quando olho para você porque vejo essa pessoa que amei por toda a minha vida, minha irmã. Tudo o que posso dizer é que estou aqui para te apoiar. Estou aqui para te apoiar em tudo. E posso dizer coisas estúpidas quando conversamos, mas quero conversar, continuar conversando.

Nem sei se as palavras que estou dizendo fazem sentido, mas espero que Riley possa sentir o que estou tentando transmitir.

— Obrigada — responde Riley baixinho. — É bom ouvir você dizer isso. Não quero que fiquemos pisando em ovos. Eu sei que provavelmente não me abri o suficiente sobre meus desafios como mulher negra, ou, não sei, talvez você também não tenha perguntado o suficiente?

Há perguntas *sim* que quero fazer à Riley, sobre a pessoa de sua família que ela disse que foi linchada, ou todos os comentários hostis nas matérias que faz, ou todas aquelas outras coisas que não sei.

— Eu posso ser perguntadeira. Sou boa nisso. Amo ser perguntadeira.

Riley ri. Não há nada melhor do que fazer Riley rir.

É isso, um começo, um nó de tensão se desfazendo. Como Riley é a pessoa mais contida que já conheci, essas conversas delicadas (calmas e gentis) são como podemos começar a reconstruir nossa amizade. Afinal, pode não ser uma coisa tão ruim; talvez não precisemos recordar de cada falha de comunicação ou detalhe doloroso, ou retroceder para seguir em frente. Podemos acreditar que cedo ou tarde voltaremos ao normal, que a força do passado que tivemos juntas é suficiente para nos apoiarmos, para seguirmos adiante. Eu me permito sentir esperança de que isso é exatamente o que está acontecendo agora. E que, depois de tudo, podemos ficar ainda mais próximas.

Chase tinha adormecido, mas acorda soltando um uivo de raiva que parece feroz demais para uma pessoa tão pequena. Ele leva o punho direito ao rosto, sempre o direito, e o pressiona com força no lóbulo da orelha. É uma das peculiaridades sobre meu bebê que estou adorando descobrir, tipo a forma como ele estala os lábios com tanta força quando está pronto para mamar que praticamente dá para ouvi-lo no cômodo ao lado. Ou a maneira como já consegue virar a cabeça, mesmo sendo um prematuro de seis semanas, o que Kevin considera como prova de seu potencial atlético inicial. Cada dia é um Chase diferente; há algo completamente novo para descobrir sobre ele, para se apaixonar. Houve tantas surpresas nos últimos meses, a maioria delas terrível, mas a única boa é que amo a maternidade ainda mais do que pensei que amaria, ainda mais do que pensei ser possível.

Afasto um pouco Chase para olhar para seu rostinho se contorcendo. Seus cílios muito longos estão retendo lágrimas.

— Ele vai se acalmar em um segundo. Você quer segurá-lo?

— Lógico. Só penso nisso. Preciso lavar as mãos? Vou lavar as mãos.

Riley esfrega cada centímetro das mãos com fúria como se fosse executar uma cirurgia, então vem e pega Chase dos meus braços, com gentileza, tomando o cuidado de apoiar sua cabecinha bamba. Assim que está aninhado na dobra do cotovelo de Riley, ele para de chorar. Ela olha para o peito dele e ri.

Estou confusa sobre por que Riley está rindo do meu bebê até me lembrar que o vesti com o macacão que Lou comprou para ele, caso minha mãe decidisse aparecer hoje à tarde como disse que faria. É da cor verde brilhante do Eagles com os dizeres "Dallas é péssimo" no peito.

— Deixe-me adivinhar: Lou?

— Quem mais? Ela não se dá ao trabalho de vir conhecer o neto por mais de um mês e então aparece com esses macacões detestáveis e uma garrafa de uísque, que diz que é para ajudar na minha amamentação. Eu disse que é a cerveja que supostamente ajuda com o leite materno e que é praticamente um conto da carochinha, então ela abriu a garrafa e fez um coquetel para si própria.

Lou não visitou Chase nem uma vez no hospital, mas não me dei ao trabalho de confrontá-la porque eu sabia que o que ela diria seria: "Você sabe que não me dou com hospitais". Eu estava muito distraída e exausta para ficar irritada com isso, até o dia em que enfim trouxemos Chase para casa e fiz as contas. Ele estava vivo há três semanas e ainda não conhecia a avó, que morava a dezesseis quilômetros de distância. A raiva consumia tudo. Talvez fosse a raiva de uma vida inteira. Reclamei e me enfureci por dias, e então saí para passear com Chase, aproveitando que a temperatura tinha subido para os dez graus, e quase o deixei cair do carrinho. Ele era tão pequeno. Eu não o tinha prendido direito, e, quando bati em um montinho, ele se soltou e quase deslizou para o chão. Frenética, chequei ao redor para ver se alguém havia testemunhado a mãe terrível e inepta que eu era. Pareceu ter levado horas para meu coração parar de martelar. Eu me dei conta ali mesmo na calçada que ser mãe significava que eu falharia um pouco todos os dias, e esse era o primeiro de muitos erros que eu cometeria mesmo quando prometi fazer meu melhor, mantê-lo seguro e protegê-lo. Com sorte, eu não falharia de maneira tão absurda quanto Lou falhou, mas pela primeira vez na vida eu estava disposta a demonstrar alguma empatia. Assim que voltei para casa, antes que pudesse mudar de ideia, mandei uma mensagem para ela com uma foto de Chase e disse que estávamos ansiosos para vê-la, que queríamos que ela nos visitasse.

Desde então, Lou tem se comportado melhor, vindo num intervalo de poucos dias, até mesmo passou a noite uma vez, fazendo uma pizza congelada de Stouffer para mim enquanto eu amamentava Chase às duas da manhã. Ela meteu a mão em um pote de creme Betty Crocker e lambeu glacê dos dedos, falando sobre o novo bar em que trabalhava.

— As bebidas são catorze dólares e aqueles esnobes malditos ainda dão gorjeta de um dólar por duas bebidas, mesmo que cada coquetel seja como uma refeição com o coentro cortado, as claras de ovo e a fruta picadinha.

Chase apertou meu mamilo dolorido, e gritei.

— Isso é impossível.

Lou veio e colocou um travesseiro embaixo do meu cotovelo para que eu pudesse reposicionar a boca do bebê.

— Você acha que é difícil. Tente ter um desses quando tem dezessete anos e mora sozinha na garagem. E quando você tinha cólica, você gritava e gritava sem parar. Eu não dormi por um ano. E olhe o que você fez com meus peitos?

Lou segurou os seios murchos e tomou um gole de uísque.

— Eu não sabia que você tinha amamentado — falei.

— Óbvio que amamentei. Você me secou. Agora tenho esses tomates esmirrados aqui. Fiz várias coisas que você não reconhece.

Nunca penso na Lou de dezessete anos, com um bebezinho chorando, nós duas indefesas. Ela provavelmente fez as mesmas promessas para mim recém-nascida que faço para Chase, votos intensos que sussurro no escuro. Lou me amou tanto quanto podia, com tanto fervor quanto eu amo meu próprio filho. Parecia mais fácil perdoar minha mãe do que manter a raiva que vivia dentro de mim como sangue e osso desde que eu era pequena.

— Você fez o seu melhor, Lou. Está tudo bem, Lou — falei para minha mãe... e falei sério.

Então esfreguei ao redor da orelhinha de Chase e adicionei um desejo silencioso de que ele um dia me perdoasse por todas as maneiras que eu inevitavelmente faria besteira com ele.

Agora Chase tenta se concentrar em Riley, então perde o interesse e faz formas estranhas com a boca, como se estivesse tentando descobrir o que uma pessoa possivelmente faz com a boca. Riley é natural com ele. *Ela deveria ser mãe. Ela deveria conhecer essa alegria.* É meu maior desejo para minha amiga.

— Isso te dá vontade de ter um? — pergunto.

— Um uísque? — brinca Riley, antes de considerar mesmo minha pergunta. — Quer dizer um bebê? Não sei. Talvez um dia, quando eu não estiver tão ocupada.

Eu não quero dizer a Riley que esse dia nunca chegará. Riley sempre vai estar ocupada. Um bebê é algo para o qual se tem que arranjar tempo. Posso sentir... nossas vidas indo em direções diferentes. Nós compartilhamos tanta coisa, eu queria que compartilhássemos isso também, por mais infantil que seja. Desde que éramos pequenas, eu tinha uma fantasia estúpida de que Riley e eu teríamos bebês ao mesmo tempo, e aquelas garotinhas cresceriam e se tornariam melhores amigas, como algo saído de *Quatro amigas e um Jeans viajante*. Agora fico preocupada com isso nunca acontecer com ela e com minha amiga estar ocupada e fechada demais, e acabar sempre sozinha. A pena que me invade beira a maldade.

Mas também um medo, que essa seja a coisa mais importante da minha vida e que Riley não entenda o que estou passando. Todas as coisas com as quais ela não vai se importar e terá que fingir estar interessada: treinamento do sono, os primeiros dentes de Chase, o sofrimento específico da amamentação, como odeio isso, mas nunca quero desistir.

Só que vejo o jeito que ela olha para Chase agora e sei que vai ficar tudo bem. Ela ama meu bebê, eu sei, e isso é tudo que importa. Não, o que realmente importa é que esse bebê nem estaria aqui sem ela. Posso devolver o dinheiro a ela, mas ainda será uma dívida que nunca poderei pagar.

Eu me levanto para pegar o cheque na carteira no balcão. Quando me viro, Riley está com uma expressão, uma que diz "tenho que te contar uma coisa", e meu coração vai parar no pé.

Capítulo dezessete

Riley

Jen volta a se sentar, com um pedaço de papel na mão.
— Que foi?
— Como assim, o quê?
— Você está com cara de que vai me contar algo terrível. Aconteceu alguma coisa com Shaun? Com sua mãe?
— Não. Não é nada ruim. É só uma novidade.

É estranho contar minha vida para Jenny assim, pessoalmente, sentada em uma mesa, quando ela só sabia coisas sobre mim porque eu mandava mensagens para ela quando acontecia. E, mesmo que ela ainda seja a primeira pessoa a quem quero contar quando algo bom ou feliz acontece, não é nossa dinâmica agora. Ainda não tenho certeza de se voltaremos à dinâmica de antes.

— Ficou sabendo da vaga de âncora?
— Na verdade, fiquei.

Jen não é a única que tem grandes novidades.

— Eeeeeee? Vamos, não me deixe esperando. Eu vi que anunciaram a aposentadoria de Candace.
— Consegui!

Posso sentir a boca formando sozinha um sorriso grande o bastante para o outdoor no qual estarei em breve.

Jenny dá um gritinho e me abraça antes que eu consiga dizer o resto... o porém.

— Bem, não é permanente. Quinn e eu vamos dividir. Scotty está nos testando... ou nos colocando uma contra a outra. Veremos.

Controlo o sorrisão e a animação. Ainda é cedo para comemorar, mas estou mais perto, mais perto que nunca. E sei exatamente por quê; assim como Jen. Fica entre nós o motivo da minha rápida promoção: cobrir o caso do tiro foi minha grande chance. Isso me colocou no cenário nacional, exatamente como eu esperava. Alguns executivos da rede e da TV a cabo, pessoas com quem se deve manter contato, fizeram-me convites para almoçar ou tomar um café na próxima vez que eu estiver em Nova York ou Atlanta.

— Mas não era isso que eu ia dizer... é outra coisa.

Enquanto faço uma pausa, vejo Jen se preparando. Eu me apresso e conto logo para que ela não pense que é outra grande conversa assustadora que precisamos ter.

— Eu vi Corey! Talvez eu ainda esteja apaixonada por ele.

Agora eu quem me preparo para a reação dela. Parte de mim não sabe como me sinto a respeito de algo até saber como Jenny se sente... Sempre foi assim. Ela não dá gritinhos nem me abraça dessa vez. Parece confusa, talvez até um pouco preocupada.

— Uau. Isso é importante. Conte tudo.

Conto tudo. Começando por explicar enfim por que terminamos, como não foi ele quem terminou comigo, como fui eu, tudo eu. Ignoro que ela faz a mesma expressão magoada que Corey tinha; do contrário, eu não conseguiria contar tudo.

— Não entendo. Por que você não me contou? — A dor é audível também.

— Bem... você teve suas próprias coisas acontecendo nas últimas semanas. Eu não queria te incomodar com o fato de que meu ex-namorado queria me encontrar. E nós não estávamos muito bem e...

— Não, quero dizer na época. Ano passado. Quando você terminou com ele, quando Shaun foi preso. Jesus. Se eu soubesse, poderia ter ido te encontrar.

— Você tinha acabado de descobrir que a fertilização in vitro não tinha funcionado de novo. Você estava acabada. Eu não queria ser mais um peso. E também, sinceramente, eu não queria falar do assunto. Estava tentando afastar tudo e todos. Acho que isso não funciona muito bem.

— Não, não funciona. Não tem funcionado. Riley... você tem que me contar as coisas.

— Eu sei que sim, Jenny.

E falo sério. De verdade. Também sei que não posso mais ser gentil com ela. Vou ter que chamar a atenção dela às vezes. Vou ter que incentivá-la a pensar mais, a sair da pequena bolha, uma bolha que temo que fique menor nos subúrbios da Flórida.

— E agora, em relação ao Corey?

Nervosa, começo a dobrar uma pilha de macacões espalhados ao acaso pela mesa, transformando-os em quadradinhos arrumados.

— Veremos. Ele vai vir aqui no próximo mês e vamos jantar.

— Isso é ótimo. É bom que você esteja aberta a isso. Estou com um bom pressentimento.

É ótimo. Ouvir Jen dizer confirma. Isso é bom. Eu me deixo ficar animada. Mesmo que eu tenha medo de tantas coisas, que a distância não vá funcionar, que sempre vou me sentir julgada por namorar um cara branco, que, se decidirmos ter filhos, ele não vai entender o que é criar um homem negro em nosso mundo fodido. Eu me preocupo com manter essa vaga de âncora, com estar no auge e ter que escolher entre ser um peixe grande na Filadélfia ou desistir disso para ser um peixe pequeno em Nova York e morar com Corey. Eu poderia pedir a ele para se mudar para cá para ficar mais perto de mim? Mas estou aprendendo que os sentimentos são bons, ou pelo menos inevitáveis, mesmo tendo mais de um ao mesmo tempo. E agora ainda estamos na fase de diversão, a fase de mensagens safadas, das visitas de fim de semana. Só que isso não é novo. Temos um passado e, quando percebermos, estaremos de novo naquele ponto importante do tudo ou nada. Contudo, quero ser otimista. Quero me sentir bem com alguma coisa na vida depois desses meses, deste ano pavoroso. Eu mereço. Estou começando a acreditar nisso.

— Talvez eu tenha uma melhor amiga branca de um lado e um namorado branco do outro. É Oreo demais. Aff.

Há uma pausa de uma fração de segundo em que Jen olha para mim para ver se tem permissão para rir, e então ri.

— Bem, aqueles com creme de chocolate sempre foram meus favoritos.

Gargalhamos de novo. E podíamos muito bem estar dentro de sacos de dormir no porão com painéis de madeira dos meus pais porque (felizmente) isso lembra muito os velhos tempos.

— O que é isso?

Aceno com a cabeça para o papel em sua mão, distraindo-nos antes que possamos nos aprofundar muito na situação com Corey e no futuro.

Por mais animada que eu esteja, tudo ainda é frágil demais para suportar o peso de tantas perguntas sobre o que o futuro trará. Um passo de cada vez.

Jenny desdobra o retângulo de papel. É um cheque, com meu nome escrito nas letras maiúsculas de Jenny.

— Jenny, você não precisa...

Paro sua mão enquanto desliza o cheque pela mesa. Nunca esperei que ela fosse me pagar. Não preciso do dinheiro, e ela precisa agora muito mais do que eu. Prefiro que nos esqueçamos disso por completo.

— Riley, deixe-me fazer isso. Te devo isso e muito mais.

— Onde você conseguiu...

Nem ferrando que Jenny tinha cinco mil de sobra. Principalmente com as contas legais de Kevin, e os processos judiciais que ainda podem surgir, e agora a mudança.

— Não pergunte. Apenas pegue o dinheiro, Rye. Por favor. Se você me ama, vai aceitar. Não quero te dever nada. Eu quero começar do zero.

E eu também, então pego o cheque e o enfio no bolso traseiro do jeans. Falei que aceitaria, mas não prometo descontá-lo.

E agora é minha vez. Eu não sabia se seria o momento certo para fazer isso, mas é. Tem que ser. Principalmente agora que Jenny está indo embora. Eu me dou conta agora. Ela vai embora em algumas semanas. É um soco no estômago, mas também talvez um alívio. Eu a amo. Sempre vou amá-la, mas talvez a distância seja o que precisamos. É ao que estamos acostumadas. Talvez os quilômetros entre nós não tenham sido uma barreira, mas uma maneira de manter nossa conexão, apesar do quanto nossas vidas se tornaram diferentes. Posso nos imaginar sentadas em uma praia na Flórida, lado a lado, um jarro gigante de margaritas trincando em uma mesa frágil entre nossas cadeiras de praia: a escapadela obrigatória das melhores amigas. Como passamos a vida inteira sem fazer uma verdadeira viagem à praia? A vez que Lou nos levou para Atlantic City e depois nos deixou em uma faixa de areia suja enquanto apostava no cassino Harrah e me fez jurar que não contaria para minha mãe não conta. Essa viagem vai contar. Estou determinada a separar três dias para isso. Em breve.

— Bem, eu tenho outra coisa para você também, na verdade. Espere, está na minha bolsa.

— Você já me deu o Lexus dos carrinhos. Você precisa parar! — grita Jenny enquanto corro para a entrada e volto com a caixa de joias de vinil escuro.

— Você vai me pedir em casamento? Se sim, a resposta é sim. Eu serei sua esposa-irmã. Pode me adicionar ao seu plano de saúde?

Mas a risada de Jenny fica presa na garganta quando abre a caixa. Ali dentro está a delicada pulseira de pérolas e o bilhete de Gigi.

Os lábios de Jenny se movem enquanto ela lê as últimas palavras de Gigi para ela, palavras que já li dezenas de vezes. Ela desliza o cordão de contas iridescentes sobre seus dedos ainda inchados e em seu pulso.

— Nunca quero tirar.

— Eu tenho um colar também. É um conjunto.

Minha mão toca o fio leitoso se espreitando por baixo do meu suéter roxo de gola alta.

— Agora não temos que pegar aqueles colares de amizade de coração. Isso é muito mais elegante.

Lágrimas estão escorrendo pelas bochechas de Jen. Olhamos uma para a outra, apreciando o momento, a paz frágil. Isso me faz pensar nas pequenas sementes de feijão que plantamos em xícaras no quarto ano, quando o minúsculo broto de um verde intenso surgiu do solo escuro, frágil, mas promissor, buscando a luz.

— Posso te mostrar uma coisa? — pergunta Jen.

— Lógico.

Jen vai até uma caixa, pega outro pedaço de papel e me entrega. Não são as letras maiúsculas de Jenny, mas uma cursiva perfeita e nítida.

Leio em silêncio, movendo os lábios, e, quando termino, recomeço e leio outra vez. Depois, olho pela janela para o quintal. Vejo bem fraquinhas as sombras na cerca, três letras escondidas atrás de tinta branca: ASS. Consigo entender o resto. Jen está olhando para mim, esperando, mordendo o lábio.

— Está... boa.

Kevin evidentemente dedicou um tempo à carta; é a maior demonstração de sentimento que já vi partindo dele, mas também é totalmente inadequado e talvez até um pouco egoísta. Ele quer aliviar o próprio fardo, mas isso é impossível. Quando imagino Tamara lendo a carta... Mas quem sou eu para julgar? Como sei do que ela precisa ou não?

— Você acha mesmo?

— Bem, nada vai melhorar a situação, mas às vezes queremos saber que a outra pessoa vê a nós e a nossa dor. — Isso é tudo que posso responder.

— Você pode... — começa Jen, mas sei o que ela vai perguntar antes de terminar.

— Sim, posso entregar a ela.

Coloco a carta com cuidado na bolsa. Entro em contato para saber como Tamara está uma vez por semana. Às vezes ela está disposta a conversar, às vezes recebo apenas uma mensagem de volta. Vou continuar em contato. Com o tempo, talvez ela esteja pronta para almoçar ou tomar um café comigo. Com o tempo, talvez possamos ser amigas. Penso em todas as matérias que cobri e nas pessoas de quem nunca mais ouço falar ou com quem não falei mais: o homem que sozinho levou o estuprador da filha à justiça, a mulher que perdeu os três filhos em um incêndio de apartamento, o casal que adotou trigêmeos com deficiência grave. Eles tocaram minhas vidas e vice-versa e, então, depois de algumas semanas de entrevistas e minutos de transmissão na televisão, sumiram. É a natureza da coisa, mas Tamara é diferente; essa matéria foi diferente. Essa matéria mudou tudo, inclusive a mim... principalmente a mim.

Ficamos sentadas em silêncio outra vez, os únicos sons sendo as fungadinhas suaves de Chase.

— Pompom? — sussurra Jenny tão baixinho que quase não a ouço.

— Hum?

— E nós?

— Nós?

— Vamos ficar bem?

Em vez de responder, alcanço sua mão na mesa (a pulseira de pérolas brilha à luz do sol através da janela) e quando minha mão está na dela, aperto com força. Duas vezes para sim.

Epílogo

Tamara vasculha a gaveta, remexendo em todas as baterias extras, elásticos e um pacote desbotado de chiclete Trident duro, até encontrá-lo: o envelope surrado com a carta dentro.

Ela nem queria tocá-lo quando a jornalista Riley Wilson empurrou o envelope devagar pela mesa na pequena cafeteria, como se não tivesse certeza de que estava fazendo a coisa certa. Aconteceu exatamente quatro meses e três dias depois da morte do filho (ela estava e ainda está contando os dias), e Riley entrou em contato para ver se poderia levá-la para tomar um café, para ver se ela estava bem, o que foi gentil. Desde então, durante o verão, elas ainda se encontram às vezes, para um café, uma vez para uma bebida, uma amizade incipiente, mas distante, como pessoas que cantam no mesmo coral ou têm filhos que jogam no mesmo time de futebol, embora aquela conexão fosse bem mais estranha. Tamara não tem nada em comum com a repórter, mas fica grata por Riley querer saber como está e faça perguntas sobre Justin quando todo mundo está com muito medo de falar dele. Foi para Riley que ela acabou contando coisas, por exemplo, como a escova de dentes de Justin ainda está em um copo na pia. As cerdas estão desfiadas e desgastadas, e todas as manhãs ela pensa que é hora de jogar aquela fora e comprar uma nova para ele. Ou como ela vive com medo de que o peixe de Justin morra e ela não saiba o que fazer consigo mesma quando isso acontecer.

Quando Tamara fala sobre Justin é como se ele ainda estivesse vivo, como se pudesse imaginar que ele está apenas dormindo na casa da avó por algumas noites. O que ainda é, mesmo depois de todo esse tempo, um fenômeno comum. O esquecimento. Como se ela estivesse ponderando o que Justin está fazendo agora, estudando para a prova de química ou jogando *Madden* na casa de Ty. Uma vez, ela até dirigiu até a escola para buscá-lo antes de se lembrar: Justin não estava na escola nem na casa de um amigo. Justin não estava em lugar nenhum, mas ainda estava em todo lugar também: seu sorriso com o espaço entre os dentes naquele mural na rua Diamond. Na semana anterior, ela viu alguém vestindo uma camiseta na Kroger com o rosto de seu filho nela, uma fotografia vívida em algodão preto, e estendeu a mão e tocou o peito do desconhecido antes que ele desse um tapa violento em sua mão.

— Que porra, sai fora, senhora!

O homem não sabia que aquele era o filho dela... Tamara estivera apenas tocando seu filho.

Ela pega a carta da gaveta agora com mãos trêmulas. Quando Riley deu a ela, Tamara não conseguiu ler de imediato. Parte dela não se importava com o que aquele homem tinha a lhe dizer. Não mudaria nada. A única coisa que lhe causava um pingo de satisfação era pensar em Travis Cameron em uma cela de prisão por dez anos, Cameron, que não estava nem um pouco arrependido... que nem sequer olhou para ela quando ela gritou durante a declaração de impacto familiar, que alegou de novo e de novo que estivera apenas "fazendo o próprio trabalho". Às vezes ela se entrega a longos devaneios sobre como é a vida dele na prisão e eles lhe causam uma onda de prazer, e então Tamara se sente um pouco culpada por isso, mas não muito.

Foi Wes quem leu a carta primeiro e depois disse a ela: "Vale a pena ler, irmãzinha". Aí ela leu e não sentiu nada. Assim como disse à esposa de Kevin Murphy, que teve a coragem de parecer tão arrasada quando a viu no banheiro do tribunal daquela vez: ela não queria desculpas. Porém, guardou a carta, escondida na gaveta, e a relê agora porque hoje outro menino foi assassinado: um rapaz de dezenove anos, com a cabeça cheia de *twists* e braços fortes que a lembravam de Justin. Esse adolescente foi baleado nas costas doze vezes em West Baltimore por supostamente arrombar um carro. O fervor e a indignação são familiares, uma máquina bem lubrificada agora. Tamara faz parte do círculo íntimo, um clube do qual ninguém quer ser membro, as mães unidas pelo luto. O celular dela explodiu hoje de manhã com dezenas de mensagens e ligações. Ela vai pegar o boné das Mães do Movimento, dirigir até Baltimore, participar das marchas. Todos os passos deste ritual comovente e aparentemente interminável. Em alguns minutos, ela ligará para a mãe do garoto e elas ficarão ao telefone, sem precisar dizer uma palavra. O silêncio delas formará uma comunhão mais forte que as palavras. Afinal, o que as palavras podem fazer?

Tamara deixa a carta cair, segura o balcão da cozinha, range os dentes e espera o desespero passar. Vem em ondas, momentos como esses, uma sensação de desesperança tão forte que rouba seu fôlego. A sensação de que ninguém vai entender e nada vai mudar. Que os brancos vão apenas seguir a vida e ter pena dos negros, e se perguntar por que eles não podem progredir, dar uma pausa, apenas se comportar, acatar à polícia. Esses brancos vão mandar os filhos para a escola e saber que estão seguros. Eles farão todas as coisas que os brancos vêm fazendo por anos e de alguma forma serão capazes de ignorar os gritos: "Meu Deus, por favor, é tão difícil parar de matar nossos filhos? Vocês podem parar de justificar os assassinatos?".

É a única coisa que ela admira na carta. Ele não tenta se justificar. Algumas coisas não podem ser justificadas. Ainda assim, a carta não trará paz ou um senso de encerramento. Nada trará. Contudo, em um bom dia, quando o Sol está brilhando e as lembranças de seu filho estão bem fortes, quando Tamara o sente no quarto consigo, nesses dias, ela se deixa acreditar que talvez, apenas talvez, haja um mundo que outra mãe não terá que passar por essa dor. Ela se permite acreditar que as pessoas vão fazer a coisa certa, que as coisas vão mudar. Ela se permite acreditar que Justin não morreu por nada. Então ela pega o travesseiro dele, que não foi lavado, segura-o contra o rosto e se sente o mais esperançosa possível.

Só que, como há outra mãe sofrendo, hoje não é um desses dias.

Agradecimentos

É mesmo necessário um esforço conjunto para fazer um livro. Estamos muito agradecidas pelo coletivo que nos ajudou. Pode ser pouco ortodoxo começarmos agradecendo uma a outra, mas vamos fazer isso. Escrever este livro juntas aprofundou nossa amizade e nosso relacionamento profissional de muitas maneiras. Nem sempre foi fácil (nada que valha a pena é), mas nosso objetivo sempre foi criar algo que nenhuma de nós poderia ter feito sozinha, e é gratificante acreditar que conseguimos isso. Ter uma parceira torna o processo de escrever, no geral uma empreitada tão solitária, bem menos solitário. Obrigada por me ensinar a fazer um travessão, Jo, e por ser paciente quando eu esquecia de novo e de novo... Felizmente você me fez uma caneca para me servir de lembrete. E, Christine, obrigada por se arrumar toda para todas as nossas conversas no Hangouts do Google. Nunca esquecerei de seu roupão.

Somos gratas aos primeiros leitores deste livro e às pessoas que foram generosas o suficiente para nos deixar entrevistá-las, cada uma das quais ofereceu feedback e informações inestimáveis. Então, agradecemos a Kelly Robbins, Darrell Jordan, Shauna Robinson, Kate Kennedy, Brenda Copeland, Melissa Danaczko, Kara Logan Berlin, Chelley Talbert, Matthew Horace, Julie Kauffunger, Karyn Marcus, Laura Lewis, Molly Goodson, Glynnis MacNicol, Amy Benzinger, Dave Williams, Cyndi Doyle, Dawn Turner, Lashanda Anakwah e ao Clube Literário da Jo: Emily Foote, Leslie Mariotti, Alison Goldblum, Sarah Pierce, Dana Duffy, Gabrielle Canno, Johanna Dunleavy e Nydia Han. Um enorme agradecimento a Dan Wakeford por ser um entusiasta tão maravilhoso (e bonitão).

Trazer este livro ao mundo foi uma jornada e tanto. É difícil até encontrar palavras para descrever o quão abençoadas nos sentimos por este livro ter chegado à Atria e HQ e a dois editores incríveis.

Agradecemos à Lindsay Sagnette e Manpreet Grewal pelo cuidado e pela paixão por esta história e por tratar Riley e Jen como amigas íntimas. E a todas as equipes da Atria e HQ: nós os vemos, os valorizamos, não poderíamos ter feito nada disso sem vocês. Também um agradecimento especial a Laywan Kwan pelo design da sobrecapa[8] que foi amor à primeira vista.

Nossas agentes, Pilar Queen e Byrd Leavell, acreditaram neste livro desde o primeiro dia em que o leram. Em meio às reviravoltas imprevisíveis na jornada deste livro, para não mencionar um dos anos mais absurdos da história humana moderna, eles foram portos seguros em meio à tempestade e nos deram a confiança para continuar seguindo em frente. Seremos eternamente gratas pela gentileza, pelo entusiasmo, pela tenacidade e por serem em geral duas das melhores pessoas no mercado editorial.

Essa é uma competição acirrada, porque, como duas pessoas que estiveram envolvidas neste setor em várias funções por quase duas décadas, é uma grande sorte termos conseguido contar com algumas das pessoas mais perspicazes, curiosas, generosas e solidárias como colegas, guias criativos, mentores e amigos. A lista é muito numerosa para citar, mas vocês sabem quem são, e nós agradecemos.

E agora, alguns agradecimentos individuais...

Jo:
Sempre temi que ser mãe desse fim à minha carreira de escritora. Como eu poderia encontrar tempo para fazer algo tão autoindulgente quanto desaparecer em mundos fictícios enquanto tentava manter uns seres humaninhos vivos? Fico feliz em informar que meus filhos, Charlie e Bea, me tornaram uma escritora melhor, mais feliz e mais prolífica de muitas maneiras, mas principalmente abrindo meu coração para novas partes da experiência humana. Agradeço à minha mãe, Tracey Piazza, por levar os dois monstrinhos para longe em muitas noites para que eu pudesse ter tempo para escrever, dormir e respirar. Obrigada também por ser

---

[8] Edição em inglês publicada pela Atria Books em 2021.

minha maior fã. E a Tshiamo Monnakgotla por amar meus filhos como se fossem seus familiares e me deixar ser mãe e profissional. Meu resignado marido, Nick Aster, é a única pessoa no planeta, além de minha mãe, que leu tudo o que escrevi, e leu e criticou este livro várias vezes, mesmo depois de eu prometer que estava terminado. Lógico, nunca ficou pronto de verdade. Obrigada, meu querido. Dez mil anos de amor.

Christine:
Nas palavras imortais da muito sábia Mindy Kaling: "Um melhor amigo não é uma pessoa, é uma categoria", e tenho tanta sorte de ter tantas pessoas nessa categoria que a coisa corre o risco de tombar. O fato de eu não conseguir nomear todos aqui sem ocupar muito espaço é um tipo bom de problema, mas vocês sabem quem são e sabem que eu estaria perdida sem vocês. O que talvez não saibam é o quanto sou grata por vocês e o quanto os amo, porque está quase além da compreensão. Mas é a verdade mais importante da minha vida. Outra verdade: este livro não existiria sem vocês.

Não só tenho os melhores amigos, como também tive sorte no quesito família. Sentados à mesa de pôquer com os Pride, ou em torno de uma mesa de jantar repleta das famosas costelas de John Pride, ou na parte traseira da van da família indo para o Alabama com Sam Cooke cantando em uma fita *8-track* são apenas algumas das um zilhão de experiências e lembranças que, juntas, constituíram a infância mais feliz que uma boa menina poderia desejar. Isso se deve em grande parte aos meus pais, as duas melhores pessoas que conheço. Eles me deram o exemplo e me ensinaram por meio de palavras que, não importa o quão inteligente, bem-sucedido ou popular se seja, precisamos nos dedicar, acima de tudo, a ser uma boa pessoa. Tentei viver de acordo com essa filosofia, e ela vem me servindo bem. Estou feliz por ter escrito um livro apenas para ter um fórum público no qual eternizar estas palavras impressas: *Obrigada a John e Sallie por serem vocês e me ajudarem a me tornar eu.* Nunca poderei retribuir todo o apoio inabalável, os conselhos sábios, a calma consistente, o otimismo alegre e a generosidade infinita (e, lógico, as piadas. Tantas piadas.). *Mas saibam disso: deixar vocês orgulhosos é o objetivo de tudo.*

Sobre as autoras

Christine Pride é escritora, editora e veterana editorial de longa data. Ela ocupou cargos editoriais em muitos selos comerciais diferentes, incluindo Doubleday, Broadway, Crown, Hyperion e Simon & Schuster. Como editora, Christine publicou uma série de livros, com ênfase especial em histórias e livros de memórias inspiradores, incluindo inúmeros best-sellers do *New York Times*. Como consultora editorial freelance, ela trabalha com edição selecionada e desenvolvimento de propostas/conteúdos, bem como ensino e coaching, e escreve uma coluna regular (*Race Matters*) para o blog *A Cup of Jo*. Ela mora em Nova York.

Jo Piazza é uma premiada jornalista, editora e apresentadora de podcast. Seu trabalho apareceu no *New York Times*, no *Wall Street Journal*, na CNN, na *Marie Claire*, na revista *Glamour* e em outras publicações notáveis. Ela também é autora de *Charlotte Walsh Likes to Win*, *How to Be Married*, *The Knockoff*, *Fitness Junkie* e *If Nuns Ruled the World*. Ela mora na Filadélfia com o marido e dois filhos pequenos.

Guia de leitura

Não somos como eles
Christine Pride e Jo Piazza

Este guia de leitura do livro Não somos como eles *inclui uma introdução, perguntas para debate e ideias para aprimorar seu clube do livro. As perguntas sugeridas têm o objetivo de ajudar seu grupo de leitura a encontrar ângulos e tópicos novos e interessantes para debaterem. Esperamos que essas ideias enriqueçam sua conversa e façam com que desfrutem mais do livro.*

Introdução

Jen e Riley são melhores amigas desde a infância. Contudo, um acontecimento testa seriamente o vínculo profundo que compartilham: o marido de Jen, um agente policial, acaba atirando em um adolescente negro desarmado. Grávida de seis meses, Jen se vê desmoronando enquanto seu futuro, a liberdade de seu marido e a amizade com Riley são colocados em xeque. Cobrindo essa matéria homérica, Riley luta com as implicações do trágico acontecido para sua comunidade, suas ambições e seu relacionamento com a amiga de longa data. Contado a partir de perspectivas alternadas, este romance é uma análise poderosa e pungente sobre raça nos Estados Unidos de hoje e seu impacto devastador nas vidas de pessoas comuns.

Tópicos e perguntas para debate

1. Que emoções sentiu ao ler o prólogo? Por que acha que as autoras escolheram começar a obra com essa cena?
2. Como interpretou o comportamento de Kevin após o ocorrido? Sentiu alguma empatia por ele e acha que ele mereceu tudo o que aconteceu depois? Quem você culpa pelo que aconteceu?
3. Você se viu dividido(a/e) sobre como se sentir a respeito das reações ou decisões dos personagens no romance? Que momentos foram particularmente controversos para você e como eles desafiaram suas percepções?
4. Debata como este romance ilustra casos de preconceito com base em privilégio, classe e raça. E os casos de preconceito inconsciente?
5. Riley diz a Jen: "Eu não quero ser a garota negra falando de raça sempre. Ninguém acharia isso divertido. E não sei qual seria sua reação se eu te contasse todas as merdas pelas quais tenho que passar porque sou negra. E se você não tivesse a reação certa?" (página 242). Como poderíamos discutir mais abertamente nossos sentimentos sobre essas questões delicadas? Acha que há alguma razão para essas coisas não serem debatidas? Já teve dificuldade para expressar um sentimento ou uma observação sobre raça por medo de ser rejeitado(a/e) ou incompreendido(a/e)?
6. As vozes alternadas de Jen e Riley destacaram alguma semelhança ou diferença importante sobre suas experiências durante o romance? Você se identificou com alguma personagem em específico?
7. Riley e Jen ficam divididas entre a amizade e os compromissos com as carreiras, famílias e comunidades. Acha que elas fizeram as escolhas certas? Já se sentiu dividido(a/e) entre as obrigações para com os outros e você mesmo(a/e)?
8. Jen luta para apoiar o marido e os sentimentos complicados sobre as ações e a inocência dele. Acha que ela tem medo demais da família dele para questioná-lo mais a respeito? Como a família influencia suas decisões?
9. Como interpretou as reações da imprensa e das redes sociais ao longo do romance? Como esses meios são úteis ou prejudiciais para as pessoas no centro da história?

10. A tragédia que provoca a divisão no relacionamento de Riley e Jen expõe algumas falhas na relação das duas ao longo do tempo. Quando vale a pena manter uma amizade, e quando é hora de encerrá-la? Como o vínculo delas mudou no final do romance, para melhor ou para pior?
11. Houve partes do romance que lhe deixaram desconfortável, e por quê?
12. O que acha do título do livro? Como sintetiza a história? Quem são o "nós" oculto e o "eles" no título?

Potencialize o clube do livro

1. "O que não entendíamos era que a vida adulta seria uma série incansável de começos" (página 22). Discuta como você imaginou a vida adulta quando criança. O que não esperava vivenciar: uma nova cidade, novas perspectivas de emprego ou um estilo de vida diferente?
2. Riley diz a Jen: "É um privilégio você nunca pensar em raça" (página 243). Como o privilégio afetou sua vida? Como a ausência de privilégios afetou sua vida? Debata sobre uma ocasião em que reconheceu que o privilégio afetou o resultado da situação.
3. Um estudo de 2014 expôs que três em cada quatro pessoas brancas não têm amigos não brancos. Fica surpreso(a/e) com essa estatística? Como o lugar em que cresceu afeta os amigos que faz na vida adulta?

Uma conversa com Christine Pride e Jo Piazza

A primeira cena de *Não somos como eles* mostra a polícia atirando em um adolescente negro desarmado. Por que escolheram esse acontecimento como um catalisador e como trabalharam para fazer dar certo?

Desde o início sabíamos que queríamos contar a história de uma amizade de vida toda entre duas mulheres, uma mulher branca e uma mulher negra, e trabalhar como a raça afeta esse relacionamento de maneiras inesperadas. A questão de homens negros desarmados serem baleados estava muito em destaque na conversa nacional quando começamos o livro (e, infelizmente, continua assim), ganhando manchetes em todo o país e incitando um movimento... sem mencionar muitos sentimentos intensos e divisórios. Ficamos interessadas na ideia de humanizar esse assunto polêmico e a oportunidade de promover uma conversa sobre raça por meio da perspectiva de uma amizade poderosa (e com a qual se pode relacionar). Além disso, uma das amigas próximas (brancas) de Christine desde a infância é casada com um policial (branco), e essa premissa foi vagamente inspirada em imaginar o que aconteceria se Christine se encontrasse em um cenário semelhante ao de Riley.

Jo trouxe o ponto de vista de uma jornalista de longa data para o projeto e tentamos entrevistar o maior número de pessoas possível, não apenas para garantir que nossa representação fosse precisa, mas para que capturássemos os diferentes sentimentos de todos os envolvidos. Conversamos com policiais (e seus cônjuges), promotores públicos, ativistas comunitários e mães de vítimas que foram baleadas e lemos e pesquisamos relatos e estatísticas em primeira mão.

Como sua própria amizade as inspirou a escrever este livro?

Ficamos incrivelmente próximas enquanto trabalhávamos juntas no último romance de Jo, *Charlotte Walsh Likes to Win*, que Christine publicou na Simon & Schuster. Conforme nossa amizade evoluía, nossas conversas sobre raça também evoluíram. Sabíamos que tínhamos sorte e privilégio de poder tê-las. As estatísticas mostram que menos de dez por cento das pessoas têm um amigo próximo de outra raça. Ficamos energizadas pela ideia de trabalhar juntas de uma forma única, como amigas e colaboradoras, e alavancar nosso relacionamento para contar uma história que ajudaria os leitores a ter as próprias conversas sobre raça e a pensar de forma mais profunda sobre as próprias amizades.

Seu romance mostra como os estereótipos e o racismo podem se infiltrar até mesmo nos relacionamentos mais próximos. Por que escolheram mostrar duas personagens vivenciando essa dinâmica dentro de uma amizade tão forte?

É difícil ter um amigo de outra raça nos Estados Unidos. A dura verdade é que em nosso país, a raça permeia quase todos os aspectos de nossas vidas de uma forma ou de outra, até nossos relacionamentos íntimos, e esta história tenta revelar isso de modo a mostrar como acontece de maneiras que nem sempre percebemos ou não podemos evitar. Era importante para nós que tanto as mulheres negras quanto as mulheres brancas pudessem se identificar com nossas personagens. Escolhemos escrever na primeira pessoa para que pudéssemos entrar bem na mente delas e dar voz a alguns dos pensamentos difíceis (ditos e não ditos) e armadilhas sobre raça e racismo de ambas as perspectivas. Nosso objetivo era mostrar os desafios muito reais e relacionáveis que as pessoas podem ter ao tentar entender a experiência e a mentalidade de outras pessoas. O maior objetivo do romance é despertar a empatia e é isso que esperamos fazer aqui: oferecer uma ponte sobre o que às vezes pode parecer uma lacuna enorme na compreensão e na consciência, e ajudar os leitores a reconhecerem e analisarem algumas das próprias crenças e características não percebidas antes.

Duas vozes e experiências diferentes são representadas em *Não somos como eles*, mas vocês evitam criar uma sensação de falso equilíbrio em torno da questão do tiro. Como abordaram as perspectivas duplas?

Nosso mundo está tão polarizado agora, e a questão que dá vida à nossa trama (a polícia atirando em alguém) provoca muitas opiniões e sentimentos intensos. Estávamos cientes de que havia o risco de se inclinar a uma dicotomia mocinho/vilão muito depressa, e queríamos evitar isso a todo custo. Os leitores podem começar a ler com noções preconcebidas, então tivemos que ter cuidado para que nosso público não "ficasse do lado" de nenhuma mulher em detrimento da outra, mas a riqueza da leitura vem da gangorra entre a identificação com ambas. Era vital transparecer que não tínhamos segundas intenções e estávamos comprometidas com mostrar as muitas nuances e complexidades.

Queríamos que nossas personagens fossem reais e não apenas representativas, então também passamos muito tempo falando sobre quem elas eram, o que as motivava, o que as assustava, o que elas amavam, o que odiavam. Criamos listas sobre seus gostos e desgostos, suas paixões e seus medos etc., muitos dos quais nunca chegaram ao livro no sentido literal, mas colorem todas as experiências e reações. Adoramos essa ideia de que uma reviravolta um tanto aleatória do destino uniu essas duas jovens que poderiam não ter se tornado amigas íntimas se tivessem se conhecido de outra maneira ou se tivessem se conhecido em qualquer outro momento (quando suas diferenças já fossem mais pronunciadas). De muitas maneiras, Riley e Jen são uma combinação um tanto estranha, mesmo sem considerar a questão da raça, e foi divertido explorar os laços intangíveis que nos atraem e nos mantêm um junto ao outro, mesmo quando um relacionamento é improvável e mesmo quando é posto à prova.

Era importante para nós que cada personagem ganhasse e merecesse empatia e frustração em igual medida. Nossa esperança é que o leitor diga: "Eu posso ver por que ela fez/pensou isso" quando se trata de Riley e Jen, mesmo que haja momentos em que se queira gritar com elas também. O tempo todo, por meio dos altos e baixos, queríamos que o leitor pudesse torcer não apenas pelas personagens, mas, mais importante, pela própria amizade.

Podem nos contar sobre o processo de escrita compartilhado?

Abençoado seja o Google Docs. Tentamos de tudo em termos de colaboração e levou muito tempo, mas enfim chegamos a um processo que funciona. Debatemos as grandes ideias e os contornos gerais em um esboço abrangente primeiro. E então, capítulo por capítulo, uma de nós se dedica à escrita. Essa é muitas vezes a parte mais difícil... principalmente no primeiro capítulo. (Perdemos as contas de quantos rascunhos foram só nele.) E então vamos repassando o documento para lá e para cá, inserindo sugestões e comentários. Em seguida, ligamos, no bate-papo por vídeo, ou nos encontramos pessoalmente, para discutir as coisas que não podem ser resolvidas facilmente no documento.

Que desafios enfrentaram ao escrever este livro?

Escrever um livro é difícil. Escrever um livro com outra pessoa é difícil. Toda essa vulnerabilidade, medo e dúvida que fazem parte do processo ficam todos à mostra. É como deixar alguém ver você cantar mal no chuveiro, sendo que estudou música. E ainda adicionar conversas difíceis sobre raça a isso? *Putz* é o único termo que captura essa tempestade perfeita em específico. Houve momentos em que fomos realmente postas à prova e nos preocupamos que nossa amizade pudesse não se recuperar. Houve semanas em que nossos sentimentos estavam à flor da pele e muitas vezes brincávamos sobre ir à terapia de casais. Também pensamos em escrever um ensaio chamado "Como escrever um livro sobre raça quase destruiu nossa amizade inter-racial", mas também foi uma das coisas mais significativas que qualquer uma de nós já fez. Em um único dia de escrita, ríamos, brigávamos, chorávamos sozinhas no banheiro, enviávamos um texto tímido de desculpas, arrasávamos em um parágrafo/página/capítulo e incentivávamos uma à outra ainda mais. E o resultado, ao final de uma sequência de um milhão de dias como esses, é um livro do qual nos orgulhamos e uma amizade e um relacionamento profissional cada vez mais forte e melhor por causa dessa jornada juntas.

Houve outros romances ou obras que as inspiraram durante esse processo de escrita?

A parte mais dolorosa do processo de escrita é sentir que todo mundo está fazendo isso melhor e com mais facilidade. Quando você lê a frase perfeita, o final perfeito de outra pessoa, ou uma cena que lhe faz lacrimejar e pensa: *uau, quero conseguir fazer isso*. Dito isso, é incrivelmente motivador também. E nós duas somos leitoras vorazes (durante o período de escrita deste livro, provavelmente somando as leituras que cada uma fez, lemos mais de cem livros) então não foi um único livro que nos inspirou, mas todos eles, em coletivo. Todos esses colegas escritores que nos inspiraram com seus personagens, histórias, trabalho e prosa incríveis. Ler muito enquanto trabalhávamos realmente nos impulsionou em frente e nos instruiu e, muitas vezes, nos ajudou a solucionar problemas quando estávamos com dificuldades com algo complicado. Afinal, a maneira de se tornar um escritor melhor é ser um leitor melhor. Estamos sempre ficando impressionadas, adorando e admirando demais as pessoas que colocam os corações na página e criam essas belas palavras, e é um privilégio ter a companhia delas.

Christine, este é seu primeiro romance. Qual foi sua jornada para se tornar escritora e como você sabia que este era o livro certo?

Ser editora nos últimos quinze anos foi mesmo um presente; algumas pessoas têm empregos, mas eu realmente me senti sortuda por ter encontrado um chamado e ter conseguido trabalhar com escritores extremamente talentosos e publicar livros que tocaram os leitores. Porém, ao longo da carreira, também percebi que, de maneira lamentável, a indústria não tem representado histórias e personagens de maneira abrangente. Quando criança, eu ansiava por mais livros (e programas de TV, também) que mostrassem pessoas que se parecessem comigo, que refletissem minha realidade e minha comunidade, e, como adulta, apesar de muitos grandes avanços, ainda percebo essa lacuna. Há uma sede e um imperativo moral por ainda mais obras que reflitam experiências, histórias e vozes mais diversas. Percebi que poderia oferecer isso; eu poderia escrever este livro: um romance que apresentasse um personagem, uma amizade e realidades sobre ser uma mulher negra nos Estados Unidos que eram familiares para mim. E, além disso, poderia abordar um tema que parece urgente e importante. Meu maior objetivo como editora (e agora como escritora) é dar aos leitores um veículo para refletir sobre as próprias vidas e experiências de uma maneira significativa, e sentirem-se emocionalmente tocados de uma forma que permaneça com eles muito depois de terminarem de ler.

    Do ponto de vista prático, é um pouco surreal estar do outro lado. A questão sobre trabalhar no mercado editorial por tanto tempo, "nos bastidores", por assim dizer, é que sei em primeira mão a paixão e o compromisso enormes com que meus colegas têm trabalhado incansavelmente os livros que amam em um ramo que nem sempre é fácil. É uma experiência especial agora ter esse apoio, comunidade e visão de um ponto de vista diferente. Conseguir ver as coisas de outra perspectiva também me fez ter mais empatia com meus autores. Por exemplo, todas as vezes que lembrei a alguém ao longo dos anos que eles não deveriam checar constantemente a classificação na Amazon ou dar muita importância a ela, agora entendo como isso foi inútil e como será difícil não ceder à inclinação irracional para apertar o botão de atualização.

Jo, você já escreveu muitos romances antes, mais recentemente *Charlotte Walsh Likes to Win*. Como escrever *Não somos como eles* foi diferente para você?

Meus romances passados foram contados de um único ponto de vista. Para *Não somos como eles*, precisávamos entrar na cabeça de duas mulheres completamente diferentes e ver um único acontecimento de seus pontos de vista muito divergentes e emotivos.

    Pode ser exaustivo tentar ser duas pessoas ao mesmo tempo. Cada personagem realmente era uma colaboração com Christine, então cada uma de nós teve que habitar Jen e Riley em momentos diferentes. Eu passava semanas trabalhando apenas nos capítulos de Riley porque era a única maneira que eu poderia entender os sentimentos e as intenções dela sem que Jen entrasse no caminho. Muitas vezes eu fazia a mesma coisa enquanto lia o livro. Eu lia os capítulos de Jen até o fim e depois os capítulos de Riley como se cada um deles fosse o próprio livro.

Vocês planejam escrever mais livros juntas?

Sim! Já começamos o próximo.

O que esperam que os leitores concluam de *Não somos como eles*?

Nossa piada de sempre sobre *Não somos como eles* é: chegue pela amizade, fique pela justiça social. Esperamos dar aos leitores um ponto de partida para conversas difíceis sobre raça. Sabemos que muitas mulheres não têm amigas próximas de outra raça, e esperamos que a amizade entre Riley e Jen possa dar a elas uma perspectiva de como é e uma abertura para as conversas que Riley e Jen são forçadas a ter consigo mesmas e uma com a outra.

Também esperamos que o livro possa ajudar os leitores a iniciarem conversas difíceis sobre raça quando forem confrontados com uma manchete chocante sobre alguém ter sido baleado por um motivo racial, discurso de ódio, preconceito e racismo. Queremos fornecer aos leitores uma nova linguagem e histórias para abordar esses acontecimentos difíceis.

Entretanto, acima de tudo, esperamos que os leitores apreciem este livro como uma celebração da amizade e sejam inspirados a fazerem uma análise e valorizarem os próprios amigos próximos. Se os leitores terminarem a leitura e quiserem ligar para o(a/e) melhor amigo(a/e), isso significa que fizemos nosso trabalho.

Este livro foi composto nas fontes Stolzl e Skolar
pela Editora Nacional em março de 2024.
Impressão e acabamento pela Gráfica Impress.